KB036095

안테 장편소설

1
너에게로
중독
안테 장편소설
D&C BOOKS

Addicted
to you

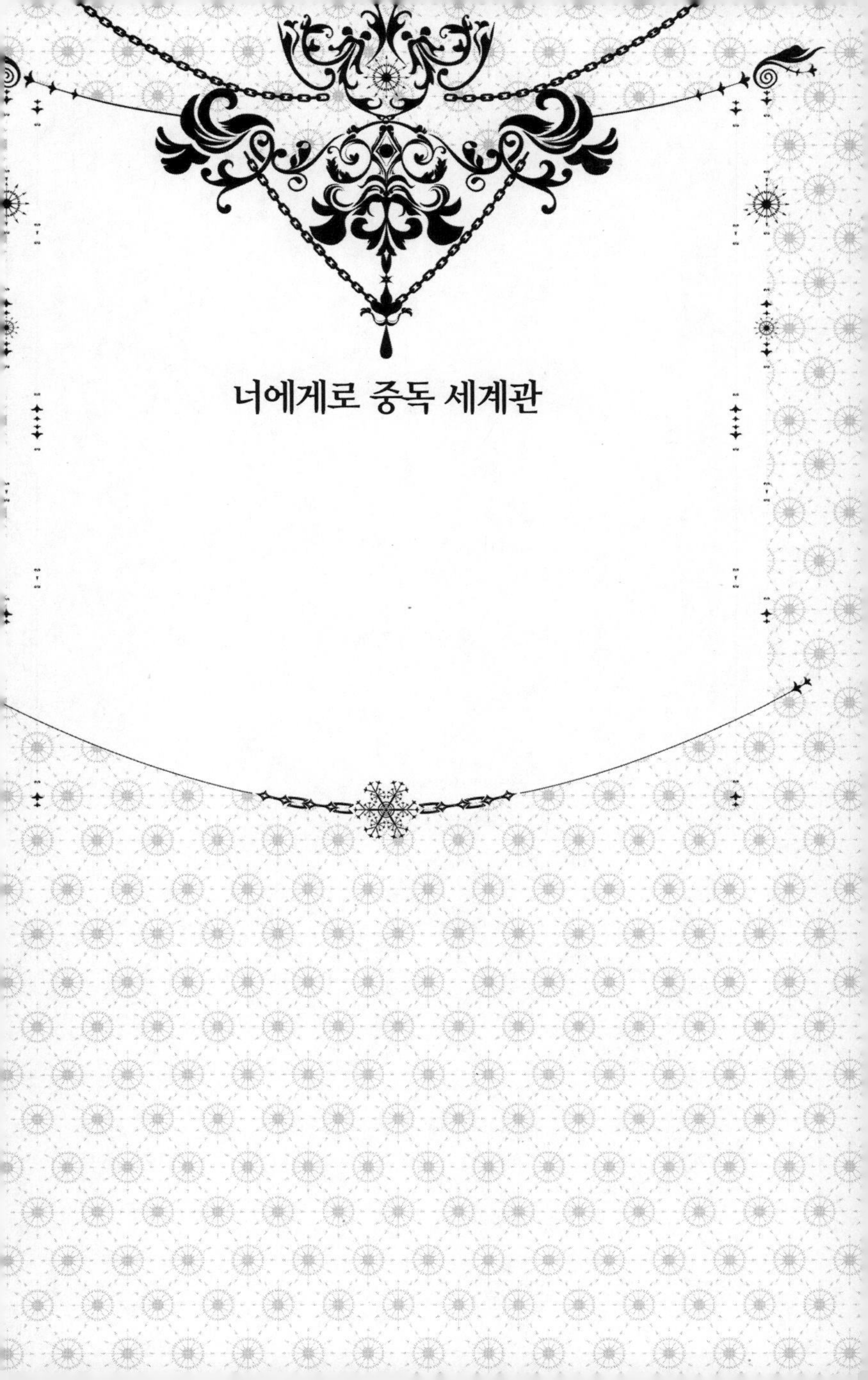

너에게로 중독 세계관

※ 이 소설은 픽션으로 초능력 유무에 따라 계급이 나뉘는, 카스트 제도와 같은 계급 사회를 배경으로 하고 있습니다. 현대 사회와 법률, 도덕, 가치관 등이 다름을 알립니다.

너에게로 중독 세계관

인구 비율

· 벡터: 42.5%

· 제로: 57%

· 릭시: 0.5%

인구 구성

· 벡터: 선천적으로 초능력을 가지고 태어나는 자.

유전적으로 부모의 초능력 개수 중 하나를 가지고 태어나지만 초능력 종류는 영향을 받지 않고 랜덤으로 생겨난다.(내추럴과 플랫 결합 시, 내추럴, 제네럴, 플랫 중 하나가 된다.)

· 제로: 초능력이 없는 자.

최하위 계층. 사회의 규정에 따라 단순 노동력이 요구되는 일만 할 수 있다.

· 릭시: 제로에서 후천적으로 초능력이 발현된 자.

벡터와 달리 초능력 개수가 고정적이지 않고 무궁무진하게 발전할 가능성이 있어 정부에서 관리자를 붙여 훈련과 생활 전반을 관리한다.

개체 수가 극히 적은 데다가 초능력 개수가 고정적이지 않아 벡터들 사이에서도 특별하게 취급된다.

사회적 지위/레벨

· 초능력 보유 개수로 레벨과 지위를 측정(계급 사회).

· 보유 개수가 많을수록 성인 이전에 죽는 경우가 많아 벡터 사이에서도 내추럴과 제너럴이 대부분(중위 계층). 플랫과 맥스는 소수(상위 계층), 유니벌은 극소수(특권 계층).

· 특권 계층은 국가의 법을 제정할 수 있는 권리를 가지고 있으며 모든 벡터들은 특권 계층을 존경하고 따른다.

· 레벨에 따라 사회에서 선택할 수 있는 직업이 나뉘져 있고 플랫 이상부터 선택의 폭이 넓어진다.

5개. 유니벌

―――――― (특권 계층)

4개. 맥스

3개. 플랫

———————— (상위 계층)

2개. 제너럴

1개. 내추럴

———————— (중위 계층)

0개. 제로

———————— (최하위 계층)

초능력 성향

· 개인형(팔찌 실선 표시: 파란색)

개인 혼자만이 사용하는 초능력.

· 공격형(팔찌 실선 표시: 빨간색)

주변에 피해를 입힐 수 있는 파괴력 있는 초능력.

· 범위형(팔찌 실선 표시: 노란색)

혼자가 아닌 필드를 지정해 주변까지 영향을 주는 초능력.

팔찌

· 벡터라면 태어났을 때부터 죽을 때까지 차게 되는 물건.

· 벡터는 왼쪽, 릭시는 오른쪽에 착용. 제로는 팔목에 악세사리 착용 금지.

· 디자인은 일반적으로 정부에서 배급하는 기본형 팔찌와 재력으로 살 수 있는 시계형, 악세서리 팔찌형이 있다.

· 개인의 초능력 종류 보호를 위해 보유 개수대로 팔찌에 실선으로 표시.

· 사회적 레벨에 따라 초능력 사용 횟수가 팔찌를 통해 규제된다. 레벨이 높을수록 사용 횟수를 많이 부여. 단, 하이 티어에 속한 초능력을 보유한 자는 사회적 위험을 가할 수 있다는 판단 아래 횟수가 그 안에서도 조율된다.

· 초능력을 제어하는 역할이자 정부의 규제가 팔찌를 통해 적용된다.

· 그날의 범죄에 사용되거나 사고를 일으킨 초능력은 금지 목록으로 분류돼 정부가 정한 기간 동안 사용이 규제된다.

사이드 넘버

· 정부에서 팔찌를 통해 하루 초능력 사용 빈도를 규제하지만 그와 상관없이 사용할 수 있는 추가 횟수를 부여하는 것으로 계급의 안정화를 목적으로 한다.

· 레벨이 높을수록 보유한 초능력마다 사이드 넘버가 많이 부여된다.

· 하루 초능력 사용량을 다 사용하더라도 사이드 넘버로 추가적으로 사용 가능.

초능력 희소성

· 초능력을 희귀성으로 판단해 분류.

하이 티어(희귀함)
미드 티어(중간)
로우 티어(가장 흔함)

초능력 숙련도

· 초능력마다 숙련도가 존재. 그 레벨에 따라 초능력의 위력과 유지 시간이 달라진다.

최상급
상급
중급
하급

유전자 조합

· 법적으로 벡터와 벡터, 벡터와 릭시, 릭시와 릭시, 제로와 제로만 혼인이 가능하다.

벡터+벡터=벡터
벡터+릭시=벡터
벡터+제로=제로
릭시+릭시=벡터
릭시+제로=제로
제로+제로=제로

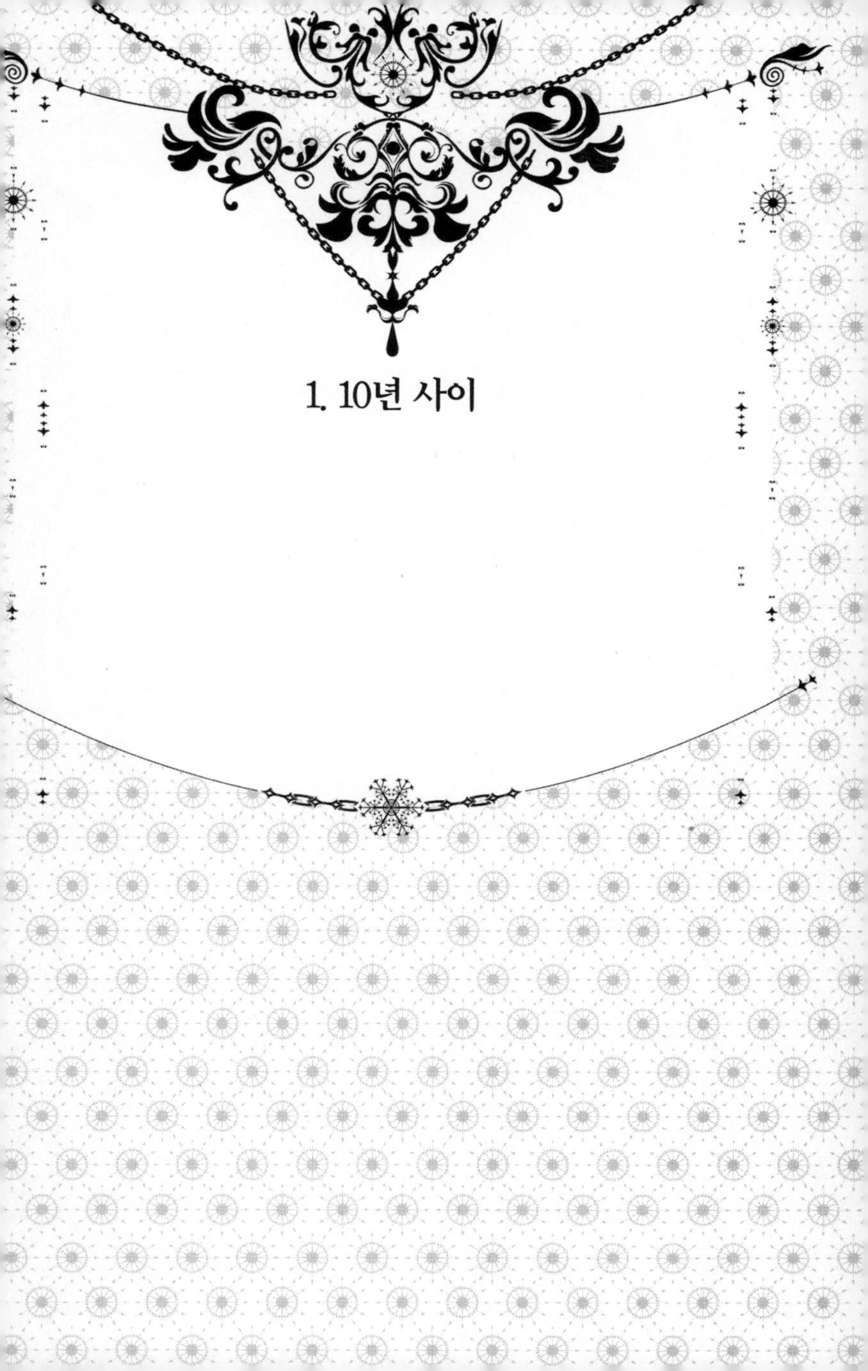

1. 10년 사이

1. 10년 사이

사각사각.

종이 위로 연필이 지나가는 소리가 저마다 다른 높낮이로 교실을 채운다. 받아 적는 행위만 자옥한 가운데 세아는 손으로 턱을 괸 채 창밖을 내다보고 있었다.

"넌 필기 안 하니?"

선생님이 창문 틈 사이로 불어오는 바람결에 흩날리는 한가로운 긴 생머리를 보며 혀를 찼다. 그 질문에 세아는 긴 속눈썹이 빼곡한 눈을 한 번 깜빡일 뿐이었다.

'열성적으로 공부를 해 봤자 달라지는 게 뭔데요?' 하고 질문을 던지고 싶은 걸 앙증맞은 입술을 꼭 깨물며 삼킨다. 선생님은 필기를 하지 않으면 저만 손해라는 듯 등 돌리며 금세 학생을 포기해 버리고 만다. 세아는 아쉬울 것

없다는 듯이 묵묵히 창밖으로 시선을 고정했다.

중학교에 들어오기 전까지만 해도 세아의 꿈은 여러 개였다. 대통령, 박사, 수의사. 종류는 다양했지만 그것이 전부 무슨 소용이 있는가 하며 허무해졌던 건 14살이 되어 교복을 입은 순간부터였다.

동네에 있던 초등학교와 달리 중학교부터는 집에서 멀리 동떨어진 곳으로 와야만 했다. 달라진 건 버스로 30분이나 소요되는 거리뿐만이 아니었다. 똑같은 모양과 색으로 통일된 교복을 입고 똑같이 짜인 수업을 듣는데도 건물은 달랐고 하다못해 급식의 질조차 달랐다. 시간표를 가장 많이 차지한 과목은 바로 '사회'였는데, 그곳에서 세아가 배운 건 절망뿐이었다.

"이거 이번 기말고사에 나오니까 중요하다고 했는데. 전 세계적으로 '제로'의 인구는 57%. '벡터'는 몇 퍼센트라고 했지?"

"42.5%요."

반장이 콧잔등 밑으로 흘러내린 안경을 야무지게 밀어 올리며 대답했다. 선생은 고개를 한 번 끄덕이고는 아이들을 주욱 훑어보았다.

"그래, 나머지 0.5퍼센트는 누가 대답해 볼까."

선생의 눈동자가 새까만 아이들의 머리를 슥 지나치다가 이내 창문 쪽으로 틀어진 긴 머리카락을 보며 말했다.

"윤세아, 네가 대답해 보렴."

"……."

"모르니?"

수업 시간 내내 창밖만 내다보니 당연히 모를 거라는 전제가 깔린 건지 선생의 목소리는 은근히 무시하는 뉘앙스를 풍겼다. 세아는 굳게 다물어져 있던 입술을 천천히 움직였다.

"'릭시'요."

"릭시의 특징에 대해서 말해 볼까?"

"지구상에 0.5%만 존재하는 사람들로 벡터처럼 선천적으로 초능력을 가지고 태어나는 게 아닌, 제로에서 후천적으로 초능력이 생기는 사람들을 말해요. 수가 희귀한 편인데다가 초능력 개수가 고정이 아닌 발전 가능성이 있어서 릭시 판정을 받은 사람들은 정부에서 특별히 관리자 벡터를 붙여 보호를 받게 되고요."

"벡터의 특징은?"

"인구의 42.5%를 차지하고 선천적으로 초능력을 가졌어요. 태어날 때 가진 초능력 보유 숫자에 따라 레벨이 나뉘는데 가장 많은 비중을 차지하고 있는 건 한 개의 초능력을 보유한 '내추럴', 그다음으론 두 개의 초능력을 보유한 '제너럴', 세 개인 플랫부터는 하이 레벨로 분류되는데, 네 개를 보유한 사람은 '맥스', 다섯 개부터는 슈퍼 레벨로 '유니벌'이라는 명칭으로 불리며 그 수가 극히 적어 우리나라엔 여섯 명만 있어요."

제법이라는 듯 놀란 선생님이 난이도 있는 질문을 세아에게 던졌다.

"그렇다면 왜 정부에서 릭시를 특별 관리하며 대우하지?"

"현재 초능력 5개인 유니벌이 벡터들 사이에서 최고인데, 그 이상을 개척할 수 있는 건 릭시가 유일하니까요. 벡터는 초능력자인 부모가 가진 개수 중 하나를 랜덤으로 가지고 태어나게 되잖아요. 만약 초능력 6개를 보유한 릭시가 유니벌과 결합하게 돼서 운 좋게 초능력 6개인 아이가 태어난다면 새로운 레벨의 탄생이 되겠죠. 그 가능성 하나만 믿고 정부는 릭시를 희귀 동물처럼 보존하는 거고요."

'동물'이라니. 핵심을 꿰뚫는 단어에 당황한 학생들이 술렁이자 세아는 날카롭게 반 아이들을 둘러보았다.

"그리고 여기 있는 애들은 전부 초능력이 없는 평범한 제로고요. 바로 옆, 크고 시설 좋은 건물에서 수업받는 아이들은 벡터죠. 제로라서 벡터와 따로 공부하고 급식도 따로 먹고 등하교 시간 자체도 달라요. 초능력이 없다는 이유만으로 하나부터 열까지 전부 차별받는 걸 우린 당연하게 생각해야 하고요."

순간 가슴속이 뜨겁게 차올랐다. 꿈을 가지지 못한 자의 설움이라도 토해 내려는 듯 입술이 드세게 빽빽해졌다.

"어차피 제로라는 이유만으로 사회에 나가서 하고 싶은 일도 못하잖아요. 일개미 같은 존재 아니에요?"

초능력이 없어서, 태어날 때부터 평범한 인간이라서, 제로라는 이름 자체가 아무것도 없다는 뜻이라 무시당해도 된다고 사회 전체가 그렇게 어려서부터 세뇌시키고 있었다. 학교에 오면 건물이 나눠진 교실 책상에 앉아서, 밖에 나가면 멸시하듯 바라보는 시선으로.

"그런데 수업은 대체 왜 받아요?"

발버둥 쳐 봤자 밑바닥인데 뭘 하러. 결국 안에 뭉쳐 있던 응어리가 '톡' 하고 터지며 흘러나왔고 동시에 종이 쳤다.

"윤세아, 너 따라 나와."

화로 울긋불긋해진 얼굴을 삭일 새도 없이 선생이 오래된 나무 바닥에 하이힐 굽을 매섭게 박으며 앞문을 열고 나섰다. 세아는 그에 반항이라도 하듯 의자를 뒤로 밀어젖히며 걸었다. 하고 싶은 말을 한 대가가 고작 반성문이라면 그깟 반성문, 백 장이라도 쓸 수 있다.

잔소리를 삼십 분 동안 들은 세아는 '나는 제로입니다'라는 글자를 두 장이나 빽빽하게 쓰고 벡터의 위대함이 담긴 프린트 다섯 장을 소리 내어 읽고 나서야 교무실을 나올 수 있었다. 시끌벅적한 분위기를 보니 점심시간이었다. 평소보다 그 시끄러움이 유별났지만.

"세아야, 너 그거 들었어?"

"뭘?"

딱히 밥 먹을 기분이 아니라 교실로 돌아온 세아는 부산하게 달려드는 정화를 보며 평소보다 과열된 소란의 이유를 알 수 있었다.

"방금 난리 났었어. 너 아는 동생 있잖아. 하도현인가?"

"도현이가 왜?"

그 이름을 듣자 건조했던 세아의 얼굴이 파릇해졌다.

"벡터 건물의 그 공주님인 여자애 있잖아, 초능력 4개 맥스인. 이름 뭐더라. 아아, 설예리. 걔가 아까 3교시에 제로 건물 찾아와서 하도현한테 고백했었나 봐. 사귈 건지 안 사귈 건지 따졌다는데 그동안 여러 번 고백했는데 계속 퇴짜 놨나 보더라고. 왜 자긴 안 되냐고 울고불고 난리도 아니었대. 그 콧대 높은 애가 말이야."

여러 번이라니, 도현에게 그런 얘긴 일절 들어 본 적 없다. 세아가 인상을 찡그리며 물었다.

"그래서?"

"근데 하필 학교 이사장 손자가 설예리를 전부터 짝사랑하고 있었다나 봐. 아까 점심시간에 와서 하도현한테 제로 주제에 감히 벡터를 울리냐고 어쩌고저쩌고 시비 걸다가 지 혼자 열 받았는지 초능력 썼어."

"뭐?"

세아의 입술이 망연하게 벌어졌다. 뒤늦게 정신을 차린

세아는 다급해졌다.

“초능력, 초능력이 뭔데.”

“불. 안 그래도 하도현 팔에 화상 입어서 양호실에…….”

거기까지였다, 세아는 곧장 등을 돌려 교실을 박차고 뛰었다. 야아! 뒤에서 소리 지르는 정화의 목소리가 까마득하게 멀어졌다. 곧장 양호실로 달려간 세아는 새하얀 커튼을 거칠게 젖히며 도현을 찾았다. 텅 빈 세 개의 침대를 보고선 힘이 빠졌다.

“하도현 어디 있어요?”

“괜찮다고 하기에 간단한 치료만 받고 나갔는데…….”

양호 선생님에게 꾸벅 인사를 한 세아는 2학년 교실로 찾아갈까 하다가 학교 뒤편으로 향했다. 마치 어디 있는지 다 안다는 듯이 확신에 찬 걸음이었다.

“야, 너!”

주어가 없는 부름이었지만 익숙한 듯 벽에 기대어 앉아 있던 도현의 고개가 비스듬히 올라갔다. 건물 뒤 더러운 소각장이라 모두가 기피하는 장소였지만 그랬기에 이곳은 둘만의 아지트였다. 뛰어 오느라 한껏 달아오른 숨이 기관차처럼 씩씩댔다. 팔을 뻗은 도현이 하얗게 질린 세아의 손을 잡고선 달래듯 주물거렸다.

“왜 뛰어, 숨차게.”

지금 다친 게 누군데, 고작 남 숨 쉬는 거 보면서 걱정스런 얼굴을 하는지. 세아는 무릎을 신경절적으로 굽혔다.

"어디 봐. 어딜 어떻게 다쳤어."

"별거 아니야."

재빨리 뒤로 빼는 도현의 팔엔 붕대가 칭칭 감겨 있었다. 세아는 순식간에 눈이 뜨끈해졌다.

"어디 봐 봐."

"괜찮다니까."

"그 미친년은 왜 너한테 고백해서 처울고, 또라이 새낀 너한테 왜 초능력을 써?"

악에 받쳐선지 목소리가 엉망으로 튀어나왔다. 도현은 살며시 인상을 구겼다가 이내 부드럽게 웃었다.

"입버릇. 예쁘게 말해."

바람 빠진 풍선처럼 세아의 폐가 성이 난 모습을 감추었다. 그럼에도 속상한 마음은 쉬이 가시지 않았다. 이런 일이 한두 번이 아니었다. 옆집이라 어려서부터 세아와 자석처럼 붙어 지내던 도현은 학교 내에 모르는 사람이 없을 정도로 꽤 유명했다.

평소 같으면 얼씬도 안 할 제로가 수업받는 건물로 벡터인 여학생들이 자존심 구겨가며 들어와 기웃거리는 이유도 오직 2학년 4반 하도현 때문이었으니까.

"왜 맨날 당하고만 살아?"

그 말에 도현이 바람 빠지듯이 피식 웃었다. 뭘 당하는

데? 그걸 몰라서 묻느냐는 듯이 세아의 눈초리가 길어졌다.

"몰라서 물어? 허구한 날 고백받고, 거절하면 건방지다고 하고."

도현이 주변에서 가장 많이 듣는 소리가 바로 '제로 주제에'였다. '제로 주제에 이렇게 생겨서', '제로 주제에 감히 고백을 받아?' 벡터는 제로가 괴물처럼 태어나야 직성이 풀리는 건지 세아는 도현이 그동안 숱하게 시달려 온 그 말을 떠올리며 피가 달아오르는 걸 느꼈다.

"이젠 다치기까지 하고, 그 애가 너 좋아하는 게 네 탓이야? 네가 무슨 죄인데."

"나 봐 봐."

서러워 울고 싶은 걸 간신히 참았다. 가만히 내려가 있던 도현의 커다란 손이 세아를 끌어다 제 다리 위로 앉혔다.

"왜 또 화났어."

가느다란 머리카락 사이로 언뜻 비치는 눈썹이 지금처럼 진중하게 물을 땐 서늘하게 내려간다. 소년의 여린 선과 남자의 날카로움이 조화롭게 모인 얼굴 중 유독 세아를 떨리는 게 하는 건 바로 이 눈이었다. 예리하게 그려진 눈매 끝, 깔끔히 매듭지어진 눈초리가 부드럽게 위로 올라간다.

"말 안 해?"

"……네가 다쳤으니까 그렇지. 적당히 받아 주기라도 하지, 왜 애를 울려. 방법 많잖아."

"없어."
"생각이나 해 보고 말해."
"내가 널 좋아하는데 누구 고백을 뭘 어떻게 받아."
한숨 섞인 목소리가 은은하게 세아의 귓바퀴를 타고 흘렀다.
"무슨 핑계를 댈까. 너 좋아한다고 말해? 그러다 너 다치면 난 억울해서 어떻게 살아."
피아노 낮은 건반에서 헤엄치는 듯한 음성. 세아는 청렴한 흰자위 위로 떠오른 검은 달을 보았다.
"열 받게. 너 다치면 나 정말 눈 뒤집혀."
"그럼 넌 다쳐도 되고? 아까 내 눈 뒤집힌 거 못 봤어?"
세아가 화내자 도현이 멋스런 입꼬리를 밀어 올렸다. 그 모습을 보니 문득 도현을 창조한 조물주는 참 고된 노력을 했을 것 같다는 생각이 든다. 아름다움을 이 작은 얼굴 안에 오목조목 담느라고 아마 고생깨나 했을 거다. 그만큼 성장한 도현의 얼굴은 가끔 세아마저도 감탄이 흐를 정도였다. 제로라면 무시부터 하는 벡터들이 도현의 뒤를 자존심 구겨 가며 졸졸 따라다니는 게 납득이 간다.
"미안, 이렇게 생겨서."
도현은 시선을 내렸다. 그늘이 드리워져도 고독마저 제 친구로 삼는 얼굴이었다. 그런 남자가 사랑하는 게 나라서, 세아는 그걸 좋아해야 할지 슬퍼해야 할지 알 수 없었다.

“얼굴이라도 확 아스팔트에 갈아엎을까?”

“이게 그걸 말이라고. 무서운 소리 할래?”

“안 해, 안 할게.”

장난스럽게 웃는 도현을 세아는 물끄러미 바라보았다. 난 잘생긴 하도현 필요 없는데. 그냥 옆집에서 우렁찬 남자아이 울음소리가 시끄럽게 울렸을 때부터 봐 왔던 게 너고, 걷기 시작하고 나서부턴 내 뒤를 졸졸 따라다닌 게 너라서. 한 사람이 자신의 삶 속에 당연하게 자리 잡기까지 시간은 끈끈하게 둘을 묶었다. 도현이 내려 두었던 팔을 세아의 얼굴 앞으로 내밀었다.

“시간 좀 지나니까 화끈거린다.”

“거 봐, 괜찮긴 뭐가 괜찮다고. 얼마나 심하게 다쳤으면 붕대를 석고처럼 감아 놨어?”

“빨리 나으라고 ‘호’ 불어 줘.”

4살 땐가, 놀이터에서 함께 놀던 도현이 넘어지면서 이마를 맨바닥에 찧었는데 피가 줄줄 흐르는 걸 보고 세아가 한 일은 ‘호, 호’ 입김을 불어 주는 거였다. 그땐 소독이 뭔지도 몰랐고 연고가 상처를 낫게 해 주는 치료약이라는 것도 몰랐다. 그저 엉엉 울면 엄마는 부드러운 숨결을 상처 위로 불어 주었다. 그때만큼은 새빨간 피도 뚝 멈추고 굵은 눈물도 멎었다. 그래서 세아는 5살 때까지만 해도 입김으로 불어 주면 뭐든 다 낫는 줄 알았다.

"너 나 놀리는 거지?"

나중에 안 거지만 그건 눈속임에 불과한 것이다. 정말 손짓 한 번이나 숨결 한 번으로 치료를 하는 건 초능력을 가진 벡터들만 할 수 있었다.

"어릴 때 생각나고 좋지, 뭐."

하지만 도현은 4살 때 제 앞머리를 날리며 '호, 호' 숨을 불어 주던 세아를 기억했다.

"해 줘."

그때 봄이 날아들었다. 갈등하던 세아가 입을 동그랗게 말고는 못 이기는 척 숨을 불었다.

"자, 호."

"이래 가지고 낫겠어?"

오기가 생겨 고개를 훅 숙인 채 '후욱, 훅' 하고 온 신경을 모아 불었다. 나아라, 다 나아라. 이상한 주문까지 외우며 있는 힘껏 숨을 크게 모았다가 내뱉으려는데 순간 입술에 따스한 무언가가 닿았다.

세아의 눈이 순식간에 커다래졌다. 세아가 보듬어 줘야 할 팔은 미끼였는지 바닥을 짚었다. 도현이 세아의 입술을 감쳐물고선 위로 들어 올렸다. 세아의 고개가 힘없이 청아한 하늘 위로 밀리듯이 올라갔다. 순순히 따라 주는 행동이 예뻤는지 도현의 입술 사이에서 옅게 웃는 소리가 들려왔다.

얌전히 저를 받아 내는 모습이 예쁘지 칭찬이라도 해 주려는 듯 입안을 밀고 들어오는 혀가 너무나도 달았다. 정성스럽게 점막을 훑는 도현을 느끼며 세아는 어지러움을 느꼈다.

"계속 불어."

살며시 입술을 뗀 도현이 작게 속삭였다. 그제야 세아는 까마득하게 잊고 있었던 숨을 파르르 내쉬었다.

"옳지."

어린아이에게 용기를 북돋아 주는 어른의 목소리도 이보다 더 다정하진 않을 거다. 우리 세아 잘한다. 잘하네. 더 해 봐. 더 해 줘. 더, 누나……. 입술이 몇 번이고 닿았다가 떨어지는 사이사이, 애달픈 음성에 정신이 아찔해졌다.

"덥다."

머리가 정말 어떻게 될 것만 같은 목소리가 나지막이 쏟아진다.

"여기가 세상에서 제일 따뜻한 거 같아."

도현이 손으로 세아의 한쪽 뺨을 톡 건드렸다. 살짝 패였다가 올라온 피부 안쪽으론 도현이 지나간 길을 따라 허물어져 있었다.

"……누나라고 하랬지."

간신히 정신을 차리고 한마디 했다. 마치 나 정신 안 빼놓고 있었다며 거드름을 피우는 세아의 두 뺨은 달아오른 상태였다. 도현이 어깨를 들썩이며 웃었다.

"그래, 누나. 네 손에 뭐가 있는지나 봐."

그런 세아를 비웃기라도 하듯, 당황스러움에 휘청이는 동공이 아래로 떨어졌을 때 무언가가 세아의 왼쪽 약지 위에서 덜렁이고 있었다. 세아는 당혹감을 감추지 못한 채 물었다.

"……뭐야?"

"반지."

"그건 나도 알아. 누구 건데?"

"엄마 거."

"아줌마? 아줌마 걸 왜 가져와? 잃어버리면 어쩌려고."

"네가 안 잃어버리면 되잖아."

"어?"

"나 줬어. 미래에 결혼할 여자한테 끼워 주라고."

"……."

"근데 아직 크네."

세아는 덤덤하게 흘러나온 도현의 목소리에 머릿속이 텅 비었다.

"손이 작고 가늘다고 어떻게 이것도 안 맞아, 누난."

마음에 들지 않는다는 듯 도현이 세아의 손가락 위로 겉도는 링을 만지작거렸다.

"밥을 많이 먹든, 마디를 굵게 하든 책임지고 맞게 해."

불만스럽게 네 번째 손가락을 바라보던 도현의 시선이

간결하게 움직여 세아의 눈동자를 파고들었다. 그 시선에 쭈뼛하고 머리카락이 서는 기분이었다.

"알았어?"

지금 이게 고백인 셈이었다.

"이거 누나 손에 꼭 맞으면 나랑 결혼하는 거야. 윤세아 손가락에 딱 맞을 때, 그때."

마치 세아의 손에 반지가 꼭 들어맞았더라면 법적으로 허용되는 나이가 아니더라도 지금 당장 했을 것처럼 말한다.

"어서 자라서 내 신부 해."

세아는 왈가왈부하지 않고 묵묵히 고개를 끄덕였다. 도현이 태어나 세아의 뒤를 그림자처럼 '누나, 누나' 하며 졸졸 따라다닐 때부터 지금까지 둘의 마음은 굳건했다. 결혼이라는 건 먼 훗날 언젠가 둘 사이에서 꼭 이뤄질 순리처럼 당연한 거였다. 그러니 세아의 대답 또한 이미 정해져 있었다. 제로와 벡터로 나뉜 이 부조리한 세상에서 그래도 세아가 학교에 웃으며 다닐 수 있는 건 오직 도현 하나 때문이다.

하지만 반지를 받고 난 뒤, 정확히 일주일 후.

뉴스에 보도될 정도로 커다란 화재 사건이 제로가 밀집해 사는 동네에서 일어났다. 세아는 뜨거운 화재 현장에서 간신히 목숨을 건졌으나 바로 옆이었던 도현의 집은 흔적도 없이 잿더미가 되었다.

뜨거운 불은 제로 주제에 벡터 여자의 고백을 받아 주지 않은 도현의 팔에 화상을 남긴 것으로도 모자라 세아의 가슴에도 지울 수 없는 열기를 남겼다.

병원에서 세아가 눈을 떴을 때, 그 사고로 엄마와 아빠, 옆집 아주머니, 아저씨 모두 죽었다고, 그렇게 들었다. 불은 세아를 천애 고아로 만들었고 당연히 결혼할 거라고 생각했던 남자까지 빼앗아 갔다.

그리고 화재를 낸 범인이 이름도 모를 학교 이사장 손주라는 걸 안 것은 나중의 일이었다.

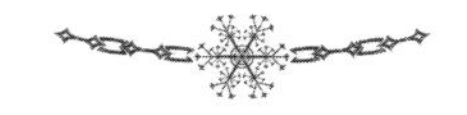

"여긴 도대체 장사를 어떻게 하는 거야?"

독기 오른 목소리가 순식간에 매장 안을 살얼음판으로 만들었다. 세아는 물기 젖은 손을 대충 한 번 털고선 시끄러운 바깥으로 나섰다.

"무슨 일이십니까, 손님?"

"이봐, 이거 왜 이렇게 써? 내가 아메리카노를 달라고 했지, 사약을 달라고 했어?"

"죄송하지만 저희 매장에선 투 샷이 들어갑니다. 진한

맛을 원하시지 않으면 미리 말씀 주셨어야 했어요.”

남자가 한쪽 눈썹을 구기며 공손히 모으고 있는 세아의 손목을 보았다. 새하얀 살결 위로 그 어떤 것도 없다는 것을 보고선 그럴 줄 알았다며 혀를 찬다.

“이래서 제로는.”

“다시 만들어 드릴게요.”

지긋지긋한 말. 세아가 팔을 뻗었지만 남자가 그보다 먼저 한 걸음 물러섰다.

“어허, 어딜 손을 대.”

마치 벌레라도 닿은 것처럼 진저리친다. 세아는 커피를 들고 있는 남자의 왼쪽 손목에 채워진 팔찌의 색상을 보았다. 벡터라면 누구나 다 차고 다니는 팔찌는 기본형 말고도 디자인이 다양했고 거기에 표시된 실선도 각기 달랐다.

빨간색이면 공격형. 그 색으로 선이 하나 그어진 걸로 보아 초능력 한 개를 보유한 내추럴. 남자의 신상을 재빨리 파악한 세아는 옆에서 겁에 질린 직원을 눈짓으로 들어가라고 지시했다.

그 모습을 본 남자가 묘한 눈빛을 했다. 새하얀 셔츠 위로 볼륨감 있게 비치는 가슴과 허리 중반까지 내려와 찰랑이는 갈색 머리카락이 제게 손짓하는 것처럼 야했다. 탐스런 새하얀 피부까지 본 남자의 혀가 저돌적으로 움직였다.

“됐고. 정 죄송하면 그쪽 연락처라도 줘 봐. 먹어 보고 탈 나면 책임져야 할 거 아니야?"

"다시 해 드리겠습니다."

"내 말 못 들었어?"

"손님, 귀먹으셨습니까? 다시 해 드린다고요."

"뭐? 이게 어디서."

"그냥 드시죠."

초능력이라도 쓸 생각이었는지, 매장을 뒤엎을 기세로 팔을 든 남자가 때아닌 목소리에 거칠게 몸을 돌렸다. 검은 정장을 깔끔하게 차려입은 한 남자가 주머니에 손을 꽂은 채 세아에게 물었다.

"주문할 건데 얼마나 더 기다려야 됩니까?"

"넌 또 뭐……."

"오 분이면 되나."

자신을 무시하며 말하는 게 거슬렸는지 남자의 인상이 험상궂게 변했다. 그럼에도 그는 주머니에 꽂혀 있던 손을 빼 태연하게 시계를 내려다보았다.

"시간 가는데."

그가 내려다보는 시계의 끈에 그어진 붉은 선을 본 남자가 순간 주춤했다.

"더 걸리나."

비록 외관은 다르지만 남자가 한 팔찌와 똑같은 장치였다. 정부에서 기본적으로 제공하는 팔찌가 아닌 시계나 체인으로 변형한 팔찌는 그 값이 비싸 일정 이상의 재력을 가지고 있지 않으면 살 수도 없는 거였다. 게다가 그 위로 그어진 선이 세 개인 것으로 보아 초능력 보유 숫자 셋인 플랫이었다.

남자는 저보다 강한 자의 등장에 언제 그랬냐는 듯이 덩치만 큰 몸을 슬금슬금 비켰다. 초능력 개수가 곧 권력과 지위가 되는 약육강식의 사회였다.

"아메리카노 하나. 차가운 걸로."

먹이사슬 제일 밑바닥인 제로는 감히 낄 수조차 없는 피 튀기는 맹수들의 싸움. 그들만의 리그를 가만히 지켜보던 세아는 정장을 깔끔하게 차려입은 남자에게 가격을 말했고 남자는 간결한 움직임으로 저와 잘 어울리는 블랙 카드를 내밀었다.

"진동벨로 알려 드리겠습니다."

"그래요."

벨과 함께 카드를 도로 건네주자 남자가 받아 들며 흘리듯이 말했다.

"몸 사리면서 장사하지. 다쳐서 누구 속 썩이려고."

세아는 피식 웃으며 커피 머신으로 다가갔다. 특별히 신경 써 직접 원두를 내리고 정성스럽게 잔에 담아 진동벨을 호출하자 남자가 다가왔다.

"손님, 주문하신 아이스 아메리카노 나왔습니다."

"마셔요. 그쪽 주려고 산 거니까."

잔을 건네주려고 뻗었던 세아의 손이 아래로 살짝 기울었다.

"그럼 벨은 왜 가져가셨어요?"

"얼굴 한 번 더 보려고."

"……."

"왜, 불만인가?"

남자의 질문에 세아가 설핏 눈썹을 일그러뜨리며 작게 중얼거렸다. 진짜, 대장 한 대 맞을래요?

"받아."

비밀 얘기를 속삭이듯이 세아에게 내밀어진 커다란 손엔 자그마한 쪽지가 있었다. 세아는 주변을 빠르게 한 번 훑은 뒤 쪽지를 집어 들며 물었다.

"오늘 파트너 누구예요?"

"선요한."

"싫은데, 걔."

"왜, 걘 너 좋다고 난리던데. 친하게 지내."

"그러다가 정분이라도 나라고요?"

"글쎄."

묘한 대답을 한 남자가 속을 알 수 없는 미소를 입가에 그리며 한가로이 주변을 둘러보았다.

"보는 눈이 없어도 밖에서 말 섞는 건 좋지 않지. 이만

가 볼 테니 수고해."

"네. 안녕히 가세요, 손님. 커피 잘 마시겠습니다."

"윤세아, 몸 사리라는 거 그냥 한 말 아니야."

빨대를 콕 집어넣고 아메리카노를 쭉 한 모금 흡입한 세아가 커다란 눈을 한 번 깜빡였다. 남자가 등을 돌리며 말했다.

"내 속 썩이지 말고 알아서 잘해."

세아는 콧잔등을 찡긋거리며 사약이라고 욕먹었던 아메리카노를 잘게 흔들었다. 맛만 좋구만.

남자가 나가는 걸 본 세아는 쪽지를 펼쳐 그곳에 적힌 시간과 장소를 곱씹었다. 내일 저녁 10시, 한신역 앞 선술집에서 물건 받은 뒤 2차 장소 오더받을 것. 내용이 확인된 종이는 여러 차례 접혀 말끔히 세아의 입 안으로 들어갔다.

오후 9시, 매장을 정리하고 사장을 대신해 셔터를 내린 세아는 집으로 가기 위해 버스정류장으로 향했다. 카드를 대면 제로라고 울리는 기계의 지겨운 목소리와 함께 버스에 오른 세아는 벡터들의 따가운 시선을 한 몸에 받으며 빈자리로 가 앉았다. 모두가 힘겨운 일상에 지쳐 노곤해진 몸을 저마다 의자에 묻는 저녁 버스 안에서도 계급은 존재했다.

대화는커녕 그 사람의 무엇 하나도 알지 못하면서 손목에 채워진 팔찌로 제로인지 벡터인지만을 판단하는 세상 속에서 세아는 어느덧 26살이 되었다.

버스에서 내려 골목 어귀로 들어서자 여름 특유의 눅눅

한 공기가 피부로 달려든다. 제로들이 사는 빌라가 빽빽하게 모인 길바닥엔 주황빛 가로등만이 듬성듬성 서 있을 뿐이었다. 세 개쯤 지났을까. 오래돼 수명이 다한 건지 세아가 방금 지나쳐 온 가로등이 '팍' 하고 꺼졌다.

세아는 뒤를 돌아보았다가 이내 태연히 걸음을 옮겼다. 세아가 또 다른 가로등을 지나치자 그것마저도 '팍' 하고 꺼졌다. 이상함을 느낀 세아의 걸음이 조금 더 빨라졌다. 가로등이 딱 하나 남은 빌라 입구가 보이는 곳엔 어느 한 남자가 모자를 깊숙이 눌러쓴 채 건물에 기대어 서 있었다.

"저기요."

재빨리 지나쳐 안으로 들어가려고 하자 낮은 목소리가 세아의 뒷덜미를 스쳤다. 등골이 오싹해지는 대신 세아의 머릿속엔 이 남자가 달려들었을 때 어떻게 제압해야 하는지가 자동으로 재생되고 있었다. 먼저 팔을 잡고 그대로 바닥으로 내리꽂은 다음에 바닥으로 있는 힘껏 내리쳐서…….

"……더 예뻐졌네."

하지만 매뉴얼대로 몸을 움직일 수 없는 건 남자에게서 나지막이 흘러나온 말 때문이다. 세아의 고개가 천천히 옆으로 향했다. 덥지도 않은지 깊이 눌러쓰고 있던 모자가 거둬지고 남자와 눈이 마주쳤을 때, 계절과 어울리지 않는 차가운 얼굴이 세아에게로 강하게 밀려들어 왔다.

유유히 머리카락을 쓸어 넘기자 드러난 날카로운 눈매가

세아의 시야를 맹렬히 긁으며 지나갔다.

"……."

짐승의 발톱에 할퀴어진 것처럼 온몸에 소름이 일었다. 어둠을 밀어내는 새하얀 얼굴은 빌라 앞에 놓인 주황빛 가로등 밑에서도 독보적이었다. 반쯤 음영진 얼굴 위로 또렷한 경계선이 나뉘었고 그 안에선 성년과 소년이 공존했다. 얼굴을 덮은 어둠은 어른의 냄새가 강하게 풍기면서도 살며시 벌어진 입술은 소년의 숨결을 간직하고 있었다.

"반지 아직 가지고 있어?"

열다섯, 새하얀 교복이 무척이나 잘 어울렸던 한 남자아이처럼.

"반지 이제 맞냐고."

세아가 가장 좋아했던 예리하게 그려진 눈매가 똑바로 저를 향했을 때, 정확히 사고는 정지하고 회로는 끊겼다.

"하……."

세아의 입술이 덜덜 떨렸다. 시야가 순식간에 일렁였다.

"……하…… 도현."

만약 살아 있다면 넌 어떻게 자랐을까, 성인이 된 너는 어떤 모습일까. 가끔 사고로 잃었던 도현을 떠올리며 성인이 된 얼굴을 그렸던 세아를 가볍게 비웃기라도 하듯이 아름다운 남자가 서 있었다.

"도현아."

그 이름을 간신히 토해 내자 길고 다부진 팔이 세아를 끌어안았다. 마치 둘만의 만남이 비밀스럽게 이뤄져야 한다는 듯 머리 위로 떠 있던 남은 가로등 불빛 역시 그 순간 '팍' 하고 꺼졌다. 칠흑 같은 어둠 속에서 도현은 세아에게로 고개를 숙였다. 귓가에 뜨거운 입술을 부딪치며 작게 속삭였다.

"들어가자."

젖은 입술이 밀리며 귓불을 훑고 지나갔다. 훅 하고 밀려들어 오는 목소리의 온도와 체향은 세아가 그동안 접해 보지 못한 성인의 것이다. 끈적하게 벌어지는 입술의 감촉이 생생하게 귓가에 파고들면서 온몸이 허물어질 것만 같은 기분이 들었다.

생각지도 못했던, 네가 옆에 없어서 감히 상상할 수조차 없었던.

"누나 집에 들여보내 줘."

죽었다고 생각했던 10년 사이, 너는 그 어딘가에서 보란 듯이 살아 완연한 어른이 되어 돌아왔다.

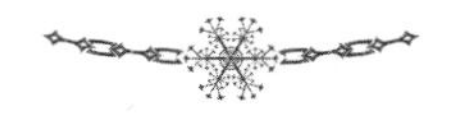

세아의 집은 빌라 2층이었다. 낡고 오래된 건물답게 치

안이 좋지 않아 평소 같았으면 계단을 밟고 올라가서도 한참 뒤에야 도어락 비밀번호를 누를 정도로 신경 써야 하는 곳이었다.

그런 세아가 등 뒤로 남자를 세워두고 훤히 보이게 조심성 없이 비밀번호를 눌러 대는 건 이상했다. 오늘 처음 본 남자였다. 어두워서 잘못 본 걸 수도 있다. 원래 간절히 그리워하면 착각이라는 건 쉽게 이뤄진다. 온갖 부정적인 생각들이 발목을 잡았지만 세아는 꿋꿋이 비밀번호를 눌렀다.

"또 치마야?"

낮은 목소리가 어두침침한 복도로 울려 퍼지자 순간 세아의 심장에 고인 물웅덩이가 크게 번졌다.

"교복 벗었는데도 왜 넌 아직 치마야."

커다란 키에 어울리지 않게 고개를 푹 숙이고 치마 밑단만 노려보고 있을 게 분명했다. 등 뒤로 자신을 꿰뚫는 시선을 느끼며 세아는 확신했다. 이 남자는 하도현이 맞다고.

"……도현아, 들어가자."

어떻게 네가 아닐 수 있겠어. 내 치마 길이를 신경 쓰는 건 어려서부터 너밖에 없었는데.

"혼자 살아?"

그 물음에 순식간에 얼굴이 더워졌다. 열이 올라 대답도 하지 않은 채 세아는 다짜고짜 현관에서 벗어나 주변 곳곳에 널브러진 옷부터 한곳으로 모아 정리했다.

등 뒤에선 신발을 벗는 소리가 둔탁하게 들려왔다. 발도 많이 컸는지, 현관 바닥으로 떨어지는 운동화 소리가 제법 묵직하다.

"뭐 마실래? 커피, 아니면 녹차…… 아, 또 뭐가 있지."

"안 마셔."

무게감이 느껴지는 건 운동화가 전부는 아니었다. 예전에도 낮았지만 지금은 더 밑으로 꺼진 목소리에선 더 이상 소년의 것이라고 생각될 만한 미성은 존재하지 않았다. '25살의 넌 집중할 수밖에 없는 목소리를 가지게 되었구나.' 생각하며 세아는 선반에서 발견한 티백을 반갑게 움켜쥐었다. 주전자를 올리고선 곁눈질로 도현을 바라보았다.

스물다섯 살의 하도현은 정말 대단했다. 열다섯 때는 교실로 여자를 찾아오게 만들었다면 이젠 지나가는 여자들까지 모두 돌아보게 만들 수 있을 정도였다. 빌라 특유의 낮은 천장에 머리가 닿을 듯했다. 우두커니 서 있는 모습이 좀처럼 적응되질 않았다.

거실에 서서 주변을 한 번 훑어본 도현은 이곳에 여자 물건밖에 없다는 걸 알았는지 질문의 방향을 바꿨다.

"다른 남자는 안 와?"

세아의 어깨가 흠칫 떨렸다. 질문의 형태도 십 년 전과 달랐다. 성숙해진 세아의 은밀한 사생활을 도현은 너무나도 자연스럽게 침투했다. 세아는 머릿속이 어지러웠다. 제게 익숙한 열다섯 도현과 지금 눈앞에 있는 스물다섯의 도현을 비교하니 혼란스러웠다.

"대답도 안 해."

"커피 끓이고 있어. 기다려 봐."

"안 마신다고 했잖아."

성큼 걸어온 그림자가 등 뒤를 덮쳤다. 잘록하게 들어간 허리 옆으로 두꺼운 팔이 '슥' 하고 밀려 나왔다. 싱크대 한 면을 꽉 움켜잡는 손이 몹시 컸다. 세아가 파르르 속눈썹을 떨자 귓가로 엄습해 온 입술이 느지막이 벌어졌다.

"훔쳐보지 말고 나 제대로 봐."

주방에서 힐끔거리는 걸 알았는지 도현이 천천히 말했다.

"나 안 반가워? 우리 십 년 만에 보는 거잖아."

그래, 십 년. 도현이 말한 그 숫자에 세아는 불꽃이 올라오던 가스레인지를 꺼뜨렸다. 우린 지금 십 년 만에 보는 거였다. 죽은 줄로만 알았던 너였다. 그렇게 생각하자 순간 세아는 도현을 손님 취급하며 커피나 타 주겠다고 주방에 서 있는 제 모습이 멍청하게만 느껴졌다.

원래 사람이라는 게 현실과 동떨어진 장면을 목격하면 안 하던 행동을 하기 마련이다. 집 안에 손님 들인 적도 없으면서 무슨 커피를 타 주겠다고. 그제야 정신이 든 세아가 몸을 돌리자 물러서지도 않고 버티고 있던 도현의 입술이 기다렸다는 듯이 덮쳐 왔다.

"읍……."

농밀하게 점막을 훑으며 안으로 침범한 혀가 삽시간에 거친 돌풍이 되어 휘몰아쳤다. 싱크대 너머로 허리가 꺾일 정도로 강한 힘은 더는 어리지 않은 남자의 것이다. 손잡고 키스하는 것이 사랑을 표현할 수 있는 최대치였던 어린 시절 도현이 세아에게 선사했던 부드러운 키스와 현재는 판이했다.

강렬한 욕구가 선명한 키스. 목울대를 몇 번이고 움직이면서 빨아 당겨도 부족한지 성질난 듯 더 옥죄이는 혀가 낯설어 익숙지 않았다. 그럼에도 세아는 혼미한 정신으로 이 난폭한 주인이 누구인지 상기했다.

하도현. 죽은 줄 알았던 하도현이다. 열다섯, 내 눈앞에서 사라진 하도현이 아니라 스물다섯의 하도현.

"아……!"

세아는 셔츠 안쪽으로 밀려들어 오는 커다란 손길에 놀라 달뜬 숨을 내뱉었다. 가슴을 감싼 손은 이미 어른들의 관계가 어디서부터 시작되는지 알고 있는 듯 보였다. 세아는 문득 집으로 들여보내 달라는 말이 이런 행위를 암시하고 있었을지도 모른다는 생각이 들어 다급히 팔을 잡았다.

"잠깐, 도현아. 너 지금……!"

"왜."

필사적으로 어른이 된 도현을 받아들이려고 노력하던 세

아의 앞으로 순간 소년의 눈을 가진 도현이 들이닥친다.

"안 돼?"

세아가 가장 사랑했던 눈매. 오롯이 까만 달 안으로 자신만을 담은 순백한 눈동자와 그것이 빠져나가지 못하도록 날카로이 올라간 눈초리가 세아의 심장을 거세게 두근거리게 했다.

"십 년 만에 만났는데 안 되냐고."

"그런 게 아니라."

배 위로 밀착된 도현의 골반이 뜨거웠다. 세아는 이미 엉망이 된 입안을 축였다.

"나한테도 시간이 필요해. 십 년 만에 찾아와서, 아직 너 실감도 안 나는데 갑자기 이러면."

"갑자기?"

도현이 설핏 웃음을 터트렸다가 이내 서늘하게 말했다.

"너한텐 내가 찾아온 게 갑자기야?"

"……어?"

화가 난 음성이 세아의 귓가를 두드렸다. 당혹스러운 듯 세아가 눈을 한 번 깜빡였다. 도현은 사나울 정도로 세아에게 가시를 세우고 있었다. 마치 잘못한 것 하나 없는데 혼이 나 화가 난 것처럼. 세아는 꽉 붙들고 있던 도현의 손을 놓았다.

"어디서 뭘 하다가 이제 나타난 거야? 아직도 네가 내 눈앞에 있는 게 믿기지도 않아……. 실감도 안 나, 너랑 이렇게 마주 보고 얘기하는 게."

"……."

"네 말대로 십 년이야. 그사이에 넌 내가 못 알아볼 정도로 컸고."

"말 잘했어, 누나."

"……."

"나 이렇게 많이 컸는데 기분이 어때."

낮게 흘러나오는 목소리를 들으며 세아가 떨리는 눈동자로 도현을 바라보았다. 자신을 뚫어지게 바라보는 검은 눈동자. 하나부터 열까지 도현은 전부 성장해 있었다.

말끔했던 눈매는 진해졌고 그 밑으로 자리 잡은 속눈썹이 숲처럼 빼곡했다. 그 밀림을 다 밀어 버릴 정도로 날카롭게 내려온 콧대의 강줄기와 그 아래로 성스럽게 고인 입술, 우람해진 목울대를 움직이며 말하는 목소리는 소름 끼치도록 떨렸다. 세아는 애써 두근거리는 심장을 억누르며 말했다.

"어떠냐니, 당황스럽긴 하지만 잘 자라 줘서……."

"잘 자라?"

또 피식 웃는 입술엔 허탈감이 스며 있었다.

"너 없이 십 년을 보냈는데 네 눈에는 이게 잘 자란 거로 보여?"

"……도현아."

"난 네가 나 없는 곳에서 이렇게 자란 것도 화나고 그래서 지금 기분도 많이 복잡한데, 넌 기특해?"

도현의 눈썹이 아래로 일그러지면서 세아를 담은 눈동자가 까마득히 어두워졌다. 기분이 이상했다. 화내는 도현이 이해되질 않았다. '네가 나 없는 곳에서?' 그건 오히려 세아가 하고 싶은 말이었다. 세아 역시 그동안 도현이 자신의 옆에 없다는 걸 상상조차 할 수 없던 시간 속에서 살아왔었다.

세아가 겨울에 태어나고 그다음 해 여름에 도현이 태어났다. 서로 외동이었던 터라 한 살 터울인 세아와 도현에게 어른들은 귀에 딱지가 앉을 정도로 서로를 가족이라 생각하며 챙기라 했었다.

집안 간의 열렬한 지지와 문만 열면 닿을 거리인 옆집이라는 탁월한 지리적 조건까지 받쳐 줘 도현이 태어난 순간부터 세아가 모르는 그의 성장은 없었다.

"그러니 대화로 풀어야지."

그런 둘에게 처음으로 들이닥친 십 년이라는 공백은 몹시 컸다. 다시 하나로 이어지는 데엔 시간이 필요했다.

"어디서 뭘 하고 지냈어. 그동안 어디 있었는데."

애써 차분하게 말했지만 그동안 도현이 죽었다고 생각했던 시간의 행적을 추궁하는 것만으로도 세아는 목이 막혔다. 멀쩡히 살아 있는 도현을 보며 지난날들이 모두 착각이었다는 사실에 안도하면서도 왜 이제야 나타난 건지 원망스러웠다. 도현은 살며시 인상을 구기며 한참 뒤에야 입술을 열었다.

"멀리."

"……."

"한국에 없었어."

세아의 눈꺼풀이 파르르 떨렸다. 내가 없던 곳에서 너야말로 십 년을.

"멀리, 어디."

살았어.

"말해도 몰라."

한데 하는 말은 간결하기 짝이 없다. 오늘 밤을 새고 아침이 오는 한이 있더라도 도현은 그간 세아가 알지 못했던 시간을 구구절절 말해야 할 의무가 있었다.

"몰라? 모른다고?"

세아는 잘근 입술을 씹었다. 모르는 게 당연한데. 모르니까 말해 달라는 거잖아, 지금.

"갑자기 그날, 화재 사건 때 너 어디로 간 건데?"

"……."

"난 너 그때 죽은 줄 알았어. 너 나 학원 갔을 때 아파서 자고 있겠다고 나한테 문자 했었잖아. 집에 와서 깨워 달라고,

근데 불이 나서 그것 때문에 너희 부모님…….”

“부모님 돌아가신 건 들어서 알아.”

순식간에 머릿속이 새하얘졌다.

“너한테 문자 하고 누워 있었던 건 맞는데 그때 집에 없었어. 화재 난 건 나 나가고 벌어진 일이야. 생존자 명단에서 네 이름도 봤어.”

“…….”

“너 무사히 퇴원했다는 것도 들었어. 친척 집으로 가서 지내고 있다는 것도 듣고.”

“뭐…… 들어서 알아?”

세아의 입술 끝이 경련했다.

“누구한테 뭘 들었는데.”

난 너 살아 있는지도 몰랐는데, 넌 어떻게 다 알고 있어? 전부 다 알고 있었어?

“이 나쁜 새끼야, 말해. 말 안 해?”

지나치게 정적인 도현을 본 세아의 얼굴이 구겨졌다. 난 줄곧 네가 죽었다고 생각했는데, 넌, 넌……. 파르르 경련하던 손가락이 이내 주먹 쥐며 도현의 너른 가슴팍을 내리쳤다.

“다 말하라고! 어디서 뭘 하다가 이제 와! 어디 있었어! 전화 한 통도 없이, 어떻게 지냈는데. 왜, 왜……!”

“왔잖아.”

우악스럽게 때리던 손길을 도현이 휘어잡자 세아가 크게 뒤흔들렸다. 그와 동시에 뺨을 타고 흐른 눈물이 턱 끝을 스쳐 바닥 그 어딘가로 추락했다.

"윽……."

"나 결국 누나한테로 왔잖아."

"하아, 읍……."

세아가 달뜬 숨을 토해 내며 입술을 깨물었다. 발개진 눈가를 보자 도현의 눈썹이 아래로 일그러졌다. 손으로 어루만지고 싶은 욕구가 치밀어 오른다. 눈물 하나까지 모조리 핥아 제 안으로 가둬 버리고 싶다. 도현은 애써 자신의 성정을 숨기며 굳어 있던 턱을 움직였다.

"거기에 네 이름 없었으면 나도 죽었어. 그때 너까지 죽었으면 나 이렇게 살아서 못 돌아왔다고."

단발적인 울음만 토해 내는 세아와 달리 그 애처로운 음성 사이사이 또렷한 목소리를 집어넣고 있는 건 도현이었다. 세아는 뜨거운 염기로 달아오른 머릿속이 어지럽게 일그러지는 와중에도 한 자 한 자 떨어지는 도현의 목소리에 집중했다.

"네가 살아 있다는 거."

견고한 네 입술로 한 글자씩.

"그거 하나 보고 돌아왔어, 내가."

토해지는 짙은 숨결.

마치 자신이 존재하는 이유가 전부 세아로 이루어져 있다는 것처럼 도현은 말했다. 십 년 동안 도현은 세아가 어딘지도 모를 곳에서 그녀를 종교로 삼고 병적으로 앓고 있었다. 그 사실을 세아는 알지 못했다. 다만 넓은 팔로 자신을 가두고 속삭이는 도현의 목소리만 기억할 뿐이다.

"기억해."

그리 말했으니 기억했다.

"네가 나에게 무슨 짓을 하든 난 다 용서할 수 있어, 윤세아."

그때 세아는 알지 못했다. 사람은 견디기 힘들 때 종교를 찾고 그것을 믿는 힘으로 살아간다는 걸, 자신은 십 년 동안 도현에게 살아갈 힘을 준 종교였지만 그와 동시에 생명을 갉아먹는 악마였다는 걸.

세아는 도현의 품에 안겨 한참을 울었다. 현실감이 없어 묵묵히 닫혀 있던 숨구멍이 그제야 터진 것이다. 네가 떠나서, 흔적도 없이 사라져 내가 어떻게 살았는데. 그런 네가 상상할 수조차 없던 어른의 모습으로 돌아왔는데 어떻게 멀쩡할 수 있을까. 눈물이 차올라 좀처럼 진정하지 못하는 세아를 도현은 묵묵히 꼭 안아 주었다.

입고 있던 블라우스가 밤 그림자에 녹아 닳을 때까지 세아의 등을 어루만져 주었다. 세아는 기억나지 않을 순간에 지쳐 잠들었다.

어른의 체취가 섞인, 하지만 그 안에서 희미하게 풍겨 오는 소년의 흔적과 알지 못하는 공간에서의 향을 잔뜩 묻히고 온 도현의 품속에서 세아는 깊이 눈을 감았다.

거울 안 봐도 비디오다. 분명 눈이 퉁퉁 부었을 거다. 그래도 울적하지 않은 건 좁은 침대에 나란히 누워 있는 도현 때문이다. 세아는 눈을 뜨고선 자신을 향해 돌아누운 채 잠이 든 도현의 얼굴을 물끄러미 바라보았다. 꿈이 아니다, 진짜 도현이다. 세아는 옅은 웃음을 흘리며 도현이 깨지 않도록 작게 숨을 내쉬었다.

어제 얼마나 운 건지 아직도 목이 따끔거렸다. 계속 울면서 고장 난 기계처럼 어디 있었냐고 묻는 세아에게 도현은 잠시만 기다려 달라고 했다. 너무 보고 싶었는데 드디어 만나게 돼서 머리가 엉망이라고, 그래서 생각의 정리가 필요하다고 했다. 천천히 말해 준다고 했으니 억울하지만 세아는 조금 견뎌 보기로 했다.

잠든 도현의 얼굴을 바라보고 있는데도 현실감이 없다. 시트 안쪽으로 파묻혀 있던 세아의 손끝이 올라와 높게 뻗은 코를 '톡' 건드렸다. 그러자 평온하게 잠들어 있던 입술이 움직였다.

"만지지 마."

"어? 아, 미안."

세아가 재빨리 손을 떼어 내자 커다란 손이 올라와 잡았다.

"하지 말란다고 그만두지도 마."

허공에 세아를 멈춰 세운 도현이 눈꺼풀을 밀어 올렸다.

"나 그렇게 쉽게 포기하지 말라고."

세아가 눈을 한 번 깜빡이자 손목을 휘어잡은 악력이 느슨해진다. 도현은 설핏 웃었다.

"그리고 인사 정도는 키스로 해. 몇 살인데 그것도 몰라?"

"나 참, 알았어."

살며시 몸을 움직여 도톰한 입술 위로 '촉' 하고 부딪치자 도현의 눈썹이 또 한 번 내려갔다.

"키스라고 했지."

"아!"

도현이 세아의 어깨를 짓누르며 몸 위를 점령한 건 순식간이었다.

"전부 다시 가르쳐야겠다."

소년에서 남자가 되면서 사냥하는 법을 깨우친 건지 놀라운 민첩성이었다. 도현의 짙은 눈동자가 천천히 움직이며 어제 입고 있던 옷 그대로 잠들어 구겨진 블라우스를 더듬어 내려갔다. 시선으로 범해지는 기분이라 세아는 마른침을 삼켰다.

"내가 준 반지 왜 안 껴."

아, 반지. 세아의 손이 다급하게 목 부근으로 옮겨 갔다. 체인을 잡고 셔츠 안, 가슴 부근에 머물러 있던 목걸이를 바깥으로 빼내자 그곳엔 오래된 링이 있었다. 그 모습을 본 도현이 웃었다.

"여전하네. 목에 걸고 다니는 거."

"응."

"이제 맞긴 해?"

"그럼, 딱 맞아."

"근데 왜 안 하고 다녔어?"

어제 휑하니 빈 세아의 손가락이 야속하게 비춰질 만도 했다. 혹시 낄 수 없을 만한, 피치 못할 사유가 있다거나. 도현의 한쪽 눈썹이 묘하게 위로 올라갔다.

"누나 남자 있어?"

"아니? 나 완전 혼잔데?"

세아가 저도 모르게 바락 소리를 내질렀다. 그게 또 웃겼는지 도현이 피식 웃었다. 뒤늦게 너무 강한 부정을 한 건 아닌가 싶어 세아는 부끄러웠다.

"근데 왜 안 껴."

반지를 보면 도현과 한 약속이 자꾸만 생각나 차마 낄 수 없었다. 애써 웃으며 '그냥'이라고 대답한 세아가 목걸이를 풀기 위해 꼼지락대자 도현이 그 위로 손을 겹쳤다. 마치 열쇠를 만나 입구가 열리는 것처럼 자그마한 이음새가 너무나도 쉽게 도현의 손길로 풀어졌다.

"나 없어도 끼고 다니지. 결혼한 사람처럼."

체인에서 반지를 뺀 도현이 세아의 왼손을 잡고선 네 번째 손가락으로 밀어 넣었다.

"기다리니까 남편 오잖아."

나지막이 쏟아지는 목소리가 손가락 위를 훑고 지나갔다. 정말 딱 맞네. 작게 속삭이며 기특하다는 듯이 반지 위로 입술을 부딪친다. 젖어드는 숨결보다 더 뜨거운 눈빛이 지그시 세아를 주시한다. 세아는 옅게 속눈썹을 떨었다.

"이제 가족이라고 말할 수 있는 건 우리 둘뿐이네."

"……응."

"내가 더 잘할게."

십 년이라는 시간 동안 부모님을 잃은 아픔마저 정리한 건지, 오히려 도현은 슬퍼하기보단 똑같은 처지의 세아를 위로했다. 세아는 두 팔을 올려 도현의 목 뒤로 감고선 끌어안았다.

못 이기는 척 누워 있는 세아에게로 내려온 도현이 목덜미에 얼굴을 묻으며 말했다.

"조금만 기다려. 정리되면, 그때 집도 사고 결혼식도 하고 그러자.”

어제도 정리할 것이 있다고 말했던 도현이었다. 또다시 피어오르는 궁금증에 세아가 시선을 내리자 도현이 지친 숨을 내쉬었다.

“그때 되면 다 말해 줄게. 그전까진 나 누나가 데리고 있어야 돼.”

“당연하지. 네가 어딜 가.”

“동거인데 괜찮아?”

“어?”

“나 이러다가 너한테 무슨 짓 할지도 모르는데.”

“뭐 어때, 우리도 이제 어, 어른인데.”

한 살 많은 세아가 제법 어른스럽게 말했지만 불과 어제까지만 해도 도현의 손길을 저지했던 세아였다. 도현이 설핏 웃음을 터트리며 허리를 세웠다. 세아를 내려다보는 그의 목울대가 탐스럽게 움직였다.

“정말 나 하고 싶은 대로 해도 돼?”

노골적인 질문에 차마 대답할 수 없었다. 도현이 검지를 세워 세아의 가느다란 목을 짚고선 천천히 내려갔다. 얇은 블라우스 때문인지 오감이 곤두섰다. 단추를 스치자 세아가 눈을 꼭 감았다. 온몸이 간지러웠다. 허리의 굴곡을 따라 지나가니 이젠 차라리 벗겨 줬으면 하는 마음까지 들 정도였다. 도현이 피식 웃더니 손바닥 전체로 세아의 얼굴을 감싸며 들어 올렸다.

"누나, 우리 나가서 데이트하자."

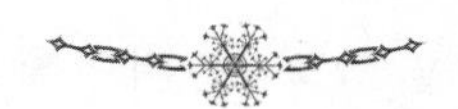

무책임하게 매니저라는 직급으로 그러면 안 되지만 세아는 급한 일이 생겼다며 오늘 나가지 못하겠다고 말했다. 당연히 사장의 잔소리가 쏟아졌다. 세아만 한 직원도 없었기에 자르는 대신 이번 한 번뿐이라는 말로 하루를 얻어 낼 수 있었다.

당장에 도현이 가지고 있는 물건이 하나도 없어 대형 마트로 가 꼭 필요한 생필품부터 샀다. 그다음은 의류 매장이었다.

"뭐가 맘에 들어? 너 평상시에 어떤 거 입는지 잘 몰라서."

"아무거나."

"그러지 말고. 네 옷이잖아."

세아가 옷걸이에 걸린 옷을 들쑤시는 동안 도현은 물끄러미 세아만 쳐다봤다. 남자 옷만 파는 가게에 지금 누구의 옷을 사기 위해 온 건지 빤히 다 알 텐데. 이것저것 꺼내 도현의 가슴팍에 대어 보니 시큰둥하게 고개만 끄덕인다. 세아는 답답했다.

"잘 어울리는 거 사 주고 싶단 말이야."

몇 달 만에 만난 것도 아니고 자그마치 십 년이다. 죽었다 살아온 제 연인에게 뭐든 해 주고 싶은 마음은 당연했다. 속상한 듯 인상을 찡그리는 세아를 도현이 빤히 본다. 들고 있던 옷을 다시 옷걸이에 거는 세아의 손이 어쩐지 허탈했다. 그러자 도현이 아까완 달리 빠르게 옷걸이를 헤집었다.

"이거, 이거, 이거."

잡혀 나온 옷들은 곧이곧대로 세아의 품속으로 들어갔다. "됐어?" 하고 물으니 세아가 작게 중얼거렸다.

"바지도……."

도현이 다른 옷걸이로 손을 뻗었다. 한 번의 손길로 잡혀 온 바지 역시 세아의 품으로 안겨 왔다. 건조했던 도현의 표정이 날카롭다.

"됐지? 나가자. 남자 직원이 아까부터 너만 봐."

세아는 눈을 끔뻑였다. 도현의 태도가 이제야 경계하는 모습이었단 걸 눈치챘다. 무신경했던 게 아니라 저 남자 때문에……. 세아는 힐끗 계산대에 선 남자를 보았다. 그러자 도현이 세아의 턱을 잡고 제 쪽으로 돌렸다.

"가자고."

무작정 고개를 끄덕이며 계산대로 향했다. 그 옆에 선 도현의 눈빛이 거칠었다. 친절히 인사를 건넨 직원이 미소 짓던 입가를 죽인 채 제 할 일에 열중했다.

"십팔만 원입니다."

계산을 마치고 영수증을 받은 세아는 이상함을 느꼈다. 무슨 우연의 일치인지 티셔츠의 가격이 모두 동일했다. 세아가 맘에 든다고 골랐을 때 보았던 가격보다 현저히 낮았다.

"또 뭐 사야 돼?"

도현이 일부러 저렴한 것만 고른 듯했다. 세아는 종이 백 안에 담긴 바지의 사이즈를 들춰 보았다. 바지 역시 직원에게 사이즈를 묻지 않았음에도 똑같았다.

"……아니야, 가자."

세아가 웃으며 도현의 손을 잡았다. 그제야 도현의 숨통도 트인다. 도현은 문을 열고는 이곳엔 두 번 다시 오지 않을 것처럼 걸어 나갔다. 세아는 함께 거닐며 머릿속으로 옷을 집어 들었던 도현의 손을 떠올렸다. 제대로 보지도 않고 무작정 꺼내 들었던 것뿐인데 세아의 지갑 사정을 배려한 듯한 가격하며 제게 맞는 사이즈까지. 그러고 보니 어젯밤 빌라 앞에 서 있던 도현의 모습이 수상쩍다. 어디서 왔기에 짐도 없이 몸만 왔을까.

"무슨 생각해?"

마치 도망자처럼. 세아는 생긋 웃었다.

"너랑 점심 뭐 먹을까 하는 생각."

"너 먹을래."

"얘가 무슨, 밖인 거 몰라?"

"장난이야."

세아가 발끈했다가 피식 웃는 도현을 보며 안도한다. 펄떡 뛰는 심장 소리가 혹여나 들릴까 세아는 어깨를 움츠렸다.

"근데 우습게 넘기진 말고."

스치듯 들린 목소리가 지독히 낮다.

평범한 연인처럼 식사도 하고 볕이 가장 따사로운 시간대를 산책 겸 거닐었다. 공원 벤치에 앉아 대화도 나눴지만 그곳에 십 년에 대한 얘긴 없었다. 도현은 준비가 되면 천천히 말해 준다고 했고, 세아는 그냥 바쁘게 살았다는 말로 두리뭉실하게 상황을 넘겼다.

서로에 대해서 모르는 것 하나 없던 열다섯과 열여섯이 스물다섯, 스물여섯이 되었을 땐 서로에 관해 설명하는 걸 기피했다. 겉으로는 괜찮은 척했지만 궁금하지 않을 수 없었다. 내가 없던 시간 속의 너.

세아도 그랬고 도현도 마찬가지였다.

"어디 가."

세아는 등 뒤로 들려오는 목소리에 입술을 잘근 깨물었다. 그러고선 이내 해맑게 웃으며 뒤돌아섰다.

"아, 깼어?"

도둑고양이처럼 발끝을 세우고 현관으로 향하던 세아는

침대에서 일어나 불까지 켜는 도현을 보며 절망했다. 환하게 들어온 불빛 아래에 선 도현의 눈은 잠에 무르익어 온전히 다 뜨진 못했지만 그래서 더 예리해 보였다.

오늘 하루 이곳저곳 돌아다닌 게 피곤했는지 저녁을 먹고 잠이 든 도현의 옆에서 함께 잠든 척 연기했던 세아는 9시로 맞춰 둔 알람이 울리기 1분 전에 일어나 휴대폰부터 껐다.

어제 쪽지로 지시받았던 장소로 가기 위해 온 신경을 곤두세우며 조심스레 옷을 갈아입고 나서려고 했는데, 그만 도현에게 딱 걸리고 만 것이다.

"잠깐 요 앞에 친구가 와서 얼굴만 보고 올게. 자고 있어."

"얼마나 걸리는데."

"……두 시간?"

도현의 눈썹이 구겨지며 고개가 삐딱하게 한쪽으로 기울었다. 세아가 냉큼 말을 정정했다.

"한 시간, 한 시간이면 돼."

"많이 친해?"

"어, 응. 멀리 사는 애라 나 보러 왔다는데 안 나갈 수가 없어서."

도현의 시선이 벽에 걸린 시계로 향했다. 9시 30분이었다.

"알았어. 빨리 와."

저도 같이 간다고 따라나설 줄 알았던 도현이 순순히 말하자 세아는 안도했다. 문 앞으로 마중 나온 도현에게 손을 뻗어 예쁘다는 듯이 머리까지 쓰다듬어 주었다. 세아가 웃으며 신발을 신었다.

"금방 올게. 집 잘 지키고 있어."

'쾅' 하는 소리와 함께 세아가 사라진 문을 가만히 지켜보고 있던 도현은 손을 올려 세아의 온기가 남아 있는 머리카락을 한 번 쓸어 넘겼다. 등을 돌려 형광등이 내리쬐는 구간을 지난 도현이 조금 전까지만 해도 누워 있던 침대로 향했다.

헝클어진 시트 위로 도로 눕는 대신 몸을 낮춰 침대 밑으로 손을 넣어 더듬거리자 부착되어 있던 무언가가 만져졌다. 도현의 팔이 빠져나왔을 때 손에 들려 있는 건 검은 물체였다.

"……."

리볼버였다. 그것을 익숙하게 움켜쥔 도현이 탄창을 열자 탄알이 빼곡히 장전되어 있었다. 손목을 기울여 그것을 모조리 아래로 쏟아부은 도현이 굽혔던 무릎을 펴며 총을 바닥으로 던졌다. 묵묵히 주변을 한 번 훑어본 도현이 벽면으로 향했다. 액자를 거둬 내자 뒤쪽에 마련되어 있는 작은 공간에선 베레타가 나왔다. 역시나 모두 다 장전. 바닥으로 던지는 손길이 이번엔 제법 매서웠다.

도현은 별다른 어려움 없이 시선 한 번으로 집 안 곳곳에 숨겨져 있는 총들을 찾았고, 전부 거실 한가운데로 모았을 땐 그 개수가 7개나 되었다.

여자의 집에서 살상용 무기가 7개나 나온 것도 놀라웠지만 들키지 않게 몰래 숨겨 놓은 무기를 눈으로 찾아낸 도현도 말이 안 되었다. 마치 벽 사이사이 모든 것을 투명하게 꿰뚫어 본 것처럼.

한곳에 모인 무기들을 가만히 내려다보던 도현이 곧바로 현관으로 향했다.

내 누나는 아주 위험한 일을 하고 있다.

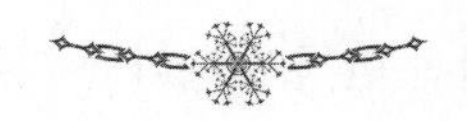

「누나, 말 좀 해요. 죽은 거 같으니까.」

무전 리시버를 통해 들려오는 요한의 목소리에 세아는 지그시 바라보고 있던 조준경에서 얼굴을 뗐다.

"나 오늘 빨리 집에 들어가야 하니까 쓸데없는 잡담 하지 말자."

「에이, 또 딱딱하게 그러신다.」

수다쟁이. 이래서 얘랑 하기 싫다고 한 건데. 세아가 설핏 인상을 구겼다가 다시금 자리를 고쳐 잡았다.

「아, 나 궁금한 거 있는데. 누나 첫사랑 있어요?」

기가 막히게 물어 오는 질문이다. 아마 평소대로였다면 세아는 사무적인 말투로 '아니'라고 대답했겠지만 지금은 다르다.

"있어, 첫사랑에다가 무려 결혼까지 약속한 남자."

「뭐라고요?!」

아, 시끄러워. 세아는 한쪽 눈가를 찡그렸다가 이내 성질을 냈다.

"야, 귀청 떨어질 뻔했잖아!"

「뭐예요, 진짜예요? 대장이 누나 솔로라고 했는데?」

"지서진 씨가 뭘 모르시고 한 말씀 같네. 나 임자 있어."

장갑 안으로 끼워진 반지가 세아를 기분 좋게 했다. 지금쯤 도현은 뭘 하고 있을까. 나오기 전 자신의 체향이 가득 담긴 침대에 몸을 구기고 자던 도현의 모습이 떠올라 슬쩍 웃던 세아의 입꼬리가 이내 느리게 내려갔다.

그러고 보니 이상했다. 소리 없이 맡은 임무를 해내야 하는 작업 특성상, 처음 훈련을 받을 때부터 체계적으로 자신의 흔적을 지우는 법부터 배웠던 세아는 지금처럼 말하지 않으면 상대방이 생사를 확인할 정도로 은폐에 탁월했다. 잠입은 두말할 것도 없고. 그런 세아가 특별히 신경을 곤두세우며 옮겼던 행적을 도현은 신기하게도 단번에 알아챘다.

"잠귀가 밝나……."

「뭐라고요, 누나? 저보고 자기라고요?」

"이게, 입 닫아."

「어떻게 닫아. 못 닫아. 임자가 있다니, 진짜예요? 그냥 하는 소리가 아니라?」

"그래, 그러니까 너도 나한테 작업 그만 걸어. 내 남자 친구 보면 눈 뒤집힌다."

「아니, 내가 뭐 언제 누날 좋아했다고 그래.」

"……."

「골키퍼 있다고 골 안 들어가나…….」

시무룩한 목소리를 들으며 세아가 작게 웃음을 터트렸다.

"네 골은 절대로 안 들어가."

「왜요?」

"내 남자 친구 키도 덩치도 크거든."

「네?」

"피지컬이 대단하다는 소리지."

「나 참, 무슨. 누나 연애하는 거 대장이 알아요?」

대장이라는 단어에 세아는 어제 카페에 찾아와 쪽지를 건네주었던 서진을 떠올렸다. 알 리가.

「와 씨, 안 믿기네. 우리 팀의 홍일점인 누나가, 남자들이 훈련받다가 더워서 옷 훌렁훌렁 벗어도 무감각하게 쳐다만 보던 누나가, 솔직히 남자들을 너무 아무렇지도 않아

해서 레즈는 아닌가 걱정했던 누나가 갑자기 하루아침에 남자 친구가 생겼다고요?」

"너, 평소 날 그렇게 생각했어?"

「어…… 아니요. 근데 진짜 남자 친구 있다고요? 결혼 약속?」

"그렇다니……."

「목표물 올라갑니다.」

요한의 목소리가 순식간에 진중해진다. 긴장감으로 무장된 침묵이 리시버 너머로 깔렸다. 세아는 잠시 굳어 있던 손가락 마디를 부드럽게 움직이며 검은 자태를 뽐내고 있는 스나이퍼 라이플로 창문을 뚫어지게 주시했다.

「한 판 즐길 준비되셨어요, 나인Nine?」

"준비됐으니까 오라고 해."

제로와 벡터로 구성된 비밀 단체, 일명 카시스.

"빨리 퇴근하게."

그들은 벡터를 사냥한다.

「안 그래도 무슨 냄새를 맡은 건지 정부에 보호 요청해서 어제부터 가드 붙이고 다니니까 쉽게 보지 말자고요.」

심호흡과 함께 요한이 차분한 목소리로 말했다.

「다시 한 번 정리해 드릴게요. 목표물 하나에 가드 둘, 총 벡터 셋. 전부 초능력 하나 보유한 내추럴이에요. 우리 타깃은 천리안이니까 누나 예쁜 얼굴 안 들키게 한 방에 죽여 주시고요, 가드 둘 중 하나는 불에다가 또 다른 하나는 전기. 둘 다 공격형이지만 거리 있으니까 충분히 타깃만 쏴 죽이고 도망갈 시간 되죠?」

"뭐, 불이라고?"

「네, 아까 뭐 들었어요? 누나 내 얘기 집중 안 했죠?」

세아는 잘근 입술을 씹었다. 도현 생각에 솔직히 집중 안 한 건 사실이지만 불을 소유한 벡터가 있다니. 십 년 전 화재 사건을 일으킨 범인이 도현에게 고백했던 여자를 짝사랑하던 이사장 손주라는 걸 알았을 때부터 세아는 불을 사용하는 벡터만 보면 기분이 찝찝했다.

마치 안 좋은 일이 일어날 것만 같은 느낌.

「지금 막 엘리베이터에서 내렸어요. 잘 알 테지만 걔들 초능력 쓰면 바로 이 주변 지대 난리 나요. 누나 실력이야 내가 장담하지만 만약의 사태라는 게 있잖아요? 목표물이 술 취했다고 무시하면 안 돼요. 그리고 들어가서 술 꼴아서 그대로 잠들 수도 있다고요. 불 안 켤지도 몰라요.」

"불 켰어."

창문 너머로 불빛이 희미하게 쏟아졌다. 집 안으로 먼저 들어온 두 명이 혹시라도 침입자가 있을까 곳곳을 살피며 방마다 불을 켠 덕분에 시야는 좀 더 명확해졌다. 가드 중 하나가 창문으로 다가와 활짝 열린 커튼을 잡았다가 이내 주변을 한 번 훑고 등을 돌린다. 이상했다. 왜 커튼을 안 치지?

"……."

뭔가 냄새가 나는데. 당연히 주변을 경계하며 커튼부터 칠 줄 알았던 세아는 발아래에 놓인 석궁을 힐끗 내려다보았다. 아무래도 상관없다. 어찌 되었든 목표물은 오늘 반드시 죽는다.

「목표물 시야 확보됐어요? 설마 바로 침실로 가서 꼴아버린 건…….」

"들어와서 소파 앉았어."

세아는 가드의 부축을 받으며 거실로 와 고급스러운 가죽 소파에 늘어지듯이 앉은 목표물을 바라보았다. 조준경 한가운데에 찍힌 점이 남자의 이마 위를 타깃팅했다.

「자신 있죠?」

"조용히 해."

살갗을 두드리는 바람의 감촉과 방향을 느끼며 세아는 몸 안에서 이뤄지는 모든 움직임을 하나둘씩 제어해 나갔다. 혈관을 타고 흐르는 뜨거운 피가 곧 서늘해지는 걸 느꼈다. 이제 해야 할 일은 기다리는 것이다. 오랜 시간 깜빡이지 않아 건조한 각막 위로 미세하게 바람이 느껴졌다. 온몸으로 공기의 흐름을 읽고 흡수해 모조리 이해했을 때.

탕—!

방아쇠를 당긴다.

오랜 연습의 결과물인 세아의 저격은 오늘도 어김없이

깔끔했다. 발사된 총알이 유리창을 깨고 들어가 남자의 이마에 명중했고 남자는 그대로 술에 취해 눈조차 뜨지 못한 채 허무한 죽음을 맞이했다. 버릇처럼 전신을 훑으며 목표물의 생사를 확인하던 세아의 눈가가 살며시 구겨졌다.

「성공했어요?」

마치 술에 취한 모습을 연기라도 하듯 소파에 늘어져 있는 남자의 옷차림이 지나치게 작위적이었다. 세아가 나지막하게 물었다.

"……저 남자 조사한 바로 초능력 보유 수가 몇 개였지?"

「말했잖아요, 내추럴이라고. 하나요.」

목 아래로 반쯤 늘어뜨려 놨지만 매듭이 엉성하지 않은 넥타이와 양쪽 나란히 단추를 풀었으면서 걷어 올리지 않은 셔츠 소매가 이상했다.

"아니, 능력이 하나 더 있어."

그 말과 동시에 소파에 죽은 듯이 누워 있던 목표물이 액체가 되어 녹아내렸고 그 앞으로 어느 한 남자가 다가와 섰다. 목표물과 얼굴이 똑같은, 하지만 입고 있는 옷차림은 상반되게 깔끔한.

"초능력 두 개야. 그것도 분신."

죽어 있는 가짜 목표물이 아닌, 진짜 목표물이 정확히 세아를 바라보고 있었다. 천리안의 능력을 가진 목표물과 눈이 마주친 세아가 재빨리 방아쇠를 당겼지만 이미 능력을 발동한 남자는 고갯짓 한 번으로 가볍게 총알을 피했다.

황급히 몸을 숙여 난간 밑으로 숨은 세아는 가방으로 손을 뻗었다.

「무슨, 말도 안 돼요. 정보가 잘못되었다는 건데 그럴 린……!」

“가끔 이런 경우 있잖아. 우리 쪽으로 들어오는 정보가 이제 전부 다 맞는 건 아니란 걸 인정해야지.”

「그렇게 한가롭게 얘기하지 말아요. 비상사태라고요. 목표물이 누나 얼굴 봤어요?」

“어.”

가방 안에서 폭탄을 꺼내 난간에 붙이고선 타이머를 맞췄다.

「어쩔 거예요, 이제.」

“어쩌긴.”

스타트 버튼을 누르자 폭탄 위로 떠오른 새빨간 숫자가 60에서 59로 떨어졌다.

“직접 가서 죽여야지.”

「네? 혼자요? 기다려 봐요. 보유 개수도 숨겼는데 백퍼 함정이라고요. 주변에 애들 쫙 깔렸을 거예요.」

“상관없어.”

세아가 그 말과 함께 리시버를 빼 바닥으로 던졌다. 리시버 안쪽으로 요한의 고함에 가까운 소리가 들려왔지만 세아는 개의치 않고 턱 아래로 걸쳐 둔 복면을 눈 밑까지 올려 덮었다. 미리 준비해 두었던, 이동용으로 개조된 석궁을 들고 심호흡했다. 날렵하게 난간 위로 몸을 세워 한쪽 눈을 감았다.

방아쇠를 당기자 날카로운 창살이 허공을 가르며 날아가 창문 바로 위 콘크리트에 콱 박혔다. 난간에 작살을 내려 고정한 세아는 비스듬히 아래로 이어진 끈에 고리를 걸고 50층 높이에서 뛰어내렸다.

미끄러지듯이 건너편 건물을 향해 빠른 속도로 내려간 세아는 그대로 발을 앞세워 창문을 깨고 들어갔다. 바닥에 한 번 구르며 착지한 세아의 매끈한 검은 슈트 위로 미세한 유리 조각이 달라붙어 반짝였다. 갑작스러운 침입에도 놀란 기색 하나 없는 건 상대가 평범한 인간인 제로라는 걸 알았기 때문이다.

"뭐야, 여자애잖아."

하지만 한 가지 간과한 게 있다. 일반적인 제로라면 절대로 벡터와 근접전을 하지 않는다. 초능력자인 그들의 앞에 나타난 이상, 한낱 제로는 파리 목숨에 불과했지만 세아는 그들의 생각과 달랐다. 바닥에 손을 짚은 채 올려다보는 세아의 눈동자가 사냥을 앞둔 맹수처럼 번득였다.

"그것도 평범하기 짝이 없는 제로."

유일하게 초능력과 대응할 수 있는 건 눈보다 빠른 총

알, 그리고.

"……윽!"

오직 피나는 훈련으로 만들어진 신체. 세아가 다리를 들어 목표물의 두툼한 목에 감으며 있는 힘껏 바닥을 향해 내리찍는 건 순식간이었다. 육중한 무게를 소유하고 있던 남자가 중심을 잃은 채 고꾸라졌고 지면으로 무너진 몸이 닿기도 전에 뒤춤에서 때를 기다리던 베레타가 관자놀이를 관통했다.

탕!

간결한 소음과 함께 목표물이 '쿵' 하고 무너졌다. 분신을 만들 새도 없이 벌어진 일이었다. 믿을 수 없는 장면을 목격한 가드들이 딱딱하게 굳어 있자 세아가 깊이 숨을 내쉬며 등을 돌렸다.

"뭘 봐?"

세아가 발밑에 놓인 목표물을 발로 툭 찼다.

"일들 안 해?"

방심이 만들어 낸 상황을 비웃기라도 하듯 세아의 고개가 둘을 향해 삐딱하게 틀어졌다. 제로가 나약하다고? 천만에.

"덤벼. 빨리 집에 가게."

그 편견이야말로 제로를 강하게 만든다는 걸 오늘 똑똑히 보여 줄 생각이다.

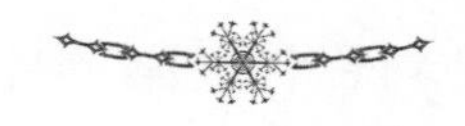

예상 밖으로 잘해 줬군.

세아가 복귀해 대장인 서진에게 듣고 싶은 말은 딱 그거 하나였다. 세아에게 서진은 돌아가신 부모님 대신이자 동료임과 동시에 무슨 수를 써서라도 잘 보이고 싶은 대상이었다. 그러다 보니 그가 준 임무는 세아에게 무슨 짓을 해서라도 성공해야 할 일이었다. 물론 독단적인 행동으로 인한 잔소리를 막을 도리는 없겠지만 결과가 좋으니 세아에게도 할 말은 있는 셈이었다.

어쨌든 셋 다 죽였잖아. 전부 세아가 계획했던 대로다.

"하아……."

물론 부상은 예상에 없었던 거였지만.

세아는 손으로 왼쪽 어깨를 힘껏 짓눌렀다. 전기에 제대로 맞는다면 바로 정신을 잃을 게 뻔해 한쪽에 집중했던 게 지금과 같은 결과를 불러 온 셈이다. 무식하게 공간 전체를 불태운 벡터로 인해 열기에 달궈진 철제가 천장에서 떨어지면서 어깨를 맞았다. 무사히 그곳에서 도망쳤지만 슈트 안쪽에선 이미 깊어진 상처 때문에 피가 새어 나오고 있었다. 뼈까지 잘못되었는지 이젠 아예 말도 안 듣는다.

"……아, 정말 상황 안 좋네."

건물 한 층 전체를 태웠기에 이목 하나는 제대로 끈 셈이었다. 화려하게 초능력을 썼으니 출동한 경찰이 이곳저곳 사이렌을 울려 대는 건 당연한 처사였다.

어느새 벌 떼처럼 몰려든 경찰들을 피해 자꾸만 골목으로 파고든 세아는 이내 막다른 벽을 보고선 한숨을 내쉬었다.

"골라도 이런 길을, 윽……."

어깨가 떨어져 나갈 것 같았다. 꽉 누를수록 살점이 짓눌려 고통은 배가됐다. 부상도 부상이지만 점차 범위를 넓히는 경찰의 수사가 세아의 목을 점점 조여 왔다. 이동하는 내내 피가 떨어지지 않도록 신경 썼지만 출혈이 심해 이젠 역부족이었다. 출구가 없는 미로를 헤매는 것도 이젠 무리다. 정신력이 점차 흐트러지기 시작한다.

"잡히는 게 나으려나."

일단 잡혀간 다음에 서진이 빼내 주길 바라야 하나. 그런 식으로 민폐 끼칠 바엔 차라리 자결하는 게 낫지 않나.

"억울하게, 이래 가지곤 복귀해서 뻔뻔하게 말도 못하잖아."

다리가 후들거리며 더는 말을 듣지 않는다. 벽에 기대 주저앉은 세아는 점차 밝아지는 주변을 보며 흐리게 속눈썹을 떨었다. 어느덧 앞까지 밀려온 빛을 보며 도망칠 곳을 찾는데, 갈 곳이 없다.

세아는 눈을 질끈 감았다. 낭떠러지 끝에서 문득 생각난 건 다름 아닌 도현의 얼굴이었다.

"……젠장."

안 돼, 난 가야 해. 집에서 도현이 기다리고 있다.

그 집념이 세아를 일어서게 했다. 세아는 눈을 부릅뜨며 기대고 있던 벽을 올려다보았다. 지그재그로 쌓아 놓은 벽돌을 그나마 멀쩡한 오른손으로 잡아 본 세아는 오직 한쪽 팔의 힘과 다리만으로 그곳을 기어 올라갔다. 오기와 아집이었다. 불가능할 것만 같았던 상황에서 힘으로 벽을 타고 오른 세아가 건너편으로 떨어지자 동시에 골목 입구 쪽에서 헤드라이트가 비쳤다.

"여기도 없는데, 대체 어디로 간 거야?"

"부상 입었다고 하지 않았어? 얼마 못 갔겠지."

벽 뒤쪽에서 들려오는 목소리를 들으며 1초라도 늦었다면 어떻게 됐을지, 세아는 덜덜 떨리는 잇새를 턱으로 꽉 조였다. 자꾸만 치고 올라오는 신음을 온몸으로 저항했다.

"헤이, 아가씨."

기분 나쁜 음성이 세아의 귓전을 파고들었다. 빳빳하게 굳은 고개를 돌리자 세아와 마찬가지로 검은 특수복을 입은 남자가 보였다. 두꺼운 방탄 소재로 무장된 옷과 달리 무기라곤 꼿꼿하게 세운 손가락 하나가 전부였고, 그곳에선 불꽃이 올라오고 있었다. 세아는 천천히 걸어오는 남자를 보며 인상을 찌푸렸다. 아무리 벡터와 릭시 중 불을 가진 초능력자가 많다지만 하루에 두 번이나 마주치는 건 아무리 생각해도 운이 나쁘다.

"정말 열 받네."

이래서 찝찝하다고 한 건데. 불은 예나 지금이나 세아를 짜증 나게 만들었다. 게다가 불꽃이 빨간색도 아닌 보라색. 초능력마다 숙련도에 따라 레벨이 존재하는 데, 정말 일이 더럽게 안 풀리긴 하는 건지 보라색은 상급으로 스치기만 해도 치명적일 정도로 위험했다. 게다가 불이라면 범위도 넓고, 지금 이곳은 좁디좁은 골목이다.

"뭐가 그렇게 화가 나서 얼굴을 구기고 있어. 내가 제대로 열 좀 받게 해 줄까?"

"내가 고기니? 열이 필요하게."

"하, 이게 끝까지 상황 파악 못 하고 건방지게. 저번에도 너였지, 안종식 의원 화물 컨테이너 들쑤신 거."

"……."

"카시스니 뭐니, 너 때문에 요즘 우리가 얼마나 개고생하는 줄 아냐?"

물러날 곳 없어 날카롭게 눈을 치켜뜨고 있던 세아의 앞으로 걸어온 남자가 입꼬리를 올렸다.

"이거 봐라, 가까이에서 보니 제로치곤 몸매가 꽤 봐줄 만하네."

세아는 피식 웃음을 흘렸다. 데자뷰도 아니고 어디서 많이 본 장면이다. 대상만 바뀌었지 예나 지금이나 이런 지긋지긋한 말은 계속 듣는다. 도현의 옆에서도 들었고, 지금도 그랬다.

“몸도 너덜거리는데 얌전히 오빠랑 가자.”

“누가 누구 보고 오빠래, 미친놈이.”

제아무리 독 안의 든 쥐라도 기분이 나쁘면 작은 이빨이라도 세우는 법이다. 세아가 살벌하게 말하자 남자의 손가락 위로 떠 있던 불길이 확 치솟았다.

“오빠 싫어?”

“…….”

“그럼 한 방 먹고 다시 생각해 봐, 좋은가.”

남자의 손가락 끝이 움직였고, 세아는 질끈 눈을 감았다. 한데 뜨거운 열기가 들이닥친 건 세아의 살결 위가 아니었다.

“으아아악!”

괴로움에 소리를 지르는 것도 세아가 아닌 남자였다. 세아가 파르르 떨리던 속눈썹을 밀어 올렸다. 조금 전까지만 해도 세아를 향해 역겨운 표정을 짓던 남자가 얼굴조차 알아볼 수 없을 정도로 새까맣게 변질돼 으스러졌다. 끝까지 집어삼킬 작정인지 여전한 위력의 불길을 본 세아의 눈가가 좁아졌다.

“…….”

새하얀 색이었다. 세아가 기억하기론 불꽃들 중에서 가장 강한 위력을 가진 건 바로 하얀 불꽃이었다. 불을 보유하고 있는 벡터가 제아무리 많아도 그 능력을 마스터하는 건 하늘의 별 따기보다 어려웠다. 들어만 봤지, 새하얀 불꽃을 실제로 처음 본 세아는 그 능력을 가진 대상이 누군지 확인하기 위해 고개를 들었다.

"내가 불을 좀 싫어해."

익숙한 목소리가 골목에서 흐르자 세아는 소름이 돋았다.

"그래서 하나 배웠어. 하도 거지 같아서."

그을음이 된 남자를 지나쳐 세아의 앞에 멈춰 섰다. 세아는 믿기지 않는다는 듯이 간신히 말했다. 절대로 여기엔 있어서는 안 될, 있을 수도 없는.

"도…… 현아."

하도현, 네가 왜 여기에.

"어디 봐."

복면을 쓰고 있었지만 이미 도현은 세아가 누군지 알았다. 어느 부위에 부상을 당했는지도. 세아의 왼쪽 어깨로 팔을 뻗으며 인상을 구겼다. 세아는 딱딱하게 굳은 채 넋이 나가 있었다.

도현은 손바닥을 흠뻑 적실 정도로 흘러나온 피를 보고 작게 욕을 뇌까렸다. 무작정 자신이 입고 있던 티셔츠부터 찢은 도현이 세아의 어깨에 천을 휘감았다. 도현아, 너, 너…….

"팔 움직여 봐."

"너……."

"팔 움직여 보라고."

"너…… 여긴, 어떻게 왔어?"

세아는 입술이 떨려 와 쏟아지는 말을 멈출 수 없었다. 눈앞이 새하얘진다. 내가 지금 본 게 틀리지 않다면…….

"너…… 릭시야?"

"내 말 안 들려? 팔 움직여 보라고."

"너 지금, 제로인데 초능력 썼잖아. 그렇잖아."

"뼈 나갔어?"

"너 릭시냐고."

세아가 냉정히 물었다. 선천적으로 초능력을 가지고 태어나는 벡터와 달리 릭시는 제로에서 후천적으로 초능력이 생기는 부류인 데다가 대부분 주변의 신고를 통해 정부에 넘겨진다. 거칠게 구기고 있던 도현의 눈썹이 곧게 펴졌다.

"그럼 내가 십 년 전, 널 두고 왜 사라졌다고 생각하는데."

설핏 웃는 입꼬리가 매섭다.

"다른 여자랑 바람이라도 난 줄 알았어?"

처음이다, 이렇게 날이 선 목소리로 말하는 하도현은.

"릭시, 라니. 팔찌가 없잖아……."

세아는 혼란스러운 머릿속을 잠재울 새도 없이 물었다.

"벡터나 릭시가 차는 팔찌, 넌 없다고."

"일단 피해."

"팔찌 없잖아. 안 하고 있잖아."

"움직이자고."

"십 년 전이라니, 그럼 그때…… 열다섯 살 때 이미 넌 제로가 아니었다고?"

"누나."

"그때부터야? 언제부턴데?"

"윤세아."

인내를 몇 번이고 새기던 목소리가 결국 견디지 못하고 거칠게 흘러나왔다.

"대체 그게 뭐가 중요해. 내가 갇힌 십 년 동안 너 하나 보고 싶어 미쳐 갔다는 게 중요하지."

갇혀?

"내가 누구 때문에 십 년간 어딘지도 모를 곳에서 훈련을 받았는데. 왜 이제 와서 그런 걸 물어. 다 알고 있잖아."

"무슨……."

"그래서 난 얌전히 다 받고 왔고. 물론 원망을 안 했던 건 아닌데 이젠 그것도 무뎌졌어."

세아는 점차 시야가 흐릿해지는 걸 느꼈다. 원망한다고, 나를. 도대체 왜? 지독히도 고요한 도현의 눈동자가 세아에게 닿았다.

"네가 나 열다섯 살 때 신고했잖아."

네가 날 떠났을 수밖에 없던 이유.

"제로인데 초능력 쓴다고."

내가 무슨 짓을 하든 전부 날 용서하겠다던 이유.

"네가 했잖아, 윤세아."

우리 둘 사이엔 오해가 있었다. 10년이라는 공백 사이 빼곡히.

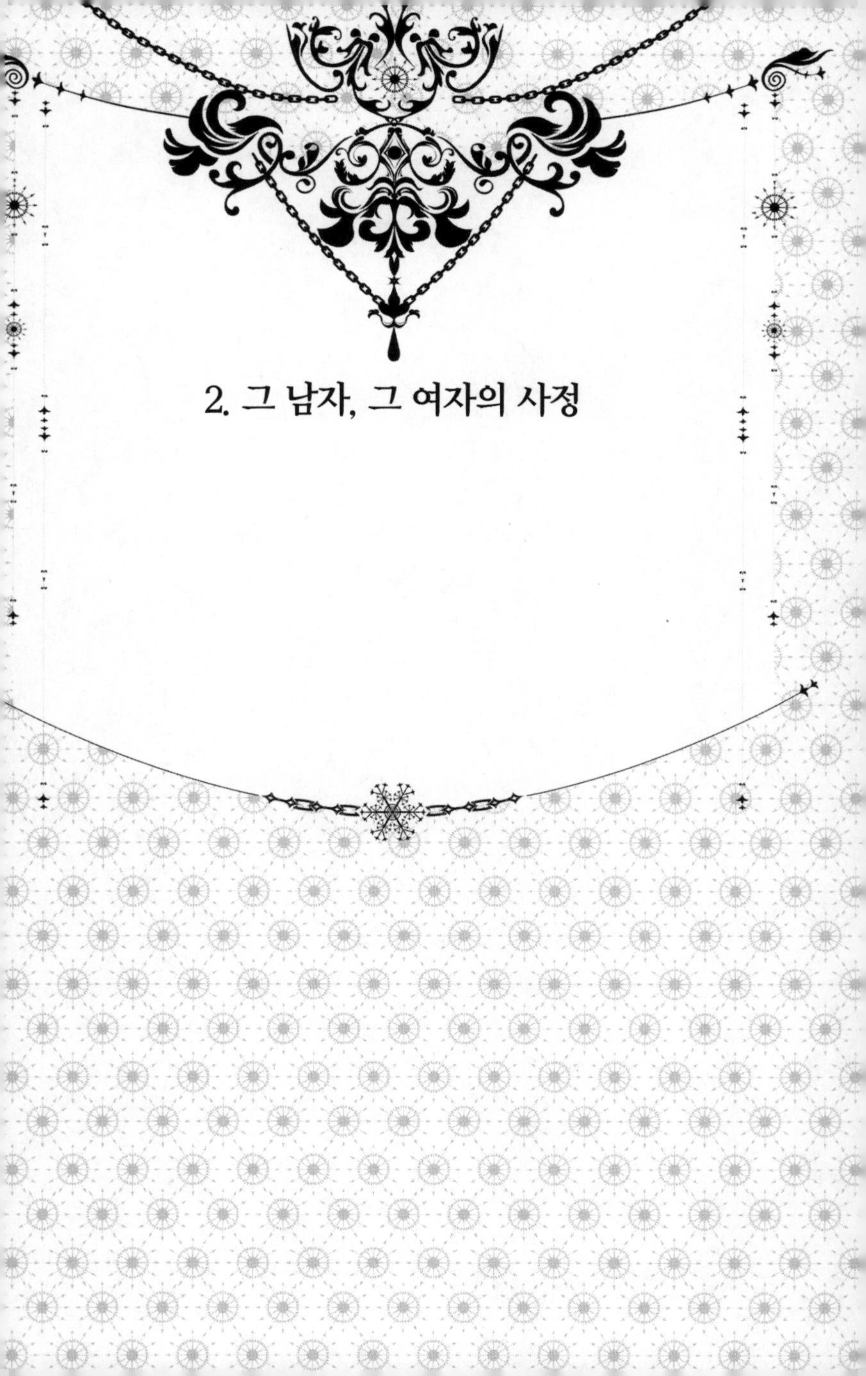

2. 그 남자, 그 여자의 사정

2. 그 남자, 그 여자의 사정

"……그게 무슨 소리야."

난생처음 듣는 얘기다. 세아는 정신이 바짝 곤두서는 걸 느꼈다. 기억은 불이 났던 그 순간으로 세아를 데려갔다. 문자로 자고 있겠다고 해서 답장조차 하지 않던 그날, 얼마나 아픈 걸까 걱정스런 마음에 학원이 끝나기만을 초조하게 기다렸다가 집으로 향했던 세아가 본 건 침대에 얌전히 누워 잠든 도현의 얼굴이 아닌 검은 하늘 아래에서 불타오르고 있던 아파트였다.

"난 너 죽은 줄 알았어."

"그전에 나왔다고 했잖아."

"……."

"뭐, 정확하게 말하면 끌려간 거지만."

"누구한테 끌려가?"

세아의 눈초리가 날카롭게 올라갔다. 그러자 도현이 지겹다는 얼굴로 세아를 바라보았다.

"네가 나 릭시라고 신고한 거 다 안다고 몇 번을 말해. 나 데려가라고 그런 거 아니었어?"

되도록이면 이 잔인한 사실을 말하고 싶지 않았는지 안 그래도 차가운 인상을 가진 도현의 얼굴이 더욱 서늘해졌다. 세아가 느리게 고개를 저었다.

"난 신고한 적 없어. 네가 릭시라는 것도 몰랐다고."

"내가 봤어."

"난 아니라고."

"그래야 네 속이 편하다면 그런 걸로 해."

더 이상의 대화는 필요 없다는 듯 도현이 팔을 뻗어 세아를 안아 들었다. 그 모습이 대답을 회피하는 모습처럼 비쳤는지 세아가 바락 소리를 내질렀다.

"하도현!"

"조용히 해. 잡히기 싫으면."

오해를 풀고 싶은 게 당연했지만 상황이 여의치 못했다.

"나 두고 범죄자 되고 싶지 않으면 입술 꽉 물어."

소름 끼치도록 차가운 눈빛이 다친 세아의 상처를 보고선 이내 걸음을 옮겼다. 삼엄해진 경비를 뚫고 나가는 데에 집중해야만 했다. 세아는 다쳤고, 빌어먹게도 피가 계속 나오고 있는 상황이었다.

안전한 곳으로 가야 한다는 일념 하나로 온 신경을 곤두 세운 채 걷는 도현의 얼굴을 올려다보며 세아는 연신 넋이 나간 사람처럼 중얼거렸다.

"나 아니야, 그거 나 아니야…… 도현아. 나 그런 적 없어."

"……."

"내가 널 왜 신고해. 널 왜……."

세아가 가느다란 목소리로 힘겹게 부정하려 할수록 도현은 어쩐지 머리만 더 아파 왔다. 안 그래도 세아가 다쳐서 터지기 직전인데 세아의 애달픈 음성은 도현이 열다섯 때 사랑하는 여자에게 배신당해 덴 심장만 괴롭게 할 뿐이었다.

그래, 이해해. 그때 못 들었다고 생각했겠지. 네가 작은 목소리로 숨죽여 전화해 낱낱이 신고하던, 네가 불타오르는 정의감으로 고발하던 그 장면을 내가 못 보고 못 들었을 거라 생각하는 게 당연했다.

"악……!"

그런데 지금 이건 아니잖아. 치졸한 핑계도 상황을 봐 가면서 해야지. 침대 위로 세게 내던져진 세아가 잇새로 아픈 신음을 내뱉었다.

"똑바로 누워."

차라리 오는 내내 아니라고 하지 말고 그냥 묵묵히 날 끌어안아 주지 그랬어.

아무렇게나 헝클어진 세아의 머리카락을 정돈해 줄 정신 같은 건 지금 도현에게 없었다. 주변에 진을 치고 쥐 잡듯이 샅샅이 수색을 하는 경찰들의 시선을 피해 집으로 오는 데에만 오랜 시간이 소요됐다. 고개를 옆으로 돌린 세아의 눈이 한껏 커졌다.

"너…… 뭐야."

만일의 사태에 대비해 집 안 곳곳에 숨겨 두었던 무기들이 전부 꺼내져 바닥에 모여 있었다. 도현은 침대로 다가와 어깨를 움켜쥔 세아의 손목부터 잡았다.

"너 이걸…… 어떻게."

"손 치워."

"어떻게…… 찾았어?"

놀란 듯 휘청이는 세아의 눈동자를 내려다본 도현은 우스웠다. 이딴 거 찾아낸 게 뭐 그리 대수라고. 지금 어디가 어떻게 찢어지고 피가 얼마나 많이 흘러나오고 있는데. 고작 하는 말이 이딴 거 보면서 '어떻게 찾았어?'라니.

"왜, 초능력으로 찾았다고 하면 징그러워?"

"뭐?"

"네가 싫어하는 그 초능력으로 찾았어. 투시 능력이 있어서 이딴 거 찾는 건 일도 아니거든."

투시라니……. 세아가 놀라 입을 움직이지 못했다. 도현은 처절한 기분을 만끽했다. 역시나 예상했던 반응이다.

10년 전과 마찬가지로 사랑하는 여자에게 배신당하는 절망감을 맛본 도현은 힘이 바짝 들어간 세아의 손목을 꽉 움켜잡으며 낮은 목소리로 말했다.

"힘 풀어."

"투시…… 가 있다니. 너 초능력 두 개야?"

"누나, 나 화낼 거야."

"정말 너 릭시냐고."

얼굴 볼 때마다 릭시, 릭시. 그 골머리 썩을 것만 같은 단어가 절대로 듣고 싶지 않던 세아의 입에서 몇 번이고 흘러나왔다. 도현은 슬슬 한계였다.

"움직이지 말고 가만히 있어."

"어서 대답해. 맞아?"

"윤세아."

"너 릭시인 거, 나 몰랐다고!"

"다 알면서 왜 이렇게 시치미야. 무슨 문제라도 있어?"

바락 내질러진 목소리가 너무나도 낯설어 세아는 눈조차 깜빡일 수 없었다. 단 한 번도 화라는 걸 내 본 적 없던 도현이다. 이와 같이 살갗을 도려내는 분위기가 나올 수 있다는 걸 오늘 처음 안 세아는 입을 다물 수 없었다. 세아를 집어삼킬 듯한 짐승 같은 눈빛이 닿는다.

"이제 와서 아닌 척, 순진한 척하고 싶은 거야 뭐야."

그것도 아니면 네가 날 정부에 넘기면서까지 지키고 싶

었던 정의감은 건재하되, 나한테만큼은 착하고 따뜻했던 누나로 남고 싶었어? 내가 고작 그거 알았다고 해서 이제와 달라질 거 있어? 도현은 턱이 아릴 정도로 힘을 주며 어깨에서 세아의 손을 떼어 냈다.

"그렇게 발악하지 않아도 여전히 너 사랑하니까 가만히 좀 있어."

그딴 거 이미 십 년 동안 다 이겨 냈다고. 넌 더 이상 나에게 천사 같은 누나는 아니지만 그보다 더 잔인하고 매혹적인 악마가 되어 있어.

"네가 무슨 짓을 하든 난 너 사랑해."

물론 난 거기에 영혼까지 팔았고.

"내가 하고 싶은 대로 해도 된다고 했지."

"무슨……."

"옷 벗길 거니까 소리 지르지 마."

"윽……!"

세아의 허리 밑으로 손을 밀어 넣은 도현이 등 뒤로 자리 잡은 지퍼를 찾아 내렸다. 땀으로 얼룩져 더욱 감미롭게 느껴지는 살결을 특수복과 억지로 분리해 내고, 문제의 상처를 마주했다.

생각했던 것보다 세아의 부상은 심각했다. 도대체 뭘 어떻게 다친 건지 살점이 반이나 찢겨져 나간 것으로도 모자라 화상을 입은 주변으로 붉은 기가 가득했다.

"하아…… 윽……."

세아의 호흡이 몹시 가팔랐다. 지금 정신력 하나로 버티고 있는 게 기적처럼 느껴졌다. 도현은 자신의 품에 안겨 숨이 곧 끊어질 것처럼 헐떡이는 유약한 숨결을 느꼈다. 곧 감길 듯 눈꺼풀의 떨림이 희미해졌다.

"누나."

뒤로 넘어가는 고개가 도현의 숨마저 앗아 가 버린다.

"윤, 세아."

호흡이 제대로 되질 않았다. 생기 없이 사늘하게 식은 세아의 눈꺼풀을 보며 도현은 재빨리 얼굴을 매만졌다. 의식을 잃은 세아를 살피던 도현의 시야가 일순간 흑백으로 변했다. 머리 위로 견디기 어려울 정도로 암담한 그림자가 드리웠다.

내가 널 만나기 위해서 지난 십 년을 어떻게 견뎌 내고 보냈는데, 내가 여기 오기까지 얼마나 먼 길을 돌고 돌아왔는데. 고작 하루 사이에 도현이 그토록 만나고 싶었던 세아는 피로 얼룩져 있었다.

그리고 든 생각은 무슨 수를 써서라도 우리에게 또 이별이 오지 못하게 하는 것이다. 나는 널 살려 낼 거야. 그 단순하고 명확한 생각만이 머리를 지배했다. 도현은 세아를 침대에 눕히고 자리에서 일어났다.

병원에 가지 못할 상황이라는 건 세아가 입고 있는 옷이

나 쫓기던 상황, 그리고 집에서 무수히 발견된 무기들로 충분히 유추 가능했다. 그 정도 판단은 정신 나간 와중에도 이뤄졌다. 세아가 눈을 떴을 때, 난처해할 일은 단 하나라도 있으면 안 되었다.

어차피 위험한 일이라면 도현은 자신이 조종할 수 있는 방향을 선택하기로 했다. 자신이 컨트롤할 수 있는 위험으로 뛰어들기로 한 것이다. 거기에 희생당하는 건 도현이었지만 세아의 목숨에 비하면 자신 하나 내던지는 일쯤은 아무것도 아니었다.

도현은 탁자 위에 놓인 전화기를 들고 절대로 연락하지 않으리라 마음먹었던 곳으로 연결했다. 수화기 너머로 듣기 싫은 영어가 지겹도록 흘러나온다. 아무나 알 수 있는 번호가 아니었기에 원하는 대상과의 연결은 도현의 몇 마디로 신속하고 빠르게 이뤄졌다.

'여보세요', 역겹지만 지금은 구세주가 될 남자의 목소리가 들린다.

"나야."

10년 동안 한 사람만 그리워해 봤어? 하루 종일 너만 생각해 봤어? 네가 미워서 죽겠고 원망스러우면서도, 날 배신한 널 어떻게 씹어먹을까 하루에도 수십 번은 생각했다가 또 수백 번은 보고 싶어지는 걸로도 모자라 수천 번은 다시 사랑하게 하는 네가.

"도와줘야 할 일이 생겼어."

골백번 사랑할 수밖에 없는 내가.

「안 그래도 연락 기다렸습니다.」

원망스러웠던 적 있어?

「무엇을 도와드릴까요, 도현 님.」

암담한 도현과 달리 남자의 목소리는 지나치게 밝았다. 마치 온실 속에서 자란 도련님에게 바깥세상이 흉흉하지 않으냐는 말투였다. 다 해결해 줄 테니 말해 보라고.

「말씀만 하세요.」

기특해 죽겠다는 거였다. 세상 밖으로 뛰쳐나간 도련님이 먼저 전화해 제 위치를 드러내 준 게. 도현은 침대에 누워 있는 세아를 보며 갈등하던 입술을 억지로 움직였다.

"위치 추적은 전화 걸었을 때부터 했을 거고. 지금 당장 여기로 치료 계열 벡터 하나만 보내 줘."

「다치셨습니까?」

"나 말고."

수화기 너머로 안도의 숨이 흘렀다. 오히려 도현의 눈빛이 무거워졌다.

「알겠습니다. 말씀하신 대로 신속히 조치 취하겠습니다.」

그 이유조차 묻지 않고 곧바로 실행하는 자비로운 태도는 어쩌면 당연했다. 비록 한국이 아닌 바다 건너 시간마저 다른 곳에 있었지만 그에겐 국가와 장소가 가진 장벽

따윈 걸림돌이 될 수 없었다. 그저 낯선 땅 그 어디에 있든 도현이 원하는 것이 있다면 남자는 전화 한 통으로 그것을 해결해 줄 영향력을 가진 자였다.

「그리고 도현 님의 위치가 확보된 이상, 지내실 거처는 제가 따로 마련하겠습니다.」

도현이 원하는 것을 먼저 들어 준 남자가 기다렸다는 듯이 그에 걸맞은 대가를 요구했다.

「도현 님을 안전하게 보호할 수 있도록 감시도 몇 붙일 거고요.」

"……."

「혹여나 밖을 돌아다니시다가 어디라도 다치시면 저희가 아주 곤란합니다.」

지금 도현은 본인 스스로가 탈출한 감옥으로 돌아가겠다고 알린 것이나 마찬가지였다. 도현이 살벌하게 머리카락을 헤집었다.

"다 알았으니까 입 닥치고 당장 벡터나 보내."

너 하나 보겠다고 간신히 도망쳐 나온 곳인데.

"이 여자 잘못되면 나 안 돌아가."

왜 다치고 그래, 나 죽으라고.

도현은 탁한 눈동자로 세아를 지켜보았다. 마음먹는 게 힘들었지, 오히려 잘했다는 생각이 들었다. 10분도 안 돼 현관문을 두드리며 찾아와 이유 불문하고 세아를 치료하는 모습을 보니 말이다.

한쪽 어깨에 자리 잡은 상처가 순식간에 사라진 걸 보며 도현은 권력을 맛봤다. 자신이 제로였다면 제로의 출입이 허락된 병원에 가 온갖 자질구레한 검사와 기다리라는 말만 진저리나게 들었을 거다. 만약 그랬더라면 정말 세아는 기다림 속에서 생과 사를 저울질당하고 있었을지도 모른다.

“상처가 깊어선지 출혈이 많긴 하네요. 뼈에 금도 가 있었고. 치료는 잘되었습니다.”

손을 가볍게 털며 일어난 치료 벡터는 도현이 두려워했던 상처가 별거 아니라는 듯이 말했다. 건방지게 이게 어떻게 아무것도 아니냐며 따질 수 없는 건 그 정도 거만은 받아 줘야 할 정도로 능력이 출중한 자이기 때문이다. 시체 같았던 세아의 얼굴 위로 생기가 가득했다.

굳이 코 아래로 귀를 대보지 않아도 내뱉는 숨이 얼마나 아늑한지, 도현은 오르고 내리는 세아의 가슴이 낙원처럼 느껴졌다. 시트를 잡은 도현이 훤히 드러난 세아의 가슴을 덮었다.

"곧 깨어날 겁니다. 원하신다면 지금 억지로 깨울 수 있습니다."

도현은 되었다며 손으로 무르고선 침대에 걸터앉았다. 분홍빛 뺨을 살며시 감쌌다. 살아 있음을 알리는 온기다. 부드럽게 문지르니 마치 꽃이 핀 들판 위를 날아다니는 것만 같았다.

"이제 다 된 겁니까?"

묵묵히 팔짱을 낀 채 지금 이 상황을 관람하던 남자가 도현에게 걸어왔다.

"안녕하십니까, 관리자님과 통화해 아시겠지만 앞으로 도현 님을 모시게 될 장건우라고 합니다."

흠잡을 곳 없이 깔끔하게 입고 있던 정장을 한 번 더 정돈하며 예를 갖췄지만 도현의 시선은 여전히 세아에게 머물러 있었다.

"치료가 끝나는 대로 모시라 했습니다."

"일어나는 거 보고 갈 거야."

슬쩍 인상을 구긴 건우가 치료 벡터를 향해 고갯짓을 했다. 억지로라도 의식을 깨우게 할 생각이었는지 남자가 세아에게로 손을 뻗었다.

"건드리지 말지. 손목 잘리기 싫으면."

주변의 공기가 순식간에 얼어붙었다. 그 분위기가 스물다섯의 남자가 자아냈다고 믿기 어려울 정도였다. 저도 모르게 손을 거둔 남자가 뒷걸음질 쳤다. 잘려 나가는 기분을 느낀 터라 제 손이 멀쩡한지 재빨리 확인했다.

"한데 이 여자분과 어떤 관계입니까?"

건우는 이런 위압감은 진작 각오했는지 태연히 물었다.

"급하게 오면서 빠르게나마 자료를 훑었는데, 십 년 전 옆집에 살던 누나였다고요."

그러니 '어떤 관계'라는 건 남녀 사이의 관계를 묻는 거였다. 육체적인 관계 포함해서. 도현은 굳게 다물고 있던 입술을 천천히 움직였다.

"어, 옆집 누나였어."

세아에 대해선 그 어떤 손길도 닿지 않게 해야 한다. 분주히 움직인 뇌가 그리 일렀다.

다행히도 도현은 갇혀 있던 10년 내내 세아의 이름을 딱 한 번 제외하고 입 밖으로 꺼낸 적 없었다. 자신의 것이라 생각하며 그 누구와도 공유할 수 없어 안으로 삼켰던 그 소유욕이 지금은 오히려 다행이었다.

"있어, 애인."

보란 듯이 시트 안쪽으로 파묻힌 세아의 손을 찾아 바깥으로 꺼냈을 때엔 왼손 네 번째 손가락 위로 반지가 있었다. 건우의 시선이 빠르게 도현의 손가락을 훑었다. 텅 비어 있는 걸 보고선 슬쩍 구겼던 눈썹을 폈다.

“나랑은 아무런 사이 아니야.”

똑같은 반지를 나눠 끼지 않은 걸 이토록 감사하게 될 줄은 미처 몰랐었다. 그들에게 윤세아는 그저 평범한 옆집 누나여야만 했다.

“십 년 전, 화재 사고로 가족을 모두 잃으셨다고 들었습니다.”

“그래, 그래서 나한테 가족 같은 누나야.”

적당히, 도현은 자신이 도망쳐 나온 행동에도 그럴싸한 의미를 부여한다.

“이제 가족은 이 누나밖에 없어.”

그 안에 남몰래 의미도 포함시킨다. 결혼했으면 가족이잖아. 그렇지, 누나.

다행히 건우는 의심하지 않았다. 피 안 섞인 남을 가족으로 생각하는 것 또한 제로로 살았던 시기의 잔여물이라 여겼다. 건우는 세아를 도현과 친한 사람으로 정리를 마쳤다.

“다행이군요. 만나는 여자분인 줄 알고 잠시 놀랐습니다. 그렇다면 일이 복잡해져서요.”

도현은 세아의 손을 꼭 잡았다. 가족인 세아는 괜찮지만 애인인 세아는 안 된다. 도현이 세아를 사랑하는 걸 알게 된다면 그들은 망설임 없이 세아를 제거할 것이다.

“윤세아 씨 다친 이유에 대해선 어떻게 보고할까요.”

제로 하나 잡겠다고 서울 일대에 경찰이 깔린 상태였다. 꽤 시끌벅적했기에 건우 역시 이곳으로 오면서 이상함을 느꼈을지도 모른다. 비록 집 안에 있는 총기를 모두 불태우고 옷마저 벗겨내 치워 두었다지만 의심할 수밖에 없는 커다란 부상이었다.

"무슨 말을 하는 건지 난 아무것도 모르겠는데."

"그렇다면 저희도 모르는 것이 되겠네요."

건우는 웃으며 그렇게 말했다. 뒤에서 어떤 식으로 조사할진 모르겠지만 적어도 도현에게 소중한 자인 이상 신고하지 않겠단 소리다.

"거슬리니까 나가 있어."

"여기 있겠습니다."

"누나 일어나면 설명하기 귀찮아. 내가 의심받는 걸 원해?"

"……밖에서 대기하고 있겠습니다."

현관으로 향하는 건우의 손목에서 스치듯이 보았던 팔찌엔 초능력 보유 개수를 의미하는 줄이 세 개나 있었다. 플랫을 보내다니, 두 번 다시 놓치지 않겠단 심보였다. 도현의 시선이 주방 쪽으로 향했다. 시야를 가로막고 있던 벽이 순간 투명해지면서 밖에 진을 치고 있는 자들이 보였다. 다섯이나 더 있다.

도현을 찾게 된 이상 주변 조사는 당연한 거였다. 그가 걷는 길바닥, 향하는 장소, 누구와 만나는지 모두 감시할 자들이었다. 벌써부터 지긋지긋했다. 동거는 고사하고, 세아와 또다시 떨어져 있어야 한다는 사실이 짜증 났다.

"……평생 굶주린 새끼도 아니고 어린애처럼 굴지 말아야지."

세아의 목숨을 살린 대가라 생각하며 도현은 간신히 화를 삭였다. 친한 동생인 척 연기해야 했지만 들킬 것 같단 생각은 들지 않았다. 옷 안으로 침범한 손을 저지했을 정도로, 세아는 아직 도현을 열다섯 소년으로만 생각하고 있었다.

"내가 참기 힘들어서 문제지."

얄미워서 입술을 부딪쳤다. 보드랍게 감겨 오는 아랫입술이 예뻤다. 그간의 부재가 낳은 비극이 있다면, 세아에게 익숙한 건 성인이 아닌 도현의 소년일 적 모습이라는 거였다. 열다섯, 내가 너에게 배신당해 아파했던 그 순간.

자신이 초능력을 쓰는 걸 목격하고 난 뒤 돌아선 세아가 작은 목소리로 신고하던 모습이 아직도 생생하다. 어떻게 잊을 수 있을까, 말하지 말라고 간절히 말했건만 냉정히도 등을 돌리던 널.

그런데 그 위로 아니라고 필사적으로 고개를 저으며 부정하던 스물여섯 세아의 모습이 겹쳐진다.

"양심이 있긴 해? 그래서 괴로웠어?"

그토록 절박하게 아니라 말하는 표정은 처음이라 도현은

생각에 잠겼다.

어릴 적 자신이 다쳤을 때보다 더 놀란 낯빛이었다. 자신이 몰래 저지른 짓을 도현이 알고 있단 것에서 오는 놀라움이 아니라, 마치 난생처음 듣는다는 생소함. 충격으로 뇌우가 치던 세아의 묽은 눈동자가 떠올라 도현은 심장이 저릿했다.

"혹시 기억이라도 잃었나."

사고라는 매개체를 이용해 자신이 가장 견디기 힘든 순간을 잘라 내거나 지워 버리는 경우가 간혹 있다.

"거 봐, 누나가 생각해 봐도 잔인하지. 어떻게 사랑하는 동생이 릭시라고 그걸 신고해."

가늘어졌던 눈매가 부드럽게 올라갔다. 기억을 잃었다고 생각하니 도현은 세아가 더욱 사랑스러웠다. 나한테 죄책감이 너무 커서, 너무 미안해서, 뒤돌아 생각해 보니 네가 한 짓이 너무 끔찍해서. 그래서 기억이 지워진 거면 좋겠다. 만약 그렇다면 난 애처롭고 처연한 널 더욱 열렬히 사랑해 줄 테니.

"나한테 잘해, 그러니까."

내 고귀한 누나, 성스러운 윤세아. 얼굴을 소중하게 감싸며 입술을 부딪치던 도현은 무언가 떠올랐는지 눈빛이 내려앉았다. 부재가 낳은 비극은 또 있었다. 집 안에 있으면 안 될 무기들과 경찰에게 쫓기던 모습.

"벡터를 죽이고 다녀?"

세아는 십 년이라는 공백 사이에 도현이 원치 않은 방향으로 성장해 있었다. 적막으로 공간이 순식간에 침몰한다. 그 안에 잠겨 있던 도현이 피식 웃었다.

"이것도 사랑으로 이겨 내면 되나?"

별반 대수롭지 않다는 듯 속삭인 도현이 엄지를 세워 세아의 얼굴을 보듬었다. 잔인무도한 짓을 하고 다니는 여자의 얼굴이 이렇게나 예뻐도 될까. 도현은 비식 웃음을 터트렸다.

"잘 땐 정말 천사 같네."

'왜'라는 이유는 중요하지 않았다. 십 년 사이 도현은 세아가 무엇을 하든 포용할 수 있는 수준에 이르렀다. 오히려 어둑한 심장 속에서 자만심이 싹텄다. 이런 널 감당할 수 있는 남자는 나밖에 없어. 도현의 손이 내려가 곤히 잠든 세아의 아랫입술을 잡았다. 살며시 내리니 붉은 살점이 벌어진다.

"대답해 봐, 너도 그렇지?"

순간 현관 비밀번호를 누르는 소리가 빠르고 오차 없이 들려왔다. 혹여 밖에서 기다리라고 했던 자들이 올라왔다고 해도 초인종을 누르면 눌렀지, 제집처럼 문을 열고 집 안으로 걸어 들어오지는 않을 거다.

도현은 깔끔하게 정장을 차려입은 남자가 거실로 들어오

는 걸 보았다.

"누구신데 세아 집에 있습니까?"

"그쪽은 누구신데."

잘 차려입은 행색이 건우와는 사뭇 달랐다. 온몸에서 느껴지는 고급스러움은 누가 봐도 이상적인 남자의 향을 풍겼다.

"세아 보호자인 지서진입니다."

"……."

"……."

"보호자?"

도현은 고막을 통해 들어온 그 껄끄러운 단어를 곱씹었다. 세아에게 저밖에 없을 거란 자만심을 비웃기라도 하듯 나타난 남자가 반가울리 없었다.

보호자라……. 도현이 듣기론 십 년 전 화재 사고로 부모님이 돌아가시고 친척에 맡겨졌다고 했지만 서진을 친척 오빠라고 정의 내리기엔 무리가 있다. 그는 사회에 억눌려진 제로의 모습이기보단 오히려 사회를 쥐고 움직이는 지배자 같았다.

"……플랫?"

왼쪽 손목에 채워진 그의 시계에서 초능력 개수를 표시한 선을 본 도현의 눈빛이 심드렁해진다. 터지는 웃음이 가벼웠다. 엘리트 코스를 밟고 자라온 자답게 몸 곳곳에 배어 있는 태도와 여유로움은 도현에게 위협이 되지 못했다.

"언제부터 보호자였습니까?"

"그런 게 왜 궁금하신지는 모르겠지만 말해야 할 의무는 없는 거 같은데요."

레벨 따위보다야 세아와 어떻게 연관된 자인지 알아내는 게 더 중요하다. 그건 서진도 마찬가지였다.

"세아완 어떤 사이입니까?"

"저도 말할 의무가 없는 거 같은데."

"통성명하는 법을 모르는 것도 아니고. 제가 먼저 이름을 말씀드렸던 걸로 아는데요."

"아무한테나 말하는 이름이 아니라서요."

균형을 유지하던 서진의 미간이 작게 구겨졌다. 서진은 검찰 쪽에서도 인정받는 검사이자 뒤로는 비밀단체인 카시스의 수장이었다. 이중생활을 고수하기 위해 어떤 상황에서든 침착함을 잃지 않던 서진이 지금처럼 표정 관리가 되지 않는 건 꽤 간만이었다. 그것도 새파랗게 어려 보이는 상대 앞에서.

"재미있는 분이시군요."

서진은 사건을 파헤치는 검사 특유의 눈빛으로 도현을 뜯어보았다.

"이상해서 묻는 겁니다. 세아는 집에 남자 안 들이거든요."

"그쪽은 남자 아닙니까?"

"전 예외입니다만."

"예외?"

"다 큰 여자 집 비밀번호를 알고 있다는 게 무슨 의미인지 모르진 않을 거 같고."

또 한 번 꿈틀댔다. 제대로 걸려 든 도현을 보며 서진은 한쪽 입꼬리를 올렸다. 뭐하는 남자인지는 잘 모르겠지만 구미를 끌어당기는 존재라는 건 확실히 알았다.

그건 세아의 집 앞에 펼쳐진 낯선 풍경 때문이기도 했다. 제로들이 모여 사는 동네에 벡터만이 타고 다닐 수 있는 고급 승용차가 두 대나 줄지어 서 있었다. 그 모습을 주의 깊게 바라보며 골목으로 들어선 서진은 짙게 코팅된 창문 너머로 그들 역시 자신을 지켜보고 있다는 걸 느꼈다.

서진이 빌라 안으로 들어서려고 하자 등 뒤로 차 문이 열리고 닫히는 소리가 둔탁하게 들려왔다. 다가오는 발소리가 꽤 여러 개였다. 서진은 비스듬히 고개를 돌렸다.

—무슨 일 있습니까?

—몇 호로 가십니까?

세아가 작전 중 리시버를 벗어 던졌다는 요한의 연락을 받은 서진은 곧장 차를 돌렸다. 안 그래도 오는 길에 사건을 도맡고 있던 경찰에게서 범인을 놓쳤단 말을 들었다. 도망친 것까지는 좋으나, 다 잡은 거였다며 안타까운 음성을 자아내던 그가 세아가 입었을 부상에 대해서 말했다.

상처가 꽤 컸다고 했다. 분명 집에서 혼자 돼먹지도 않을 구급상자나 들쑤시고 있을 것 같아 온 거였는데 예상 밖의 인물들이 서진을 막아 세웠다.

—경찰입니까?

—묻는 말에 대답이나 하시죠.

아니, 경찰은 아니다. 그렇다고 해서 궂은일에 쓰는 흔한 가드들도 아니었다. 팔찌의 선이 모두 개인형과 공격형인 데다가 제너럴에 플랫까지 껴 있었다.

세아의 안위가 걱정된 서진이었지만 그것은 고요히 내부에서 일어나는 반응이었다. 겉으로 보기에 서진은 표정 변화가 없는 아주 무감각한 남자였다.

—201호 갑니다.

—201호라면 지금 못 들어가는데요.

—왜요?

역시나 세아의 집에 용무가 있는 남자들이었다. 서진이 불쾌하다는 듯이 말했다.

—애인이 한밤중에 여자 친구 집에 못 갈 이유라도 있습니까?

그 말에 저들끼리 눈빛을 주고받더니 개중에 가장 정갈한 옷차림을 한 남자가 고갯짓을 했다. 들어가라는 거였다. 애인이라는 말 한마디가 철통같은 방어를 뚫은 것이다.

그러니 세아 혼자 있을 거란 생각은 하지 않았다. 집 안에 누군가가 있을 것이라고 충분히 예상했지만 그것이 제로인 건 조금 의외였다.

"나한테 예외는 그쪽인데. 이 시간에 여자 집 문 열고 들어오는 게 정상입니까?"

어려 보이지만 차가운 인상을 가진, 플랫인 서진의 팔찌를 보았음에도 눈을 더욱 날카롭게 뜨는.

"교육 못 받은 어른처럼 보이는데요."

"말했잖나, 그래도 되는 사이라고."

"……말이 안 통하네."

도현이 허탈하게 웃으며 고개를 돌렸다. 세아와 그냥 알고 지내는 관계가 아닌 것 같다는 확신을 얻은 서진이 느리게 입술을 움직였다.

"당신이 세아 여기로 데려온 겁니까?"

서진은 도현이 입고 있는 새하얀 티셔츠 위로 흠뻑 젖은 피를 증거물로 삼았다. 자신의 티셔츠를 내려다본 도현이 뭔가 꼬였다는 표정을 지었다.

그도 그럴 게, 세아의 위험한 행동은 비밀리에 이뤄지고 있을 게 분명했다. 세아가 눈을 떴을 때 난처해할 상황 같은 건 모조리 다 배제시키고 싶었던 도현에게 있어 의심의 빌미를 준 건 실수였다.

"아……."

가느다란 신음 소리에 두 남자의 시선이 침대로 쏠렸다.

한쪽 뺨을 베개에 문지르며 눈을 뜬 세아는 제일 먼저 자신을 내려다보는 도현을 보고선 그 뒤로 서 있는 서진을 보았다.

"오빠."

세아가 제일 먼저 부른 건 도현이 아니었다. 가장 가까운 곳에 앉아 있음에도 세아의 놀란 얼굴은 서진에게로 고정된 채였다. 고작 오빠라는 소리를 내면서, 작게 앓던 음성이 언제 그랬냐는 듯이 선명해지는 걸 똑똑히 들은 도현의 얼굴이 순식간에 차가워졌다.

"오빠, 이게, 아니…… 도현아."

자신을 바라보는 두 남자의 시선에 재빨리 허리를 일으켜 세운 세아는 정신이 혼미해졌다. 연락을 두절하고 독단적으로 작전을 실행했기에 서진이 세아의 집으로 찾아온 것은 놀랍지 않은 일이었지만 도현과 마주친 게 문제였다.

도현이 늦은 밤 집으로 남자가 찾아온 상황을 오해하고 있으면 어쩌지. 게다가 자신의 정체를 어쩌면 반 정도는 알고 있을 도현이다. 쫓기고 있던 위급함 속에서 세아를 도와준 건 도현이었다. 그것도 초능력으로.

거기까지 생각하자 이번엔 서진의 눈치를 살피게 되었다. 그는 벡터를 사냥하는 카시스의 수장이었고, 도현은 어쩌면.

"……."

세아가 목격한 게 틀리지 않았다면 릭시였다. 그것도 팔찌를 하지 않은 릭시. 이 사실을 만약 서진이 알게 된다면 어떻게 될까.

"누나, 일어났어?"

초조하게 구르던 세아의 눈동자가 도현에게 멈추었다. 서리가 내려앉은 듯 눈초리가 냉담했다.

"너 남자 없다며."

"그게……!"

다급히 입을 열었던 세아가 꾹 주먹을 움켜쥐었다. 서진을 뭐라고 설명해야 하지? 대장? 아니면 그냥 오빠? 어느 쪽이든 도현이 좋아할 만한 것이 아니었다.

"몸부터 가려. 보잖아."

잔뜩 날이 선 도현의 목소리가 귓가를 때리자 뒤늦게 자신이 속옷 차림이라는 걸 인지했다. 시트를 끌어다가 살결 하나 보이지 않게 가렸다. 왜 자꾸 이런 실수를……. 도현은 정신없어 하는 세아를 가만히 바라보다 이내 어깨를 잡았다.

"팔 움직여 봐."

인형처럼 뻣뻣했던 뼈대가 솜씨 좋은 인형사라도 만난 것처럼 도현의 손길에 의해 유연하게 움직인다. 세아는 저를 뜨겁게 갉아먹던 상처가 사라졌다는 걸 알고는 머리가 더 복잡해졌다.

"아파?"
"……아니."
"아는 벡터 중에 치료 계열이 있어서 불러다가 상처 치료했어."
치료 초능력은 벡터들 사이에서도 고급 인력인데, 도현의 말 한마디로 출동했다니 의문이었다.
"……정말 괜찮은가 보네."
세아가 걸치고 있는 시트 위로 이곳저곳을 만져 보던 도현이 그만 자리에서 일어섰다.
"나 갈게."
"잠깐, 도현아."
도현을 붙잡자 못 이기는 척 걸음을 멈추었다. 정신을 잃기 전까지 세아의 머릿속을 가득 채웠던 불씨는 지금 이 순간 다시 발화되어 뜨겁게 타오르고 있었다.
"십 년 전, 내가 한 걸 봤다고 했었잖아."
세아는 맹세코 그런 적 없었다. 도현이 제로였다가 초능력이 발현된 릭시라는 것 역시 오늘에서야 알게 되었다.
"너 그때 그거, 나였다고 확신해?"
세아는 떨리지 않는 목소리로 물었다. 도현이 왜곡된 기억을 가지고 있는 건 아닌지 의심되었다. 도현은 웃으며 뒤돌아섰다.
"내가 모르는 윤세아는 없어."

그 순간 절박하게 잡고 있던 손가락이 느슨해졌다. 도현의 목소리는 세아가 가진 것보다 더 우직했고 청렴했다.

"그리고 난 그때 네가 한 짓도 사랑하고 있어, 이젠."

스르륵 풀린 세아의 손길을 뒤로하고 도현은 걸었다. 그 뒷모습이 세아의 눈을 따갑게 찔러 왔다. 도현이 사라진 뒤에도 세아는 현관만 넋 놓고 바라보고 있었다. 오해가 아니었다고, 나였다고? 난 기억에 없는데. 널 배신했던 순간은 내게 없다.

서진은 창가로 가 진을 치고 있는 차가 사라지는 것을 보고선 이중창을 겹겹이 닫았다. 침대 앞으로 다가가 섰을 때에도 세아는 여전히 도현이 사라진 현관에서 시선을 떼지 못한 채였다.

"누구지?"

"……동생이요."

"안 닮았는데."

서진은 들고 있던 서류 가방을 침대 위로 던지다시피 내려놓았다.

"게다가 넌 외동이잖아."

고개를 숙인 채 소매의 단추를 풀고선 한 번 하고 반 접어 올렸다. 오랜 시간 서진의 옆에서 지내 왔던 세아는 이제 그 행동만 봐도 알 수 있었다.

"내가 모르는 네 주변 사람은 처음이고."

사건의 실마리가 가득 담긴 서류 뭉치들을 내려다볼 때 나오는 버릇이다. 세아가 마른침을 삼키며 손에 끼워진 반지를 시트 안쪽으로 깊이 밀어 넣었다.

"사고 나기 전까지 옆집에 살던 애예요."

"옷에 피도 많이 묻었던데, 아무리 너라도 다친 채로 그 경비 뚫긴 힘들지. 치료도 한 거 보니 그 남자가 현장에서 널 데려온 건가."

"……."

"네가 도와 달라 불렀을 것 같지도 않고. 우연치 않게 만났다는 것보단 저 애가 네 뒤를 밟았단 게 내겐 더 설득력 있을 거 같은데."

세아는 마른침을 삼켰다. 그의 추리는 전부 사실이었다. 고개를 든 서진의 눈빛이 매서웠다.

"믿을 만해?"

"……아마도요."

"확실하게 얘기해."

"믿을 만해요. 어디 가서 오늘 목격한 일 말할 애 아니에요."

비밀을 지키기 위해 도현을 제거하려고 들까, 그러다가 도현이 초능력을 쓴다는 걸 알게 될까 세아는 필사적으로 대답했지만 틀린 말도 아니었다. 기억에는 없지만 십 년 전 세아가 한 배신마저 사랑한다고 말한 도현을 의심하는 건 헛되고 우스운 일이다.

"신경 쓰지 마세요. 카시스에 영향 안 가게끔 제가 알아서 잘 수습할게요. 늘 하던 것처럼 믿고 맡겨 주세요."

그런데 난 왜 널 신고했던 거지. 세아는 잘근 입술을 깨물며 기억을 몇 번이고 헤집었다.

"어떻게 된 일이야."

서진이 한숨과 함께 침대에 걸터앉았다. 세아의 고개가 서진에게 향했다가 회피하듯 멀어졌다.

"처리는 했어요."

"작전 말하는 게 아니라는 것쯤은 알 텐데."

"……."

"몸 사리라고 했지. 속 썩는다고."

세아는 입술을 꾹 짓눌렀다. 금세 발갛게 변하는 여린 표면이 평소 책잡힐 만한 일을 하지 않았던 세아의 행적에 오점을 남기듯 일그러졌다.

"얼마나 다쳤어."

"어깨 조금 찢어졌어요. 별거 아니에요."

"명령이 들으라고 있지, 너 좋을 때 배신하라고 있나."

'배신'이라는 단어가 날카롭게 세아의 가슴을 찔렀다. 자꾸만 도현의 얼굴이 떠올라 세아는 숨이 턱 막혔다.

"정보 잘못 들어와서 목표물이 제너럴인 걸 알았으면 철수하고 다음을 준비해야지 왜 네 멋대로 움직여."

"다음번엔 경비가 더 삼엄해질 텐데 그 기회를 어떻게

놓쳐요. 죽였으니까 다 된 거 아니에요?"

"다 돼?"

"……."

"네가 다쳤는데 뭐가 돼."

어두운 목소리가 세아의 살갗을 아프게 파고들었다.

"다치면 나한테 왔었어야지, 왜 여기로 와. 여기 오면 뭐가 있어?"

서진이 어느 부분에서 화가 난 건지 알게 된 세아는 대답 대신 고개를 돌렸다. 한참이나 침묵이 이어졌다.

"사건 현장 주변을 샅샅이 뒤졌는데 혈흔 하나 발견되지 않았다고 하더군."

"……."

"부상은 있는데 피는 없다."

서진의 나지막한 목소리가 정적을 깼다.

"……말했잖아요, 약간 찢어졌을 뿐이라고."

세아의 어깨가 움찔거렸다. 피를 많이 흘렸었다.

"바닥 여러 군데에 마치 발자국처럼 흔적이 남아 있다고 하더군. 불길이 닿은 까만 그을음이라던데."

도망치면서 흘렸던 내 피를 모조리 다 없앤 걸까.

"아는 거라도 있나?"

"모르죠, 저야."

"모른다?"

"네, 도망치느라 정신없었어요."

서진의 입술 끝이 천천히 올라갔다.

"근데 청소부가 다니기엔 이른 시간이지."

세아는 심장이 철렁했다. 서진이 자리에서 일어나 가방을 챙겨들었다. 늦은 시간임에도 언제나 그러하듯 올곧은 모습이다.

"그 녀석 믿을 만하게 만들어. 안 그럼 우리 쪽에서 골치 아파지니까."

주머니 안으로 한 손을 밀어 넣은 서진이 반쯤 고개를 돌린 채 세아를 바라보며 물었다.

"대답."

"네."

"그래. 그리고."

현관 위에서 밝게 빛나던 주황빛 센서 등이 구두를 신자 숨을 죽였다.

"넌 제발 내 말 좀 듣고."

세아는 작게 입술을 그러 물었다. 문이 닫히고, 황급히 자리에서 일어난 세아가 휴대폰을 찾았지만 안타깝게도 도현의 번호가 없었다. 연락처 하나 알고 있지 않았다.

대체 어디로 간 걸까, 도현이가 정말 릭시인 걸까. 암담한 생각을 하던 세아는 옷부터 입고 탁자에 놓인 노트북을 켰다. 포털 사이트 창을 띄운 세아가 망설임 없이 '릭시'란 단어를 쳤다.

그리고 쏟아지는 방대한 자료는 전부 릭시란 존재에 대한 선망에서 오는 것이다. 사람들은 릭시에 대해 궁금해했고 알고 싶어 했다. 벡터에게 대접받는 게 릭시다. 그만큼 희귀하고 드물다. 세아의 눈동자가 빠르게 자료를 읽어 내려갔다.

릭시는 벡터처럼 선천적으로 초능력을 타고나는 게 아닌, 제로에서 후천적으로 초능력을 얻게 되는 특이 케이스다. 그 수가 극히 적은 데다가 사회에서 권력의 잣대가 되는 초능력 개수가 더 생길 가능성이 있어 특별히 정부의 관리를 받는다. 개체 수가 적은 만큼 벡터인 관리자가 옆에 비서처럼 붙어 보호와 훈련까지 책임지는 것이다. 처음 발견되면 초능력을 가진 자라는 의미로 벡터와 달리 오른쪽 손목에 팔찌를 채우는데, 도현에겐 그 팔찌가 없다.

"내가 신고했다고 했는데."

세아에게 없는 기억이지만 도현이 거짓말을 할 리 없다. 십 년의 부재가 정부 측에서 도현을 데려가면서 시작되었으니까.

"팔찌는 억지로 뺄 수가 없고."

팔찌는 착용자의 성장에 맞춰 그 둘레를 늘려 가기 때문에 착용한 이후부터는 절대 분리할 수 없다. 세아는 지끈거리는 머리를 움켜쥐었다. 끌려간 건 맞는데 팔찌가 없다.

이상한 건 그뿐만이 아니었다. 릭시 판정을 받게 되면 정부에서 릭시 본부로 데려가 훈련을 시킨다. 도현도 그곳에서 생활했을 것이다. 한데 십 년이나? 세아는 빠르게 릭시인 자들을 검색해 보았다. 릭시는 전 세계에 몇 없었다. 전부 제너럴에서 플랫, 맥스가 최대치다. 과거엔 유니벌까지 도달한 릭시가 있었는데 정부의 염원인 초능력 6개의 발현은 이뤄질 수 없었다. 고정적으로 초능력을 가지고 태어나는 벡터들 사이에서 최대치는 초능력 5개인 유니벌. 숫자에 얽매여 있는 자들에게 그 이상의 레벨을 개척하기 위해서 릭시는 반드시 필요한 존재였다. 하지만 그 바람과 달리 초능력 네 개까지 발현된 게 현시점에서는 최고인데 맥스인 릭시는 두 명이었다. 프랑스 국적인 자의 훈련 기간은 3년, 폴란드 국적인 자는 5년이었다. 어딜 봐도 십 년 동안 본부에서 생활했다는 릭시와 관련된 기사나 이야기는 없다.

"내가 보기 싫어서 안 온 건가."

훈련 기간에만 본부에서 생활한다고 적혀 있는데. 무릎을 세운 세아가 솟아난 두 개의 언덕 위로 턱을 기대었다. 그렇다면 신고한 나 때문에 배신감에 떨다 한참 뒤에야 돌아온 걸까. 왜 왔을까. 사랑한다던 도현의 목소리가 귓가에 아른거린다. 세아를 몰아붙이고 키스하면서도 갈증 어린 얼굴이 떠올랐다. 보고 싶어서 죽을 뻔했다는 듯이 덮쳐 오던 몸이다. 순간 아래로 기울었던 세아의 속눈썹이 날렵하게 올라갔다.

“안 온 게 아니야.”

모니터에서 나온 새하얀 빛이 세아의 얼굴을 덮었다.

“못 온 거야.”

그 이유를 찾고자 키패드 위로 올린 세아의 손끝이 일순간 서늘해졌다.

……어쩌면 도현이가 맥스 이상이라서.

“급하게 준비한 거라 마음에 드실진 모르겠지만 빠른 시일 내에 생활하시는 데 어려움이 없도록 원하시는 대로 준비해 드리겠습니다.”

“나가.”

플랫이 가진 사회적 위치를 모르는 것도 아닐 텐데 도현의 언행은 무례하기 짝이 없었다. 하지만 그에 꼬투리를 잡지 않는 건우다. 호화스러운 내부로도 모자라 탁자 위론 지갑과 더불어 생활에 필요할 모든 것이 갖춰져 있었지만 도현은 관심도 없다는 듯이 호텔 방 안으로 들어오자마자 소파로 가 앉았다.

"관리자님과 통화는 언제 하시겠습니까? 지금도 기다리고 계신데요."

건우는 시선으로 도현을 살폈다. 이마를 짚는 거친 손길이 지나치게 과열돼 있다. 넓은 스위트룸 안 곳곳에 서 있던 남자들도 그 모습에 서로 눈치만 본다. 눈을 감고 있던 도현이 낮은 목소리로 말했다.

"나가라고 몇 번을 말할까."

건우가 살짝 턱을 틀자 배치되어 있던 남자들이 일사불란하게 바깥으로 나갔다. 마지막으로 문 앞에 선 건우가 도현이 앉아 있는 곳을 향해 고개를 깊이 숙였다.

"그럼 편히 쉬십시오."

문이 닫혔다고 해서 온전히 혼자가 된 건 아니었다. 이미 방 안에 들어섰을 때부터 도현의 신경을 거슬리게 하는 카메라만 수십 대였다. 문밖에서도 저들끼리 돌아가며 24시간을 감시할 터였다.

도현은 짙은 숨을 내쉬며 지끈거리는 머리를 꾹 눌렀다. 혼자가 아닌 감시 속에서 머무는 상황은 진저리 날 정도로 익숙하다. 다만 지금 도현의 심기를 초 단위로 긁어 내려가는 건 바로 세아의 집을 찾아온 서진이었다.

"보호자……. 뭔데 그딴 소릴."

세아의 앞에선 차마 내뱉지 못할 거친 말투가 튀어나왔다. 그곳에서 물러난 건 세아에게 이런 자신의 모습을 보여 주고 싶지 않아서였다. 눈꺼풀을 밀어 올린 도현이 심도 있게 중얼거렸다.

"어떻게 씹어 먹지."

어른스러운 위화감을 두르고 있던 서진의 손목에서 선명하게 빛나던 시곗줄의 선을 떠올린 도현이 허탈한 웃음을 흘렸다.

"난 릭시라고 신고해 놓고선 이제 와 벡터랑 붙어 있어?"

입안에 넣고 씹어도 모자랄 판이다. 도현은 화로 인해 엉망이 된 입안의 혀를 굴리며 애써 마음을 가다듬었다. 우리 예쁜 누나, 내가 사랑하는 윤세아, 가시 돋친 몸을 잘라내서라도 내가 보듬어야 할 우리 누나.

"후으."

그래, 남자가 없었다는 건 말이 안 되었다. 그렇게 수긍하게 만드는 10년이라는 시간이 지금 도현의 뇌를 좀먹고 있었다. 어른이 된 세아는 눈에 띄게 아름다웠고 그건 이제 더 이상 도현에게만 해당하는 얘기가 아니었다.

"내가 이래서 떨어지기 싫었던 건데."

난 십 년 동안 그렇게 죽으나 사나 너만 생각했었는데. 원망도, 비난도, 상처도, 모두 너 하나 사랑한다는 넓은 마음으로 포용하고 끌어안던 사이 넌 다른 남자와 시간을 공유하고 있었다. 이건 비겁했다, 용서가 안 됐다. 어떻게 해야 개운해질 수 있을까 생각해 봤지만 널 벌하리라 다짐한

억센 마음은 또 하릴없이 부서져 다른 대상에게로 박힌다.

"지서진이라."

설핏 새된 웃음을 흘린 도현이 소파에서 일어나 방 한쪽에 비치되어 있는 선반으로 향했다. 고급스런 양주가 즐비해 있는 곳을 배회하던 손이 병 하나를 집어 들고선 입구를 연다. 지독한 알코올 향이 퍼지기도 전에 곧장 입술로 향했다. 도수가 높은 술이 뜨끈하게 목을 긁으며 내려가는데도 달아오른 심장을 마비시키기엔 역부족이었다.

"화가 무슨."

입술을 뗀 도현이 빼근해진 고개를 뒤로 젖혔다. 눈을 감았다. 머리 위 화려한 샹들리에가 도현의 정적인 얼굴로 잘게 부서져 떨어졌다.

"무슨 화가…… 이렇게."

알코올로 축축이 젖은 입술이 나른하게 움직였다.

"생각할수록 치솟지."

진정되지가 않는다. 그 어떤 술도 이 거친 마음을 진정시켜 줄 수 없었다. 독약이라도 먹어 숨이 멈추면 또 모를까, 그 전까진 절대로 참을 수 없는 일이다. 눈꺼풀을 밀어 올린 도현이 고개를 똑바로 했다. 쏟아지는 빛 사이로 잠들어 있던 천사 같은 얼굴이 아른거린다.

"윤세아를 두고 내가 어떻게 죽어. 그건 말도 안 되지."

서울 전경을 한눈에 담을 수 있는 커다란 창문 너머로 파란빛이 어둠을 밀어내고 밝아져 올 때까지 뜬눈으로 밤을 새운 도현은 생각을 마친 듯 찌뿌둥한 몸을 일으켰다. 드넓은 욕실로 가 샤워를 했다. 옷장을 열어 준비해 놓은 옷을 입고 거울을 봤을 때, 도현의 얼굴은 어젯밤보다 더욱 차가워져 있었다.

"갈 곳이 있어."

문을 열고 나선 도현을 본 건우가 묵묵히 그 뒤를 따랐다. 운전대를 잡은 건우에게 행선지를 말한 도현은 가죽 시트에 몸을 기대며 옆에 놓인 신문을 들어 헤드라인을 살폈다.

'한밤중에 일어난 제너럴 살해 사건. 용의자는 제로?'

도현은 신문을 구겨 옆으로 던지며 퍽퍽해진 눈을 감았다. 위험한 짓을 하는 것은 좋으나 어제처럼 다치면 곤란하다. 너는 한 톨도 다치면 안 돼. 내 옆에 온전히 있어야지.

"……."

도현의 눈꺼풀이 희미하게 올라갔다. 세아의 옆에 있는 남자를 치우고, 남몰래 뒤에서 하고 다니는 그 위험한 짓거리까지 못하게 할 수 있는 방법은 생각보다 단순했다.

"도착했습니다."

"보이는 곳에 있을 테니까 접근하지 마. 둘러대기 힘드니까."

"알겠습니다."

도현은 건우의 대답을 듣고 난 뒤에야 차 문을 열고 카페 안으로 들어섰다. '딸랑' 하고 경쾌하게 울리는 종소리가 도현의 등장을 반기는 듯했다. '어서 오세요' 습관적으로 문을 향해 인사한 세아가 도현을 보고선 작게 입을 벌렸다.

긴 다리로 성큼성큼 매장 안으로 들어온 도현이 세아가 서 있는 카운터에 몸을 기울이며 웃었다.

"안녕, 잘 잤어?"

도현은 세아에게 족쇄를 채우기로 마음먹었다.

"나 배신한 누나."

세아의 눈동자가 거칠게 흔들렸다. 세아가 견디기 힘들, 우리가 찢어진 10년이 오직 너로 인해 이뤄졌다고 숨기는 대신 겉으로 드러내는 것이다. 그렇게 해서라도 움켜쥐고.

"상처받은 동생 왔어."

널 나에게 가둬야겠다. 죄책감이라는, 세상에서 가장 아름다운 빌미로.

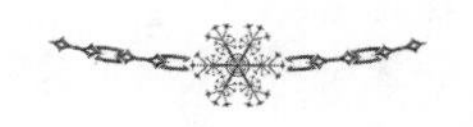

도현 스스로가 릭시라는 걸 알게 되었던 건 14살, 중학

교 1학년 끝 무렵 즈음. 세상을 발갛게 물들였던 색들이 모두 떨어지고 앙상한 나무의 뼈대만 남아 곧 그 위로 새하얀 눈이 뒤덮이는 계절이었다.

그 황량한 풍경마저도 세아가 태어났다는 이유만으로 봄보다 아름다웠던 도현에게 겨울은 1년 중 가장 손꼽아 기다리던 계절이었다. 비록 점점 차가워지는 공기에 매일 아침 그날의 날씨를 확인해야 하며 머리가 얼지 않도록 일찍 일어나 완전히 다 말리고 나가야 하는 수고가 있었지만.

화장실 안에서 드라이어로 머리를 말릴 때면 도현의 다른 손엔 늘 휴대폰이 들려 있었다. 여유롭게 일어나 머리카락 한 올까지 깔끔하게 말리는 도현과 달리 잠이 많은 세아에게 아침은 늘 전쟁이었다. 그때마다 도현이 하는 역할은 세아에게 문자를 보내는 거였다.

[지금 누나 교복 입어야 돼.]

[양말 신어, 최대한 두꺼운 걸로.]

[머리 말려. 감기 걸리니까.]

[오늘 많이 추워. 코트 입어.]

[장갑 끼고.]

시간을 체크하며 등교하기 전까지 세아의 스케줄러가 되어 주는 거다. 답장은 오지 않았지만 머릿속에선 절로 장면이 그려졌다. 바삐 움직이는 와중에도 한 손엔 휴대폰을 꼭 움켜쥐고 있을 세아, 문자를 보고 재깍재깍 지시한 걸 행동으로 옮길 내 예쁜 세아.

7시 30분이 된 걸 보고 나서야 도현은 머리 위에서 시끄럽게 울어 대던 드라이어를 껐다. 데워진 공기가 갑갑하게 들러붙는다. 숨통을 조이는 감각이 싫어 어서 빨리 나가야겠단 생각에 움직이던 도현은 평소 안 하던 실수를 했다. 코드를 뽑고 선을 정리하던 중 그만 드라이어를 바닥에 떨어뜨리고 만 것이다.

'쾅' 하는 둔탁한 소음이 들릴 거라 예상했던 것과 달리 화장실 안은 여전히 더운 공기와 정적만이 존재했다. 무중력 상태에 온 것만 같은 착각이 일 정도였다. 도현은 바닥이 아닌 허공을 보았다.

새빨간 와인색 드라이어가 공중에 둥둥 떠 있었다. 도현이 작은 숨을 간신히 토해 내자 드라이어가 바닥으로 곤두박질치며 그제야 '쾅' 소리를 냈다. 도현의 오른손에 들린 휴대폰이 울렸다.

[나 문 앞이니까 나와.]

그때 머릿속에 제일 먼저 떠오른 건 세아였다.

도현이 알고 있는 세아는 하루에도 몇 번씩 벡터들을 성토하는 여자였다. 키가 자라면서 제로이기에 차별받는 부조리한 면들도 함께 성장했다. 사회를 장악하고 있는 초능력 자체가 꿈 많던 세아에겐 암적인 존재였다. 자신의 날개를 갉아먹고 억울한 차별을 받아도 아무 말 하지 못하게 해 화병 나게 하는.

"벡터 애들 정말 짜증 나."

점차 쌓여 가는 불만은 늘 가장 편한 대상이었던 도현에게 거침없이 쏟아졌다.

"왜?"

도현의 눈동자에 긴장이 섞였다. 학교 뒤편에 나란히 앉은 세아의 옆모습이 오늘따라 더 매서워 보였기 때문이다.

"그…… 진영이라고, 나도 오늘 이름 처음 안 앤데 우리 반이거든. 말 잘 안 하고 조용한 애 있어. 근데 걔가 오늘 주번이었는데 화단 청소 하다가 지나가는 벡터랑 부딪쳤다나 봐."

도현은 벌어진 입술을 묵묵히 다물었다. 이다음 얘긴 안 봐도 예상 가능했다.

"아까 쉬는 시간에 우리 교실 와서 진영이한테 어깨 부딪친 거 사과하라고 하는 거야. 진영이 말로는 부딪치자마자 했다는데 걔가 글쎄, 자기 어깨에 더러운 제로가 닿아서 기분 나쁜 걸 어떻게 보상할 거냐고 헛소리를 하더라고."

"또 나섰어?"

"몰라서 물어? 당연하지."

가끔 속이 상할 정도로 세아는 겁이 없었다.

"내가 교실에서 당장 나가라고 했지. 근데 말도 더럽게 안 들어. 그래서 어깨 한 번 밀었다고 날 벌레처럼 보면서 사과하래. 그놈의 사과는, 사과 못 먹어서 얼어 죽은 귀신이 붙었나. 나가라고 하니까 버티고 서서는 이젠 나보고 무릎을 꿇으래."

"그래서 꿇었어?"

"미쳤어?"

고집이 강하고.

"한 대 때려 줬지."

평소 이름도 몰랐던 상대를 위해 나설 정도로 정의감이 넘치는 사람. 도현은 거칠게 눈썹을 구기며 세아의 어깨를 잡고 제 쪽으로 돌렸다. 눈동자가 몸 곳곳을 빠르게 살폈다.

"누나, 괜찮아?"

"어, 어? 어, 응."

맞은 학생의 상태 따윈 궁금하지도 않았다. 이 작은 손으로 때려 봤자 그게 얼마나 아프다고. 다만 제로가 벡터를 때리는 걸 상상조차 할 수 없는 사회였기에 도현은 세아가 나쁜 일을 당하진 않았을까 걱정이었다. 그런 도현의 얼굴을 향해 씩 웃은 세아가 이내 부루퉁하게 입술을 내밀었다.

"뭐, 두 달 동안 화장실 청소 예약인 데다가 반성문도 엄청 많이 썼지만."

"……."

"그래도 걔 때려서 속은 시원해."

도현은 한숨을 내쉬었다. 세아는 하루에도 몇 번이고 걱정하게 만들었다가 또 웃는 모습으로 심장을 녹여 놨다. 그런 식으로 도현을 지옥과 천당을 오고 가게 하는 것이 취미인 사람이었다. 견디기 힘들어 제발 좀 참으라고, 그냥 그렇게 살라고 말할 수 없는 건 도현이 세아의 머리부터 발끝까지 사랑하지 않는 건 없었기 때문이다. 이 작은 머리 안에 담긴 당찬 포부까지도.

"걔들 다 없어지면 좋을 텐데."

입을 굳게 다문 도현은 세아의 손을 꼭 움켜잡으며 오늘도 다짐했다.

"차라리 따로 격리돼서 지냈으면 좋겠어."

아, 난 죽은 듯이 살아야겠구나. 누나한테만큼은 절대로 내가 릭시라는 걸 말하면 안 되겠구나.

만약 릭시라는 게 들통 난다면 함께 지내지 못할 거고, 그건 죽기보다 괴로울 시간이 될 게 분명했다. 하지만 그보다 더 견디기 힘든 건 내가 아무리 사랑해도, 아무리 사랑한다고 말해도 누나는 제로인 하도현을 사랑하지 릭시인 하도현은 싫어할 거란 사실이었다.

세아에게 사랑받지 못한다고 생각하니 도현은 세상이 무너지는 것만 같았다. 그렇게 세아가 혐오하던 존재로 거듭나는 게, 세아가 싫어하는 초능력을 자신이 가지고 있다는 절망적인 사실은 열네 살 도현이 짊어지기 어려운 무게였다.

처음엔 어수룩했던 도현의 능력은 시간이 지날수록 점차

형태를 갖춰 나갔고, 열다섯이 되었을 땐 그 어떤 것이든 염력으로 들어 올릴 수 있게 되었다. 동시에 문제점도 발견됐다. 하루라도 능력을 사용하지 않으면 두통과 현기증에 시달린다는 것이다.

벡터와 릭시 모두가 차고 다니는 팔찌는 넘치는 초능력 호르몬을 알맞게 제어해 주는 역할인데, 릭시라는 걸 숨기고 있는 도현은 정부에서 제공해 주는 팔찌가 없었다.

그러다 보니 가볍게 한 번씩 초능력을 사용하곤 했다. 안전하다고 생각되는 상황, 즉 세아가 없을 때.

학교를 마치고 친구들과 저녁을 먹겠다던 세아를 두고 도현은 집으로 돌아왔다. 어머니가 장을 보러 나가고 아버지가 퇴근하고 집으로 오기까지의 빈 공백을 이용해 자신의 방 안에 홀로 앉아 그 안에 존재하는 물체를 모두 띄웠다.

이제야 개운하다. 마른 숨을 내뱉은 도현은 침대에 기대었다. 여름이라 그런지 날은 무더웠고, 바로 옆집엔 세아의 가족이 살았던 터라 경계심 없이 바람이 잘 들어오라며 현관을 열어 놓은 게 화근이었다.

"……."

도현은 갑자기 열린 자신의 방문 사이로 드리운 눈동자와 또렷이 마주했다. 공중으로 유유히 떠 있던 물체들이 저마다 끔찍한 소리를 내며 바닥으로 떨어졌다.

"……누나."

간신히 말하자 세아가 잡고 있던 손잡이를 놓으며 뒷걸음질 쳤다. 제게서 멀어지는 그녀를 본 도현은 길게 늘어뜨려 놓았던 다리를 다급하게 일으켜 세우며 무작정 쫓아가 손목을 움켜잡았다. 그 순간 전이되어 제게로 밀려오는 떨림은 도현이 가장 두려워했던 것이다.

"누나, 이게."

"……."

두려워하는 것이다, 그녀가. 지금의 자신을 보면서 떨고 있었다. 도현은 머릿속이 새하얘지는 와중에도 손목을 고쳐 잡으며 물었다.

"말 안 할 거지."

절박하게 꽉 움켜잡았다.

"말하지 마."

온 힘을 다해 애걸했다. 기다렸다는 듯이 밀려오는 온갖 부정적인 것들을 물리치기 위해서라도 도현은 온전치 못한 정신으로 할 수 있는 최선의 행동을 했다. 손을 잡고선 절대로 놓아주지 않았다.

"……알았어."

줄곧 다물고 있던 그녀의 입술 사이로 자그마한 소리가 귓가에 들리자 안도 때문인지 도현은 그만 손목을 놓고야 말았다. 등을 돌려 재빨리 사라지는 걸 가만히 바라보았다. 뒤늦게 '쾅' 하고 닫히는 문소리와 잠깐의 정적이 찾아왔다. 도현은 딱딱하게 굳어 있던 발을 움직이며 아주 오랜 시간에 걸쳐 현관으로 향했다.

"……."

그때 발현됐던 게 두 번째 능력이다. 투시.

순간 도현의 시야를 가로막고 있던 현관문이 투명해졌다. 초조하게 엘리베이터를 바라보며 서 있는 그녀의 모습이 고스란히 비쳤다. 도현은 휴대폰을 귓가에 대고 있는 그녀를 뚫어지게 응시하며 문 앞으로 다가섰다. 떨리는 눈동자로 조심스레 귀를 갖다 붙였다.

『거기 경찰서죠?』

도현의 눈동자 안으로 폭풍이 휘몰아쳤다.

『제로인데 초능력을 쓰는 사람이 있어서 연락 드렸는데요.』

역시나 도현이 가장 사랑하는 여자는.

『네, 제가 직접 봤어요. 막…… 물체를 띄우는, 그런 능력이었어요.』

자신의 존재까지 사랑하지 못한다는 사실을, 절망을 그때 맛보았다.

당연한 수순을 밟는 것처럼 세아는 도현이 릭시라 신고했다. 예상하고 있던 끔찍한 결말이, 그럼에도 날 사랑하니 어쩌면 괜찮지 않을까 하는 식의 바람이 전부 산산조각 났다.

"세아 걘 어딜 그렇게 급하게 가니, 학원 갔을 시간인데.

집에 뭘 두고 와서 들렀나."

뒤늦게 장을 보고 온 어머니가 현관 앞에 서 있는 도현을 보고선 웃었다.

"세아가 너 만나러 들렀나 보구나."

종말이 와 움직이지도 못하고 있는 아들에게 맛있는 저녁을 해 주겠다고 했다.

간신히 방 안으로 돌아온 도현은 침대에 앉아 휴대폰부터 집어 들었다. 세아가 늘 예쁘다고 칭찬했던 눈매가 휴대폰 액정을 내려다보며 가늘어졌다가 흐려지길 반복했다.

[누나, 내가 초능력을 쓴 건.]

문자를 썼다가 지웠다. 이 사달이 난 건 다 이 빌어먹을 능력 때문이었으니까. 결국 비겁해지기로 했다.

[누나, 나 많이 아파.]

가슴으로 호소했다. 옹졸하지만 왠지 아프다고 하는 날 네가 냉정하게 대하진 않을 것 같았다. 그 기대감 하나만으로 다음 메시지 하나를 더 써서 보냈다.

[집에서 자고 있을 테니까 학원 다녀와서 깨워 줘.]

이 순간에도 난 네가 하루라도 빠지면 따라가지 못할 수업 진도에 대해 걱정하고 있었다. 문자를 보내고 나니 온몸이 덜덜 떨렸다. 잔뜩 몸을 웅크리고 침대에 누웠다. 이불을 뒤집어쓴 도현은 질끈 눈을 감았다. 세아가 올 때쯤이면 지금 휘몰아치는 감각들도 전부 가라앉을 거고, 판단도 제대로 될 것이다. 세아에게 모조리 다 사실대로 말하고 그리고…… 도현은 따갑게 찔러 오는 목울대를 한 번 움직였다.

말해 줄 거다. 신고한 마음, 이해해. 누나 놀라서 그랬던 거 알아. 많이 놀랐지. 미안하다는 그 말 하려고. 나 너무 미워하지 마. 나 누나가 생각하는 그런 벡터 아니야. 나, 누나 뒤 맨날 쫓아다녔던 하도현이야. 같이 자라고, 같이 지내고. 누나랑 한시도 떨어진 적 없이 컸던 하도현. 누나가 사랑하는 하도현.

"여기 릭시가 있다는 신고를 받고 왔습니다."

그마저도 알량한 바람, 역시나 조각날 뿐인 것을. 도현의 눈꺼풀이 천천히 올라갔다. 제 이불을 거둬 낸 남자 뒤로 네 명이 더 있었다. 도현은 손에 꼭 움켜쥔 휴대폰으로 고개를 내렸다.

"함께 가 주셔야겠습니다."

여전히 세아에게서 답장은 오지 않은 채였다.

"매니저님."

"……."

"매니저님?"

"어, 어?"

세아가 고개를 휙 돌리자 도리어 직원이 놀랐다.

"괜찮으세요?"

그 물음에 세아는 가만히 눈을 한 번 깜빡이고선 어수선하게 행주로 주변을 닦았다.

"그거 닦지 마시고 주문받는 것 좀 부탁드려요."

"어, 응. 미안, 잠깐 정신을 놓고 있었네."

카운터로 가 주문을 받으면서도 도현에게서 시선을 뗄 수 없었다. 직장은 어떻게 알고 온 건지, 도현은 커피를 시키고선 카운터 정면의 자리를 잡았다.

어제 그렇게 사라지고 잠은 어디서 잔 걸까. 짐도 없던 데다가 당분간 신세를 져야 한다고 말했음에도 불구하고 도현은 세아가 걱정했던 걸 비웃기라도 하듯 하루아침 사이에 번듯한 모습으로 나타났다. 게다가 입고 있는 옷은 꽤 가격대가 나가는 거였다. 매연처럼 피어오르던 의문이 책을 읽는 도현의 모습을 보니 하릴없이 날아간다.

"……."

사장이 인테리어용으로 매장 안에 꽂아 두었던 책을 보더니 하나 가져와 펼친 게 어느덧 마지막 장을 향하고 있었다. 그사이 도현은 단 한 번도 책에 꽂힌 시선을 들지 않았지만 세아의 시선은 끔찍이도 도현에게서 떨어지지 못했다.

책을 읽는 하도현, 어떻게 그 모습에서 눈을 뗄 수 있을까.

옛날부터 책을 좋아했던 도현이 학교에서 가장 오래 붙어 있던 곳이 도서관이었다. 도현이 글자를 볼 땐 마치 다른 세계의 사람 같았다. 주변 공기마저 침착하게 가라앉고 조용히 움직이는 눈동자는 얇은 종이를 매만지듯 섬세했다. 그런 도현의 모든 걸 맛보고 있을 책이 질투 날 정도라 세아는 도현의 손에서 책을 빼앗으며 입 맞추곤 했었다.

"……."

지금도 변함없이 질투가 난다. 세아는 움직이지 못하게 억압하는 긴 손가락을 느낄 책과 반쯤 내려간 속눈썹의 진중함을 맛보고 있을 글자가 얄미워졌다. 그 시선을 제게로 향하게 하고 싶다. 왜 나를 안 보니.

"……."

보라고 앞에 앉았으면서, 나 보려고 찾아왔으면서 한가롭게 책이나 보고 있어, 왜.

"왜?"

책에서 떨어질 줄 몰랐던 도현의 시선이 위로 올라왔다. 화들짝 놀라 급히 몸을 돌린 세아는 애꿎은 커피 머신만 매만졌다.

날 쳐다봤어. 자신의 속마음을 들킨 것만 같아 얼굴이 새빨개진 세아가 조심스럽게 고개를 들었다. 설핏 인상이 구겨진다. 도현의 옆으로 웬 여자가 서 있었다. 뭐라고 말하는 것 같은데 도현은 미동도 없이 책만 읽었다. 여자가 갑갑한 듯 테이블 가까이 몸을 숙였다가 놀라 뒷걸음질 쳤다. 도로 자리로 향하자 도현 쪽을 힐끗거리고 있던 나머지 여자들이 물었다.

"뭐야, 왜 그냥 와?"

"거절당했어?"

여자가 의자에 앉으며 큰소리로 말했다.

"제로야."

"진짜? 무슨 제로가 저런 옷을 입어?"

세아는 마른 한숨을 내쉬었다. 연락처라도 물어볼 생각으로 접근했다가 손목이 휑한 걸 보고 기겁을 하며 돌아섰나 보다. 다른 이에게도 도현은 시선을 뗄 수 없을 정도로 멋진 남자였고 동시에 제로였다. 팔찌가 없는 제로. 세아 역시 지금껏 그렇게 생각해 왔지만 이젠 아니다.

도현이 피식 웃으며 읽던 책을 아예 바닥으로 내렸다.

"왜, 질투 나?"

저를 지그시 바라보는 도현 때문에 세아의 심장이 또다시 뛰었다. 동시에 배덕감이 느껴졌다. 릭시임에도 여전히 사랑할 수밖에 없는 너인데, 내가 그런 널 배신했다고?

"매니저님."

"……."

"아이 참, 정말 오늘 왜 이래. 계속 정신 빼놓고 계시네. 그만 식사하고 오세요."

"……아, 벌써."

뒤늦게 몸에 두르고 있던 앞치마를 푸는 세아를 보며 직원은 도통 이해할 수 없다는 눈빛을 했다. 어떤 남자가 작업을 걸어오든 모두 거절하며 제 할 일만 똑 부러지게 해내던 여자다. 오히려 제로라고 자신을 우습게 여기는 남자들의 가랑이 사이를 걷어차면 찼지, 멍하니 넋 놓는 세아는 참으로 낯설었다.

편의점에 들러 가볍게 점심을 때우려고 했던 세아의 생각과 다르게 기다렸다는 듯 도현이 책을 덮고 다가왔다.

"나와, 밥 먹게."

그 말만 하고 먼저 뒤돌아 나가는 도현을 매장 안에 있던 모든 여자들이 관망했다. 세아는 옅게 숨을 내쉬며 카운터 바깥으로 나갔다.

"뭐 사 줄까. 먹고 싶은 거 있어?"

도현은 기분이 꽤 좋은 상태였다. 마치 신이 난 아이처럼. 전혀 좋을 수 없을 상황인데도 세아와 나란히 발맞춰 걷는 다리가 여유로웠다.

세아는 카페 근처에 있는 일본 음식점으로 도현을 데리고 들어갔다. 일본 특유의 아기자기한 분위기로 꾸며놓은 인테리어 때문인지 좁은 테이블 사이를 지나는 도현이 오늘따라 더 커 보였다. 맞은편에 앉은 도현의 존재감이 도드라지는 건 비단 좁은 공간 때문만은 아니었다.

"카페는 위장용이야?"

"어?"

"언제부터 벡터랑 그렇게 친했어?"

"……."

"어제 그 남자."

주문을 하고 찬물만 홀짝이고 있던 세아의 손이 멈추었다. 어제, 그게. 세아가 다급히 입을 열자 도현이 메뉴판을 내려다보며 말했다.

"무슨 일 하는지 안 물을 테니까 하지 말고."

"어?"

"어떤 사이인지 묻지 않을 테니 만나지 마."

세아는 정신이 멍했다. 집 안 곳곳에 숨겨 두었던 총기들을 모조리 다 없앤 것과 쫓기는 모습을 보건대 어떤 일을 하는지 예상할 만했다. 그와 연관된 듯 보이는 서진과의 관계도. 세아가 바싹 마른 혀를 움직였다.

"……갑자기 그게 무슨 소리야? 나 그 사람이랑 오해할 만한 사이 아니야. 그때 화재로 집 다 타고, 고모네 집에 갔는데 날……."

"보호자라던데 이제 나 있잖아. 기댈 거면 나한테 하면 되고."

세아는 자신의 과거 얘기를 자르고 제 얘기를 하는 도현의 모습이 이상했다. 이게 그저 말 몇 마디로 정리될 일인가. 왜 내 과거를 궁금해하지 않지? 혼란스러운 세아와 달리 도현은 여전히 건조했다. 이미 주문이 끝난 메뉴판을 보더니 "뭐 더 먹을까?" 하며 묻는다. 세아는 대답 대신 입술을 잘근 깨물었다. 도현이 느리게 시선을 들었다.

"왜, 싫어?"

"너 지금 이상한 거 알아?"

"뭐가?"

"십 년이야. 그사이에 나도 내 사정이 있고 어쩔 수 없는 일도 있었어. 근데 넌 지금 그거 하나도 안 들으려고 하잖아."

"사정? 들어서 뭐해. 내가 다 이해하겠다고. 그러니까 앞으로 하지 말라고 하잖아."

"그게 날 이해하는 사람의 태도야?"

"대체 뭐하자는 건지."

피식 웃음을 터트린 도현이 메뉴판을 접었다. 차가운 눈빛이 세아를 꿰뚫었다.

"왜 이렇게 일을 복잡하게 만들고 싶어 하지?"

"뭐?"

"물어서 들으면. 그다음은 어떨 거 같아? 내가 계속하라고 할까?"

"중요한 건 네가 내 말을 듣지 않으려고 하는 거잖아. 너도 네 속에 있는 말은 하지 않으려고 하고. 우리 사이에 대화가 없단 생각은 안 해?"

"세아야, 듣지도 않고 전부 이해하겠다는 걸 좋게 여겨. 이런 남자가 또 어디 있어."

세아의 눈썹이 거칠게 올라갔다.

"지금 이걸 고맙게 생각하라고?"

"안 고마워? 네가 그랬잖아, 잘 자라 줬다고."

"……."

"날 이렇게 만든 게 누군데 그래. 네가 뭘 하든 다 좋다고. 근데 남자관계랑 위험한 일은 정리해야지. 너 나랑 오래 살 거 아니야?"

도현을 향해 세아가 주먹을 꽉 움켜쥐었다. 그러자 도현의 눈썹이 아래로 내려갔다.

"누나가 배신해서 십 년 동안 갇혀 있던 동생한테 이 정도도 못 해 줘?"

"주문하신 식사 나왔습니다."

직원이 친절하게 음식을 내려놓았다. 배신이라니, 세아는 말을 삼켰다. 몇 번이고 다시 떠올려 보아도 그날 세아가 기억하는 건 도현의 문자가 전부였다. 아프다기에 잠이라도 푹 자라고 답장하지 않았던 게 나중에 얼마나 후회스러웠는지 모를 것이다.

"먹어. 맛있겠네."

테이블 한편에 놓인 수저를 꺼내 세아의 앞에 가지런히 놓아준다. 제 앞에 놓인 음식은 관심도 없다는 듯이 도현은 정갈히 맞춘 젓가락을 세워 세아의 음식이 빨리 식도록 휘저었다. 세아는 새하얀 김이 올라오는 라멘을 가만히 바라보다가 이내 한숨과 함께 젓가락을 들었다. 몇 번 들춰도 입맛이 돋긴커녕 속이 울렁거려 세아는 도로 팔을 내렸다.

"그때, 네가 본 거 정말 나 맞아? 다른 누구랑 착각한 건……."

"누나."

탁 하고 젓가락을 내려놓은 도현이 세아를 보며 옅게 웃었다.

"그렇게 말할 때마다 상처받는 쪽이 누군지 알아?"

목소리가 낮게 내려앉는다.

"나야."

세아의 눈동자가 그릇에서 피어오르는 뿌연 김처럼 흐려졌다. 도현이 한숨과 함께 팔을 세워 턱을 괴었다.

"네가 없는 난 생각해 본 적도 없을 정도로 우린 태어난 순간부터 늘 같이 붙어 있었잖아. 같이 놀고 학교도 같이 다니고 밥도, 잠도 같이 자고 그 모든 게 내겐 당연한 하루였는데 누나랑 십 년을 같이 붙어 있지 못해서 나 그동안 많이 힘들었어."

도현은 파도처럼 일렁이는 표정마저 예쁘다 생각하며 웃었다.

"대화가 없다고 했나? 그래, 해 보자."

"……."

"그동안 나 어떻게 살았는지 궁금하지?"

세아의 심장이 크게 동요했다. 호기심이 일으킨 반동이었다. 도현이 허리를 편히 기댔다.

"말해 줄게. 시간 같은 건 안 보고 살았어. 너랑 떨어진 1분 1초가 너무나도 길게 느껴지니까. 네 생각을 하는 것만으로도 하루가 아까워 죽겠는데 잠이라고 오겠어? 약 아니면 못 자. 근데 그거 먹고 깊게 잠들면 네가 나오는 꿈을 꾸는데 일어나면 신기루처럼 사라져서 더 죽고 싶더라."

세아의 입술이 막연하게 벌어졌다.

"밥은 먹었어. 먹고 살아야지 널 보러 갈 수 있을 테니까. 그래서 지금 보러 왔고. 그럼 다 된 거 아냐?"

도현의 눈가가 세아를 향해 다정하게 휘었다.

"원망도 사랑하기까지 내가 얼마나 힘들었는지 알아?"

세아는 할 말을 잃었다. 십 년이나, 십 년을 자신을 향한 원망으로 죽느니만 못한 시간을 버텨 왔으면서도 그의 얼굴은 평온했다.

"그날의 누난 십 년 동안 지워지지 않고 내 살을 갉아먹고 두통까지 만들어 온몸을 괴롭게 했어."

무감각해진 것이다. 이미 고통들은 도현의 뼈와 살이 되어 감각조차 없게 했다. 도현은 지난날의 아픔으로 곪아 굳어진 눈으로 세아를 보았다. 너무 아프게 찌르면 안 돼. 네가 너무 변한 내 모습에 실망해 거부감을 느끼면 어떡해.

"그런데도 잊을 수가 없더라."

도현의 눈초리가 부드럽게 휘었다.

"잊지 못해 돌아온 날 계속 아프게 할 거야?"

다정히도.

나는 누나를 사랑해.

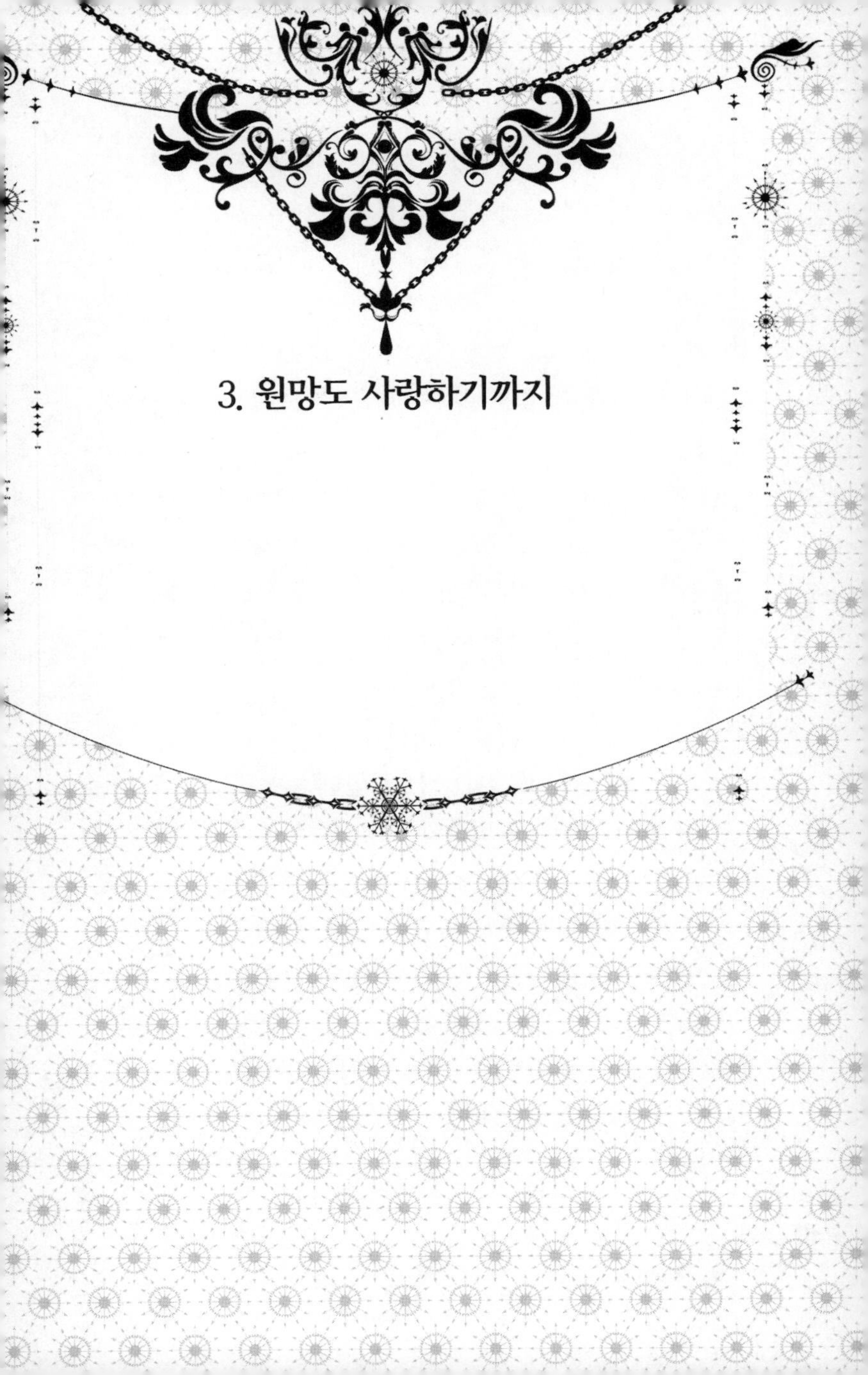

3. 원망도 사랑하기까지

3. 원망도 사랑하기까지

세아는 벙어리가 됐다. 다시 만난 순간부터 도현이 그동안 마냥 잘 지냈을 거란 생각은 하지 않았었다. 도현이 죽은 줄로만 알았던 자신조차 그 사실을 받아들이는 것이 힘들었는데 하물며 도현은 세아가 살아 있다는 것을 알면서도 이곳으로 오지 못했다.

"이제 밥 먹어. 다 식겠다."

죽었다고 단념했던 것과 갈망하면서도 잡지 못한 것의 차이는 크다. 그 모든 게 자신의 탓이라니. 혼란스러운 머리가 자연스레 검은 연기가 허공으로 피어오르던 열여섯 때의 기억을 그렸다.

불타고 있는 아파트를 올려다보며 세아는 빠르게 아래서부터 불길이 치솟는 곳까지 세었다. 10층이란 절망적인 숫자에 정신이 까마득해졌다. 잠들어 있을 거란 도현의 문자를 떠올리자 몸이 먼저 아파트 입구로 튀어 나갔다.

불을 끄기 위해 출동한 대원들이 말리고, 구경하려 몰려든 사람들의 걱정 어린 시선에도 불구하고 계단을 올라갔지만 깨어났을 땐 병원이었다. 그곳에서도 애타게 울며 찾은 게 도현이었다.

"안 먹어?"

"신고한 게 정말 나라고……?"

도현은 지겹다는 듯이 인상을 구겼다. 그래, 어디 한번 얘기나 해 보자는 식으로 손을 거둔 도현이 허리를 곧게 펴며 세아를 바라보았다.

"난 네 문자 받고 학원 끝나자마자 곧장 집으로 갔어. 그리고 집엔 불이 나 있었고."

"그전에 나왔다고 했잖아, 네가 신고해서."

"내가 안 했다고."

"그럼 너 그전에 뭐했는데? 학교 끝나고."

"……."

세아는 입술을 벌린 채 말을 뱉지 못했다. 보통 학교가 끝나면 1시간 정도 여유가 있었는데, 같이 학원에 다니는 친구들과 밥을 먹거나 도현과 함께 집으로 가 저녁을 먹는 식이었다.

"나, 그날……."

열여섯 때를 떠올리면 늘 불타오르는 아파트만 생각날 정도로 사고 장면이 꽤 충격이었던 터라, 그전에 무슨 일이 있었는지 잘 기억나질 않았다. 세아가 혼란스러워하자 도현이 말했다.

"기억 못 하는 거 같으니까 내가 말해 줄게. 넌 그날 친구들이랑 밥 먹는다고 날 먼저 집으로 보냈어."

"……."

"난 그래서 네가 안 오는 줄 알았고. 근데 넌 우리 집으로 와서 내가 초능력 쓰는 걸 봤잖아."

그랬나? 새하얀 도화지 같은 머릿속으로 도현이 말한 장면들이 그려졌다.

"내가 방 안에 있는 물건 띄우는 걸 괴물처럼 바라보면서 뒷걸음쳤지."

순간 정신이 확 깨었다.

"잠깐만…… 네가 물건을 띄웠다고?"

"왜, 이것도 기억 안 나? 내 첫 번째 발현 능력이 염력이잖아."

도현을 만나던 밤, 툭 꺼졌던 가로등 불빛이 떠올랐다.

"불이랑 투시에다가 염력까지. 너 뭐야…… 그럼 플랫이야?"

"그게 뭐 대수야? 네가 날 괴물처럼 보았다는 게 중요한 거지."

세아는 전혀 공감할 수 없었다.

"네가 릭시였다고 해서 내가 도망칠 이윤 없어."

"근데 넌 그랬었어."

"아니, 지금도 그렇지만 열여섯의 난 네가 전부였어."

너무나도 서슴없이 흘러나온 '전부'라는 단어에 도현의 눈가가 어렴풋이 떨렸다. 사랑한다는 말을 제외하고 이런 식으로 애정을 표현하는 세아는 처음 본다. 그게 또 너무 달콤해서 하마터면 눈물이 날 뻔했다.

"근데 내가 널 두고 도망쳤다고. 게다가 신고까지."

"내가 아는 누나는, 너는."

도현은 그 순간만 생각하면 혀가 굳었다. 얼마나 끔찍했으면 몸에서부터 거부반응이 일었다. 그럼에도 그 장면은 마치 어제 일처럼 생생하다.

"벡터를 싫어했잖아. 정확히 말하자면 초능력을 쓰는 모든 걸 싫어했지."

세아의 손목을 붙잡으며 느꼈던 떨림은 도현에게 거대한 지진이었다. 땅이 갈라지고, 소년은 그대로 지옥으로 처박혔다. 누군지도 모를 낯선 사람들에게 끌려가 이상한 기계에 둘러싸여 피를 한 통이나 뽑아냈다. 온갖 검사 끝에 릭시라는 판정이 나왔지만 자신의 삶이 달라졌음을 알리는 검시관의 목소리는 들리지도 않았다. 사랑하는 그녀가 내린 사형 선고로 인해 고막은 그때부터 제 구실을 하지 못했다.

"난 널 싫어한 게 아니었다고."

"그게 그거 아니야? 내가 초능력을 쓰는데 사랑한다고?"

세아가 휴대폰으로 신고한 순간부터 도현은 죽었다. 몸 곳곳이 말을 듣지 않았으며 점차 썩어 갔다. 오직 한 장면만 되새김질하는 내내 뼈가 녹고 머리가 으스러지는 고통이 뒤따랐다. 오지 않았던 답장, 그토록 바랐던 네가 담긴 글자.

"……아니, 누난 나 안 사랑했어."

끝끝내 도착하지 않던 답장. 도현의 목소리가 쓸쓸하게 내려앉자 그에 반증이라도 하듯 세아가 주먹을 꽉 움켜쥐었다.

"내가 널 안 사랑했다고? 우리가 어떤 시간을 보냈는데 네가 그런 말을 해? 불났을 때 나 너 구하러 뛰어들어 갔었어. 한 치 앞도 보이지 않는 계단을 맨몸으로 올라갔다고. 불효녀처럼 느껴질진 모르겠지만 그 순간 우리 엄마 아빠보단 자고 있을 네 생각밖에 안 났어. 의식 잃어서 병원 실려 갔는데, 거기서 연기를 너무 마셔서 나보고 죽었을 수도 있었다고……!"

세아는 소름이 돋았다. 병원에서 연기를 너무 많이 들이마셔 의식을 잃었다고 했었다. 다친 곳은 없으나 불과 매캐한 연기가 자옥한 곳에 들어갔으니 위험할 뻔했다고 했다. 산소를 공급받지 못해 뇌에 손상이 갔을지도 몰라 검사를 해 보았지만 결과는 좋았다.

"……."

하지만 너무 작은 부분이라 기계가 잡아내지 못한 걸 수도 있다. 충격으로 인해 흐릿해진 뇌가 기억하지 못하는 장면이 도현의 말대로 친구들과 밥을 먹고 학원으로 간 게 아니라 집에 들른 걸 수도 있다. 이미 도현이 제로라는 걸 열여섯 살 때 알고 있었을지도 모르고 정말 그걸 보고 신고했을지도 모른다. 세아의 눈동자가 흐릿하게 번졌다.

"정말 기억을 잃었다고 해도, 내가 왜 널 안 사랑해……."

도현의 눈가가 지그시 일그러졌다. 처연하게 내려앉은 세아의 목소리가 가슴을 아프게 찢는다. 난 오래전부터 너로 인해 아팠는데, 그런 상처 따윈 아무렇지도 않은데 왜 고작 희미하게 떨리는 네 목소리가 가슴에 박혀 자꾸만 다시 도려내는 거야. 이미 난 증오에서 벗어나 널 용서했는데, 이제 와 이런 얘길 꺼내 너에게 상처 주는 게 맞는 건가.

"……."

도현이 한숨을 내쉬며 반대쪽으로 고개를 돌렸다. 창문만 뚫어지게 주시했다. 미안하다고 할까. 괜히 이런 얘기 꺼냈다고, 널 아프게 할 생각까진 없었다고.

"……나 왜 찾아왔니."

다시금 고개를 앞으로 가져온 도현의 낯빛이 서늘하다. 하지…… 말아야지, 그 말까진.

"네 말대로 내가 널 배신했는데, 이제 와 복수라도 하고 싶었어?"

복수? 도현은 피식 웃었다. 너무나도 유치한 단어라 웃음이 났다. 복수라, 그딴 단어를 생각해 보지 않은 것도 아니었다. 그게 날 살게 한 이유였다. 널 향한 원망과 분노.

"원망도 사랑했다고 말하지 않았어?"

하지만 시간이 지날수록 그 응집된 격분도 너에게 닿으니 하릴없이 부서지더라. 그만큼 넌 내 안에서 생각보다 단단했다. 도현이 금세 안개가 걷힌 눈동자로 세아를 삼킬 것처럼 바라보았다.

"그런 거 할 생각이었으면 오지도 않았다고."

"차라리 오지 말지 그랬니."

숨이 멎는다.

"난 앞으로도 네 속만 썩일 텐데……."

도현은 이를 악물었다. 아무렇게나 씹힌 살점에서는 피 맛이 도는데, 눈물을 참아 내느라 발개진 세아의 눈가가 짜증 나도록 애처로웠다.

"실망만 할 텐데, 차라리 만나지 않았으면 좋았을 뻔했을지도 모르잖아."

세아는 손끝이 터져라 움켜쥐었다. 새하얗게 질린 것과 달리 눈가는 온통 붉었다. 솔직하게 말하려 했다. 시간이 지난 뒤에 조금이라도 제가 어떻게 살아왔는지 도현에게 말하자고.

“대충 짐작은 했겠지만 네가 하지 말라고 한 일, 나 못 그만둬. 무슨 일 하는지 말도 못 해 주고.”

한데 자신을 사랑하며 버텨 온 도현을 떠올리니 차마 입 밖으로 말이 나오질 않았다. 이미 과거에 도현을 배신한 그런 여자였는데, 어떤 일을 하는지 말하자니 도현에게 제 자신이 더욱 추악하게 비칠 것만 같았다.

“뻔뻔하다고 생각해도 어쩔 수 없어. 미안해.”

“……어떻게 이러지.”

나지막한 목소리에 세아의 어깨가 흠칫 떨렸다.

“…….”

세아를 빤히 바라보는 도현의 눈매가 짙었다. 진지하게 생각하는 중이었다. 어떻게 미쳐야 이런 일이 가능할까. 이런 말을 하는데도 왜 난 네가 예쁘지. 도현은 느리게 고개를 갸웃거렸다.

“말 못 해 준다고?”

이상하다, 세아야.

“만나지 않았으면 좋았을 뻔했어?”

내가 어떻게, 무슨 생각으로 돌아왔는데 그럼에도 나를 기만하고 무시하고 너로 인해 망가진 내 과거를 그저 방치하는.

“나 초능력 쓰는 존재들 증오하는 거 너도 잘 알잖아. 그때 화재를 일으킨 게 벡터라서 지금은 더 심해졌고. 그러니 지금 하는 일, 네가 위험해서 싫어한다고 해도 그만둘 생각 없어."

그런 네 악질적인 관행이 날 더 미쳐 버리게 해. 이만큼 지옥에 빠뜨렸으면 그만할 법도 한데, 아예 밑바닥까지 내려가게 해 너란 여잘 사랑하게끔 만들어.

"그 남자와의 관계도 정리 못 해."

온몸을 내줘도 모자라게 만드는 넌.

"그런데도 너 내 옆에 있을 수 있겠어?"

넌……. 도현은 입꼬리를 올리며 웃었다.

"너는?"

"……."

"넌 그럼 나도 증오해?"

"……."

"초능력 쓰는 나 잡아가라고 네가 신고도 했는데, 나 괜히 온 거야?"

염기로 물들어 있던 세아의 눈매가 강하게 굳어진다.

"그럼 내가 괜히 이런 말 하겠어? 옆에 있어 달란 소릴 어떻게 하겠냐고."

너는……. 도현이 힘없이 입술을 벌리며 나지막하게 말했다.

"그렇다면 내 대답도 들어야지."

정말 대단한 여자야, 윤세아. 도현은 자리에서 일어나

세아의 턱을 잡고선 입술을 집어삼켰다. 너로 인해 재만 남은 날 다시 불타게 만들고.

씹어 먹듯 깨물었는데도 신음조차 흘리지 않고 너그럽게 벌어지는 입술이 행복하다. 내 입술이라면 쉽게 벌어질 정도로 나에겐 한없이 너그러운 너. 오히려 바라던 것처럼 얼굴을 감싸며 끌어당기는 저돌적인 세아의 손이 아름다워 도현은 정신이 아찔해졌다. 마치 이만큼 널 사랑한다 알리는 경보 같았다. 가느다란 손에 붙잡힌 머리카락이 쾌감에 아우성쳤다.

나 보고 왜 돌아왔냐고 물었어? 도현은 눈을 감으며 세아가 들어오기 편하게 턱을 틀었다. 이러니까. 네가 이렇게 구니까 정신 못 차리고 미쳐서 돌아왔지, 내가.

"대답 됐지."

너란 악마와 가까워지려 한다. 끈적한 음성과 함께 떨어진 입술은 서로가 자란 시간만큼이나 농밀했다. 세아는 차오르는 숨을 토하며 움켜잡았던 도현의 머리카락을 놓아주었다. 도현은 제 흔적이 잔뜩 묻은 세아를 보며 웃었다.

"말할 필요 없어. 나 비밀 많은 여자 좋아해."

부모님이 돌아가셨다는 끔찍한 사고 소식을 전해 듣고 슬픔을 달랠 새도 없이 피고름 나는 훈련을 감내해야만 했던 도현이다. 죽을 것 같았지만 그럼에도 살아 있다는 건 지옥의 불구덩이에서 부정不正한 방법으로 기어 올라왔다는 걸 의미한다.

"네가 숨겨도 난 내가 모르는 윤세아는 없게 할 거니까."

괴로웠던 만큼 세아를 원망하고 슬픈 만큼 집착하고 아집을 덧대어 그것이 집념으로 완성되었을 때, 비로소 지독했던 사춘기가 끝나 있었다.

스무 살이 된 도현은 자신이 죽지 않고 살아 있다는 걸 세아를 떠올리며 느꼈다. 누나가 살아 있는 것처럼 나도 살아 있어. 열다섯 소년이 성장하기까지 양분이 된 건 세아였다.

"넌 내 사랑이 얼마나 깊은지 알아야 해."

비록 소유욕에 뿌리 내린 채였지만 어차피 땅에 파묻혀 세아에게 보이지 않을 부분이다.

"마저 밥 먹어. 다 식어서 먹기 싫으면 새로운 거 시켜줄게."

도로 자리에 앉은 도현을 본 세아는 얼얼해진 입안 때문인지 앞에 놓인 면 같은 건 먹고 싶지 않았다.

"너 지금 내가 뭘 하든…… 다 이해한다는 거지."

"원망도 사랑했는데 그게 뭐 대수라고. 윤세아가 하고 싶다는데 받아들여야지."

세아는 얼떨떨했다. 도현은 모든 일에 태연했다. 아니, 따지고 본다면 세아라서 묻지도 따지지도 않고 삼키는 거다. 세아의 눈동자가 고요히 굴렀다.

"난 누나면 힘이 없어."

"……."

"근데 오래오래 행복하게 살아야 하니까 그 부분은 내가 알아서 할게."

"알아서 하다니?"

"먹어, 어서."

젓가락을 정갈하게 든 도현이 세아의 그릇을 두드렸다.

"네 배 속으로 다 들어가는 거 보고 일어날 거야."

방해라도 하겠다는 건가. 세아는 도현이 제가 하는 일에 휘말리게 될까 걱정이었다.

"안 먹을 거야?"

지그시 바라보는 눈빛에선 양보가 보이질 않았다. 세아는 한숨을 내쉬었다. 정말 이걸 다 먹지 않는 이상 자리에서 일어나지 못할 거란 생각이 들었다. 먹어야지. 그 지배적인 생각만 가득 차올라 의무적인 식사를 계속 이어 나가다 보니 음식물이 목에 그만 턱 하고 걸렸다.

세아가 작게 기침하자 도현이 제일 먼저 입 앞으로 컵을 가져다주었다.

"물."

세아가 눈물 맺힌 눈동자로 바라보며 입술을 앙다물었다. 도현이 검지로 그런 세아의 뺨을 부드럽게 건드렸다.

"물 마셔. 혼내는 거 아니니까."

컵을 쥐기 위해 손을 들자 도현이 저지했다.

"손 쓰지 말고."

그 말에 아무런 저항 없이 손을 도로 내렸다. 도현이 짧게 웃음을 터트리며 미소 지었다.

"예뻐라."

감미롭게 쳐다보는 도현의 눈치도 보고, 따가운 목까지 진정시키느라 세아는 물 한 컵을 비우는 데 꽤 긴 시간을 소요했다. 밑바닥이 보일 때까지 컵을 대 주던 도현은 떼어 낸 뒤에도 촉촉이 젖은 세아의 입술을 제 손으로 문질러 주었다. 세아가 크게 숨을 내쉬었다.

"그건 그렇고, 너 어제 어디서 잔 거야?"

"호텔."

"갑자기 왜? 지낼 곳 없다고 했잖아."

"그렇게 됐어."

세아의 눈썹이 작게 구겨졌다. 비밀이 많은 건 도현도 마찬가지였다. 초능력이 세 개, 플랫……. 세아는 말끔한 도현의 손목을 보았다. 그런데도 팔찌를 하지 않은 건 대체 어떤 의미일까.

"밥 먹어, 어서."

세아는 답답하다는 듯이 짓누르고 있던 입술을 힘없이 풀었다.

"내가 먹여 줄까?"

알지 못하는 것투성이인데도 하도현이라 좋았다.

"누나, 밥 먹으라니까."

"너 휴대폰은?"

"아, 휴대폰. 알았어. 그것도 하나 사야겠다."

"아냐, 내가 해 줄게."

도현이 의아한 듯 바라보자 세아가 입꼬리를 살짝 위로 올렸다.

"선물. 내가 사 주고 싶어."

본인 명의로 된 휴대폰을 사게 되면 도현의 연락망은 세아의 손에 있는 거나 마찬가지였다. 자신이 하는 일에 대해 묻지 않는 도현과 달리 세아는 그의 주변에 어떤 것들이 숨겨져 있는지 궁금하기만 했다.

"그래, 그렇게 해."

도현은 그런 호의를 거절하지 못할 정도로 세아를 사랑했다.

"어차피 거긴 누나 번호밖에 없을 거야."

아주 지독히도 많이.

세아는 덤덤하게 흘러나온 도현의 대답에 묘한 기분을 느꼈다. 도현의 뒤를 조사하려는 세아의 함정을 도현은 순순히 따라주었다. 덫이라 말하고 이리 오라고 한데도 기꺼이 걸음 해 제 발목을 내줄 것처럼.

"알았어. 그럼 오늘은 할 일 없어?"

"……."

"계속 카페에 있을 거야?"

"너 언제 끝나는데."

억지로 비운 그릇을 밀어낸 세아가 티슈로 입술을 훔치며 말했다.

"저녁…… 9시."

"그래, 9시."

도현은 웃음과 함께 티슈를 빼앗아 제 손아귀에 움켜쥐었다.

"그때까지 있을 거야."

나지막이 속삭인 도현이 자리에서 일어나 계산대로 걸어갔다. 어젠 아무것도 없더니, 익숙하게 뒷주머니에서 지갑을 꺼내 카드를 내미는 도현의 모습이 낯설기만 했다. 더불어 쓰레기통으로 향할 줄 알았던 티슈를 손에 가두고 몇 번이나 문지르는 것도.

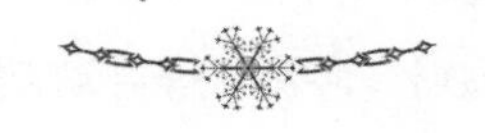

"오셨습니까?"

식사를 마치고 세아를 카페로 데려다준 도현은 곧바로

밖으로 나왔다. 바깥과 달리 도현이 문을 열고 탄 고급스러운 차 안은 냉기로 서늘했다.

"해 줘야 할 게 있는데."

도현은 침착하게 목 뒤로 타액을 삼키며 매끈하게 빠진 중지를 세워 이마를 꾹 짓눌렀다.

"내가, 가게 하나를 먹어야겠어."

"……."

그 말에 건우가 백미러로 도현의 얼굴을 살폈다. 걸어오는 모습을 보면서도 느꼈지만 지금 도현은 평소완 분위기가 사뭇 달랐다.

비록 어제 처음 본 도현이었지만 그에 관한 건 이미 모두 외우고 있었다. 먼 미국 땅에서 전화 한 통으로 자신을 고용한 고용주에게 도현에 관해 하나도 빠짐없이 보고하는 게 그의 주된 일이다. 30분 간격으로 전화해 상황을 보고하면 늘 마지막엔 그래서 지금 도현 님의 상태는 어떠냐는 질문이 돌아왔다.

보호와 감시도 중요했지만 그보다도 도현의 기분이 그에겐 더 우선시되었다. 건우가 좋다고 말하면 그는 오히려 냉철한 목소리로 말했다.

"어떤 가게를 말입니까?"

도현의 비위를 최우선으로 생각해 주라고.

"저기."

이마에 머물러 있던 손이 창문으로 옮겨 가 카페를 가리켰다.

"우리 누나 일하는 데."

톡, 톡. 도현이 손끝으로 두드리는 창문 너머로 건우의 시선이 향했다. 유동 인구가 많은 골목에 위치한 가게인 데다가 1층이라 그 값이 제법 나갈 듯 보였다. 눈으로 대충 훑어도 그 금액이 머릿속에서 환산되었다. 덤덤히 가게를 지켜보던 건우가 이내 백미러를 통해 도현을 바라보았다.

"건물을 살까요?"

하지만 금액은 중요하지 않았다. 자신을 고용한 그가 신신당부했던 목소리만이 지금 건우의 귓가에 명령처럼 들려올 뿐이다. 도현이 원하는 게 뭐든 전부 만족시켜 주라고.

"아니면 이 일대를 전부 살까요?"

권력이라는 게 얼마나 좋은지 매 순간 느끼게 해 주라 일렀다. 땅이 가지고 싶다고 하면 손에 쥐여 주고 지역을 떠나 국가까지, 이 세계가 가지고 싶다고 한다면 그리해 주겠다고.

"도현 님은 그저 말씀만 하시면 됩니다."

도현이 더 큰 세상을 원하게 되는 것, 그것이 우리의 목적이니.

"시키는 일만 해."

하지만 그 염원에 도달하기엔 아직 이른 것 같았다. 건우가 벌어진 입을 굳게 다물며 시트에 기대어 있는 도현의 표정을 살폈다. 지금은 비위를 맞출 때이다. 도현이 일그러진 얼굴을 천천히 펴며 한숨과 함께 말했다.

"그냥 가게 하나 인수하고 누나한테 휴가나 길게 때려 줘. 놀러 가게."

"어디로 말입니까?"

"왜."

서늘한 목소리와 함께 도현의 한쪽 입꼬리가 느리게 올라갔다.

"내가 또 도망칠까 봐 그 남자가 감시 제대로 하라고 하지."

등골이 오싹해지는 말이다. 건우는 손안에 땀이 배는 걸 느꼈다. 만약 도현을 놓치게 된다면 단순히 옷을 벗는 게 아닌, 목이 날아갈 각오를 해야 한다고 말했던 목소리가 귓가에 생생하다. 도현이 느릿하게 입술을 움직였다.

"누나가 있으면 나도 어디 안 가."

좋은 기분 상태를 유지하게 하면서 어디로 튈지 모르는 사나운 맹수를 우리에 가두는 것.

"그러니까 나 묶어 두고 싶으면 내가 말한 일이나 완벽하게 해."

그런 면에서 윤세아는 아주 쓸모 있는 여자였다. 더불어 그들의 염원에도 미세한 진전은 있었다.

"최대한 빨리 카페 매수해, 얼마가 들든. 너네 돈 쓰는 거 잘하잖아."

그녀로 인해 아무 욕심 없던 소년이 점차 원하는 게 생겨나는 건.

"네, 알겠습니다."

건우의 대답을 들은 도현이 차 문을 열었다. 뜨거운 열기가 순식간에 밀려들어 왔다. 기분을 나쁘게 하는 공기였는지 옅게 인상을 구긴 건우가 도현의 손에 들려 있는 티슈 조각을 발견하고선 팔을 뻗었다.

"쓰레기 주십시오. 제가 버리겠습니다."

"뭐가 쓰레긴데."

도현은 손에 들린 티슈를 소중하게 움켜쥐며 웃었다.

"내 거야, 이거."

다음 날 아침, 사장은 세아에게 갑작스럽게 이별을 고했다. 겉으론 새로 짓고 있는 골프장에 전념하고 싶다고 했지만 사실 시세보다 높은 가격으로 인수를 원하는 자가 있었다. 이곳 말고도 카페를 여러 군데 운영하고 있는 사장으로서는 거부하기 어려운 제안이었다.

아침에 출근하자마자 새로운 사장과 마주한 세아는 놀라움에 입을 다물 수 없었다.

갑의 위치에서 거드름을 피우던 전 사장과 달리 새로운 사장은 벡터임에도 제로인 세아에게 예의를 지킬 줄 아는 남자였다. 우연찮게 손이라도 닿으면 불결하다며 손부터 닦는 게 대부분인 벡터와 달리 먼저 악수까지 청한 걸로도 모자라, 적절한 휴식과 여유를 줄 때 능률도 함께 오른단 말로 세아에게 사흘이라는 믿기 어려운 휴가를 줬다.

딱히 전 사장이 악독했다는 게 아니라, 제로를 직원으로 둔 모든 업계 종사자들이라면 누구나 다 똑같았다. 한데 이번 사장은 휴가 보너스는 따로 지급하겠다는 말까지 했다. 그러니 맘 놓고 푹 쉬다가 오라고.

새로운 사장의 파격적인 제안에 놀랄 새도 없이 세아는 사장이 나간 이후 출근하는 사람들을 상대하느라 정신없었다. 모두가 졸린 눈으로 커피를 테이크아웃 해 간다. 카운터에 서서 그 모습을 계속 보던 세아의 눈꺼풀도 절로 무거워졌다.

"매니저님, 피곤하세요? 계속 하품하신다."

"어, 조금 늦게 자서."

세아는 어색하게 웃었다. 어제 제대로 잠을 잘 수 있을 리 없었다. 커피를 마신 것도 아닌데 노곤하던 세아의 정신이 퍼뜩 들었다. 맑은 종소리와 무척이나 잘 어울리는 청량한 모습의 도현이 선글라스를 낀 채 들어왔기 때문이다.

"누나, 나 왔어."

어제도 9시까지 책을 보며 세아가 퇴근하길 묵묵히 앉아 기다리던 도현이었다. 집으로 데려다주기 전까지 지난 과거에 대한 얘기는 나오지 않았지만 한 번 들쑤셔진 잔상이 쉽게 잊힐 리 없었다. 세아에게 그날의 기억은 불타오르는 집이 전부였지만 그에 비해 도현의 기억은 아주 선명했다.

"왔어?"

그럼에도 다시 자신을 찾아와 사랑한다고 말하는 도현에게 세아는 되도록 자신이 할 수 있는 모든 걸 해 주고 싶었다.

"밖에 많이 덥지. 뭐라도 마실래?"

"커피 아무거나 차가운 거."

그 말과 함께 선글라스를 빼 눈가를 덮는 손이 피곤해 보였다. 세아는 습관적으로 손을 올렸다가 멈칫했다. 내가 널 만질 자격이나 있을까.

"뭐해? 안 만지고."

도현의 검은 눈동자가 뚫어지게 세아의 손을 보았다.

"내가 가져다 대?"

주저하던 세아가 용기 내 도현의 얼굴을 감싸며 웃었다.

"잠 잘 못 잤어?"

"누나 없이 자려니까 뒤척이느라."

"것 봐. 그러면서 무슨 호텔이야. 나랑 같이 지내지."

그냥 하는 소리가 아니라 도현이라면 충분히 세아가 보고 싶어 뒤척였을 위인이었다. 옆집에 살 때에도 종종 문자로 보고 싶어서 잠이 안 온다며 세아를 깨우더니 기어코 부모님 몰래 집 안으로 들어와 세아를 꼭 끌어안고서야 잠들곤 했으니까.

"왜 갑자기 호텔인데. 내 침대가 좁아서 그래?"

"아니, 좁으면 나야 좋지. 근데 같이 있으면 내 손이 가만히 안 있을 거 같아서."

은근히 야한 말이었다. 혹시라도 누가 듣진 않았을까, 세아가 주변을 살피자 도현이 눈썹을 구겼다. 그 남자에게 연락만 안 했더라면 여전히 세아와 같은 침대에서 잠들고 함께 일어났을 터였다. 짧은 숨과 함께 아쉬움을 넘긴 도현이 제 얼굴을 쓰다듬는 세아의 손을 부드럽게 잡았다.

"누나 출근 잘 했어?"

"응."

아쉬워하지 말아야지. 눈꺼풀을 감은 도현이 세아의 손을 입술 밑으로 가져갔다.

"나도 잘 했어."

'촉' 하고 부드러운 마찰음이 들렸다. 세아의 뺨이 연하게 달아올랐다. 어느새 세아가 있는 이곳이 도현에게도 직장이 된 듯싶었다. 손가락 위로 노곤하게 쏟아지는 숨이 세아를 긴장하게 만들었다. 손을 뗀 도현이 지갑을 꺼내 카드를 건네자 가만히 있던 세아가 그제야 움직였다.
“카드는 무슨, 내가 사 줄 거니까 가서 앉아 있어.”
“그럼 사랑 담아서요.”
그걸 어떻게 담아야 하나, 계산을 마친 세아는 뒤돌아서서 고심했다.
단것을 섭취해 기분이라도 좋아지길 바라는 마음에서 정성껏 바닐라 라떼를 만들었다. 도현이 가져간 진동벨을 울리는 대신, 직원에게 양해를 구하고 직접 바깥으로 나갔다. 도현에게 다가간 세아는 커피를 내려놓으며 웃었다.
“배달 왔어요.”
“응, 너도 주는 거예요?”
세아의 손이 미끄러지듯 떨어졌다. 책을 읽고 있던 도현이 비스듬히 고개를 들었다.
“너는 안 줘?”
어제와 똑같은 풍경의 카페였지만 주인은 바뀌어 있었다. 표면적으로 건우가 사장 노릇을 할 만한 남자를 데려온 것일 뿐, 실질적인 권한은 모두 도현에게 위임됐다. 그런 카페의 유니폼을 입고 있는 세아는 흡사 도현의 것이라는 걸 증명하는 것처럼 보였다. 도현은 만족스럽게 웃었다.
“너도 줘.”
세아는 물기 맺힌 손끝이 전율하는 걸 느꼈다. 언제 이렇게 남자다운 눈을 가지게 된 건지. 지난 시간이 멀게 느껴졌지만 아름답게 성장한 도현의 눈에 담긴 것 자체가 황홀해 발끝이 저릿했다.

"……괜히 내가 서빙도 안 되는 곳에서 직접 음료 들고 왔겠어? 당연히 네 거지."

세아는 눈빛 하나로 이렇게나 크게 반응하는 자신을 들킬까 싶어 애써 목소리 톤을 높였다. 도현이 피식 웃으며 빨대를 물었다.

"좋은 카페네. 널 사니까 커피도 주고."

"어때, 맛있어?"

"응."

"피곤한 거 같아서 조금 달게 만들었어. 먹으면 기분 좋아지거든."

"그럼 이거 말고 널 먹어야지. 네가 내 기분 올리는 덴 최고잖아."

"어떻게, 목에 빨대라도 꽂아 줘?"

도현의 눈썹이 천천히 일그러졌다.

"아니, 그렇게 안 먹을 건데."

낮은 목소리에 금세 세아의 뺨으로 열이 올랐다. 웃음을 터트린 도현이 의자에 기대며 말했다.

"진지하게, 누나 가끔 보면 정말 맛있게 생긴 거 알아? 마셔서 내 안에 가두고 싶을 정도로."

"내가 네 몸 안에 들어가면 건강만 나빠질걸?"

"왜? 너 무슨 맛인데?"

"나 아주 자극적인 맛. 음…… 이가 썩을 정도로. 뭐 불량 식품 같은 맛이려나."

"중독성도 있고?"

"어?"

"꼭 그런 애들은 중독성 있더라. 한 번 먹으면 또 먹고 싶어지고 자꾸 생각나게 하고. 또 안 먹으면 금단현상 나고 골치 아프지."

고개를 다시금 내린 도현이 책을 보았다.

"너도 그렇다고. 먹고 싶어서 손 좀 떨어 봤으면 좋겠다."

"……."

"근데 그것도 일단 맛보고 나야 가능한 얘기고."

얇은 종이의 끄트머리를 잡고 문지르던 손이 멈춘다.

"언제쯤 먹게 될지……."

그 종이가 된 듯한 기분에 휩싸인 세아가 마른침을 꼴깍 삼켰다. 설핏 웃은 도현이 잔을 들어 입술 가까이 대었다. 한 모금 넘긴 액체가 한가롭게 목울대를 들썩이며 지나간다. 뭐야, 이거. 태연한 도현을 보니 제가 생각한 방향이 맞는지 의문이다. 아닌가……. 세아는 괜히 야릇한 상상에 사로잡힌 제 자신이 부끄러웠다. 도현은 내려놓은 잔의 손잡이에 손가락을 건 채 느리게 물었다.

"그래서 언제쯤?"

"뭘?"

"언제 나한테 줄 거냐고, 누나."

세아의 얼굴이 순식간에 발개졌다. 저 혼자 이상한 상상을 한 줄로만 알았는데 아니었다. 그런 의미로 한 말이라니, 세아는 왠지 민망해 앞에 놓인 잔을 무작정 들어 올렸다.

"얘가 아무데서나. 이거나 마셔. 맛있다며."

"이건 대리 만족? 그런 거지."

"마시기나 해."

세아가 잔을 도현의 입가로 밀어붙였다. 그걸 내려다보던 도현이 떨떠름하게 빨대를 입에 물었다.

"아, 맛없어."

크게 목울대를 움직인 도현이 바로 빨대를 뱉어 냈다.

"맛이 왜 이래? 너 앞에 두니까 자꾸 비교하게 되네."

인상을 찡그리며 허리를 뒤로 뺀다. 심드렁한 도현을 보며 세아는 이제 귀까지 빨개졌다. 책으로 시선을 떨구기에 세아는 '흠, 흠' 짧게 헛기침했다.

"아, 맞다. 나 휴가 생겼는데."

"그래?"

"응, 사장님이 여름휴가 주셨어. 내일부터야."

은밀하게 빈틈을 내보이자 놓치지 않고 도현이 웃으며 들어왔다.

"그럼 나랑 있어."

응? 부드럽게 휘어지는 눈매를 본 세아가 괜스레 시선을 피했다.

"어, 어디 가고 싶은 데 있어?"

"잠시만."

도현이 잔을 들어 자세히 들여다보았다. 그 행동에 세아는 무언가 들킨 사람처럼 눈을 굴려 댔다. 도현의 입가에 서서히 미소가 번졌다.

"괜히 달았던 게 아니었네."

새하얀 잔 위로 붉은 입술 자국이 찍혀 있었다.

"네, 네가 사랑 담아서 달라며."

"그랬지, 내가."

시선을 뗀 도현이 석류처럼 새빨갛게 익은 세아의 얼굴을 보았다.

"이렇게 좋은 거 두고 빨대를 왜 가져와. 사람 헷갈리게."

"뭘 또."

"내숭도 이렇게 귀여워서야. 무슨 상을 어떻게 줘야 하지?"

웃음을 터트린 도현이 립글로스가 묻은 잔 위로 입술을 대고 마셨다. 직접적으로 닿은 것도 아닌데 세아는 제 입술이 다 뜨끈거렸다.

"이제야 맛있네."

"변덕은……."

"언제 줄까, 상."

"어, 어?"

"휴가 때?"

세아는 괜스레 헛기침하며 물었다.

"어디로 갈 건데?"

"더워. 물 있는 데 가고 싶어."

도현이 조금 전보다 잔을 소중히 내려놓으며 말하자 세아의 눈초리가 가늘어졌다.

"나 비키니 입은 거 보려고 그러지."

"어, 거기까지 생각 안 했는데 누나가 알아서 보여 주려고 하네."

"너, 정말."

"보여 주면 덧나? 어차피 내 건데."

세아는 피식 웃었다. 괜한 트집이라도 잡아서 혼내려고 해도 미워할 수 없는 말만 한다.

"그래, 가자."

휴가도 얻었겠다, 지금 세아에겐 못 갈 곳이 없었다. 게다가 여름에 태어났으면서도 더위를 많이 타, 따가운 햇빛을 피해 늘 그늘로만 걷던 도현이다. 피서 때마다 가족끼리 휴가철에 바다나 강으로 여행을 떠나는 건 흔한 일이었다. 혹시라도 덥진 않을까, 도현의 머리 위 에어컨이 제대로 작동하고 있는지 팔을 들어 점검하는 세아의 손을 도현이 잡아챘다.

"근데 멀리는 못 가고."

"응?"

"나 지금 지내는 호텔 옥상에 수영장 있어. 거기로 가."

"바다 안 가고 싶어? 너 확 트인 곳 좋아했잖아."

"지금도 좋아해. 근데 멀리 갈 상황은 안 돼서."

세아에게 휴가를 주는 대신 도심 안에 있으라는 건우의 조건이 따랐다. 멀리 한적한 곳으로 갔다간 감시하는 게 들킬 염려도 있고. 가게도 빠르다 싶을 정도로 인수해 줬으니 도현은 순순히 알았다고 했다.

"누나랑 같이 있으면 거기가 바다보다 더 좋아. 그러니까 몸만 와. 내가 준비 다 해 놓을게."

"알았어."

"예뻐, 누나 그렇게 말할 때마다."

세아가 의아한 듯 고개를 갸웃거렸다.

"뭐가?"

"알았다고 대답하는 거. 내가 뭘 하든 다 좋다고 하는 거 같아."

도현의 만족스런 웃음을 보니 세아는 기분이 이상했다.

"내가 어떤 사람이든 사랑할 거지?"

세아는 입술을 꾹 짓누르며 대답하지 않았다.

도현이 지난 십 년을 어떻게 살았는지는 말로 들어서 안다. 타인이 듣기에도 끔찍한 일상을 담담한 표정으로 말하는 모습은 마치 감정이 없는 사람 같았다. 그런 면에서 도현이 한 질문은 세아에게 대답하기 어려운 것이다. 네가 어떻게 자랐든 사랑한다는 얘길 해 줬어야 했을까, 아니면 넌 어떤 사람인지 물었어야 했을까. 모든 원흉은 세아 자신이었다.

"넌 배신한 내 어디가 좋아?"

점심을 먹고 돌아오는 길목에서 흘러나올 법한 질문은 아니라고 생각했는지 세아가 개통해 준 핸드폰을 보물처럼 만지작거리던 도현이 고개 들었다.

"무슨 그런 질문이 밑도 끝도 없이 갑자기 튀어나와?"

"그냥 내가 왜 좋은가 해서. 네 말마따나 나 때문에 십 년 동안 돌아오지도 못하고, 일상생활도 제대로 못 했었잖아."

"다르게 해석하자면 배신한 여자를 사랑할 수 있을 정도로 내가 널 좋아한다는 거 아니야?"

도현이 비식 웃음을 터트렸다.

"미친놈처럼 보이려나."

짙은 숨을 내쉰 도현이 대답했다.

"이유 없어. 너니까 좋아."

참으로 난해한 대답이면서도 세아의 가슴을 더 미어지게 하는 답변이다. 그냥 윤세아라서 좋다고 사족을 또 단다.

"태어났을 때부터 그랬어."

운명도 아니고, 도현은 처음부터 윤세아를 품고 태어나

사랑할 수밖에 없다는 식으로 말했다.

두 사람이 가까워질 수 있는 조건은 꽤 여러 개였다. 운 좋게 옆집이었고 또 두 집 다 외동이라 서로 같이 묶어 놓기에 좋았다. 하지만 그런 건 도현에게 윤세아를 만나기 위해 치밀하게 짜인 복선에 불과했다. 만나면서 차차 좋아진 게 아니라, 눈뜨고 '응애' 하고 소리를 내지른 순간부터 윤세아의 옆엔 내가 있을 거라는 암시를 날린 거다.

"내가 죽기 살기로 너한테 다시 돌아온 걸 생각해 봐. 간단하잖아."

원망해도 또다시 두 손을 모으며 섬기는 신처럼, 도현에게 세아는 그런 존재였다. 배신당했다는 것도 감미롭고, 더욱이 나를 밀어낸 만큼 너를 사랑해 주겠노라 집념을 가지게 한 여자.

"아까 내가 알았다고 대답하는 게 좋다고 해서 그래?"

"어?"

"그런 거 같은데."

세아가 도르륵 눈동자를 굴리며 회피하자 도현이 한숨을 내쉬었다.

"이렇게 보면 누나 토라진 고양이 같아. 생긴 것도 그렇고."

"내가 생긴 게 뭐?"

"거울 보면 알잖아. 누나 눈초리 올라간 거. 피부도 하얘서 지금처럼 눈 크게 뜨면 털 새하얀 혈통 좋은 페르시안

고양이 같아.”

세아는 실없이 웃음을 터트렸다. 그냥 동네 고양이도 아니고 페르시안이란다. 제로에게 혈통 들먹이며 특별 취급을 해 주는 건 아마 도현밖에 없을 거다.

“말도 잘 안 듣고 자꾸 주인한테 발톱을 세워서 어떻게 관리해야 하나, 안 그래도 고민하고 있어.”

웃던 입가가 순간 무거워졌다. 세아가 고개를 들자 걸음에 맞춰 흔들리는 검은 머리카락 사이로 언뜻 비치는 도현의 눈이 날카로웠다.

“계속 주인 옆에 안 있고 집 나가려고 하는 것도 문제고.”

뼈가 있는 발언이다. 세아가 위험한 일을 그만둘 생각이 없다는 것을 모를 리 없는 도현이다. 세아는 괜스레 목이 탔다. 아스팔트 위로 올라오는 열기를 탓하며 손부채질 했다.

“날이 덥네. 빨리 가게 가자.”

세아의 말에 도현의 시선이 비스듬히 아래로 향했다.

“고양이가 또 더위엔 취약이지.”

“자꾸 고양이 타령 할래?”

“성격도 닮은 것 같은데.”

세아가 동그랗게 만 주먹으로 도현의 팔을 툭 쳤다. 그 순간 골목과 골목 사이, 눈에 잘 띄지 않는 후미진 공간에서 꺼림칙한 소리가 들려왔다. 세아의 걸음이 멈추자 도현도 함께 섰다.

"뭘 봐?"

미동조차 않고 빤히 보는 게 뭔가 싫어 고개를 돌린 도현이 목격한 건 참혹한 현장이었다. 재미있는 놀이라도 하듯 일방적으로 폭력을 가하는 세 명의 남자들은 즐거워 보였다. 가해자와 피해자가 확실히 구분된 흔한 풍경이다. 발길질해 대며 낄낄대는 건 벡터일 테고, 그들의 발아래에서 쓰레기처럼 이리저리 굴러다니는 건 제로일 것이다. 말리는 사람도 없고 지켜보는 군중도 없다. 숨을 쉬고 내뱉는 것처럼 너무나도 자연스럽게 벌어지는 일상인 셈이다.

"……."

보통 제로라면 겁에 질려 못 본 척하거나 벡터라면 또 한바탕한다며 무심히 지나갈 장면을 보며 세아는 피가 끓었다. 초능력으로 몇 번이나 당한 건지 몰골이 말이 아니다. 주먹을 꽉 움켜쥐었다.

"맞고 있네."

"맞는 걸 누가 몰라?"

"갈 거야?"

도현의 물음에 세아는 기가 찬 웃음을 토했다. 당연한 거 아닌가. 세아는 제로라서 이유 없이 벡터들에게 멸시당하는 사회를 증오했다. 생각보다 몸이 먼저 나갔고, 그건 학창시절을 함께 보냈던 도현이 제일 잘 알았다.

"그냥 가. 날도 더운데."

한데 다르다. 더위에 약한 건 예나 지금이나 똑같았지만 이렇게 당하고 있는 사람을 앞에 두고 냉정하게 말하진 않았었다. 지금도 발아래에서 치이는 남자는 죽어 가는 소리를 내고 있는데, 정작 도현은 세아가 손에 쥐어 준 휴대폰만 만지작거릴 뿐이다. 누나 이건 어떻게 해? 도현이 고개를 들었을 때 세아의 표정은 서늘했다.

"왜?"

"너 예전에는 나처럼 나서진 않았지만 그런 식으로 말한 적 없었잖아."

"그래서 지금 하잖아. 나서지 말라고."

도현은 시큰둥하다. 마치 제 일이 아니라는 듯이.

"왜?"

"뭘?"

"왜 내가 나서지 않아야 하냐고."

"네 일이 아니잖아."

"나와 같은 제로야. 무슨 잘못을 해서 맞는 것도 아닐 테고, 쟤들한테 저렇게 당하다가 죽으면?"

"사람 쉽게 안 죽어."

"그게 지금 할 말이니? 넌 보고 느끼는 것도 없어?"

"어차피 남이잖아. 내가 왜 쟤한테까지 신경 써야 해?"

"뭐?"

세아는 온몸의 털이 곤두서는 걸 느꼈다. 도현은 지금 저

장면을 보고서 충격을 받거나 도와줘야겠단 생각조차 들지 않는 듯 보였다.

“예전부터 하고 싶었던 말인데 나 네가 매번 나설 때마다 속으론 간이 몇 번이고 쪼그라 들었어.”

“거짓말…….”

“정말인데. 근데 이젠 말하려고. 하지 마.”

“너 이런 애 아니잖아.”

“뭐가. 원래 난 너 아니면 관심 없어. 몰랐어?”

도현은 진지했다. ‘컥’ 급소를 당한 건지 남자의 단발적인 음성이 골목을 뚫고 나왔다. 세아는 그 소리를 총성처럼 듣고선 튀어 나갔다. 골목으로 성큼 다가간 세아는 인상부터 확 구겼다.

“야 이 거지 같은 새끼들아, 발 안 치워?”

“허어, 정신 나간 애가 또 있네.”

세아의 빈 손목을 본 벡터가 발로 툭 밀자 벌집이 된 제로의 몸이 짐짝처럼 넘어갔다.

“넌 또 뭐야?”

“반응도 시원찮아서 재미없어지던 참이었는데 잘됐네. 네가 우리랑 놀아 주게?”

“나는 눈 없냐? 어디서 놀아 달래?”

“계집애가 떽떽대는 거 얼마 만에 듣냐? 귀엽다.”

세아는 주먹을 움켜쥐었다. 상대는 내추럴 둘에 제너럴

하나. 공격형 초능력을 뜻하는 빨간색 선이 그어진 팔찌를 찬 자가 둘. 빠르게 눈동자를 굴려 상대를 파악한 세아는 이를 악물었다. 어떤 초능력인지 부딪치는 수밖에 없다. 세아가 비장하게 발을 내딛자 순간 몸이 뒤로 쏠렸다.

"아……!"

"나와."

도현이 세아의 어깨를 잡고선 끌어냈다. 벽으로 몰아붙인 도현이 세아의 머리에 묶인 천을 풀었다. 그러고선 빠르게 제 왼쪽 손목에 감는다.

"뭐하는 거야!"

"네가 나서면 얘기가 달라지지."

무슨 말을 하기도 전에 골목으로 걸어간다. 뒤늦게 정신을 차린 세아가 재빨리 골목으로 향했을 때, 도현은 벡터의 멱살을 잡고 안쪽으로 끌고 가고 있었다. 세아에게 '계집애'란 말을 한 남자였다.

"저 새끼 뭐야!"

나머지 둘 역시 제 친구 놈을 질질 끌고 가는 도현의 뒤를 쫓았다. 세아의 발이 멈칫했다. 아래에서 작게 신음하고 있는 남자의 목소리가 세아의 발목을 붙잡았다.

"괜찮으세요?"

"으윽……."

"어디 부러진 데는 없어요?"

얼굴이 부어 말조차 제대로 하지 못했다. 세아는 그를 우선 이곳에서 벗어나게 해야 한다는 생각에 남자의 팔을 제 어깨 위로 얹었다. 힘이 빠진 성인 남자의 무게는 육중했다. 간신히 남자를 건물 외벽에 기대어 앉히자 그 순간 골목 안에서 외마디 비명 소리가 들려왔다. 세아는 재빨리 골목으로 뛰어들었다.

"도현……!"

"왜?"

이제 막 안쪽에서 걸어 나오는 도현의 이마 위로 땀이 흥건했다. 역시나 도현이 낸 비명이 아니었다. 도현은 들어갔던 모습 그대로였다.

"더운 거 싫다고 했는데도 우리 누난 나 땀 흘리는 게 좋나 봐."

세아의 앞에서 멈춰 선 도현은 인상을 찡그렸다. 손목에 감긴 천을 풀어 세아의 어깨에 올려 둔 뒤 훅 하고 숨을 내쉬었다.

"아, 다 젖었네."

"……벡터들은?"

"불 보여 주니까 도망가던데."

하얀 불꽃. 최상급의 불을 본 자들이 혼비백산 사라지는 건 당연했다. 들키지 않으려고 천을 감은 걸까. 벡터라면 왼쪽 손목에 팔찌가 있었고 도현의 손목은 텅 빈 상태였다. 짜증 난 표정으로 손부채질을 하던 도현이 세아에게 한마디 했다.

"이제 가자. 사람 난처하게 하지 말고."

"안 도와준다며."

"네가 나섰잖아."

"……."

사람이 죽든 말든 신경도 안 쓰던 도현이 세아가 참견하니 바로 움직였다. 들키면 곤란한 일이었는데도 초능력을 사용했다.

도현이 세아 아닌 다른 것에 무관심하다는 건 또 증명되었다. 골목 밖에 기대어 있던 남자를 쳐다도 안 보더니 세아가 다가가 손대자 곧바로 시선을 준다.

"병원까지 데려가게?"

"그럼 어떡해? 여기 버려두고 가?"

"아…… 진짜. 비켜 봐."

세아가 주춤거리며 일어서자 도현이 무릎을 낮추며 세아의 다리를 잡았다.

"치마 입고 바닥에 무릎 댈래? 다 까졌잖아."

"괜찮아, 안 아파."

남자의 상태를 살피느라 급하게 앉으면서 아스팔트에 무릎이 쓸렸나 보다. 뒤늦게 제가 다친 걸 안 세아가 눈동자를 굴리자 도현이 그 위를 살살 엄지로 문질렀다.

"모른 척했으면 다치지도 않았잖아."

세아는 신기했다. 앞에 남자는 피 떡이 되어 있는데도 도현은 살짝 까진 세아의 상처에만 집중했다.

"옷에도 묻었어."

"아."

세아 아닌 다른 건 다 무감각한 듯 보였다. 고작 새하얀 유니폼 위로 얼룩덜룩 묻은 남자의 피에 열을 낸다. 세아의 옷을 바라보는 내내 도현의 미간은 펴지지 않았다.

"내가 알아서 할 테니까 들어가서 옷부터 갈아입어."

"너 혼자 어떻게 한다고. 같이 해."

"됐으니까 들어가. 점심시간 끝나 가잖아."

벌써 시간이. 잘근 입술을 깨문 세아가 불안한 눈빛을 애써 지웠다. 꼭 병원에 데려다줘야 한다며 신신당부하는 세아를 보낸 도현이 남자를 내려다보았다.

"나 지금 많이 참고 있는데 알아요?"

"……."

바닥으로 주저앉은 도현은 턱을 잡고 반죽이 된 남자의 얼굴을 돌려보았다.

"아프죠. 나도 알아, 아픈 거. 근데 네 발로 걸었어야지 여자 어깨에 기대면 쓰나."

간신히 눈을 뜬 남자의 눈빛이 흐리멍덩하다. 남자의 어깨를 툭툭 두드린 도현이 일어서며 어디론가 걸어갔다. 카페 근처로 향하자 주차되어 있던 검은 차의 창문이 매끄럽게 내려갔다.

"안 그래도 찾으러 가려던 참이었습니다."

세아 혼자 카페로 들어가는 걸 보았기에 이미 다른 가드들을 푼 참이었다. 도현은 가까이 다가가지 않고 말했다.

"여기서 두 블럭 떨어진 곳에 다 죽어 가는 남자 하나 있어. 병원 데려가서 치료 벡터한테 진료받게 해."

"무슨 일 있습니까?"

"질문하지 말고."

험악하게 구겨진 도현의 표정을 본 건우가 입을 다물었다.

"입원시키고 나서 보고해."

"알겠습니다."

누가 볼까 곧바로 등을 돌린 도현이 카페로 걸어갔다. 오늘 따라 왜 이렇게 기분이 안 좋은 건지. 좋았던 건 세아와 웃으며 얘기를 나눴던 것과 세아가 들려 준 휴대폰이 전부였다. 도현이 카페 문을 열고 들어서자 이제 막 옷을 갈아입고 나온 세아가 다가왔다.

"병원은?"

"그 말 한 번만 더 하면 백 번이야."

"데려다줬어?"

"어. 지나가는 사람 붙잡고 부탁했어."

"뭐?"

“책임지고 병원 데려가 달라고 했고, 내 휴대폰 번호도 알려 줬어. 경과 보고 나한테 알려 준대.”

누가 그런 번거로운 일을 대신 해 줄까. 설핏 인상을 찡그린 세아가 말을 삼켰다. 도현의 말이니까 믿어야 한다. 그 생각을 하니 이제야 도현의 표정이 눈에 들어왔다. 더위에 약한 도현의 셔츠가 축축한 것을 본 세아가 조심스럽게 손을 잡았다.

“나 대신 해 줘서 고마워. 곤란한데 나서 주고.”

“그 얘기 들으려고 한 거 아니야.”

“알아, 그래도…….”

“누나!”

세아가 고개를 돌리자 익숙한 회색 머리가 눈에 들어왔다. 세아에게 다가오는 남자를 보며 도현은 천천히 인상을 구겼다.

“아오 씨. 혼나야 돼, 아주.”

세아의 머리 위로 꿀밤을 먹인다. 도현은 피가 거꾸로 솟는 것만 같았다.

“야.”

거기까지였다. 반사적으로 다가가 세아의 머리를 한 대 더 쥐어박으려는 남자의 손목을 도현이 강하게 움켜쥐었다.

“지금 누구 머리를 때려?”

“아, 그게 도현아.”

“악! 아파요, 아파! 누구신데 제 손목을……!”

남자가 질문을 던지고선 이내 동공을 크게 벌렸다.

“혹시 이분이 예비 신랑?”

도현이 살며시 고개를 기울이자 남자가 드문드문 말했다.

“진짜 피지컬이 대단…….”

“그 사람 아니야, 요한아.”

둘의 관계를 서진에게 숨겼으니 같은 카시스 멤버인 요한 역시 몰라야만 했다. 세아가 요한의 티셔츠를 쭉 잡아당기자 도현의 시선이 순식간에 아래로 뚝 떨어졌다. 요한의 양쪽 손목이 깨끗했다.

“어, 정말? 다행이다. 나 방금 엄청 쫄았던 거 알아요?”

제로다. 오늘 정말 일진이 사납다고 생각하며 도현은 허탈하게 웃었다.

“상대도 안 될 뻔했잖아. 골대에도 못 갈 뻔했다고요.”

과거 도현이 제로였던 것처럼 세아와 똑같은 제로.

“누나, 연락도 안 하고 서운해 죽겠어요. 내가 걱정하는 거 잘 알면서.”

게다가 어린 얼굴로 저와 같이 누나라고 말하는.

“뭐야, 얜.”

거기까지 생각을 마친 도현은 잡고 있던 손목을 놓아주었다.

“누나?”

서늘한 숨과 함께 도현의 시선이 세아에게로 닿았다. 세아는 요한을 잡았던 손이 경련하는 걸 느꼈다. 조금 전 짜증스러운 표정을 한 것과 비교되지 않을 정도로 차가운 얼굴이다.

"누나란 소리도 듣고 좋겠다."

"그게 무슨 말이야."

"손부터 놓고 얘기하자. 자꾸 거슬린다."

재빨리 놓았지만 이미 도현은 요한을 세아가 서슴없이 손을 댈 정도로 가까운 남자라 인식한 뒤였다. 한기를 담은 도현의 눈빛이 요한의 맑고 투명한 눈동자를 보았다.

"어렸을 때 나랑 비슷하네, 눈이."

도현은 웃음이 났다.

"순진해서."

장난기 많은 얼굴과 욕망 같은 건 존재하지 않는 선한 눈동자. 자신도 저런 티끌조차 끼지 않은 눈을 가졌던 때가 있었다.

한 여자에게 미쳐 네가 있는 곳으로 가기 위해 발악하느라 태워진 내 열다섯은 이리도 까만 재가 되어 암흑만 남겼는데.

도현이 점차 잃어 갔던 것들을 요한은 다 가지고 있었다. 순수, 청렴, 활기, 언제든 꽃 피울 수 있는 싱그러움. 정작 자신은 모든 걸 버려 줄기조차 남지 않았는데 요한은 찬연함 그 자체였다.

그 본인은 천진난만하게 눈동자를 굴리며 세아와 도현 사이에 형성된 기류를 살피고 있었다. 뒤늦게 저 때문에 이 모든 게 비롯되었다는 걸 안 요한은 눈치껏 살벌한 냉기를 뿜고 있는 도현에게 말했다.

"저, 세아 누나 아는 동생이에요."

"동생인 거 들어서 다 아니까 끼어들지 마세요."

"……."

요한은 냉큼 입을 다물었다. 도현은 크게 숨을 내쉬었다. 이것도 내가 감수해야 할 비밀에 속하는 거라면 인내해야겠지만 그럼에도 도현이 지금 화나는 건 악몽이라고 생각될 정도의 장면이 몇 번이고 재현된다는 거였다. 자신이 보는 앞에서 쉽게 손을 대고 아무렇지도 않게 얘기를 하고. 옆에 멀쩡히 서 있는데 타인인 양 배제된 채 도현이 들으면 거북스러워할 대사가 지금 몇 개나 요한에게서 나왔는지. 이 모두를 또렷이 되새기며 기억하는 뇌가 싫었다.

그럼 난 내가 없는 사이에 네가 이 남자와 어떤 시간을 공유했는지 궁금할 수밖에 없잖아?

"하긴 옛날이랑 어떻게 똑같아. 너랑 내가 이렇게나 자랐는데."

너 대체 언제부터 그 예쁜 머리 남이 쥐어박게 내버려 뒀어. 내가 그걸 가만히 내버려 두는 거 봤어?

"재미있네. 달라진 윤세아 하나씩 알아가는 거."

왜 그걸 허락해서 사람을 이렇게 치졸하게 만들어. 떨어져 있는 십 년 동안 나는 누나 하나에만 목매게 만들었으면서 누난 왜 옆에 내가 싫어하고 예민해질 수밖에 없는 것을 두는데. 함부로 씹어 엉망이 된 입안을 훑으며 도현이 말했다.

"그래, 한번 보지 뭐. 넌 이름이 뭐지?"

"어, 저기…… 그게."

"뭔데 누나 머릴 때려."

비슷한 키를 가졌음에도 불구하고 분위기는 정반대였다. 요한은 살벌한 도현의 모습에 마른침을 삼키며 연한 회색으로 탈색된 머리를 긁적였다.

"머리 쥐어박은 건 죄송한데, 어, 저 누나랑 같은 고등학교 다녔어요. 순일고. 그냥 친한 동생……."

친하다는 말에 도현의 눈썹이 한층 더 내려갔다. 요한은 냉큼 말을 바꿨다.

"그냥 동네 아는 동생…… 저 그냥 지나가다가 잠깐 들린 거예요. 손님이랑 있는 줄 몰랐네. 누나 난처하게 할 생각 없어요. 가 볼게요. 네?"

"같은 고등학교면 많이 붙어 다녔겠네요."

"뭐, 그렇죠."

무의식적으로 흘러나온 말을 들은 도현이 시큰하게 웃었

다. 눈앞을 가린 머리카락을 한 번 쓸어 넘겼다.

"같은 학교에 같은 동네, 제로, 거기다 누나라고 부르고."

"오해하나 본데, 너랑은 달라."

"그렇게 말해 주니 고맙긴 한데."

머리가 얼얼해질 정도로 배신감이 밀려온다. 저는 누나만을 그렸는데 세아는 버젓이 자신과 비슷한 남자를 옆에 두었다는 생각만 계속 맴돌았다.

"별로 좋은 경험은 아니네."

세아는 할 말이 없었다. 자신이 그때 신고를 하지 않았더라면 도현과 떨어지지 않았을 거고, 그럼 도현이 지금 이런 기분을 느끼지도 않았을 것이다. 이런 사소한 부분으로 깊이 베여 상처받을 일도 없었겠지. 둘에게 떨어져 지낸 십 년은 계속해 걸림돌이 되고 있었다.

"저, 학교 다닐 땐 그렇게 안 붙어 있었어요. 누나가 공부한다고 어찌나 절 떼어 놓던지……."

"……."

"어, 그러니까 윤세아 씨가."

요한은 재빨리 누나란 단어를 눈치껏 뺐다. 차갑게 생긴 도현의 얼굴에 기가 죽어서였다. 그게 또 세아를 보호하려는 행동처럼 비쳐져 도현은 눈을 감았다가 떴다.

"더는 못 있겠다."

도현이 몸을 반쯤 돌리자 세아의 고개가 다급히 위로 향했다. 처연한 얼굴이다. 안고 싶지만 하지 않을 거다. 지금도 세아를 자신만이 아는 곳에 가두고 싶은 걸 속으로 인내하며 도현은 한숨과 함께 말했다.

"내가 삐뚤게 생각한 거 같지? 고작 남자 하나 봤다고 이러는 거 치졸해 보이지?"

"도현아."

"나만의 생각이고 감정인 거 아는데 사과는 안 해."

"……."

"내가 만약 누나였다면 이런 상황에서 난 나 하나로 이렇게 망가진 너, 무슨 수를 써서라도 책임졌어."

망가진 너라니. 순간 세아의 머릿속에 아까 도현이 했던 말이 떠올랐다.

—내가 어떤 사람이든 사랑할 거지?

"먼저 갈게."

뒤돌아서는 모습이 잡지 말라고 암묵적으로 말해 주고 있었다. 도현은 뒤도 돌아보지 않고 가게를 나섰다. '딸랑' 아침엔 반가웠던 종소리가 처량하게 세아의 귓가를 울렸다.

"누나, 뭔데 저 사람……."

요한이 그제야 눈썹을 팍 죽이며 말하자 세아가 달려 나갔다. 두꺼운 문을 밀고 어지러운 열기가 끓어오르고 있는 아스팔트 위를 유유히 걷고 있는 도현의 등을 무작정 뛰어가 껴안았다. 도현의 몸이 크게 흔들렸다. 도현은 자신의 숨을 옥죄듯 끌어안은 존재가 누군지 껴안긴 순간 알아챘다. 그럼에도 믿기지 않는지 반쯤 고개를 돌린 도현의 시선이 아까와 달리 일렁이고 있었다.

"사과할 필요 없어. 네 생각이고 네 감정인 거 전부 내가 끌어안을 거야."

도현은 지그시 눈을 감았다.

"미안해, 아프게 해서. 속상했지."

도현이 갇혀서 어떻게 지내 왔는지 들었기에 세아는 그를 더욱 꼭 끌어안았다. 조금 전 다친 남자에게 무관심하던 표정이 어른거렸다.

"망가졌다는 말 하지 마. 너 지금도 괜찮으니까."

자신 때문에 이렇게 된 것만 같아서. 그러니 이 모습 또한 세아가 사랑으로 안아 줘야만 했다. 도현은 흐릿하게 눈꺼풀을 밀어 올렸다.

"……들어가. 밖에 더워."

갑작스러운 장면에 건우가 문을 밀고 나왔다. 눈빛으로 별일 아니라며 물러서게 한 도현은 천천히 풀고 싶지 않은 세아의 손을 자신에게서 떼어 냈다. 더 있고 싶지만 감시자 앞에서 키스를 할 수도 없는 노릇이다. 등을 돌리자 세아의 매혹적인 얼굴이 뜨거운 태양 볕 아래에서도 강렬히 빛나고 있었다. 아, 입 맞추고 싶다. 끌어안고 싶다.

"연락해. 기다릴 테니까."

내 입에 넣어서 하나도 빠짐없이 되새기며 굴리고 삼켜 버리고 싶다. 도현은 눈을 가늘게 뜨며 세아에게 말했다.

"나 다시 만났을 때 잘 자랐다고 했었지."

세아가 얼굴을 천천히 들어 올렸다.

"나 다 자란 거 아니야. 아직도 크는 중이야."

"……."

"앞으로 누나가 하는 일에 따라 달라지겠지."

자신을 올려다보는 머리를 한 번 쓸어 넘겨 준 도현의 목소리가 현저히 낮았다.

"잘 하자, 윤세아."

잠시 안을 헤집었던 손이 그 말과 함께 멀어진다. 밖에 나와 있던 건우가 차 문을 열었고 도현이 깔끔한 내부로 모습을 숨겼다.

세아의 눈동자가 흔들렸다. 호텔에서 혼자 지내는 게 아니라…… 다른 남자가 옆에 있었다.

그리고 피어나는 의문은 단 하나였다. 저 사람도 도현이 릭시라는 걸 알까. 그 해답은 운전석에 오르기 위해 루프 판넬을 짚은 남자의 왼쪽 손목을 보고 알았다.

파란색 선이 세 개인 플랫. 그런데 도현을 뒤에 모시고 직접 운전을 한다. 그렇다면 릭시 관리자인 걸까.

"……."

도현의 초능력은 세 개인 플랫. 서진과 마찬가지다.

"누나?"

정신없이 뛰어나갈 땐 언제고 돌아오는 세아의 걸음은 마치 무언가에 홀린 것처럼 느릿했다. 뭔가 이상하다고 느꼈는지 요한이 달라붙자 눈초리가 날렵하게 올라갔다.

"현재 릭시 중에 맥스인 사람, 둘 말고 더 있어?"

"어?"

"빨리 대답해 봐."

카시스에서 정보를 다루고 있는 요한은 매일 컴퓨터 앞에 앉아 정부에 등록된 벡터를 들춰 보는 게 일이라 이쪽 관련으로는 모르는 게 없었다. 인터넷에 없는 비밀 정보를 요한은 알고 있을지도 모른다. 요한은 갑자기 무슨 소리를 하는 거냐는 식으로 뚱하게 세아를 바라보았다.

"없는데요?"

"……없다고?"

세아가 힘없이 묻자 요한이 고개를 끄덕였다.

"맥스면 벡터 중에서도 상위 계층에 속하는 거고, 그래서 얼마 없는 거 누나도 잘 알잖아요."

"……."

"만약 있다면 정부에서 가만있겠어요? 바로 기사 쏟아내고 난리나지."

잘근 입술을 깨문 세아는 범람하는 의심을 잠재울 수 없었다. 플랫이 도현의 관리자라면 도현 역시 보통 위치가 아니라는 것이지만 팔찌를 하고 있지 않으니 알 방도가 없었다. 아니, 일부러 공개를 안 하는 건가? 처음 릭시 판정을 받게 되면 곧바로 차게 되는 팔찌가 십 년이 지난 지금에도 없다는 건 말이 안 되었다.

"근데 갑자기 웬 릭시?"

자기가 거부하지 않는 이상, 그리고 그걸 또 정부에서 받아들여 준 게 아닌 이상.

"됐어."

요한은 냉담하게 자신에게서 벗어나 걸음을 옮기는 세아를 보며 허공에 붕 뜬 손을 떨궜다. 조금 전 살벌함이 가득했던 인물이 떠올랐는지 이내 자신의 두 팔을 꼭 끌어안고 비비적댔다.

"근데 아까 그 남자 누구예요? 와, 무슨 분위기가 카페를 냉장고로 만들어. 몇 살인데? 몇 살인데 저런 눈빛을 막 쏜대. 진심 장난 아니다."

"……."

"제로인데 뭔 눈빛은 완전 유니벌급이야."

그 말에 세아의 심장이 툭 하고 떨어졌다.

"나 완전 등에 식은땀 흐른 거 알아요?"

"……방금 뭐라고 했어?"

"어? 뭐가요?"

"유니벌?"

"뭐…… 분위기가 그렇다는 거죠."

초능력을 가진 자들은 제로와 달리 상대를 짓누르는 분위기라는 게 있었다. 그동안 왜 못 느꼈지. 도현을 마주할 때 세아 역시 몇 번이고 살벌한 기운을 느꼈는데 그게 다 도현의 초능력과 연관되어 있을지도 모른다.

"지금 누나랑 나랑 같은 학교 다녔다고 저러는 거죠? 그런 거면 나 말고 딴사람을 욕해야지."

요한이 억울하다는 듯이 입술을 삐죽였다. 지금처럼 카시스 요원이면서도 세아의 가게에 대놓고 찾아와도 의심받지 않는 건 같은 고등학교 출신인 요한뿐이었다.

그것도 남들의 눈에 띄지 않고 서로 접근하기 위한 명분을 만들기 위해 2학년 때 서진이 세아가 다니는 학교로 요한을 전학 보내면서 구축해 낸 관계다. 세아가 주먹을 꽉 움켜쥐었다.

"너 내가 누누이 입조심하랬지."

"네?"

"분위기 봐 가면서 말해. 너 때문에 상황 더 안 좋아진 거 몰라? 거기서 내 머리는 왜 때려? 아니, 카페엔 왜 와?!"

뒤늦게 생각난 장면을 빌미 삼아 세아가 참아 왔던 화를 거세게 토하자 요한이 도리어 소리 질렀다.

"그거야 누나가!"

주변을 눈으로 살피더니 허리 숙여 세아의 열 오른 귓가에 작게 소곤댔다.

"작전 중에 내 목소리 안 듣고 혼자 달려 나갔다가 다쳤다고 하니까 그러죠."

세아는 손을 들어 요한의 머리를 있는 힘껏 밀어냈다. 펭귄처럼 뒤뚱뒤뚱 힘없이 물러선 요한이 오뚝이처럼 허리를 곧게 펴더니 카운터로 걸어가는 세아의 뒤를 졸졸 따라갔다.

"괜찮은 거죠? 형한테는 치료해서 괜찮다고 들었는데 내 눈으로 직접 확인하고 싶어서요. 여기, 어깨랬잖아."

"만지지 마."

세아는 어깨를 잡는 요한의 손을 밀쳐 내며 카운터 안으로 들어갔다. 요한은 자신의 앞을 가로막는 바리케이드를 보며 삐죽였다.

"주문 안 할 거면 가. 일해야 돼."

"아이스 라떼 주세요."

요한이 뒷주머니에서 최대한 느릿하게 지갑을 훑으며 카드를 꺼내 세아에게 건넸다. 계산을 하자 옆에 있던 직원이 자신이 만들겠다며 세아의 어깨를 두드렸다. 아이스 라떼는 무슨, 마음 같아선 아주 뜨거운 온도로 샷을 세 개나 부어 사약처럼 주고 싶었지만 천사 같은 직원 덕분에 요한의 혀는 무사할 수 있었다.

"근데 누나."

도현 때문인지 누나란 소리가 나오자 절로 눈썹이 산처

럼 치솟았다. 세아가 원수를 보듯 날카롭게 눈초리를 올리자 요한이 카운터에 기대어 작게 소곤댔다.

"나랑 같은 부류예요? 사귀는 건 아닌데 집착 쩌는."

"무슨 소리야?"

"방금 그 남자요. 누나 예비 신랑 아니라며."

속이 끓는다. 그 남자가 그 남자라고.

"인기 많다. 품절녀 됐는데 남자가 득실득실."

"너 그 얘기 어디 가서 하기만 해 봐."

"세상에, 반지."

한가로웠던 요한의 눈이 이마를 짚는 세아의 왼손을 보고선 금세 커졌다. 증거물을 포착한 사람처럼 세아의 왼손을 확 움켜쥐었다. 훈련받거나 일할 때 불편하다며 그 흔한 액세서리조차 하지 않는 세아였는데 떡하니 낀 반지를 보니 사랑의 힘이 대단한 거 같기도 하다.

"와. 진짜 임자 있는 거 확 오네, 확 와."

"손 놔. 안 놔?"

"알았어요. 우리 누나 반지도 얌전히 끼게 할 정도로 대단한 남자 언제 보여 줄 거예요? 얼굴 궁금한데."

한 대 맞을 거 같아 요한이 냉큼 손을 떼어 냈다. 세아는 인내의 숨을 내쉬었다. 방금 본 남자가 그 남자라고. 때마침 직원이 다가와 요한에게 커피를 내밀었다.

"아이스 라떼 나왔습니다, 손님."

"네, 감사합니다."

직원에게 윙크를 날리며 커피를 받아 든 요한이 미리 준비해 놓은 빨대를 꽂아 흡입하고선 맛이 좋았는지 콧노래를 흥얼거렸다. 왜 또 이럴 때 손님은 없는 건지. 세아는 눈앞에서 알짱대는 요한을 파리처럼 보며 말했다.

"이제 그만 가시죠, 짜증 나니까."

"어우, 입. 누나 그 입, 입!"

"……."

"예쁘게 좀 말해요, 예비 신랑이 이런 거 들으면 도망가."

그러니까 너 때문에 지금 열 받아서 갔다고. 세아는 억지로 목구멍까지 차오른 그 말을 삼키며 웃었다.

"할 일 없어 보이시는데 가게 대걸레질 해 줄 거 아니면 가세요."

"와, 나한테 어떻게 이래?"

질린다는 듯이 표정을 구긴 요한이 고개를 내저었다. 어쩌라는 거야? 세아가 인상을 쓰자 주변을 빙 둘러본 요한이 세아에게 밀착했다.

"나 누나한테 할 말 있는데."

"이상한 소리 할 거 다 아니까 빨리 가. 그리고 나 내일부터 휴가니까 가게 오지 말고 전화로 연락하고."

"어, 누나 휴가 얻었어요? 얼마나?"

"사흘."

"잘됐네."

손가락을 부딪쳐 경쾌한 소리를 냈다. 데이트하자는 돼먹지도 않을 소리를 할 줄 알았던 요한이 주변을 경계하며 말했다.

"휴가인데 한 판 하셔야죠."

그 말에 아래로 향해 있던 세아의 속눈썹이 날렵하게 올라갔다.

"나 사고 쳐서 근신 아니었어?"

"응? 무슨 소리야. 누나 같은 고급 인력 쉬게 하면 우리 어떻게 먹고살라고요."

작전 중 명령 거부에 무단이탈, 개인행동, 거기에 신원 발각까지. 죄명이 하도 많아 두 달은 작전에서 뺄 줄 알았는데 그게 또 아닌가 보다.

"와요, 열 시까지. 오랜만에 제대로 큰 건수니까."

세아는 또다시 심장이 욱신거리는 걸 느꼈다. 도현이 원하지 않지만 그럼에도 할 수밖에 없는.

"구미 안 당기는 일이면 죽을 준비해."

나에게도 사정은 있다.

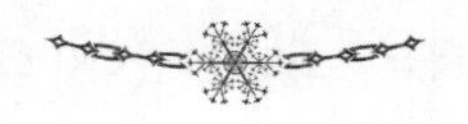

"병원은."

"애들에게 지시해 두었습니다."

"그래. 아까 누나가 네 팔찌 빤히 쳐다보던데 소감이 어때?"

"……죄송합니다."

건우는 창밖으로 시선을 고정한 채 말하는 도현의 옆모습을 백미러로 보았다.

"놀라서 실수를 저질렀습니다. 제 상식에선 누나와 동생이 끌어안는 건 받아들이기 어렵거든요."

뼈가 있는 발언이었다. 둘 사이를 의심하는 뉘앙스가 묘하게 풍기는 건우의 말이 차 내부로 기분 나쁘게 퍼졌다. 도현의 심기를 건드렸지만 그것에 일일이 반응하진 않았다.

"그게 이상한가?"

태연하게 말을 하는 도현이 의외였는지 건우의 시선이 백미러 너머로 닿는 게 느껴졌다. 도현은 별일 아니라는 듯 창밖으로 시선을 둔 채였다.

"싸우고 화해하다 보면 그럴 수도 있지."

"……."

은근슬쩍 심어 둔 덫을 사자는 유유히 빠져나간다. 세아를 향한 도현의 사랑은 그의 내부에서 고요히 불타는 거였고, 그랬기에 공유하는 법을 몰랐다. 남들의 입에서 세아의 이름이 나오는 게 싫었고, 품어야지만 비로소 자신만의 것이 된다는 걸 떨어진 시간 동안 깨달은 거다. 사랑하는 여자와 무슨 일이 있었는지 자랑처럼 떠들어 대는 남자들은 오히려 도현에게 풋내기처럼 느껴질 뿐이다.

나만 곱씹어도 모자를 판인데, 그 아까운 걸 왜 남 앞에서 떠들어 대.

"넌 내가 누나를 사랑이라도 해야 직성이 풀리나 봐."

"그럴 리가요. 도현 님이 사랑하는 여자가 생기는 것만큼 제게 위협스러운 일도 없죠."

정확하게 말하자면 건우를 고용한 '그 남자'에게 이 사실이 들어갔을 때의 위험성이다. 현재 팔찌를 차지 않아 비공식이긴 하지만 도현은 아무 여자나 만날 수 있는 위치가 아니었다. 그가 만나게 될 여자는 일반적인 벡터들과 달리 정부에서 직접 선별하여 까다로운 심사를 거쳐야 할 터였다.

그러다 보니 건우가 도현의 감시를 맡은 후부터 늘 촉각을 곤두세웠던 일이 바로 세아와의 관계였다.

말로는 가족 같은 누나라고 했지만 그전에 세아는 여자였고, 누가 보기에도 스물 중반에 어울릴 만한 탐스런 육체를 가지고 있었다. 그런 여자와 도현이 십 년 전과 마찬가지로 누나와 동생 사이를 유지한다는 게 솔직히 믿기 어려웠다.

"십 년 동안 썩다 나왔어. 만날 여자라도 있어야 사랑이라는 것도 하지."

"지금껏 만난 게 윤세아 씨가 전부 아닙니까."

"그렇지."

하지만 도현은 이미 건우가 의심하는 부분에 대해 정확히 알고 있었다. 건우가 귀를 기울이자 도현이 피식 웃었다.

"근데 누나는 내게 너무 가족 같아서. 이미 만나는 남자도 있고."

"지서진이라는 남자 말입니까?"

아. 세아를 지키기 위해서 떠들어 댔던 입술이 한순간에 제어를 잃는다. 이것도 덫이라면 이번 건 제대로였다.

"……그 남자 맞을걸, 그때 집에 찾아온."

보이지 않게 주먹을 꽉 움켜쥔 도현의 손등 위로 핏대가 섰다. 건우는 그날 애인이라는 명분으로 집에 들어갔던 서진의 뒷조사를 이미 마친 것인지 편히 말했다.

"윤세아 씨가 17살 때, 보호자를 자처해 홀로 지낼 집과 학업 등 금전적인 지원을 해 준 모양입니다. 부모님을 사고로 잃었던 터라 고아나 다름없었으니까요. 현재 검사로 일하면서 업무 능력이 뛰어난 걸로 평판이 좋습니다. 평소에도 제로에게 선행을 베풀거나 기부하는 걸로 유명하던데, 뭐 그건 쓸데없는 일이죠."

서진이 세아가 하는 위험한 일과 연관되어 있을 거란 기분 나쁜 예감이 도현의 머릿속을 스치고 지나갔다. 원래 자신의 말이라면 무조건적으로 웃으며 따랐던 세아가 도현의 앞에서 비밀을 만들며 감싸고 도는 건 이미 세아에게 그 남자가 거부할 수 없는 존재라는 걸 의미한다.

"제로가 벡터랑 연애하는 건 불법 아닌가."

"법으론 그렇지만 아예 없는 일은 아닙니다."

"아, 난 누나 범죄자 만들긴 싫은데."

도현이 나지막이 말하자 건우가 위로를 한답시고 말했다.

"설마 결혼까지 가겠습니까. 남자 쪽 위치가 플랫인데."

"그러니까."

도현의 입가가 묵직하게 내려앉았다. 나 같은 릭시랑도 결혼 못할 거 아니야. 눈을 감은 채 머리를 쓸어 넘긴 도현은 지서진이라는 이름을 곱씹었다.

도현은 순간 울리는 휴대폰 알림 소리에 보지 않고서도 발신자를 알았다.

[도현아, 어디 가고 있어?]

답장을 하려다가 도현은 그만두었다. 약간의 반항심과 더불어 내 속이 타는 것처럼 너 역시 미약하게나마 그 감정을 느껴 보란 심정으로.

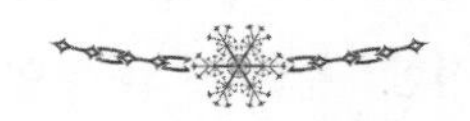

서진은 맥스인 아버지와 플랫인 어머니 사이에서 확률을 이기지 못해 초능력이 세 개라는 불운을 안고 태어났지만 세 남매 중 가장 영특해 촉망받는 인물이었다.

공부도 잘했고 집안도 좋았다. 그런 환경에서 만들어 준 가지를 타고 위로 뻗어 올라가지 않는 게 이상할 정도였지만 첫째 형은 늘 초능력을 함부로 사용해 사고를 쳐 말썽을 일으키곤 했다. 경찰서를 제집마냥 드나들기 일쑤였고 재력이 넘치는 부모는 언제나 돈으로 사고를 무마해 주었다.

시끄러운 장면을 어려서부터 보고 자라서인지 서진은 정말 올곧게 자랐다. 형으로 인해 옳고 그름이 뭔지 어려서부터 확고한 생각을 가진 서진이었기에 시끄러운 건 질색이고 초능력을 자랑처럼 사용하는 건 품이 빠진다 여겼다.

그런 서진에게 어느 순간부터 세상은 전부 오답이었다. 오직 힘만으로 형성된 사회가 그 오류였다. 제너럴이 내추럴을 무시하는 건 옳고 플랫이 맥스와 맞먹으려고 하면 그른 것이다. 유니벌은 감히 쳐다도 볼 수 없는 신적인 존재다. 그리고 그들 벡터의 발밑에 존재하는 것이 제로다.

벡터가 대학에 가는 건 옳고 제로가 대학에 가는 건 그른 것이다. 제아무리 능력이 출중하다고 한들 제로는 궂은일을 하고 벡터는 쾌적한 환경에서 책상이나 두드린다. 벡터가 초능력으로 제로를 죽이는 건 옳고 벡터가 릭시를 위협하는 건 그른 것이다.

서진이 알고 있던 옳고 그름과 세상은 전혀 달랐다. 그래도 자신이 품은 정의를 구현하고자 검사란 직업을 선택한 서진은 벡터이기에 무조건 승소하고 제로라서 패소하는 역병과도 같은 굴레를 자신이 끊을 수 없다는 걸 인지했다. 사회 전체가 벡터를 위해 존재하는 것을 목격했고, 그런 사회가 끔찍이도 아끼며 신성하게 취급해 주는 것이 릭시다.

그래서 고민했다. 어떻게 하면 이 썩어빠진 세상에서 옳고 그름을 명확하게 구분할 수 있을까. 난제와 호기롭지만 남들이 알면 기겁할 사상으로 정체되어 있을 스물넷 무렵, 서진은 길을 걷다 신경질적으로 밖으로 나와 곧게 묶은 머리카락을 풀어헤치는 한 아이를 만났다.

거칠게 숨을 내뱉는 아이의 교복은 단정했지만 아이의 손에 쥐어뜯겨진 긴 머리카락은 엉망이었다. 아이의 원망 가득 찬 눈빛은 옳고, 꽉 움켜쥔 손은 그름이 아닌.

"꼬마야, 무슨 일 있니?"

옳음이다. 팔찌도 없으면서, 아프게 쥐는 것 말고는 아무것도 할 수 없는 주먹은 뭐가 그리도 억울한지.

"아저씬 또 뭐예요?"

자신에게 작업을 거는 거라고 생각했는지 아이가 헛숨을 내쉬며 눈초리를 올렸다. 당돌하게 눈을 치켜뜨는 모양새라니.

"내가 제로라서 우스워?"

내가 널 어찌 그르다 할 수 있겠는가.

카시스라는 이름으로 모인 우리는 정의의 구현이다.

"윤세아 왔나."

내가 곧 그렇게 만들 거고.

서진은 안으로 들어오자마자 반쯤 헝클어진 넥타이를 손으로 바르게 잡으며 물었다. 낮엔 레스토랑이고 밤엔 클럽으로 운영되는 건물 지하에 비밀스럽게 자리한 본부는 들어오려면 클럽 중심부를 지나 숨겨진 입구를 통해 더 내려와야만 했다.

그러다 보니 오는 길목마다 술에 취한 여자들이 달라붙는 건 피치 못할 상황이었다. 오면서 옷이 흐트러진 걸 서진은 묵묵히 손으로 정리해 나갔다.

"워, 오늘도 대장한테 여자들 많이 달라붙었나 봐요? 역시 인기남."

유리 너머 수많은 컴퓨터 안에 파묻혀 있던 요한이 엄지를 척 치켜세웠다. 카시스 요원들은 들어왔을 때 누가 제일 옷이 엉망인가를 두고 인기의 척도를 가늠하는데 오늘도 어김없이 승자는 서진이었다.

"총기실에 있나, 훈련실에 있나."
클럽을 입구로 사용하는 본부는 군더더기 없이 깔끔한 내부를 갖추고 있었다. 오직 유리 벽으로 공간이 나뉘어 있었고 엘리베이터를 타고 아래로 내려가면 사격실과 트레이닝을 겸비한 훈련실을 비롯해 무기가 진열된 총기실이 있었다.
"나인 위치 아무도 모르나."
마지막으로 비스듬히 올라간 셔츠 깃까지 똑바로 접은 서진이 손을 내리며 묻자, 본부 한가운데에 놓인 테이블에 반쯤 걸터앉아 있던 시우가 둥그런 어항 속에 갇힌 금붕어를 시선 하나로 붙잡아 두며 말했다.
"아직 안 왔는데요."
"선요한, 넌 아까 가게에 들렀다고 하던데."
"네, 카페 가 보니까 웬 남자랑 붙어 있던데요. 엄청 살벌한 제로."
첫인상이 꽤 강렬했는지 노트북을 들고 유리 벽 바깥으로 나온 요한이 부르르 몸을 떨었다.
"아아, 걱정 마세요. 누나랑 사귀는 남자 아니래요."
묻지도 않은 질문에 말하는 모습을 보며 서진은 설핏 웃었다.
"뭐예요, 그 미소는. 대장은 알았어요?"
"뭘."

"누나 결혼할 남자 있는 거?"

"글쎄."

의중을 알 수 없는 묘한 말과 함께 서진이 서류 가방을 테이블 위로 올렸다.

"반지 숨기는 건 봤는데."

세아는 못 봤을 거라 생각할 테지만 매일 목에 걸고 다니던 반지가 네 번째 손가락으로 자리를 이동한 건 서진에게 쉽게 잊히지 않았다.

"그래요, 그 반지. 결혼할 남자랑 나눠 낀 거 같더라고요."

"남자앤 반지 안 꼈던데."

"뭐요, 누구요? 설마 누나가 대장한텐 그 상대 보여 줬어요?"

"윤세아 결혼해?"

그 물음에 어항 안에서 멈춰 있던 새빨간 금붕어가 헤엄치기 시작했다. 아래로 향해 있던 시우가 고개를 들자 부드러운 검은색 머리카락이 잘게 흔들렸다.

"이미 했어?"

"뭔 소리야. 너 그리고 누나라고 해. 아니면 나인이라고 하든가. 나랑 동갑인 주제에 윤세아라고 버릇없게 부르고 있어."

"윤세아 유부녀야?"

"야, 누가 유부녀야! 큰일 날 소리 하네. 약속만 했다니까. 그리고 뭐, 약속이라는 건 깨라고 있는 거 아닌가?"
시우의 눈매가 가늘어졌다.
"그 약속이 설마 너 때문에 깨진다고?"
가만히 침묵을 유지하던 시우가 피식 웃음을 터트리자 요한의 얼굴이 시뻘게졌다.
"아 씨, 몰라, 우울해 죽겠어."
요한이 테이블로 팔을 펼치며 그 사이로 얼굴을 파묻었다. 탈색으로 엉망이 된 은빛 머리가 아무렇게나 헝클어졌다. 시우는 팔찌가 채워진 왼손으로 요한의 빳빳하게 선 머리카락을 툭 건드렸다.
"너 쓰레기 같네."
"뭐라고?"
"버려진."
"아니, 문장을 제대로 구사해서 말하라고. 너랑 대화할 때 퀴즈 푸는 기분이라니까? 그리고 내가 왜 쓰레기야?"
"폐기물?"
"아오 씨, 말을 말자."
"머리가 쓰레기봉투 색."
"한시우, 너 진짜."
"야, 선요한!"
"이 청아한 목소리는 우리 누나?"
요한이 주인을 기다린 강아지처럼 반가운 마음에 몸을

틀자 그와 동시에 눈앞에 가느다란 발목이 보였다.

"왁!"

반사적으로 허리를 뒤로 젖힌 요한의 입에서 기괴한 소리가 났다. 바람 가르듯이 쌩한 소리와 함께 목표물을 벗어난 발목이 바닥으로 날렵하게 착지했다.

"와, 방금 이거 진심이었어."

마른침을 삼킨 요한은 심장이 벌렁거리는 걸 느꼈다.

"누나, 나 죽일 셈이에요?!"

제대로 맞았으면 목이 부러졌을 위력이다. 요한이 커다란 눈을 동그랗게 뜨자 세아가 한쪽 눈썹을 구겼다.

"죽이려고 찬 건데."

"그러니까 왜요!"

"너 때문에 지금 되는 일이 없으니까 이 정도는 해야 내가 화가 덜 나지."

힘주어 말하면서도 주먹을 날리고 싶어 부들부들 떨리는 세아의 손엔 휴대폰이 들려 있었다. 카페에서 쉬는 틈틈이 도현에게 연락했지만 전화는 받지 않고 문자는 답장조차 없었다. 혹시라도 자는 건 아닐까 싶었지만 병원 입원과 관련된 서류가 파일로 전송되었다. 그 후로도 확인했다는 메신저의 숫자 1은 보내는 족족 사라졌다.

읽고 무시하는 걸로 아까 자신이 느꼈던 기분을 해소하는 거라면 방법이 너무했다. 안 그래도 오늘 일하는 내내 도현만을 떠올렸던 세아에게 대답 없는 도현은 마른 사막을 물조차 없이 걸으라는 것과 같았다.

"왜요, 누나. 뭔 문제 있어요?"

종일 휴대폰을 붙잡고 있자니 목이 탔다. 호텔이라도 알면 찾아가 볼 텐데 어딘지도 모르고. 이럴 줄 알았으면 휴대폰 사 줄 때 진작 위치 추적 기능이라도 심어 둘걸. 세아는 땅이 꺼져라 깊은숨을 내쉬며 자리에 앉았다.

"누나 왜, 왜 그러는데?"

말할 기력도 없다.

"어어…… 누나아아……."

요한의 앓는 소리를 들으며 또다시 휴대폰을 마주한 세아는 메신저 대화창으로 들어갔다. 푹 파인 미간이 신중하다. 대체 무슨 말을 해야지 답을 하려나. 심란한 얼굴을 한 세아를 내려다본 서진이 말했다.

"윤세아 왔고."

"……."

"작전 나간 셋 빼고 다 모였으니 시작하지."

"네."

"얼마나 큰 건수인지는 모르겠는데 빨리 끝내요. 오늘 기분 별로니까."

눈앞에 임무가 놓여 있는데도 세아는 고작 휴대폰 문자 하나에 사활을 걸었다. 무슨 말을 해야 하지, 이렇게 계속 연락 안 되다가 내일 휴가도 없던 일 되는 건 아닐까. 호텔 수영장에서 놀기로 한 약속에까지 그 여파가 미칠까 불안해진 세아가 조심스럽게 손가락을 움직였다.

[도현아, 나 내일 비키니 무슨 색 입을까?]

문자를 보내자마자 세아의 턱밑으로 손이 들어와 얼굴을 들어 올렸다.

"그럴 테니 집중."

세아는 자신을 내려다보는 서진을 향해 옅게 눈동자를 떨었다. 늘 사건 서류를 만지는 데 쓰였을 손가락이 연한 살결을 자극했다.

"또 다치면 이번엔 내가 가."

알겠나. 중후하고도 섬세한 목소리가 파고든다. 세아가 작게 고개를 끄덕이자 부드럽게 턱을 잡고 있던 손이 떨어지며 앞으로 걸어갔다. 그때였다. 오늘 하루 종일 묵묵부답이었던 휴대폰이 작게 진동했다. 재빨리 시선을 내린 세아가 대화창에 뜬 새하얀 말 주머니를 보았다.

[칭찬해 줘야겠다.]

온종일 응축되어 있던 세아의 숨이 터지듯 토해졌다. 다른 것도 아니고.

[답장할 수밖에 없게 만들고.]

이게 먹혔다. 서진이 걸어가며 오른쪽 손가락을 튕기듯 부딪쳐 내자 간결한 소리에 맞춰 조명이 꺼지고 프로젝터가 가동되었다. 세아는 웃는 얼굴로 키패드를 누르며 비키니 색을 나열하는 중이었다.

"이 얼굴 익숙하지."

"그럼요, 대성 그룹 최기석 회장 아니에요?"

새하얀 스크린 위로 한 남자의 얼굴이 떴다. 매일 모니터 너머로 찾아내는 게 수상한 냄새를 풍기는 얼굴이다 보니 요한은 얼굴만 봐도 척이었다. 고개를 끄덕이며 멈춰 선 서진이 테이블을 향해 몸을 돌렸다.

"이번 최기석 회장 저택에서 사교 파티가 있어. 우리가 집중해야 할 건 그 뒤에서 이뤄지는 거래지."

다음 장면으로 넘어가자 밤의 정경이 담긴 그림 한 점이 나타났다. 그걸 본 시우가 고개를 한쪽으로 기울이며 손가락을 세웠다.

"이거 알아."

"아, 나도 아는데…… 이름이 되게 유명한 건데."

"1979년에 그려진 신지호 작가의 마지막 작품 '만월'."

휴대폰에서 시선을 뗀 세아가 고개를 들었다.

"세계적으로 극찬받는 유일무이한 아시아 작가인 데다가 작품성 때문에 그 가격도 높지."

"정말 비싼데, 이거."

세아가 혼잣말로 중얼거리자 서진이 한쪽 입꼬리를 올렸다.

"건물 하나 우습게 세울 수 있는 돈이지."

"이 작품을 털자고요? 이거 전시된 미술관 경비 삼엄하기로 유명하잖아요."

"삼엄할 것까지야. 그리고 이건 이미 누가 손댔어."

"누가요?"

"최기석. 그의 사돈인 박상철이 만월을 소장하고 있는 성혼미술관 관장이거든. 지금 걸려 있는 건 모조품이고 진품은 최기석 품에 있지."

세아는 수긍하듯 고개를 끄덕였다. 하긴, 일반인들이 그런 걸 어떻게 구별하겠어. 그래도 저거 하나 보겠다고 비행기 타고 와 그림 앞에 서서 우는 외국인들이 한둘이 아닌데 사람들에게 거짓 감정을 선사하다니 나쁜 놈들이네.

작게 진동하는 휴대폰에 기다렸다는 듯이 시선을 떨어뜨리자 도현의 답장이 와 있었다.

[너 피부 하얘서 어떤 색이든 잘 어울리는 거 내가 더 잘 알아.]

곧 뒤따라 도착한 메시지에 눈동자가 옅게 흔들렸다.

[디자인 찍어서 보내, 고르게.]

찍어서 어떻게 보내? 여긴 집도 아닌데. 세아는 거짓말을 하다 최후를 맞이한 피노키오처럼 딱딱하게 굳었다. 휴대폰에서 고개를 떼지 못하는 세아를 본 서진이 천천히 입술을 열었다.

"프랑스 쪽에서 이걸 원하는 자가 있어. 최기석은 브로

커 역할을 하는 거고."

"이걸 팔아요? 워, 매국노 새끼네."

요한이 감탄사와 함께 혀를 쯧쯧 차자 테이블에 앉아 있던 시우가 요한의 머리를 손끝으로 찌르며 말했다.

"넌 전생에 뭘 팔아서 쓰레기봉투가 됐어?"

"야! 왜 아까부터 자꾸 쓰레기봉투라고 해? 내가 비닐이야? 봉투 빵꾸 날 때까지 맞아 볼래?"

조잡스러운 소음 가운데 핑계를 찾아 헤매는 세아였다. 지금 비키니를 뭔 수로 찍어서 보내. 밖이라고 한다면 이 시간에 어디냐고 물을 테고, 위험하니 데리러 가겠다고 할 게 뻔했다.

세아는 제아무리 어려운 미로라도 빠져나갈 입구는 있다는 심정으로 열심히 머리를 굴리다가 이내 목욕하려고 욕실에 들어왔다며 씻은 뒤 보내 주겠다고 답장했다.

"야, 선요한시우. 니들 조용히 안 해?"

그사이 집에 가려면 이 회의가 끝나야만 한다. 세아의 앙칼진 눈매가 살벌하게 둘에게 닿았다. 이름을 묶어서 한 번에 부르는 건 편의를 위한 습관이었는데, 늘 회의 중 말싸움으로 시간을 잡아먹는 것이 그 둘이기 때문이다. 그걸 말리는 것도 늘 세아였고. 한순간에 고요해진 공기를 들이마시며 세아는 완전히 몸을 서진에게로 틀었다.

"최기석이 진품을 판다니, 그 돈으로 뭘 할 생각인데요?"

"이번에 대성 그룹에서 제로 밀집 구역을 밀고 새로 복합 리조트 지구를 지을 자본으로 사용될 예정 같더군. 거기 문제가 좀 많나. 시끄러운 언론 잠재우고 그 욕심 채우려면 돈이 필요하지. 잠재적 가치까지 따지자면 지금 이 작품의 가격은 한화로 350억 정도 되니 제격이고. 이것 말고도 여러 미술 작품을 팔아 온 모양이야."

"그럼 돈을 받지 못하게 아예 우리가 저 물건을 빼앗아야겠네요."

"그래, 최기석은 중요한 물건을 제집에 보관하지 않아. 아마 외부에 둔 개인 금고에 있겠지. 그걸 찾는 건 몹시 어렵고."

"그렇다면 거래가 이뤄지는 날이 가장 쉽게 물건을 만날 수 있는 방법이겠네요."

"네가 집중하니 얘기가 빠르군."

서진이 만족스럽게 웃으며 다음 장면으로 넘기자 복잡한 구조로 이뤄진 저택 내부 설계도가 펼쳐졌다. 그와 동시에 문자가 왔다.

[고양이는 목욕 싫어해.]

휴대폰을 움켜쥔 손이 파르르 떨렸다.

[주인이 씻겨 줘야지 겨우 하는데.]

조금 전 서진의 칭찬이 무색해질 만큼, 세아는 금세 흐트러진 얼굴이 되었다. 아예 고양이 취급을 하기로 마음먹었는지 놀리는 말이 위화감 없이 흘러나왔다. 세아는 은밀한 도현의 표현에 얼굴이 달아올랐다. 지금 날 씻기고 싶다는 거잖아. 간지러운 심장을 억지로 잠재우며 세아가 조심스럽게 답장했다.

[휴가 때 해 주는 거야?♥]

뒤에 귀엽게 하트까지.

"파티 중 조용히 남들 몰래 거래해야 하니 경비도 보이지 않게 뒤로 배치하겠지. 맥스면서 겁이 많은 양반이라 저택 지하에 만일을 위한 벙커가 있는데 거기서 거래가 이뤄질 예정…… 일지도."

예정이라고 말하는 서진의 대답이 흐릿했다. 그러자 요한이 웃긴 영화라도 본 듯 '하하' 웃으며 말했다.

"왜 이렇게 자신 없게 말씀하세요. 예지력이 있는데. 대장 말이면 무조건 벙커죠."

서진이 차고 있는 시곗줄에 그어진 빨간 선은 공격형임을 뜻하고 그 옆에 나란히 섞여 있는 파란 선은 개인형이라는 걸 의미한다. 공격형은 말 그대로 상대나 사물에 피해를 입힐 수 있는 초능력을 보유하고 있다는 것이고, 개인형은 서진의 예지력과 같이 공격성이 없는 개인 홀로 가지고 있는 능력이었다.

"환영이 완벽하지 않아. 최기석 저택을 내가 사건 현장처럼 볼 수 있는 것도 아니니, 어디까지나 예정이지."

단, 예지력은 살아 있는 생명이 아닌 대상에게만 적용되는데 눈으로 사물이나 현장을 보면 그 뒤로 일어날 일이 단서 같은 환영으로 보이는 데다가, 환영의 완성도 역시 눈으로 보이는 물체의 선명도와 연관되어 있다. 지금 가지고 있는 건 사진도 아닌 저택 내부 설계도면이 전부인 터라 평소보다 그 환영이 더 희미했다.

"그러니 일단은 지하 벙커로 타깃 잡아. 지금 보이는 환영으로 끼워 맞출 수 있는 곳은 거기뿐이니."

"에이, 괜히 카시스 헤드겠어요. 벙커겠지, 벙커입니다, 벙커라고요. 아참, 시간도 환영으로 보셨죠?"

"8시 17분."

"그럼 벙커에서 8시 17분."

확신한다는 듯이 요한이 다리를 꼰 채 거만하게 의자에 기대었다. 그걸 본 세아가 한숨과 함께 말했다.

"대장 예지가 지금껏 틀린 적 없지만, 뭐 만약 아니라면 철수하면 되죠."

"어어…… 누나가 지금 그럴 말 할 처지가……."

불과 며칠 전, 작전 도중 독단적으로 행동한 게 누군데 철수란 단어를 내뱉는 건지. 믿기 어렵단 얼굴을 한 요한의 의자를 세아가 발로 걷어찼다.

"이번엔 깔끔하게 철수할게요. 그럼 되죠?"

"아니, 이번에야말로 다음은 없어. 거래가 끝나고 물건이 어디로 이동될지 추적하기 어렵거든."

"왜요?"

"거래자가 포탈을 탈 거니까."

그 말에 세아의 눈가가 살며시 구겨졌다. 다음 장으로 넘어간 스크린 위로 이탈리아인 남자의 얼굴이 떴다.

"구매자의 신상까진 알아내지 못했지만 그림을 운반할 남자의 신원은 파악됐어. 초능력이 하나인 내추럴이지만 그 능력이 포탈이라 이런 암거래에 제격이지."

"그럼 무조건 그날 훔쳐야겠네요."

"문제는 어떻게 그곳에 침투하느냐인데. 파티는 명단에 적힌 인물들만 출입 가능하고, 일하는 메이드는 전부 그 집에서 4년씩은 일한 사람들이라 최기석과 안면이 있고. 그러니 변장, 새로운 직원, 이런 구닥다리 방법 안 통해."

"어, 제가 명단 해킹해서 파티에 참석하는 벡터들과 릭시의 초능력 보유 목록 확인해 봤는데 다행히도 감지 계열은 없더라고요. 뭐, 쥐처럼 지나간다고 해서 알아챌 애들은 없지만 문제는 발각됐을 때죠. 파티에 참석하는 인사들이 전부 플랫 이상인 데다가 유니벌까지 있거든요."

"유니벌?"

세아가 놀란 듯 반문하자 요한이 고개를 끄덕였다.

"정치계 인사들도 씹어 먹는다는 그 화신 기업 있죠? 거기 하나밖에 없는 아들이요. 이제 스물일곱 됐대요. 워낙 언론에 얼굴 안 비치니까 잘 몰랐는데 이번에 거기 명단에 있더라고요. 나도 신기해서 한참 봤네."

게다가 어려? 세아가 눈을 굴리자 순간 오래전 대서특필되었던 기사가 떠올랐다.

'화신 기업의 신이현, 21살 성인식을 마치다.'

벡터의 초능력 개수는 오직 유전적인 요인으로 결정되기에 서로 같은 레벨끼리 결혼하는 게 대부분이다. 서로 다른 레벨이 결합되었을 때 초능력 개수는 두 레벨 사이의 확률에 의해 결정된다. 신일한 회장은 초능력 4개인 맥스와 결합해서 자신과 같은 5개 보유자인 유니벌을 낳는 쾌거를 이뤄 낸 데다가 그 아이를 20살까지 키웠으니 기사가 날 만했다.

"우리나라 유니벌 계에 이름 하나 올린 거죠. 안 죽고 살았으니까."

제로와 달리, 벡터는 그 출산이 쉽지 않은 데다가 레벨이 올라갈수록 태어나기 힘들어 레벨이 낮은 내추럴과 제너럴이 벡터의 대부분을 차지한다. 플랫부터는 태어나더라도 초능력 보유 개수를 이겨 내지 못해 성인의 나이에 도달하기 전에 죽는 경우가 허다했다. 현존하고 있는 유니벌이 사회에서 추앙받는 이유는 그 능력과 함께 희귀성도 한몫한다.

"그리고 그 약혼녀도 오고요. 맥스인데, 이름이 뭐였더라……."

"알게 뭐야."

시우가 재미없다는 듯이 요한의 머리를 또 툭 밀었다. 아, 씨. 요한이 인상을 구김과 동시에 말했다.

"걔 하나만 초능력이 조회 안 돼서 찝찝하긴 한데 유니벌이니까 뭐 어쩔 수 없죠. 정부에서도 유니벌은 기밀이라 아예 기록조차 안 해 놓잖아요."

비단 유니벌뿐만이 아니라 일반 벡터들도 팔찌를 차기 위해 정부에 공개하는 것이 아닌 이상 자신의 초능력을 보이는 것을 꺼린다. 만에 하나 자신보다 레벨이 낮은 자가 더 강한 초능력을 보유했을 경우 하극상이 일어날 수 있기 때문이다.

팔찌에 초능력 개수가 선으로만 표시되는 것도 그런 이유에서였다. 신비감과 더불어 상대로 하여금 미지의 공포를 느끼게 하기 위함이다.

"신일한 회장 초능력은 세 개 정도 알려졌잖아."

"야, 넌 벡터면서 초능력 종류는 유전 아닌 거 몰라? 랜덤으로 생기잖아."

"아, 맞다."

"어휴, 멍청해 가지고. 저딴 게 벡터라니."

요한이 한심하다는 듯이 '쯧쯧' 혀를 찼다. 비록 시우가 초능력 한 개를 보유한 내추럴이라지만 그중 가장 얻기 힘든 '하이 티어'에 속한 초능력을 가지고 있어 제로인 요한에게 절대로 무시당할 인물이 아니었다. 고심하던 서진이 입을 열었다.

“출입부터가 난관인데 어떻게 뚫어 볼까.”

“뭐 방법 있어요? 조용히 잠입해야지.”

고개를 든 세아가 당차게 말했다.

“초대받은 애들은 지들끼리 술 마시고 인맥 관리하느라 정신없을 테고 밤이라 몰래 들어가면 우리 아무도 신경 안 써요. 이 근처로 지나가는 하수도 하나 정도는 있을 거 아니에요? 폼은 안 나겠지만 그쪽으로 접근해서 기계로 바닥 뚫죠.”

“잠시만요. 어…… 하수도 하나 근처에 지나가네요. 꽤 깊지만 위치만 잘 찾으면 바로 집 안 바닥 뚫겠는데요? 그것도 직빵으로.”

노트북으로 빠르게 서울 시내의 모든 하수도관을 찾아낸 요한이 말했다. 서진은 팔짱을 낀 채 물었다.

“기계로 뚫을 때 생기는 소음은.”

“뭐, 시간 맞춰서 폭죽이라도 터트리든가.”

서진은 피식 웃었다. 초능력이 없는 세아였기에 가능한 발상이었다.

“좋아, 터트리는 건 내가 하지.”

그랬기에 방법이 된다. 신나게 열 손가락을 이용해 키보드를 두드리던 요한이 경쾌하게 엔터를 쳤다.

"자, 이제 진입했다고 치고. 그다음은요? CCTV는 제가 해킹해서 멀쩡한 화면으로 갈아 띄운다고 쳐도 거기 지하엔 경비들 깔렸을 텐데."

"소음기 있잖아? 조용히 총으로 빠르게 처리한다."

"아니, 누나 혼자서 수십 명들을 어떻게 상대하겠다고요. 경비면 다들 공격형인 건 두말하면 잔소리인데."

"얼음 땡 놀이."

"어? 아, 맞다. 너 초능력이 결박이지."

가만히 앉아 다리를 흔들던 시우가 말하자 그걸 잊고 있었다는 듯 요한이 제 머리를 딱딱 때렸다. 시우는 눈에 보이는 그 어떤 것이라도 결박할 수 있는 노란색 팔찌의 범위형 초능력을 지닌 데다가 숙련도 역시 상위급이다.

"근데 시우까지 출전시키는 건 좀 위험하지 않아요? 애 원래 뒤에서 서포터하는 포지션이잖아요. 결박이 하이 티어라 목격자 생기면 신상 털리는 건 기본일 텐데."

"그러니까 나도 같이 가잖아. 내가 시우 본 인간들 다 처리하면 되지."

세아의 실력을 믿어 의심치 않는 요한이 머리를 긁적였다.

"어…… 그럼 일단 정지시킨 뒤에 누나가 빠르게 정리, 그리고 진입. 거래 중이던 악당들이 누나를 보고 놀란다? 그다음은?"

"얼음."

"빵."

시우가 덤덤히 말하자 세아가 엄지와 검지를 세워 총 모양을 만든 다음 손목을 꺾었다. 그 모션에 절로 시우의 능력으로 정지된 경비들을 모조리 쏘는 세아가 상상됐다.

"땡."

"후욱."

죽은 경비들이 와르르 바닥으로 무너진다. 입술을 동그랗게 말아 검지 위로 '호옥' 분 세아가 웃었다.

"쉽지?"

"아니, 이건 대체 무슨 콜라보야."

요한의 인상이 구겨졌다.

"빠져나오는 건요?"

"그것도 뭐…… 상황 봐서? 걱정 마. 내가 한시우 하난 책임진다."

"아오, 누나아아! 들어온 입구가 경비들 초능력으로 막혔으면요?"

"창문 많잖아. 깨고 나가."

"내가 안고 뛸게."

시우가 무신경한 목소리로 말했다.

"안고 뛰면서 주변으로 접근하는 애들 얼음, 도망간 다음에 땡."

"안기는 건 좀 그렇고. 나 업히면 안 돼?"

"왜, 너 살쪘어?"

"아니, 그게 좀."

예전 같았으면 상관없겠지만 지금은 도현 때문인지 세아는 누군가에 안기는 게 조심스러웠다. 요한은 태연한 둘을 보며 어이없다는 듯이 헛숨을 흘렸다.

"아니, 이 사람들이. 맥스랑 유니벌이 저택에 깔렸다니까요? 결박으로 정지시킨다고 해도 시야에 들어오는 것만 가능한데, 그 많은 인원들은 또 어떡할 건데? 목격자니까 다 죽이게요? 총알 남아돌아요? 무슨 살인이 취미세요?"

"이게 누나한테 못하는 말이 없어."

"결박시킨다고 해도 초능력까지 묶이는 건 아니니 탈출 방법은 내가 더 구상해 보지. 일단 한시우 침투시키는 작전인 만큼 목격자 없이 빼내는 걸 우선으로 생각들 해. 알겠나?"

서진이 말하자 프로젝터가 꺼지며 동시에 내부가 환해졌다. 세아가 눈을 찡그렸다가 또렷하게 뜨며 물었다.

"그래서 언젠데요?"

"삼 일 뒤."

"네?"

"너무 늦나."

"엄청 빠른데요."

"이런 게 더 재미있는 법이지. 회의 끝."

그 말에 세아는 밀려오는 짜증도 허공으로 날린 채 기다렸다는 듯이 자리에서 일어났다.

"누나, 어디 가요?"

요한이 뒤에서 애처롭게 불렀지만 무시하고 엘리베이터에 오른 세아가 향한 곳은 지하 3층이었다.

서진은 사무실 안으로 들어가 이번 작전과 내용을 유리벽에 붙이며 정리했다. 만약에 일어날 상황까지 염두에 둬서 적어 놓은 게 새하얀 선으로 빼곡하다. 가만히 유리 벽을 보던 서진이 책상 한편에 놓인 자그마한 메모리 하나를 뚫어지게 주시하다 이내 몸을 곧게 세우며 엘리베이터에 올랐다.

악에 받친 소녀에게 총을 쥐여 주고 다시 태어나게 하기까지 얼마의 시간이 필요할 거 같아?

"잘 쏘네."

또 그런 네가 사랑하는 남자를 다시 만나기까지 얼마나 걸렸을 거 같나.

"왔어요?"

세아가 총을 내리자 저 멀리 있던 사람의 형체를 한 사격판이 앞으로 다가왔다. 정확히 심장에 명중이다.

"잘 작동되는지 보려고요."

"가져갈 셈인가."

서진은 귀마개를 내리는 왼손을 보며 웃었다. 지금은 빼고 있지만 이미 서진은 처음 세아의 반지를 보고서 그 상대가 도현이라는 걸 안 후였다.

“집에 있는 게 문제가 생겨서요.”

예지가 선사한 환영과 똑같은 남자가 그날 밤, 잠든 세아의 옆에 있었으니까. 동생이라고 한 남자가 준 반지를 네 번째 손가락에 끼는 건 관례에 맞지 않다.

“카시스에 들어온 건 후회 안 하나.”

세아는 피식 웃었다. 갑작스러운 질문일 법도 한데 꺼리거나 당황하는 기색도 없었다.

“그 질문 이제 지겹지도 않아요? 기계도 아닌데 매번 토씨 하나 안 틀리고 똑같이 물어보고.”

무슨 죄책감이나 미안함을 가진 건지 서진은 종종 지금과 같이 세아에게 질문을 했다. 그때마다 세아의 대답도늘 한결같았다.

“후회 안 해요. 여기 들어오기 전이 내겐 더 지옥 같았으니까.”

이사장 아들이 고의적으로 낸 화재가 부모님과 사랑하는 남자를 송두리째 태웠다. 자신이 짝사랑하는 여자를 도현이 울렸다는 이유만으로 이뤄진 범죄는 그 어떠한 처벌도 없이 실수라는 명목으로 묻혔다. 제로의 죽음을 슬퍼하는 이는 없었고, 그걸 안타깝게 보는 벡터도 없었다.

세아의 소중했던 추억이 고스란히 담긴 집은 까만 재가

되었고, 쏟아지는 물줄기에 무자비하게 쓸려 나갔다. 고작 열여섯. 유일한 보호막이었던 존재들이 사라지자 세아에게 남은 건 벡터를 향한 원망을 제외하면 그 무엇도 없었다.

"나 지금 꽤 행복해요, 내 손으로 사회의 악이라는 벡터만 골라 처리하고 다니는 거니까."

"……."

"그리고 은혜도 갚아야 하고. 우리 고모가 나 몸 파는 일 시키려고 했을 때도 막아 준 게 대장이었잖아요."

세아는 처음 서진을 만났던 열일곱 살 때를 떠올렸다. 세아를 맡게 된 고모의 집엔 제로인 아이들이 셋이나 있었다. 세아는 그들과 낑겨 자며 눈칫밥을 먹었다. 새로 전학한 학교도 도무지 적응할 수 없었다. 파릇한 교정은 도현을 그립게 할 뿐이었지만 그때의 세아에겐 슬퍼할 시간마저도 사치인 것처럼 모든 것이 팍팍했다.

"원망하는 건 아니에요. 생활고에 허덕이면 그럴 수 있죠. 대부분의 제로들이 그런 길로 빠지기도 하고."

일 년이면 오래 거둬 준 것이다. 안 그래도 어려운 생활에 세아까지 데리고 있는 게 벅찼는지 조심스레 제안한 것이 벡터에게 몸 파는 직업이었다.

—다른 애라면 이런 말도 안 해. 네가 워낙 얼굴도 반반하고 몸도 좋고. 그리고 스폰서도 잘 물면 인생 피는 거라더라. 어차피 졸업해도 제로가 취업할 수 있는 곳 다 뻔하고.

부모님이 살아 있었더라면 절대로 듣지 않았을 말들이 아직도 세아의 귀에 생생했다. 울음이 차오르는 걸 간신히 견뎌 내고 문밖으로 나온 세아는 다짜고짜 머리를 묶은 끈을 잡아당기며 씩씩댔다. 너무 억울하고, 또 혼자인 게 눈물 나게 서러워서.

"그때 집 앞에서 대장 안 만났으면 나 정말 역겨운 벡터들 밑에서 배출구로 살고 있었을지도 몰라요. 그러다 만약 아이라도 생긴다면 벡터와 제로 사이엔 제로밖에 나올 수 없으니 지우란 소리나 들었을 테고요."

이런 얘길 덤덤하게 할 수 있는 것도 고된 훈련 덕분이다. 벡터와 대적하기 위해 몸과 정신을 고난으로 물들인 결과, 이제 세아는 과거의 아픔에 눈도 깜짝하지 않게 되었다.

"제로는 제로끼리, 벡터는 릭시나 벡터와만 결혼할 수 있는 세상에서 제가 뭘 기대하겠어요."

어렴풋이 생각나는 도현의 얼굴에 세아는 들고 있던 글록을 허리춤으로 밀어 넣으며 돌아섰다.

"가 볼게요. 피곤하네요."

"데려다준다고 해도 싫다고 할 테고."

"그럼요. 혼자서도 잘 다녀요."

"……."

"아, 궁금한 거 있는데."

"뭐지?"

"염력은 벡터 중에서도 희귀한 초능력 맞죠?"

"그래, 통계적으로 보면 우리나라에도 몇 없지."

세아는 느릿하게 고개를 끄덕였다. 열다섯 살 때 처음 발현된 게 염력이라면 도현은 릭시 중에서도 아주 특이 케이스에 속했다. 시작부터가 남다르니 일반적인 선상에 두고 비교하면 안 된다.

"……작전 오더 기다리고 있을게요."

세아가 꾸벅 고개 숙여 인사한 뒤 피곤한 얼굴로 돌아섰다.

대체 넌 어떤 존재니, 도현아.

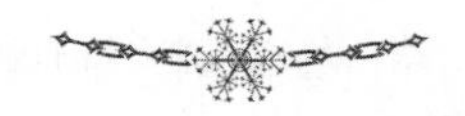

"이만 돌아가시죠. 시간이 늦었습니다."

벌써 두 시간째. 도현은 세아의 집 앞에 있었다.

안 그래도 숨 막힐 것만 같은 차 안이 말조차 하지 않는 도현 때문에 더욱 침체되었다. 꿉꿉한 여름 더위가 무르익은 낡은 빌라 앞엔 오가는 사람 하나 없이 지루한 풍경의 연속이었다. 움직이는 거라곤 그 앞을 지키고 서 있는 가로등 주황빛 불빛에 홀려 몰려든 나방이 부딪쳐 파득대는 게 전부였다.

"……."

뭘 알고 그러겠어. 빛이 좋아서 몸이 부서져라 다가가고 부딪치고 깨지고. 그러다가 제풀에 지쳐 죽는 거지. 제아무리 다가가려고 발악해도 빛은 고고했고, 태어날 때부터 빛에 반응하는 성질을 가진 나방만 몇 번이고 어김없이 달려든다. 아픔도 잊고 멍청하게 빛을 찾아간다.

"몇 시지."

"11시 30분입니다."

마치 자신처럼.

세아가 무사히 집으로 들어오는지 확인하려 대기하고 있던 도현은 카페가 끝났음에도 여전히 꺼져 있는 2층 창문을 바라보았다. 단순히 잠든 게 아니라는 것쯤은 투시로 보아서 알고 있다. 집 안은 온기 하나 없이 서늘하다. 주인은 아직 집 안에 들어가 신발조차 벗지 않았다.

그러는 사이, 집인 척하는 주인의 문자가 도현의 휴대폰으로 몇 번이고 도착했다. 거짓임을 알면서 그런 세아에게 답장했던 도현의 손은 빛을 향해 달려가는 나방만큼이나 줏대 없었다.

"왔습니다."

미워도, 원망해도 어쩔 수 없이 너를 용서하고 사랑으로 발걸음하고야 마는. 도현이 간결한 시선으로 이제 막 빌라 입구로 들어가는 세아를 보았다. 머지않아 2층 창문에서 따사로운 빛이 쏟아졌다.

[목욕하느라 조금 오래 걸렸어. 사진 보내 줄게.]

그와 동시에 도착한 문자는 어김없이 거짓이었다. 그럼에도 도현은 상상으로나마 이제 막 씻고 나와 개운한 얼굴로 침대에 앉은 세아를 떠올린다.

새하얀 수건으로 긴 머리를 돌돌 말아 올리고, 맺힌 물방울을 시트 위로 떨구면서도 제일 먼저 휴대폰을 쥐고 자신에게 문자를 했을 세아. 몸에 달라붙은 뜨거운 수증기조차 아직 날아가지도 않아 뽀얀 네 살 냄새와 오래 담가 두어 쪼글거릴 네 귀여운 손가락 끝.

"호텔로 가."

그런 모습으로 문자를 보냈을 너. 그리 생각하며 도현은 지친 눈꺼풀을 감고 시트에 기대었다. 간결한 대답과 함께 기다렸다는 듯이 차가 움직였다.

도현이 호텔로 들어가면 건우는 그 일과를 하나도 빠짐없이 보고하는 것으로 하루를 마감한다. 오늘도 어김없이 미국에 있을 그에게 메일을 보내고 난 뒤 도현의 방 안에 설치된 수십 개의 카메라와 연결된 모니터를 훑었다.

제일 왼쪽 모니터에 샤워를 마친 도현이 상의를 탈의한 채 침대에 누워 있는 게 보였다. 평소와 달리 오늘은 옆으로 돌아누운 채였다.

"……."

눈을 감고서 도현은 꿈을 꿨다. 열다섯 이후 편히 잠든 적 없던 도현에게는 침대에 누워 자신이 바라는 걸 생각하는 게 휴식이었다.

머리도 제대로 말리지 않은 채 싱글 침대에 누워 잠이 들 세아를 떠올린다. 그럼 도현은 마른 발소리를 죽이며 곤히 잠든 세아가 깨지 않도록 다가간다. 좁은 침대는 성인 남자가 눕기엔 턱없이 부족했다. 그럼에도 꿋꿋이 제 몸을 욱여넣은 도현은 옆으로 돌아누워 살며시 세아의 고개를 들었다. 빈 공간에 자신의 팔 하나를 가져다 놓은 뒤 남은 팔 하나는 여린 몸을 끌어안는 데 사용한다. 촉촉이 젖은 머리카락 위로 숨을 흩뿌린다.

새근새근 달싹이는 네 숨결을 읽으며 함께 잠이 든다. 너무 강하게 안고 자서 숨이 막힌 네가 먼저 깨 뒤척이며 나를 깨우는 상상.

"도…… 현아."

도현의 눈꺼풀이 파르르 떨렸다가 이내 조심스럽게 올라갔다. 눈앞에 있는 세아를 본 도현의 입술이 나지막이 벌어졌다.

"너, 여기."

아.

"너 여기에 어떻게 왔어……?"

너의 집으로 찾아가 안고 잠든 게 꿈이 아니었나 보다. 그만 나도 모르게 초능력을 써 버렸다.

"……."

순간이동. 인상을 구긴 도현과 달리, 훤히 드러난 가슴에 안긴 세아는 놀란 얼굴이었다.

"도현아……?"

인상을 구긴 도현을 보니 잠이 확 달아났다. 갑갑함에 눈을 뜬 건데, 자신이 도현에게 안겨 있어 놀란 세아는 도현을 소리 내 부르기까지 꽤 오랜 시간이 걸렸다. 창문 너머로 들어오는 희미한 가로등 불빛에 젖어 고즈넉하게 잠들어 있는 건 분명 도현이 맞았다. 빠르게 뛰는 세아의 심장 소리가 달라붙은 살결을 통해 전이되니 당혹스러웠던 도현의 머릿속도 그에 맞춰 속도를 올렸다.

"누나, 이게."

어떤 핑계를 댈까 고민했다. 상의를 벗고 잠든 상태로 초능력을 쓴 터라 노출증 환자처럼 더워서 웃통을 벗고 찾아왔다는 말은 먹히지 않았다. 그런데 우리 사이에 굳이 이걸 뭐하러 숨기나 싶기도 하다.

"……너 때문이야."

나에겐 이미 구차한 핑계조차 이길 수 없는 절대적인 이유가 있는데.

"어……?"

"네가 내 머리에서 떠나질 않으니까 이렇게 능력을 막쓰잖아."

도현은 한숨과 함께 세아를 끌어안았다. 잔뜩 웅크려 있던 세아의 손이 도현의 가슴에 달라붙었다. 아기 새처럼 고개를 든 세아의 눈엔 안락한 둥지에 안겨 있음에도 혼돈과 의문이 뒤섞여 있었다.

"그게 무슨 말이야?"

"됐어."

할 말은 많지만 도현은 대답하지 않고 가녀린 몸을 더 가뒀다.

"이미 온 거, 그냥 너 안고 더 잘래."

도현은 눈을 꼭 감았다. 얼마나 간절히 원했으면 능력을 사용하는 것도 인지하지 못했을까. 불쌍한 제 자신을 다독였다. 현실을 구분조차 할 수 없을 정도로 너무 갈망하다 보니 그 경계가 무너진 것이다. 꼭 몽유병 환자처럼 말이다. 이미 도현은 잠들었다고 생각되는 시간마저도 세아에게 모조리 빼앗긴 뒤였다.

"너 지금, 초능력 쓴 거 맞지?"

세아의 목소리가 떨리자 도현의 눈이 천천히 올라갔다. 익숙한 떨림이다. 도현에겐 지진과 마찬가지인 거대한 균열. 과거 방 안에 있던 물건을 띄우던 걸 목격한 세아의 얼굴이 순식간에 몸집을 부풀린다.

위험에 빠진 너를 구하기 위해 불을 사용했을 때도, 집 안 곳곳에 숨겨진 빌어먹을 총기들을 한곳에 모아두었을 때에도 네 표정은 한결같이 괴물을 바라보는 듯 놀란 얼굴뿐이었다.

그런 세아의 앞에서 초능력을 사용한 거다. 무슨 생각을 하는 건지 세아의 눈동자가 바쁘게 구른다. 도현은 세아의 관심을 돌리기 위해 제 품 안으로 더욱 끌어당겼다.

"넌 내가 벗은 몸으로 안고 있는데 딴생각만 해."

"어……?"

"나는 이렇게 하면 아무 생각도 안 드는데, 넌 아닌가 봐."

그 사실이 심술 나 한마디 더 했다.

"나 지금 위에 아무것도 안 입었어."

세아의 얼굴이 화르륵 달아오르는 게 그제야 느껴졌다.

"다리도 엉켜 있고."

세아의 몸 위로 걸친 다리를 꽉 조이자 달뜬 숨이 터졌다. 딱딱하게 목석처럼 굳은 채 눈동자만 굴리는 세아가 귀여워 손으로 어깨를 끈적하게 만졌다. 도현의 눈썹이 살짝 일그러졌다. 그나저나 지금 몇 개나 들켰지? 염력은 열다섯 때 들킨 거고 투시랑 구하러 가면서 불도 썼고……

"……너 순간이동으로 온 거 맞아?"

지금 또 들켰고. 벌써 네 개네. 도현은 감았던 눈꺼풀을 밀어 올렸다.

"왜, 이제 나 택시처럼 부려 먹게?"

"어?"

"맞아, 나 순간이동도 해. 그러니까 이제 너 이곳저곳도 데려다주고 데리고 올 수도 있지."

이왕 들킨 김에 그것을 최적으로 이용하는 것도 나쁘지 않을 것 같아서 한 소리인데, 세아는 역시나 놀란 표정이었다.

"너…… 맥스야?"

도현이 입술을 굳게 다물자 어둠이 내려앉은 공간에 때아닌 초인종 소리가 울려 퍼졌다. 반사적으로 고개를 돌린 세아가 반쯤 자신의 베개 밑으로 손을 밀어 넣었다. 숨겨두었던 총기를 만지작거리자 도현이 몸을 일으키며 머리를 헤집었다.

"그거 또 가져왔어?"

"어? 아니, 그게."

"어디서 자꾸 주워 오는 거야. 그런 거 손대지 마. 나 있잖아."

세아가 숨겨 놓은 게 뭔지 투시로 본 도현은 짜증을 숨김없이 내뱉었다. 혹시라도 위험할까 집 안에 있는 걸 모조리 다 찾아 없앴는데 주인 맘도 모르는 고양인 그새 밖에 나가 또 물어 왔다. 도현은 베개 밑에 무기를 넣어 둘 정도로 위험에 노출되어 있는 세아를 보며 속이 썩어 문드러지는 것만 같았다.
"여기 있어. 내가 나가."
"……응."
"베개에서 손 안 빼?"
세아가 눈치 보며 배게 안에 파묻힌 손을 조금씩 바깥으로 끄집어냈다. 세아의 어깨 위로 시트를 끌어다가 놓아주고 침대에서 내려온 도현이 벽에 걸린 시계를 보았을 땐 새벽 3시였다.
마른 발걸음을 옮겨 현관으로 향했다. 문을 열기도 전에 벨을 누른 상대가 누군지 이미 도현의 눈엔 훤히 비쳤다.
"이 시간에 초인종 누르는 게 제정신이야?"
도현이 낮게 내려앉은 목소리로 말하자 반쯤 열린 문틈으로 건우가 묵묵히 고개를 한 번 숙였다가 들며 말했다.
"정신 나간 짓 할 만하지 않습니까. 갑자기 사라지셨는데."
세아가 혹시나 듣기라도 할까, 바깥으로 나온 도현이 문을 닫았다. 건우가 고요히 시선을 내려 아무것도 신지 않은 맨발을 보았다.
"쫄지 마. 내가 오는 곳 뻔하잖아."
"아니요, 신발도 없이 이 시간에 초능력을 사용해 누나 집을 방문하는 동생은 뻔하지 않죠."
도현이 말한 누나와 동생 사이가 지금 이 행동으로 무너졌다.

"한 침대에 같이 누워 있다가 나오신 모양입니다."

의심에 찬 건우의 눈초리를 본 도현은 한가로이 문에 기대었다.

"제가 좋은 시간을 방해한 것 같군요."

피식 웃음을 터트린 도현은 어디 한번 계속 말해 보라는 식으로 팔짱을 꼈다.

"새벽에 누나 집을 방문하는 동생은 제 상식에서 받아들이기 어려웠는데 이번만큼은 그런 제 판단이 맞는 거 같은데요."

"자는 거 보러 왔어. 너도 봤다시피 아까 나한테 집이라 하고 딴 곳에 있었으니까."

"……."

"안 보이는 곳에 있다고 자꾸 거짓말을 해서 또 어디 나가진 않았을까 잠깐 보고 돌아가려고 했어."

"그런 게 왜 궁금하신지 여쭤 봐도 되겠습니까."

"왜?"

거친 도현의 눈빛이 어둠 속에서 맹렬히 빛났다.

"왜라니, 나 예전부터 원래 이랬어."

"……."

"버릇이라고. 어려서부터 누나가 뭘 하든 쫓아다니고 참견하고 감시했어. 죽고 못 살 만하지."

"저에겐 둘 사이를 숨기려는 핑계로 밖에 안 들리는데

요. 정말 누나 동생 사이 맞습니까?"

친절히 설명해 주었지만 건우의 귀에는 모두 비정상적이라고 느껴질 만했다. 사라진 게 두 시간 전인데, 잠깐 보고 올 생각이었다는 건 맞지 않았다.

"지금 관계를 가지다 나오신 건 아니고요?"

도현에게서 여성의 살결을 떠올리게 하는 달콤한 향이 진동하고 있었다. 건우는 육체적 행위가 오갔을 거라 확신했다. 도현은 그 물음에 설핏 웃음을 터트렸다.

"더는 못 들어주겠네. 그래서 네가 원하는 대답이 뭐야?"

"사실을 듣고 싶은 겁니다."

"얘기해도 믿지도 않는 걸 뭐하러 말하나, 입만 아프게."

"그럼 제 판단이 맞다고 인정하시는 겁니까?"

"야."

도현이 사납게 건우를 쳐다보았다.

"장건우랬나. 네가 가진 초능력 중에 목숨 부지하는 거라도 있어?"

"……."

"사람이 말을 하면 들어야지. 뭐, 인정을 해?"

"……."

"내 입에서 지금 인정이란 말이 나왔어?"

건우는 목이 바싹 타는 걸 느꼈다. 불바다인 한가운데에 던져진 것만 같았다. 고작 도현의 눈을 마주하고 있는 것

뿐인데.

“좋게 봐주려고 해도 자꾸 선을 넘네.”

입가에 걸린 웃음이 당장이라도 건우의 뼈를 아득 씹어 먹을 듯했다.

“넌 네 엄마한테도 이성의 감정을 느껴?”

“무슨 말씀이신지.”

“말했잖아. 나한테 누나는 가족이나 다름없다고. 어디 있는지 궁금하고, 그래서 전화하고 닦달하고 보고 싶어 하고 떨어지기 싫어한다고 해서 모자 간의 애정이 연인 간의 사랑이 되진 않잖아.”

“…….”

“내가 열다섯 살 때 부모님 다 잃고 의지할 거 없는 곳에서 십 년을 썩은 건 네가 주워들어서 더 잘 알 테고. 그런 나에게 이제 가족이라고 생각할 수 있을 만한 건 누나밖에 없는 게 네 눈엔 꽤 연인처럼 비치나 본데.”

“…….”

“그래, 맞아. 그렇게 보일 만해. 난 누나랑 손도 잡고 껴안기도 하고 네 말대로 이런 식으로 찾아와서 한 침대에 같이 누워 있기도 하니까. 근데, 그게 뭐?”

날카로운 눈빛에 건우의 입술이 순식간에 무거워졌다.

“계속 그럴 건데?”

건우는 순간 소름이 돋았다. 화재 사고로 부모를 잃고 혼자가 된 도현에게 중요한 청소년기가 제대로 확립되었을 리 없었다.

“그러기에 누가 날 십 년 동안 가둬 놓으래, 어?”

원래 그 시기에 겪은 환경이 고착화돼 앞으로의 성향을 좌우하기 때문에 꽤 중요한데 말이다. 도현은 재미있다는 듯이 웃었다.

“나도 이러고 싶지 않아. 근데 십 년이면 사람 머리가 어떻게 되도 이상하지 않을 시간 아니야? 뭐, 넌 본부에 갇혀 지내지 않아 봐서 잘 모르겠지만 거기가 좀 사람을 미치게 하는 곳이라…….”

가족이 그리웠을 도현에게 가족과 만나기는커녕 타인과 대화조차 제대로 나누지 못한 십 년은 잘못된 집착을 잉태하고 현재의 비정상적인 모습을 낳았다.

“궁금하면 미국에 있는 걔한테 물어봐. 내가 그 안에서 정신과 상담을 얼마나 받고, 무슨 약을 얼마나 먹으면서 지냈는지. 길고 어려운 이름을 가진 병명도 많았는데…… 아, 영어 읽을 줄 알지?”

문에 기댄 도현이 삐딱하게 고개를 들었다.

“날 보호할 거면 내가 어떤 인간인지부터 제대로 알고 와야지. 네가 가진 사고로 생각하지 말고. 그게 순서 아닌가?”

“…….”

“안 그래도 애인 있는 누나 귀찮게 해서 미안한데, 어디서 잤다 안 잤다 얘길 하고 있어."

도현이 사납게 인상을 구겼다. 오히려 세아를 피해자로 몰고 가는 도현 때문에 건우는 사고가 흐려졌다.

"……죄송합니다, 제가 도현 님을 모신 지 얼마 되지 않아서."

건우는 깊이 고개를 조아렸다. 도현이 평범하게 자라지 않았다는 부분에서 공감을 한 거다. 워낙 훈련이 고되었으니 그때마다 보고 싶은 건 가족이었을 거다. 원래 제로였다가 릭시가 된 경우, 사춘기와 같은 시간을 꼭 한 번씩 겪기 마련이니까.

거친 폭우와도 같은 혼돈, 오고 가는 괴리감, 흔들리는 정체성. 도현에겐 그 불안함을 진정시킬 수 있는 게 바로 제로였을 때 매일 마주한 세아였다.

"무슨 말씀인지 충분히 알겠습니다."

제아무리 도현이 삐뚤어진 애정을 가졌다고 한들 상관없다. 그가 가진 초능력에 문제가 있는 건 아니기에 건우의 입장에선 중요하지 않았다.

"제가 도현 님이 겪은 상황을 이해 못 하고 일반적인 생각을 했습니다. 가족이라고 말할 수 있는 건 이제 그분뿐이니, 릭시가 된 도현 님께서 충분히 집착하실 만합니다."

도현이 잘못 성립된 성정을 폭력으로 배출하는 것이 아닌, 그녀에게 해소하며 안정을 찾는다는 게 오히려 다행스러웠다. 도현은 금세 태도를 바꾼 건우를 보며 희미하게 웃었다. 역시 이유 있는 또라이만큼 무서운 게 없다.

"한데 초능력을 사용한 부분에 있어서 윤세아 씨가 알고 있으면 곤란한데요."

"릭시인 거 이미 알아. 열다섯 살 때 신고한 게 누나거든."

"……."

"팔찌 차고 있지 않은 건 의심스러워할 텐데 묻진 않으니까 답할 이유는 없고. 그러니 지금 순간이동 썼다고 해서 문제 될 거 없잖아. 어차피 릭시인 거 다 아는데."

도현의 예리한 눈빛이 건우에게로 닿았다.

"그때랑 지금, 두개만 들켰어. 앞으로 조심하면 되고. 문제 있어?"

사실을 확인할 방도는 없었지만 만약 아니더라도 믿을 수밖에 없는 눈동자다. 마치 아니라고 말했다간 뼈도 못 추릴 것만 같은 위압감이 건우의 정장 사이를 칼날처럼 파고들었다. 건우는 고개를 한 번 끄덕였다.

"없습니다만 앞으론 더 조심해 주셔야겠습니다. 미국에 있는 관리자님이 지금 이 사실을 아시면 당장에라도 달려올 일입니다, 아직 외부로 공개가 안 된 도현 님의 초능력이 노출되는 건 저희 쪽에서도 예민하니까요. 그게 싫으시면 팔찌를 차면 됩니다."

"조심할 테니까 팔찌 얘긴 꺼내지 마."

건우는 굳게 입을 다물었다. 관리자가 도현의 비위를 맞추면서 원하는 게 바로 팔찌였다. 도현에게 국가에 종속된 것을 의미하는 팔찌를 채우고, 온전히 릭시로 인정받게 하는 것이 그의 오랜 목적이었지만 도현이 원치 않는다는 이유로 그 중요한 행사가 차일피일 미뤄지고 있었다.

그러다 보니 부득이하게 도현의 초능력은 비밀로 다뤄질 수밖에 없었는데, 팔찌를 강제로 채울 수 없는 것 또한 이미 도현이 무시할 수 없을 정도로 거대한 존재가 되었기 때문이다.

"잘됐네. 이왕 온 거 누나도 같이 데려가면 되겠어."

힘으로 싸우자면 도현을 이길 자는 없었고, 마음만 먹는다면 도현은 이깟 나라 하나 정도는 우습게 짓밟을 수 있는 위력이 있었다.

"호텔에 방 준비해 뒀지? 지금 들어가도 괜찮을 정도로 깨끗하게."

"네, 윤세아 씨 방은 이미 준비되어 있습니다."

그 누구도 열다섯 소년이 괴물이 될 거라 예상하지 못했다. 이제 그들에게 도현은 저들이 쥐락펴락할 수 있는 실험체가 아닌 감히 범접할 수 없는 선상의 존재였다.

"그래, 준비 다 됐다고."

도현이 느릿하게 말하며 건우를 바라보았다.

"그 방 빼."

"네?"

"누나랑 방 따로 쓰려고 했는데 마음이 바뀌었어. 나한테 휴가는 한시라도 누나랑 떨어지지 않는 거니 붙어 있는 게 맞지. 어차피 내가 쓰는 방 넓잖아."

"……."

"카메라도 다 떼. 난 상관없지만 네들이 누나 훔쳐보는 건 얘기가 다르지. 어차피 누나 있으면 나 어디 안 간다는 건 지금 눈으로 확인했을 테니 어디 갈까 걱정하진 않을 거 같고."

이젠 목줄조차 채우지 못할 정도로 커 버린 도현에게 할 수 있는 거라곤 고작 보호라는 명목하의 감시. 침묵이 이어지자 도현의 얼굴이 순식간에 차가워졌다.

"왜 대답이 없어. 내가 그러겠다는데."

사랑하는 세아를 가족에 대한 그리움으로 치장한 도현은 이 좋은 구실을 악용하기로 마음먹었다. 어차피 외부로 드러나면 안 될 신분이라 옆에 있는 가드들 역시 소수인 데다가 만약 인원 보충을 한다 해도 감지 계열의 벡터를 구하는 건 한국에선 어려운 일이니, 카메라만 떼면 그 안에서 세아와 뭘 하든 알 방도는 없었다.

"알겠습니다. 곧바로 조치 취하겠습니다."

건우는 어쩔 수 없이 허락을 했다. 아니, 할 수밖에 없었다. 미국에 있는 관리자가 고용한 가드는 건우를 포함해 전부 개인형으로 방어 계열 초능력을 가진 자들이었다. 그건 곧 도현이 초능력을 사용하더라도 제 몸 하난 알아서들 건사하라는 의미이다. 말이 감시지, 처음부터 도현의 비위를 맞추는 게 우선일 수밖에 없는 위치였다.

“밖에서 기다려. 돌아가는 건 차로 갈 거니까 누나 타면 쓸데없는 소리…….”

순간 말을 잇던 도현의 눈매가 정면을 보자 확 구겨졌다. 지금 헛것을 본 게 아니라면 투명해진 벽 너머로 비치는 건 허공에 맨몸으로 매달려 있는 세아였다.

“저게.”

도현은 도어락 비밀번호를 누를 새도 없이 다짜고짜 순간이동을 해 집 안으로 들어섰다. 정확하게 말하자면 주방 쪽에 있는 작은 창문으로. 여길 어떻게 나간 건지 비좁은 창문을 통해 바깥으로 나선 세아는 고작 엄지손톱만 한 여유가 있는 벽돌에 발끝을 세워 매달려 있었다.

“윤세아!”

“아.”

창문으로 고개를 뺀 도현을 내려다보며 세아는 잘근 입술을 깨물었다. 맞다, 도현이 투시 있어서 다 보이지. 몰래 접근해 계단 쪽에 있는 창문을 통해 새어 나오던 대화를 엿들었던 게 그만 들키고야 말았다.

“왜 거기 나가 있어. 제정신이야? 거기가 어디라고 매달려 있어!"

"아니, 그게."

"이리 빨리 안 와? 아니, 천천히 와. 발 헛딛지 않게. 아니다, 내가 가?"

"아냐, 내가 갈게."

"제발 조심히 와. 아래 잘 보고."

지그재그로 쌓여 있는 벽돌을 밟고 내려오는 세아와 그 발끝을 번갈아 바라보는 도현의 표정은 마치 제 세상이 무너질 위기에 처한 사람 같았다. 만약 떨어지면 건우에게 잔소리 들을 걸 각오하고 염력을 사용할 생각이라 도현은 세아의 발에 집중했다. 2층과 3층 경계에 있던 세아의 발끝이 주방 창문과 가까워지고 나서야 도현이 세아의 발목을 잡았다. 조심조심, 세아가 들어오는 걸 지켜보던 도현이 세아의 발이 집 안 바닥에 닿자 참았던 숨을 비로소 내쉬었다.

"왜 겁도 없이 거길 나가. 2층이라도 높이 꽤 되는 거 몰라?"

"누가 왔는지 궁금해서."

"현관문 있잖아. 차라리 문 열고 나오지, 이게 무슨 짓이야!"

지금 이 위험천만한 행동이 고작 그런 이유에서였다니 도현은 속이 뒤집어졌다. 세아는 들킬 위험이 있어 현관을 포기한 거였지만 어차피 현관문에 귀를 대고 내용을 엿듣는다고 해도 도현은 모른 척해 줄 생각이었다.

"왜 화내, 별로 높지도 않은데."

세아가 들킨 게 민망해 중얼거리자 도현의 얼굴로 순식간에 냉기가 차올랐다.

"그걸 말이라고 해? 나한테는 네가 방금 서 있던 곳이 63빌딩보다 높았어."

"……."

"보는 내내 심장 떨어질 뻔했고. 넌 지금 날 죽이려고 정신 나간 짓을 한 거야. 알아?"

그걸 증명하듯 매서운 얼굴과 달리 내뱉는 목소리가 어렴풋하게 떨리고 있었다. 이리도 마음 약해지는 소리를 왜 하나 싶었는데, 불과 며칠 전 작전 도중 크게 다친 걸 도현에게 보여 줬었다. 그때 눈동자가 지금처럼 일렁였던 것 같은데.

카시스의 나인으로 살아온 세아에게 저런 벽은 껌 같은 수준이었지만 걱정으로 물든 도현을 보니 할 말이 없었다. 안도인지 속상함인지 분간할 수 없는 숨을 크게 내뱉은 도현이 걸음을 옮기며 말했다.

"너 짐 어디 있어?"

"어?"

"오늘 휴가 가려고 챙겨 둔 거 어디 있냐고. 얼른 너 데리고 갈래. 내 옆에서 딴 짓 못하게 감시라도 해야지, 안 되겠어."

“지금? 새벽이잖아. 일단 우리 집에서 자고 내일 아침에 움직이는 게…….”

“네가 위험한 짓을 한 집에서 잠이 어떻게 와. 저 창문 내가 막아 버릴 거니까 그렇게 알아.”

사납게 창문을 노려본 도현은 금방이라도 쇠창살을 달 기세였다. 세아는 마른침을 꼴깍 삼키며 침대 한편에 미리 챙겨 놓은 캐리어를 가리켰고 얌전히 갈아입을 옷을 챙긴 뒤 화장실로 향했다. 여기서 더 무슨 말이라도 했다간 도현의 어깨에 둘러메져 끌려갈 것만 같았다.

새벽 4시가 가까워지는 시간에 휴가지로 떠나는 사람은 종종 있지만 지금이 교통 체증을 걱정할 휴가 시즌도 아니었고, 목적지마저도 지방이 아닌 서울에 위치한 호텔이었다. 도현은 첫날 세아와 쇼핑하며 사 두었던 티셔츠를 집 안에서 찾아 입고선 화장실 문이 열리기만을 기다렸다. 세아가 밖으로 나오자 들어가 더러워진 발을 씻고 박스에 담겨 있던 운동화를 꺼내 신었다.

마치 야반도주하는 기분을 느끼며 바깥으로 나선 세아는 빌라 앞에 대기하고 있던 건우와 인사를 나눴다.

“안녕하십니까, 도현 님을 모시고 있는 장건우라고 합니다.”

“안녕하세요, 윤세아입니다.”

“말씀 많이 들었습니다. 호텔에서 지내시는 동안 불편함이 없도록 각별히 신경 쓰도록 하겠습니다.”

제로에게 존댓말을 하는 날이 올 거라고 생각지 못했던 건우는 껄끄럽게 웃으며 조수석 문을 열었다. 세아의 눈이 날렵해졌다. 그때 가게 앞에서 도현을 태우고 간 남자였다. 벽에 매달려 얘기의 전부는 듣지 못했지만 건우가 아닌 관리자가 따로 있다는 것과 팔찌에 관한 얘기는 충분히 들었다.

"누나, 빨리 타."

도현이 그걸 원치 않아 미뤄 두고 있었고 그랬기에 초능력 개수를 비밀에 부쳐야 한다는 것도. 게다가 도현의 초능력은 세아가 의심했던 것처럼 플랫에서 멈추지 않았다. 순간이동. 세아는 도현이 열어 준 차로 올라타며 보이지 않게 마른침을 삼켰다.

"출발하겠습니다."

"도로 한산하다고 속도 올리지 말고 최대한 조심히 가. 누나 불편하지 않게."

고급스런 차 내부의 껄끄러운 향내를 맡으며 세아는 편히 앉을 수 없었다. 그런 세아의 마른 이마를 손으로 넘기듯 매만지며 도현이 웃었다.

"그렇지?"

릭시인데 맥스라니. 도현이 특별한 존재임은 확실했다.

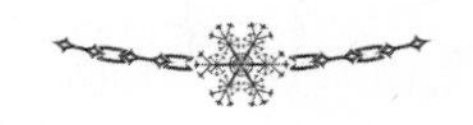

"CCTV는."

"오기 전에 미리 얘기해 놔서 말씀하신 대로 처리했을 겁니다. 한번 확인해 보시죠."

호텔로 돌아온 도현은 끌고 오던 세아의 캐리어를 놓은 채 방 곳곳을 둘러보았다. 투시로 본 결과, 정말 카메라는 찾아볼 수가 없었다. 다시 문 앞으로 온 도현이 만족스런 웃음을 입가에 그렸다.

"오늘 나 때문에 새벽부터 정신없었을 텐데 이만 돌아가 봐."

"네, 알겠습니다."

"그리고 휴가라고 했으니 너네도 나 신경 끄고 좀 쉬어. 걱정하는 일 없게 할 테니까."

"네, 필요하면 부르십시오."

겉으로는 그렇게 말하고 은밀하게 감시를 할지도 모를 일이지만 도현의 초능력인 투시로 인해 쉽게 발각될 거고 그렇게 된다면 정말 싸우자는 것밖에 되지 않는다. 건우는 현명한 남자였다. 도현과 말씨름하지 않고 원하는 대로 하게 내버려 두었다. 비위에 거슬리지 않는 행동을 하면서 자신의 상사인 그에게는 추가적으로 새벽과 관련된 내용을 메일로 상세히 보고했다.

"이제 좀 조용하네."

그 사적인 보고까지 생각할 여유가 없던 도현은 문을 닫은 채 돌아섰다. 보통 여자라면 이곳저곳 구경하기 바쁠 텐데 화려한 내부에도 고양이는 관심이 없다.

무슨 생각을 하는 건지 잠긴 듯한 세아의 표정을 가만히 내려다보던 도현이 머리를 한 번 쓰다듬어 주었다. 그제야 세아의 말간 얼굴이 위로 향했다.

"새벽에 움직이느라 잠도 제대로 못 자고. 나 때문에 피곤하지?"

"어? 아니, 너 갑자기 와서 놀라긴 했지만 좋았는데."

"잠은 와?"

"응, 조금."

"그럼 재워 줄까?"

도현이 입고 있던 티셔츠를 거추장스럽다는 듯이 벗어 내려놓으며 웃었다.

"내 품에서 잘 수 있으면 말이지."

세아가 눈을 크게 뜨자 도현이 다가와 세아의 손목을 가볍게 그러쥐었다. 끌려가는 내내 세아의 심장은 이미 도착 지점을 알고 있는 듯 빠르게 뛰기 시작했다.

"편한 옷 입어."

거대한 침대 앞에서 멈춰 선 도현이 세아를 놓아주었다.

"아님 벗어도 좋고."

침대를 본 시점에서 머릿속을 가득 채우고 있던 도현의 정체에 관한 건 이미 날아간 뒤였다.

"오, 옷부터 갈아입을래."

"그래, 가방 가져다줄 테니까 여기 있어."

얼굴이 발갛게 달아오른 채 말하는 세아가 귀여웠는지 도현이 웃으며 등을 돌렸다. 빛을 여러 방면으로 뿜어내는 샹들리에 아래로 도현이 지나가자 잘 잡힌 근육이 제대로 쪼개져 보였다.

집에서 같이 누워 있을 때만 해도 위화감이 없었는데, 새로운 공간이라서 그런지 확실히 긴장되었다. 어른이라면 모를 수 없는 분위기가 단둘이 남겨진 순간부터 세아의 숨을 데우고 있었다.

"여기."

거기에 상의를 벗은 채 돌아다니는 도현도 한몫했다. 열다섯 때만 해도 함께 잠들긴 했어도 이렇게 맨살을 보여준 적은 없었는데 더운 계절 탓인지 도현은 지금 이 모습이 꽤 편해 보였다.

세아는 황급히 고개를 떨구며 바닥에 쭈그려 앉았다. 캐리어를 눕힌 뒤 열었다. 그걸 가만히 내려다보던 도현은 옷이 가득한 내부에 흥미가 생겼는지 세아의 옆으로 가 엉덩이를 붙이고 앉았다.

"잠옷은 뭐 있어? 난 몸에 달라붙는 실크가 좋은데."

"그런 거 없거든? 그냥 잘 땐 티셔츠 입는데, 그래도 너랑 같이 놀러 온 거니까……."

뭐 특별한 거라도 나올 줄 알고 기대했던 도현은 캐리어 안에서 튀어나온 하트가 박힌 잠옷을 보며 옅게 인상을 찡그렸다.

"이것 봐, 파자마 귀엽지?"

"몇 살인데 그런 걸 입어?"

도현이 구겼던 인상을 펴며 세아를 심각하게 바라보았다.

"이걸 언제 키워서 먹지."

나지막이 벌어진 입술 사이로 언뜻 보이는 치아는 당장에라도 세아를 삼킬 수 있는 위력을 가지고 있었지만 야릇하게도 고뇌란 걸 하고 있었다. 정말 이 작은 걸 어떻게, 어느 순간에 먹어야지 놀라지 않고 식사를 마칠 수 있을까 하는 친절한 포식자의 눈동자를 본 세아는 저도 모르게 달아올랐다.

"……단추는 또 왜 이렇게 많아."

낮게 말하는 도현의 목소리에 세아가 놀라 더듬거렸다.

"다, 단추가 뭘? 그리고 내가 무슨 음식이야? 뭘 키워서 먹어?"

"아니, 그거 정말 입을 거야?"

"뭐가 어때서. 이게 얼마나 편한데."

"누나가 그런 거 입고 있으면 내가 기분이 그렇잖아. 꼭 어린애랑……."

"어린애랑 뭐?"

뺨이 한껏 달아오른 세아가 크게 되묻자 도현이 부드럽게 세아의 입술을 삼켰다. 아랫입술을 물고선 쭉 빨아당기는 힘에 세아는 스르륵 다리가 풀렸다. 세아가 보고 겁먹었던 윗니로 꾹 짓눌렀다가 혀로 훑으며 매끄럽게 빠져나온다.

"난 연상이 취향인데 이젠 다른 기분까지 느끼게 해 주려고?"

아찔할 정도로 순수하게 웃는 도현의 얼굴을 보며 세아는 입안이 끈적해지는 걸 느꼈다. 날뛰는 심장 소리가 들리진 않을까 파자마를 그 위로 파묻었다. 그 모습이 제 것을 빼앗기기 싫은 아이처럼 비쳤는지 도현이 그만 웃음을 터트렸다.

"나 참, 귀여우니까 봐준다. 입어, 너 하고 싶은 대로 다 해."

"그럴…… 거야."

욕실로 가기 위해 세아가 자리에서 일어났다. 앉으면서 말려 올라간 팬츠를 손으로 끌어내리자 그 다리를 잡은 도현이 무릎 뒤 연한 살점을 살살 만졌다. 간지러워 세아가 도현의 머리를 손으로 짚었다.

"CCTV 정말 없어?"

"널 누구와 공유하라고 그런 걸 붙여놔. 다 떼라고 했어.

제대로 확인도 했고."

"그럼 넌 계속 그런 감시 받으면서 지낸 거야?"

"릭시란 게 원래 그렇잖아."

"……."

"누나 주변엔 벡터만 있어서 잘 모르려나."

도현은 자신을 따라붙는 카메라에 익숙한 듯 보였다. 얼마나 시달려야 그게 가능할까. 세아는 속상한 마음이 겉으로 드러나기 전에 서둘러 고개를 반대쪽으로 돌렸다.

"아."

무언가를 깜빡했는지 재빨리 세아가 몸을 돌려 캐리어를 뒤적였다. 투명 팩 안에서 칫솔을 꺼내 드는 걸 본 도현이 의아한 듯 물었다.

"양치하게?"

"어? 어, 찝찝해서."

"아까 나올 때 하지 않았나?"

세아의 뺨이 무언가를 들킨 사람처럼 새빨개졌다. 꼭 복숭아 같아 도현은 손으로 슬쩍 건드리며 웃었다.

"여기 호텔 치약 맛 좋더라."

"어, 어?"

"나도 해야지."

그 말과 함께 자리에서 일어난 도현이 성큼 방 안쪽으로 들어갔다. 넓은 룸에는 공간과 공간을 분리한 터널 같은 입구만 존재했다. 덕분에 문이 달린 욕실을 찾기 수월했다. 세아는 굳게 문을 잠그고선 크게 심호흡했다.

위화감으로 무장된 고급스런 욕실을 보면서 놀랄 법도 한데 세아는 별다른 감흥 없이 세면대로 곧장 향했다. 가지런히 포장된 칫솔을 밀어 두고선 제가 챙겨 온 칫솔을 대신 입에 물었다. 자신의 흔적을 외부에 남기지 않는 건 세아의 오랜 버릇이었다. 그새 바닥에 떨어진 머리카락 한 가닥을 주워 비닐에 넣다가 풀썩 주저앉았다.

"아흐…… 씨서야 하나."

거품으로 뭉개진 발음이 몽글거리는 속마음을 대변했다. 불과 3시간 전에 목욕을 마치고 잠들었던 세아였지만 새로운 공간이 가져다주는 설렘은 세아를 영락없는 초보로 만들었다. 만반의 준비를 했는데도 부족한 것만 같고 아무래도 여자 입장이다 보니 자신의 속살을 보여 줄 때 환상이 깨지면 어쩌나 걱정도 한가득이다.

도현이 언급도 했고, 그랬기에 세아는 휴가 때 무슨 일이 일어날 거라 확신했다. 처음 찾아왔을 때에도 남자의 냄새를 거칠게 풍기며 키스를 선사했던 도현이었는데, 이제 성인이 된 둘이 이런 곳에서 아무런 일 없이 잠만 잔다는 건 말이 안 되었다.

"그래, 퉤. 씻자."

거침없이 세면대 위로 거품을 뱉어 낸 세아는 민트 향이 풍기는 입안을 물로 헹구며 결심했다. 경험이 없는 세아였지만 그렇다고 해서 무섭진 않았다. 사랑하는 사람끼린 당연한 건데, 거부할 마음 같은 것도 없었다. 세아는 비장하게 입고 있던 옷을 벗었다.

말끔히 샤워를 마친 세아는 문을 열었다. 수증기로 갑갑했던 숨통이 확 트였다. 희미하게 조잘대는 소리가 들려왔다. 도현이 틀어 놓은 건지 티브이에선 패널들끼리 웃으며 기분 좋은 목소리를 내고 있었다.

머리를 감쌌던 수건을 끌어내린 세아가 소리가 나는 쪽으로 천천히 걸어가는 도중에 티브이가 꺼졌다. 침대 헤드에 기대어 있던 도현의 머리카락이 세아처럼 젖어 있다.

“이리 와, 고양아.”

예리한 눈매가 온전히 자신에게로만 닿는 건 발끝이 저릿해지는 감각이었다. 도현이 장난스럽게 손끝을 접으며 우쭈쭈댔다. 세아는 피식 웃으며 다가가 무릎을 침대로 올렸다. 기다렸다는 듯이 세아의 팔을 잡고 당기자 꼼짝없이 도현의 허벅지 위로 올라탄 모습이 되었다. 목덜미를 감싸며 끌어당기는 손길에 못 이기는 척 세아가 넓은 어깨에 기대었다.

“뭘 자꾸 고양이래.”

“왜, 딱 하는 짓이 고양인데. 문자로 씻겨 달라고 할 땐 언제고 지금은 또 혼자 하고 왔어.”

"오늘만 날인가."

"오늘도 날이야. 그렇게 쉽게 하루 버리지 마."

젖은 세아의 머리카락을 아쉬운 듯 만지작거리던 도현이 얄미운지 새하얀 목덜미로 입술을 부딪쳤다.

"아."

"그 대신 닦는 건 내가 할 거야."

아직 남아 있는 물기를 빨아들이자 살결이 파르르 연한 꽃잎처럼 흔들렸다. 코끝에 진하게 스며 들어오는 향기를 맡은 도현의 숨이 거칠어졌다. 살갗을 빨던 점막이 야한 소리를 내며 떨어졌다. 그러자 세아가 도현의 어깨를 꽉 잡으며 '으응' 소리를 냈다. 예민하네. 속으로 그리 생각한 도현이 눈동자를 굴렸다. 곁눈질로 본 세아의 손가락 끝이 발갛게 물든다. 손이 어떻게 저러지. 물어뜯고 싶다.

"너한테 지금 무슨 냄새 나는지 알아?"

"어?"

"나랑 똑같은 냄새."

간지러운 듯 뒤로 몸을 빼는 세아의 허리를 두 팔로 단단히 감은 도현이 또 한 번 세아의 목을 괴롭혔다. 시원한 머스크 향이 맛으로 느껴졌다. 꼭 바닐라 같은, 피부도 닿으면 녹을 것 같은 색이다. 한 입 베어 먹으면 어떨까 싶어 턱이 근지러웠다. 이갈이 하는 짐승도 아니고, 이곳저곳을 물어뜯으니 금세 발간 자국이 남았다.

"이게, 자꾸 깨물고…… 아파."

"좋아서 그래. 보통은 자기 꺼 챙겨 오지 않나. 자기만의 향기, 뭐 그런 이유로."

"그래서 싫어? 흔한 향이라서 별로 매력 없지."

"아니, 너처럼 쉽게 내 향기 따라와 주는 여자도 없을 거 같아서."

비록 호텔에서 제공한 제품이었지만 그걸 순순히 사용하고 나온 세아가 못 견디게 예뻐서.

"너 이러니까 꼭 나랑 며칠 붙어 있던 것 같아."

마치 하나가 된 것 같아 도현은 기분이 몹시 좋았다. 남의 손은 타 보지 않은 건지 작은 접촉에도 눈에 띄게 반응하는 세아를 보며 도현은 때아닌 감동에 젖었다. 그와 동시에 자신이 하나씩 점령해 나간다는 생각에 벌써부터 밑이 달아오른다.

발갛게 달아오른 귀가 예뻐 콧대로 건드리자 세아가 목울대를 울리며 갸릉거렸다. 도현이 혀로 세아의 귀를 파고들었다. 어깨를 잡은 세아가 손톱을 세워 박는다. 축축이 젖은 귓바퀴 안으로 도현이 작게 속삭였다.

"여기 기분 좋아, 고양아?"

"너 자꾸 나 동물 취급하면서 그렇게 부를래?"

"몰랐어? 너 걸을 때 발소리도 잘 안 나."

"……."

"겁도 없이 빌라 벽에 매달린 내 못된 고양이."

"야…… 그 얘긴."

"주인 기겁하는 모습 보니까 어땠어?"

민망해진 세아가 고개를 들었다. 마주한 눈동자로 고인 호수엔 수심이 깊었다.

"울 뻔했어. 너 떨어질까 봐."

"안 떨어졌잖아."

"쫄았다고, 많이."

점점 진해지는 도현의 눈을 보며 세아가 작게 속삭였다.

"정말 괜찮은데……."

도현이 모를 뿐이지, 세아는 벽을 타는 것에 일가견이 있을 정도로 작전 나가는 요원들 중 가장 많이 벽을 타는 편에 속했다. 40층 높이의 고층 빌딩에서도 줄 하나 매달고 뛰어내렸던 걸 도현이 들으면 아마 기겁을 할 거다. 도현이 한숨과 함께 세아의 이마에 자신의 이마를 붙이며 속삭였다.

"너 다치면 안 돼. 내가 치료 계열 초능력이 없어서…… 너 다치면 난 또 꼼짝없이 다른 사람 손길 기다려야 하는데, 그 시간이 얼마나 견디기 힘들지 말 안 해도 알지."

며칠 전 부상당한 자신을 데리고 온 도현을 떠올리며 세아는 묵묵히 고개를 끄덕였다.

"묻지 않는 대신 조심하라고. 내가 안 보이는 곳에서 자꾸 혼자 위험해지지 마."

세아에게 그 말은 즉, 다치지만 않는다면 지금 하는 일이 괜찮다는 것처럼 들려왔다. 아니, 세아 혼자서 그렇게 받아들이며 합리화했다. 도현이 원하지 않는다고 해서 그만둘 수 있는 일이 아니었다.

"근데 방 안 둘러봐?"

"어? 아…… 내일 보지 뭐."

이런 공간을 여자라면 좋아할 만도 한데 내일 본단다. 세아의 시선을 사로잡는 건 비싼 몸값을 자랑하는 가구들이 아닌 넓고 복잡한 구조였다. 직업병이 있긴 한 건지 여길 어떻게 하면 빠른 시간 내에 탈출할 수 있을까, 혹은 이곳에서 적과 대치한다면 어떤 식으로 공간을 활용하며 싸워야 하나 떠오를 뿐이다. 짧게 웃음을 터트리며 이마를 뗀 도현이 옅게 인상을 찌푸렸다.

"너 꼬드기려는 남자는 꽤 골치 아프겠다."

"왜?"

"이런 곳에 와도 눈 하나 깜짝 안 하고."

하긴, 이런 걸로 세아가 위화감을 느낀다면 애초부터 그런 유치한 파자마를 들고 오지 않았을 거다. 세아가 가만히 손을 들어 빼곡히 숲을 이룬 도현의 앞머리를 쓸어 넘겼다.

"골치 아파할 필요 없어. 너 나 꼬드기려고 여기 데려온 거 아니잖아."

"그럼 넌 뭐에 넘어가는데?"

"하도현."

세아의 손끝에서 쓸리던 머리카락이 매끄럽게 흘러가 이마를 도로 어둑하게 덮었다. 세아가 옅게 웃으며 속삭였다.

"하도현이 뭘 하든 넘어가 줄 생각으로 오늘 왔는데."

"어, 그런 거 같아. 너 지금 되게 세거든."

숨김없이 쏟아지는 말에 세아가 '풋' 숨을 터트렸다. 넋이 나간 도현의 눈동자가 잠옷으로 향했다.

"근데 그런 잠옷 입고 말하진 마. 죄책감 느껴."

"왜, 어린애가 너한테 작업 거는 거 같아?"

"네가 좀 동안이야? 잡혀갈 거 같아."

"그럼 감옥 갈까?"

"감옥? 좋지."

도현이 검지로 열기에 무르익어 말랑한 뺨을 슬쩍 밀어 올리자 세아의 입술이 탄성과 함께 작게 벌어졌다. 도현이 비스듬히 고개를 틀며 세아에게로 다가갔다.

"문 열어. 들어가게."

그와 동시에 부드럽게 맞물리는 입술은 살결을 훑으며 지나갈 때보다 더 기분 좋았다. 턱을 부드럽게 잡으며 도현은 입맞춤했고 세아의 두 팔은 자연스레 도현의 목으로 감겼다. 그렇게라도 하지 않으면 뒤로 넘어갈 것만 같았다. 수증기로 노곤해진 몸이 도현으로 인해 더욱 늘어졌다.

촘촘하고 세밀한 거미줄이 수도 없이 입안으로 쳐지는 기분이었다. 꼼짝없이 걸려 든 나비처럼 축 늘어지자 도현이 받쳐 올리며 생기를 부여했다.

"나랑 같은 치약 맛 나."

세아는 물렁해진 입술을 달싹였다. 그제야 입안에 퍼진 민트 향이 느껴졌다.

"넌."

도현이 또 한 번 다가와 세아의 입술을 부드럽게 빨았다. 아랫입술이 힘없이 딸려 가자 혀로 매끄럽게 훑는다.

"너도 나?"

감칠맛 나게 입술이 떨어지자 온몸이 간지러웠다. 세아는 도현의 목에 두른 팔을 한 뼘 더 조이며 채근했다.

"도현아……."

"너 그렇게 부를 때 좋아. 높지도 않고 낮지도 않고 꼭 고양이 우는 것처럼 나른하게."

도현의 커다란 손이 올라가 갈비뼈를 감쌌다.

"꼭 먹고 싶게."

꽉 움켜잡자 숨통이 트였다. 달뜬 숨이 한가득 쏟아지자 도현이 세아의 입술 앞에서 애달아하는 맹수처럼 낮게 말했다.

"귀엽게. 울면서 재촉 안 해도 돼."

엄지를 세운 도현이 갈비뼈 사이사이를 어루만졌다. 세

아가 잘근 입술을 깨물자 도현이 많다고 투덜거렸던 단추의 윗부분을 풀었다.

"어차피 너 오늘 안 재울 생각이니까."

그 말이 세아의 허벅지를 순식간에 긴장하게 만들었다. 동시에 세아를 돌아 눕힌 도현이 침대에 파묻힌 세아를 보며 만족스럽게 웃었다.

"우린 지금 둘 다 맨정신이고 술도 안 마셨고 졸리지도 않으니까."

도현이 단추를 끌어당겼다. 톡 하고 아무런 힘없이 구멍에서 빠져나온 단추가 벌어지며 세아의 속살을 보여 주었다. 먹음직스러운 자태에 인내를 잃은 건지 세 번째 단추부터는 그 속도가 빨랐다. 톡, 톡 떨어져 나갈 때마다 세아의 신경도 툭, 툭 끊어졌다. 마지막 단추까지 모두 풀어낸 도현이 벌어진 잠옷 안으로 두 손을 넣었다.

"서로 잘 기억하자. 어디가 약한지, 어디가 좋은지."

세아가 차가운 듯 어깨를 움츠리자 도현은 부드럽게 어루만지며 천을 거뒀다.

"또 어디가 못 견디게 사랑스러운지."

나지막한 목소리와 함께 도현의 눈동자가 흔들렸다. 역시나 예상했던 대로 어른이 된 세아는 도현을 감동시켰고, 또 울고 싶게도 했다. 목구멍을 치고 올라오는 울분은 이제야 널 가질 수 있다는 자만심에서 나온 것이 아니라 드디어 너와 가장 가까워질 수 있다는 벅찬 감격에서였다.
세아가 묽어진 시선으로 도현을 올려다보았다.

"……도현아."

그리고 난 널 지금 막 울리고 싶어졌고.

"누나, 소리 안 낼 수 있어?"

도현의 눈빛이 일순간 거칠어졌다.

"어?"

"소리 잘 참냐고."

잠옷을 침대 한쪽으로 치우며 도현이 낮게 물었다. 세아는 제 배꼽 위를 유영하는 커다란 손에 잡혀 정신이 혼미했다. 배를 지그시 누르자 매트 아래로 푹 꺼지는 기분이었다. 아, 벌써부터 이렇게 숨이 턱까지 차오르는데 참으라는 건 무리였다.

"아니면 계속 키스해 줄까? 소리 못 내게."

도현의 혀가 세아의 입술을 살살 핥았다. 겹쳐진 몸에 안심하는 사이, 손은 밑으로 계속해서 세아의 살결을 애태우고 있었다. 착용한 속옷이 족쇄처럼 갑갑하게 느껴졌다. 괴로움에 세아는 뒷꿈치로 시트를 밀었다.

"읏……."

"어떤 방법이 좋아?"

"모르겠어……."

"그럼 이렇게 하자. 한번 참아 보고 안 되겠으면 내가 막아 주고. 어때?"

"그만두는 방법은 없니?"

"응, 그건 없어."

도현이 '쪽' 하고 세아의 입술 위로 부딪치며 인상을 찡그렸다.

"봐줘."

엉킨 허벅지 사이로 묵직한 무게감이 느껴졌다. 스치는 것만으로도 열기가 전이돼 세아는 제 살이 다 화끈거렸다. 세아는 몽롱하게 눈을 뜬 채 도현을 올려다보았다.

"……잘하지? 조용히 하는 거."

"으응."

"실험해 볼까."

도현이 매끄럽게 웃으며 턱을 벌렸다. 세아의 입술을 삼키고 안으로 침범한다. 꾸역꾸역 밀려오는 힘이 평소보다 거셌다. 아래에 깔린 상태라 세아가 느끼는 무게감은 그 이상이었다. 목구멍 안쪽까지 치고 들어왔던 혀가 세아의 입안을 거칠게 휘저었다. 홍수가 범람하지 않도록 빨아당기는 족족 도현의 목으로 넘어갔다. 물기 부딪치는 끈적한 소리가 흥건했다. 세아는 일순간 숨통이 트이는 걸 느꼈다. 가슴을 갑갑하게 죄던 것이 도현의 손길로 인해 거둬지고 따스한 손이 대신해 그 위를 감쌌다. 세아는 저도 모르게 허리를 들썩였다. 지그시 움켜쥐며 누르는 도현의 손짓에 땅 밑까지 꺼지는 기분이다.

"기분 좋아?"

세아는 고개를 끄덕였다. 그거 말고 이 몽환적인 기분을 설명할 수가 없었다. 둥그렇게 원을 그리다가 한 곳을 집중적으로 건드리는 도현의 손길에 자꾸만 입술이 달싹거렸지만 소리 내면 안 된단 생각에 집어삼켰다. 참을수록 세포 하나하나가 터지는 기분이었다. 빳빳하게 긴장한 목덜미 위로 도현의 입술이 부드럽게 비벼진다.

"잘하네, 착하다."

세아는 두 팔을 들어 도현의 목에 둘렀다. 세아가 팔에 힘을 주자 도현이 피식 웃으며 허리를 숙였다.

"예민하게 구니까 귀엽다."

목덜미에 집요하게 흔적을 남기다 점차 아래로 내려가니 세아의 몸이 움찔거렸다. 감도가 좋았다.

"민감한 몸인 거 알고 있었어?"

"아!"

봉긋 솟아난 부위를 건드리니 다른 곳보다 훨씬 반응이 뛰어났다. 도현은 세아를 보는 것만으로도 입안이 얼얼했다.

"몰랐어?"

"내가 어떻게 알아."

세아의 촉촉한 눈망울이 도현이 처음이라 말해 주고 있

었다. 머리부터 발끝까지 먹어치우고 싶은 욕망이 도현을 사로잡고선 고개를 껄떡거렸다. 벌써부터 아래로 피가 쏠리는 기분이라 도현은 세아의 몸을 쓸며 내려갔다. 세아는 뒷머리를 시트 위로 뭉개며 도현의 어깨를 꼭 잡았다.

"너 아니면 이런 걸 내가 누구랑……."

"정말?"

도현이 아래를 꾹 누르자 세아의 가슴이 한 번 들썩였다. 지속적으로 도현의 허벅지가 누르고 있던 부위는 이미 열감으로 무르익었다. 손을 움직여 배배 꼬인 세아의 다리 사이를 열고 제 무릎을 세워 박았다. 허리 숙여 애닳은 음성으로 속삭였다.

"나 좋아해?"

간신히 눈을 뜬 세아의 눈빛이 몽롱하다. 세아가 수줍게 오므리며 감추려 했던 곳으로 손을 댄 도현이 웃었다.

"그렇다고 하네."

세아의 얼굴이 순식간에 붉어졌다. 도현은 천천히 눈을 감았다.

"아."

따뜻해.

손가락이 구부러졌다.

눈을 뜨기 위해 안간힘을 쓰던 세아는 속눈썹이 무거운 걸 느꼈다. 훈련을 한다고 삼 일 내내 갯벌에서 굴렀을 때완 다른 느낌의 통증이 온몸을 지배하고 있었다. 그때와 다른 게 있다면 이곳은 침대 위고, 사랑하는 남자가 바로 눈앞에 잠들어 있다는 것이다.

세아는 우습게도 도현의 얼굴을 보자 통증이 씻은 듯이 날아가는 걸 느꼈다. 아플 때마다 붙였던 파스의 시큼털털한 멘톨 향보다도 침대에서 진동하는 도현의 향이 효과가 더 좋았다. 세아는 잠든 순간에도 자신을 놓지 않고 끌어안고 있는 도현의 팔을 가만히 내려다보았다.

—내가 모르는 것 하나 없게 할 거야. 지금 이 순간부터 적어도 네 몸은 내 거야.

어제의 발언이 생각나서인지 세아의 얼굴이 붉어졌다.

—너 원래 이렇게 뜨거웠어? 타죽을 거 같아.

세아도 자신이 그렇게나 뜨거워질 줄 까마득하게 몰랐었다. 긴 시간 동안 공들인 도현 덕분에 세아는 몰랐던 것들을 경험할 수 있었다. 어느 부분이 취약하고 가장 기분 좋은 곳은 어딘지 알게 되었다. 그곳을 도현이 공략했을 땐 머리가 새하얘졌다. 나중에 가선 건드리기만 해도 전율하는 몸이 낯설기도 했다. 그건 도현이 정성스럽게 세아의 감각을 전부 깨운 덕분이었다. 제발 그만하라고 빌 정도로 도현은 끈질기게 손짓과 입술로 구애했다. 도현의 모든 행위에서 사랑받는다는 느낌을 강하게 느낄 수 있었다.

세아 역시 열여섯이었을 땐 알지 못했던 것을 보았다. 도현의 골반 부근에 갈색 점이 있다는 것과 흥분으로 기분이 못 견디게 좋을 땐 눈썹이 아래로 기울고 평소에도 낮은 목소리가 점점 깊어진다는 것도.

“일어났으면 깨워야지. 혼자 보고 있으면 좋아?”

“어…… 깼어?”

“네가 보고 있는데 어떻게 안 일어나.”

커다란 숨과 함께 세아의 허리를 더욱 끌어당겼다. 얼마나 예민한지 도현은 여전히 눈을 감고 있음에도 세아의 시선을 인지했다. 도현에게 가까이 밀착되자 시트 안쪽으로 서로의 살이 위화감 없이 엉켰다. 세아는 손을 올려 도현의 눈을 살며시 건드렸다.

“눈이 안 떠져?”

“눈부셔서 그래. 잠깐만.”

도현이 눈썹을 찌푸리자 눈부신 서울의 전경이 담긴 커다란 창문 위로 순식간에 커튼이 쳐졌다. 세아는 동그랗게 눈을 떴다가 이내 살며시 힘을 뺐다. 염력을 쓴다고 듣기만 했지, 직접적으로 보는 건 처음이라 꽤 놀랐다.

"이제 됐어."

도현은 한숨을 내쉬며 눈을 떴다. 제일 먼저 시트 안에서 나온 손이 옆으로 돌아누워 있는 세아의 얼굴을 덮었다.

"피곤하지. 얼굴 반쪽 됐다."

끌어안고 있어 익숙할 줄 알았던 체온이 뺨에 닿으니 또 달랐다. 세아는 커다란 손으로 어울리지 않게 살살 어루만지는 걸 붙잡으며 입술을 삐죽였다.

"너 때문이잖아."

"그래서 지금 물었잖아, 미안해서."

"미안하면 어제 진작 좀……."

첫날밤을 치른 새색시처럼 부끄러운 투정을 부리는 입술을 도현이 단숨에 집어삼켰다. '쪼옥' 단물을 삼키듯 세아의 입술을 정성스레 빤 도현이 살며시 떨어지며 웃었다.

"아, 예쁜데 맛도 좋아."

사르륵 녹는 기분이 이런 걸까. 세아는 조금 전까지만 해도 무슨 말을 했는지 잘 기억나지 않았다.

"좀 잤어?"

"응, 완전 탈진해서 나 몇 시에 잠들었는지 기억도 안 나."

"그럼 내가 다시 배 채워 줘야겠다. 뭐 먹을래? 뭐 좋아하려나."

"도현아."

어제의 행위로 허기질 세아를 위해 단숨에 도현이 일어나 침대 밑으로 내려가자 세아가 도현에게로 팔을 쭉 뻗었다.

"나 씻겨 줘."

그 모습이 너무나도 예뻐 도현은 잠시 넋이 나갔다.

"지금 뭐라고 한 거야?"

"왜, 네가 씻겨 준다며. 혼자 씻으러 가면 또 뭐라고 할까 봐 미리 말하는 건데."

"넌 시키면 어떻게."

하릴없이 돌아선 발이 향한 곳은 당연히 세아였다.

"이렇게 제대로 해, 사람 안 넘어가고 못 배기게."

도현이 다가가 허리를 숙이자 주인을 기다렸던 기다란 팔이 목 뒤로 자연스레 감겼다. 단숨에 허벅지 밑으로 손을 넣어 들어 올리자 '꺅' 소리 지른다.

도현은 욕실로 향했다가 말라 있는 욕조를 보며 아차 싶었다. 도로 몸을 돌리자 안겨 있던 세아가 "왜?" 하고 물었다.

"잠시 침대에 누워 있어. 목욕물 받고 다시 데려다줄게."

"욕조에 앉아 있을래."

"너 엉덩이 배겨."

"원래 나 물 받으면서 앉아 있어."

"원래가 어디 있어. 지금 몸이 아픈데."

"그러니까 따뜻한 물에 빨리 담가야지. 응?"

도무지 말로 이길 재간이 없어 결국 타월을 밑에 깔고 앉아 있는 걸로 합의를 봤다. 세아는 도톰한 타월에 앉아 도현이 알맞게 조절한 온도의 물이 욕조에 차는 걸 가만히 지켜봤다.

"잠시만 있어. 나오면 식사 바로 하게 주문하고 올게."

"응."

조용한 목소리가 욕실 안을 공명하듯 울린다. 도현은 기분 좋은 웃음을 그리며 탁자로 향했다. 한편에 놓인 메뉴판을 들고 룸서비스로 무엇을 시킬까 고심하다가 전화기를 들었다. 그때였다, 예민한 도현의 청각에 작은 진동 소리가 한 번 울려 퍼졌다. 도현은 들었던 수화기를 내려놓은 채 소리가 난 쪽으로 향했다. 어제 세아가 잠옷을 꺼낸다고 아무렇게나 열어 놓았던 캐리어였다.

깔끔하게 정리된 옷 안으로 손을 넣어 뒤적이자 제일 밑바닥에 숨겨져 있던 휴대폰 하나가 모습을 드러냈다.

"……."

도현이 알고 있는 것과는 전혀 다른 휴대폰이었다. 두 개를 사용하고 있었나. 혹시라도 다른 남자와의 밀회라도 담겨 있는 건 아닐까 액정을 누르는 도현의 손이 꽤 묵직했다.

락이 걸려 있었지만 그건 투시를 가진 도현에겐 방어막이 될 수 없었다. 꿰뚫어 보는 거로도 모자라 대상이 가진 속까지 확인할 수 있는 도현은 불이 들어온 액정을 내려다보며 거기에 도착한 문자 메시지를 별다른 어려움 없이 읽어 냈다.

[내일 저녁 7시 30분 저택 앞 열네 번째 가로등에서 제타와 접선해 물품 인계받을 것.]

이름도 모를 남자의 열 뻗치는 사랑한다는 고백이 아닌, 그보다 더 성질 돋우는 비밀 메시지였다. 해석하는 건 어렵지 않았다. 물품이라고 말하는 것은 아마 총기 중 하나일 거고, 그건 곧 세아가 초능력을 사용하는 벡터들이 넘쳐 나는 바다로 뛰어든다는 걸 의미했다.

"또 나가네."

애지중지 대접을 해 주려고 해도 내 고양이는 위험한 길바닥이 좋은지 꼭 이런 식으로 흙 묻은 발자국을 보여 주며 사람 말려 죽이려고 한다.

그런데 죽고 싶은 건 나뿐만이 아니었나 보다.

혹시라도 또 어떤 식으로 속을 긁어 놓는 물건이 숨어 있을까 투시로 캐리어 안을 살피던 도현의 눈이 세아가 자주 사용하는 듯한 파우치에 꽂혔다. 혹시라도 잘못 본 건 아닐까 싶어 지퍼를 여니 도현의 심기를 잡아 비트는 물건이 비로소 모습을 드러냈다.

"……."

수면제.

표면엔 알파벳으로 어려운 용어가 적혀 있었지만 도현에겐 친숙했다. 도현 역시 열다섯 살 때 이와 같은 약을 반강

제적으로 먹어 봐서 안다. 오래전부터 조금씩 복용했던 것인지 적혀 있는 날짜가 꽤 멀었다.

"그동안 많이 힘들었나."

과거 부모를 잃은 충격에서 아직 못 벗어난 걸 수도 있고, 자신이 하고 있는 일로 심리적으로 시달리고 있을지도.

"이걸 왜."

위험한 일을 하는 세아에게 사정이 있다는 건 알겠는데.

"이런 걸 대체 왜 먹을까……."

하지만 이해할 수 없었다. 이런 불결한 성분이 세아의 몸 안을 제집처럼 배회했을 거란 생각만 하면 피가 역류했다. 난 날카로운 바늘로 변한 네가 괴롭히며 잠 못 들게 하는 날도 너를 새겨 넣는 심정으로 겸허히 받아들였는데, 너 아닌 것이 내 몸 안에서 돌아다니는 게 싫어 자발적으로 입에 넣었던 약은 단 한 톨도 없었다.

"참 어려운 여자야."

하지만 세아에겐 이것이 안식이었을지도 모른다. 도현의 눈썹이 설핏 구겨졌다.

이 정도 이해는 해 줘야 하는 걸까. 도현은 한참 동안 들여다보던 수면제를 파우치 안으로 넣었다.

"못 본 척 해야 할 게 많네."

자리에서 일어난 도현은 자신이 본 비밀스런 문자를 모른 척하기로 했다. 욕실에 도착하자 세아가 어린아이처럼 욕조에 앉아 차오르는 물을 손바닥으로 찰박거리고 있었다. 그 모습을 보니 실없이 웃음이 났다. 저렇게 예쁜 여자가 속을 뒤집어 놓으니 봐줘야지, 무슨 힘이 있나.

담겨 있는 물의 온도보다 더욱 뜨겁고 정성스런 손길로 몸 곳곳을 닦아 주는 도현으로 인해 기분마저 눅눅해질 무렵에서야 세아는 욕실에서 나올 수 있었다. 발개진 뺨은 오랫동안 물 안에 있어서 더운 것보다는 도현의 탓이 더 컸다.

"정말 너 때문에 내가……."

"나 왜."

무릎까지 굽혀 커다란 타월로 자신의 몸을 닦아 주는 도현의 까만 머리를 내려다보며 세아는 지친 숨을 내쉬었다. 배고프다는 둥, 네 입술 보니까 허기가 진다는 말로 몇 번이고 세아를 찾았다. 그게 기분 좋다는 게 문제였지만. 세아는 열 오른 이마에 손등을 대며 중얼거렸다.

"뭔가 더 피곤해졌어."

"그럼 밥 먹고 또 자면 되겠다."

"야."

"잠만. 정말로 잠만 자자고."

'큭큭' 웃으며 어깨를 떨던 도현이 세아를 올려다보았다.

"무슨 생각을 했는데 바로 '야'란 말이 나와?"

세아는 민망해져 입술을 꾹 깨물었다. 톡 튀어나온 무릎 위로 도현의 입술이 진득하니 닿았다.

"옷 가져다줄게."

나른하게 그를 내려다보던 세아의 눈빛이 순간 확 하고 튀었다.

"아, 아니. 내가 해."

"조심히 걸어."

다 되었다는 듯이 도현이 타월을 내렸다. 세아는 재빨리 자신의 캐리어가 열린 곳으로 향했다. 어제 잠가 둔다는 걸 깜빡했다. 어떻게 이런 실수를 하지. 도현과 함께 있는 시간이 편해 긴장을 풀다 보니 벌어진 일이었다. 제 이마를 손으로 툭툭 찧은 세아가 옷을 꺼내다가 가장 밑바닥에 숨겨 두었던 휴대폰을 발견하고 락을 풀었다.

작전을 지시하는 문자가 하나 와 있었다. 재빨리 메시지를 지운 세아가 휴대폰을 깊숙한 곳으로 숨겼다.

"옷 다 입었지?"

"어? 응."

"안에 들어가 있어, 안 보이는 곳에."

룸서비스가 도착한 모양이었다. 검은 바지 위로 새하얀 티셔츠를 목에 건 채 나서는 도현이 손끝을 세워 또 한 번 들어갈 것을 지시했다.

"왜, 나 여기 있으면 안 돼?"

"혼나. 나만 볼 거야."

세아는 피식 웃으며 얌전히 등을 돌렸다. 구경이라도 해 볼까 주변을 둘러보던 세아의 발이 옷장 앞에서 멈춰 섰다. 매번 카페에 찾아올 때마다 값비싼 브랜드의 옷을 아무렇지도 않게 턱턱 걸치고 있던 도현이라 옷장이 궁금한 건 당연했다.

"뭐가 이렇게나 많아."

간소할 거란 세아의 예상과 달리 커다란 옷장이 미어터질 정도로 빽빽하다. 격식 있는 자리에서나 어울릴 법한 대외용 정장도 보였고, 사석에서 가볍게 입을 만한 옷도 있었다. 그렇다고 해서 가격까지 가볍진 않겠지만.

"나 만나러 왔을 땐 이런 거 안 입었는데."

어두운 빌라 앞에 서 있던 도현의 차림은 지나치게 간소했었다. 게다가 함께 나가 옷을 고를 때만 해도 도현의 취향은 정말 편식이 없었다. 티셔츠는 아무거나 걸치면 되었고, 바지도 그냥 바지면 되었다. 특별히 선호하는 브랜드가 있는 건 아니었는데 그런 면에서 이 옷장은 도현과 너무 어울리지 않았다.

"뭐야, 이게."

세아는 옷장 제일 밑바닥에 놓인 새하얀 봉투를 발견하곤 무릎을 접었다. 세모로 입을 다물고 있는 봉투 밑엔 영어가 필기체로 적혀 있었다.

"제임스 김?"

한쪽 눈썹을 찡그리며 안에 담긴 편지를 확인했다. 안에는 정갈한 한글이다.

[부디 도현 님의 마음에 들었으면 합니다.]

옷장을 가득 채운 건 도현이 아닌 이 남자의 취향인 듯 보였다. 하나부터 열까지 모두 최고라 불릴 수 있는 것들을 한가득 채워 넣은 남자에게선 과욕이 돋보였다. 의문인 건 도현이 이걸 스스럼없이 입고 세아를 만나러 왔다는 것이다. 이상했다. 학교에 다닐 때만 해도 같은 반 제로인 아이들이 편지나 초콜릿 같은 것으로 마음을 표할 때에도 부담스럽다며 일절 받지 않은 도현이었는데.

"뭐해?"

"아, 너 평소에 뭐 입나 궁금해서."

세아는 멀리서 자신을 부르며 다가오는 도현을 향해 고개를 엉거주춤 들었다. 성큼 다가온 도현이 인상을 찌푸렸다.

"바닥에 앉지 말고."

"뭘 앉았다고. 쭈그려 있는 거거든."

"그게 그거거든."

도현이 세아를 일으켜 세웠다. 제자리에 놓을 타이밍을 놓친 세아는 어색하게 편지를 흔들었다.

"이게 뭐야?"

"……그러게."

도현도 처음 본 것인지 빼앗아 들었다.

"이상한 걸 같이 보냈네."

내용을 본 도현이 대수롭지 않다는 듯 말했다. 남자가 보낸 정성은 도현의 손에 찢겨 흩날렸다.

"가서 앉아. 저런 거 신경 쓰지 말고."

"어, 응."

도현에게 이끌려 소파로 간 세아는 앞에 펼쳐진 음식을 멍하니 바라보았다. 접시가 꽤 여러 개인 데다가 거기에 담긴 음식들은 하나같이 먹음직스러워 보였다. '꼴깍' 침 넘어가는 소리가 들렸는지 도현이 설핏 웃으며 앞에 놓인 포크를 들어다가 세아에게 쥐여 주었다.

"먹어, 배고프겠다."

"넌?"

"난 너 먹는 거만 봐도 배부르지."

정말 음식엔 손도 안 대고 지켜볼 심산인지 도현이 세아의 뒤쪽으로 와 앉았다. 자연스럽게 뒤에서 허리를 끌어안자 세아가 타박했다.

"넌 왜 안 먹는데? 빨리 같이 먹어."

“정 나 먹이고 싶으면 네가 먹여 줘. 나 손 못쓰니까.”

자신을 끌어안느라 손을 못 쓴다니. 도현다운 발상이라 세아는 제일 앞에 놓인 샐러드를 콕 찍어다가 어깨 위로 올렸다. 그럼 도현이 고개 숙여 그걸 받아먹었다.

“맛있네. 채소 말고 고기도 먹어. 내가 썰어 줘?”

“됐어, 내가 해서 너 먹여 줄 테니까 기다려 봐.”

“그럼 넌 안 먹잖아. 나 한 입 먹고, 너 한 입 하고.”

“알았어, 그럴게.”

이게 뭐라고 그새 또 규칙을 세운다. 그렇게 하지 않았더라면 세아는 자신이 먹어야 한다는 사실도 망각한 채 도현에게 주기 바빴을 거다. 한 살 차이였지만 누나라는 생각에 어려서부터 자신이 먹을 거나 좋은 것, 하다못해 놀이터에서 미끄럼틀을 탈 때에도 늘 도현에게 먼저 양보했었으니까.

“도현아.”

“왜.”

“나 내일 잠깐 볼일 있는데 저녁에 나갔다 올게.”

접시 위로 세아가 조심스럽게 포크를 내려놓자 움직이던 도현의 턱도 함께 멈추었다. 먹여 주는 음식에 도현의 기분이 좋아진 걸 확인하고 꺼낸 말이었지만 이어지는 침묵에 눈치를 보게 되는 건 어쩔 수 없는 일이었다.

도현은 세아의 허리를 더욱 감싸며 멈추었던 턱을 다시

금 움직였다. 조금 전까지만 해도 연했던 안심이 퍽퍽하게 도현의 목 뒤로 넘어갔다.

"그래. 어디로? 친구?"

"응, 친구도 만나고 카페도 잠시 들렀다가 직원들도 좀 보게. 아무리 휴가라지만 아예 신경 끄는 건 민망해서."

"알았어. 몇 시?"

"저녁 7시쯤."

"언제 올 건데?"

"글쎄, 10시 전엔 올 거 같은데."

벡터들을 상대해야 하는 터라 얼마나 걸릴지 예상할 수 없었다. 세아는 그동안 까다로웠던 작전들을 떠올리며 얼추 시간을 계산했다. 그럴 리 없겠지만 일이 꼬일 것도 예상하고, 만약 문제가 생겼을 때 그걸 처리하는 시간까지 넉넉잡아서.

"더 빨리 올 수 있고. 얼마 전에 친구가 남자 친구랑 헤어졌는데 그거 달래 주느라 만나는 거거든."

"속상하겠네. 헤어져서."

"응, 안 그래도 매일 밤마다 전화 붙잡고 나 안 놔줘. 얼굴이라도 봐야 나 덜 피곤하게 할 거 같아서……."

세아는 시선을 아래로 떨구었다. 있지도 않은 일이 도현의 앞에서 사실이 되는 게 낯설었다. 거짓말을 하는 게 죄스러웠지만 그런 일말의 양심도 모조리 갖다 버려야 했다.

세아를 피곤하게 한다는 구절이 마음에 들지 않았는지 도현이 한마디 했다.

"지가 잘못해서 그런 거 가지고 왜 널 괴롭힌대."

"남자가 헤어지자고 했대."

"여자가 뭘 어떻게 했는데."

차가운 목소리에 세아가 고개를 돌리자 순간 도현의 짙은 눈동자와 마주쳤다.

"응? 남자한테 거짓말이라도 했대?"

심장이 까마득하게 굴러 떨어진다. 도현은 가소롭단 듯이 웃었다.

"거짓말한 게 뭐 대수라고. 난 다 받아 주는데."

파르르 떨리는 세아의 연한 뺨 위로 입술을 부딪친 도현이 속삭였다.

"우린 그런 일로 헤어질 리 없으니까 안심해. 난 누나가 뭘 하든 다 좋다고 했잖아."

마치 주문처럼, 그 한 마디가 세아의 고막을 달콤하게 훑고 지나갔다. 어제 침대 위에서 세아가 못 견뎌 하는 곳이 어딘지 안 도현은 예쁘다 극찬했던 세아의 귀를 물더니 자신의 음욕을 조금씩 밀어 넣었다. 뱀이 들어와 파헤치는 것만 같다. 간간이 도현이 내쉬는 거친 숨은 세아를 더욱 무덥게 만들었다. 낮은 신음을 구겨 넣을 때마다 금단의 영역과 가까워지는 기분이다.

"누나."

오싹 소름이 돋은 세아의 팔을 문지르며 도현이 스치는 바람처럼 웃었다.

"우리 수영하러 가자."

물론 도현은 세아를 드넓은 수영장으로 내몰지 않았다. 말이 수영이었지, 그 안에 내포된 의미는 햇살이 좋으니 옥상으로 가 여유롭게 누워 있으란 거였다. 더불어 도현이 수영하는 모습도 훔쳐 봐 달란 거고.

세아는 선 베드에 앉아 도현을 빤히 바라보았다. 마치 다리에 지느러미라도 달린 것처럼 물살을 가지고 노는 모습과 지치지 않는 체력은 누가 봐도 선수라 오해할 만했다.

금세 운동장만 한 수영장 끝을 찍고 세아가 앉아 있는 곳으로 다가온 도현이 수면 위로 얼굴을 드러냈다. 물안경을 떼어 낸다. 세아는 어깨에 걸치고 있던 타월을 도현에게 건네주었다.

"나 잘하지."

"응, 신기해서 눈도 못 떼고 봤네. 너 예전에 수영 잘 못 했잖아."

"배웠어."

고개를 저은 도현이 타월로 젖은 머리를 문질렀다. 귀 안에 물이 찬 느낌이 싫은지 인상을 찌푸리며 손으로 건드린다.

"거기서 훈련 말고 여러 가지 했어. 내가 곧 죽을 것처럼 의욕 없어 보였는지 자꾸 취미를 만들어 주려고 하더라고. 체스도 하고 승마도 하고 골프도 치고."

출중한 실력이 강압적으로 이뤄졌다고 하니, 세아의 얼굴이 금세 딱딱하게 굳었다. 십 년이라는 시간은 아무런 의욕 없던 소년을 체계적인 남자로 만들기에 충분했다. 겉보기에 도현은 어느 여자라도 반할 만한 모습과 더불어 그럴 듯한 취미와 능력을 갖추고 있었지만 거기에 도현의 의지는 한 톨도 없었다.

"웃긴 게 그딴 거 한다고 삶의 의욕이 생기는 건 아닌데 말이야. 뭐, 보기보다 벡터들 생각하는 게 귀여워서 배우긴 했지만."

"……."

"그렇잖아. 난 어차피 너 때문에 죽을 생각 같은 건 없었는데."

"너 왜 자꾸 죽는단 소릴 해?"

일그러진 세아의 눈썹이 한층 더 내려앉았다. 그게 또 눈부신 햇살 때문이라고 생각했는지 도현이 세아를 잡고 그늘 안으로 데려갔다.

"뭐라도 마실래? 목 안 말라?"

"내가 뭘 했다고. 가만히 앉아 있기만 했는데."

얌전히 있는 게 불만스러운지 세아가 투덜거렸다. 도현은 적당히 고개를 끄덕여 주며 메뉴판을 보았다. 전화해 무언가를 주문한 도현이 테이블에 놓인 물병을 집어다가 한 모금 마셨다.

"수영장 왜 온 건데. 물에는 발도 못 붙이게 하고."

도현이 시선으로 세아의 몸을 한 번 훑더니 물병을 입에서 떼며 말했다.

"너 비키니 입은 거 보려고."

촉촉이 젖은 목소리로 아무렇지도 않게 말하는 모습 때문에 세아는 할 말을 잃었다. 자신이 고른 거란 자부심이 있는 건지, 아니면 생각했던 것보다 잘 어울린단 생각에선지 도현은 민망할 정도로 빤히 세아의 몸을 보았다. 세아가 훤히 드러난 배를 손으로 가렸다.

"그만 좀 봐. 민망해."

"내 건데, 왜."

"밥 먹어서 배 나왔단 말이야."

"그게 뭐? 난 오히려 나온 게 더 좋아. 아까 먹은 거 다 네 안으로 들어가 잘 소화되고 있다는 거니까."

어떻게 불룩 튀어나온 여자의 배를 보며 영양분이 되고 있다는 생각을 할 수 있는지. 세아는 기가 막혔다. 그 표정이 또 도현에게 다른 의미로 받아들여졌는지 도현이 물병을 내려놓으며 말했다.

"배려해 줘도 싫다고 하고. 알았어, 그만 들어갈까?"

"왜."

"수영할 힘이 어디 있다고."

그 안에 내포된 의미를 알아챈 세아는 저도 모르게 딸꾹질했다. 안 그래도 몸이 콕콕 쑤셨는데 도현은 제가 괴롭힌 몸의 상태를 잘 아는지 웃으며 세아의 옆으로 와 앉았다.

"나도 하지 말까?"

"됐어, 너라도 해."

곧 작전도 나갈 텐데 몸 관리를 해서 나쁠 건 없었다.

"우리 세아 마실 거 왔네."

멀리서 직원이 다가와 주스를 놓고 갔다. 세아가 황량한 주변을 둘러보는 사이, 잔 위로 먹음직스럽게 장식된 오렌지를 떼어 낸 도현이 한 입 베어 물었다. 세아는 빨대를 잡고 불만스럽게 휘적거렸다. 칵테일도 아니고 오렌지 주스라니, 이쯤 되면 도현이 자신을 애 취급하는 듯했다. 세아는 인상을 찡그리며 빨대를 앙 하고 물었다.

"맛있어?"

"오렌지 주스 맛이 다 거기서 거기지."

"왜 또 삐졌대."

세아는 퉁명하게 빨대를 잘근잘근 씹으며 주스를 조금씩 흡입했다. 생각해 보니 빨대로 마시는 것도 어린아이 같다. 설핏 인상을 찡그린 세아가 빨대를 거두자 도현이 웃었다.

"빨대 말고 빨아 줄까?"

"푸흡!"

아직 목구멍을 채 넘어가지 못한 액체가 밖으로 튀어나왔다. 세아가 콜록거리며 고개 숙이자 도현이 수건으로 입가를 닦아 주었다.

"너, 진짜!"

"왜 그렇게 놀라. 장난친 거 가지고."

새벽에 한 일 때문인지 농담처럼 들리지 않는 게 당연했다. 씩씩대던 세아가 뒤늦게 수건으로 제 코를 움켜잡는 도현을 보며 침울한 표정이 되었다. 나 설마 코까지 흘렸나.

"이게 뭐야……."

무슨 추태인가 싶어 세아가 새빨개진 눈초리로 도현을 흘겨보았다.

"그렇게 보지 마. 내 이상형이 주스 흘리는 여자니까."

자리에서 일어난 도현이 한 번 더 돌고 오겠다는 말로 수영장을 찾았다. 세아는 그 모습을 빤히 바라보다가 테이블 위에서 제 몸을 떨며 우는 휴대폰을 집어 들었다. 요한에게서 온 전화였다. 자리에서 일어나 배드 뒤쪽으로 걸어간 세아는 수영에 몰입한 도현을 보고선 통화 버튼을 눌렀다.

"알아봤어?"

「누나, 이거 어디서 들은 이름이에요?」

"어?"

옷장에서 나온 이름이 단서가 되진 않을까, 요한에게 그 이름을 문자로 보냈던 세아는 엄청난 사실을 알았을 때나 나오는 요한의 진중한 목소리에 마른침을 삼켰다.

"왜, 누군데?"

「미국 릭시 본부장이요.」

대충 예상은 했었다. 도현과 연관된 인물들이 정부 쪽 사람이라는 걸.

「그것도 초능력 4개 보유자인 맥스예요.」

"맥스라고?"

「네. 와, 이 이름 어떻게 알았대? 완전 대박이거든요, 이 남자.」

"자세히 얘기해 봐."

「제임스 김이라고, 한국 이름으론 김중오. 나이는 마흔. 우리나라 사람 중 유일하게 미국 릭시 관리본부에서 일하는 사람이에요. 23살에 옮겨 가서 현재는 거기서도 직급 꽤 있는 상태고요. 영향력이 전 세계적으로 어떤지, 대충 감이 오죠?」

벡터들에게 릭시가 희귀한 존재로 여겨지는 것처럼, 릭시와 관련된 일을 하는 벡터도 예외는 아니었다. 특별히 엄선된 소수의 인원들을 데리고 엄격화된 기관 내에서 일하는데 아무래도 릭시 관리국이라고 한다면 그 대우가 다를 수밖에 없었다. 게다가 벡터에 관해 가장 체계화되어 있는 미국에서 릭시 관리국 본부장을 맡고 있다니. 나이

마흔에 짊어지기엔 상당히 무게 있는 자리다.

“미국에 있는 남자라고?”

「네.」

그러고 보면 도현은 십 년 동안 아주 먼 곳에 있었다고 했었다. 한국 릭시 본부가 아니라 미국에 있던 것일까.

「제로가 릭시 판정받으면 그 옆에 관리자 하나씩 붙잖아요? 이 남자는 그런 거 안 하고 그냥 전 세계적으로 발견된 릭시 정리하고 거기에 관리자를 배정하나 봐요. 문제 있음 해결하고, 전체적인 흐름을 위에서 보는 식.」

“…….”

「근데 재미있는 게, 그런 남자가 이번엔 관리자로 들어가 있더라고요. 직접 관리자를 자처한 건 처음이라는데. 무슨 말인지 알아요?」

세아의 손이 어렴풋이 떨렸다. 잠이 든 새벽에 찾아왔을 당시, 안겨 있던 자신이 도현에게 했던 질문이 머릿속에 생생하게 재생되었다.

—너 맥스야?

「아무나 안 키운다고요, 이 남자.」

그 물음에 토해 내지 못하고 굳게 다물어진 네 입술.

「그 릭시, 완전 거물급이라는 거예요.」

“누구랑 통화해.”

세아의 손에 들려 있던 휴대폰이 매끄럽게 귓가에서 빠

져나갔다. 도현이 젖은 얼굴로 세아를 향해 웃었다.

"내 얘기해?"

세아는 바싹 입술이 마르는 걸 느꼈다.

"누군데?"

세아가 손을 뻗자 몇 뼘이나 큰 키를 이용해 핸드폰을 더 멀리 떨어뜨려 놓는다. 도현이 위로 든 휴대폰 액정을 빤히 올려다보았다.

"점이라."

도현은 이상한 기류를 감지했는지 먼저 전화를 끊어 버린 대상이 남긴 번호를 확인했다. 보통은 이름으로 저장되어 있지만 '.' 으로 남아 있는 건 아마 지금 같은 상황을 대비한 것만 같았다.

"누구랑 통화하는데 나 오는 것도 몰라?"

서운함으로 물든 얼굴은 자신이 다가오는 것조차 알지 못할 정도로 세아가 상대방의 목소리에 빠져 있던 것에서 오는 질투였다. 그럼에도 세아의 시선은 오직 도현의 손에 붙잡힌 휴대폰에 있었다. 그래서 도현은 더욱 주기 싫었다. 필사적으로 손을 뻗고 까치발을 들어 다가오는 게 제 입술도 아니고 고작 휴대폰 때문이라니.

"안 줄 건데, 너 이러면."

"어서 줘."

"목소리 들으니까 남자던데 누구야?"

세아의 눈동자가 크게 흔들렸다. 멀리서도 통화 내용을 인지할 수 있을 정도로 뛰어난 오감은 도현이 맥스라는 걸 입증하는 것밖에 되지 않았다.

"그러고 보니 들어 본 적 있는 목소리 같기도 하고."

초능력 레벨에 따라 신체 조건이 일반인들보다 월등한 건 제로인 세아에겐 공감할 수 없는 거였지만 지금 확실히 느꼈다.

"왜 나와 관련된 얘기가 다른 남자 입에서 나와?"

제임스 김이 자신의 관리자가 맞다고 인정한 거나 다름없었다. 끈질기게 손을 뻗어 댔던 세아가 도현의 팔에 매달리며 그것을 순식간에 잡아챘다.

"너."

도현이 인상을 구겼다. 못 잡을 거라 생각했겠지만 세아는 보란 듯이 제 손아귀에 휴대폰을 빼앗아 들었고.

"너 도대체 정체가 뭐야."

이젠 도현을 잡기 위해 현실과 직면했다. 십 년 동안 떠나 있던 사이, 그동안 전례 없던 기록을 모두 갈아치우며 자신의 앞에 서 있는 릭시.

"뭐?"

하도현.

"통화 내용 들었으면 잘 알겠네. 네 정체가 뭔지 물었어."

도현의 눈매가 가늘어졌다. 고양이 같다고 칭찬했던 눈

초리를 날카롭게 올리며 곤두세우는 건 경계가 아닌 몰두였다. 집약, 집착. 도현은 지금 세아를 이루고 있는 온 신경이 전부 자신에게 쏠려 있다는 걸 느낄 수 있었다. 감미로운 눈동자 안에 오직 자신만을 담고, 과연 자신이 어떤 존재일까에 대한 의문으로 열다섯 꼬맹이가 아닌 스물다섯 성인이 된 나로 머릿속을 가득 채웠을 너.

"너……."

도현의 목소리가 어렴풋이 떨렸다.

"내가 궁금해?"

질문을 하면서도 신경이 전율하는 걸 느꼈다. 마냥 어린아이처럼 자신을 보았던 세아는 지금 이곳에 없었다. 하나부터 열까지 전부 관여하고 싶어 하는 욕망이 뒤덮인 눈동자가 도현을 세밀히 뜯어본다. 도현은 그런 세아의 예민함이 사랑스러웠다. 아니, 행복했다.

"너 지금 내가 궁금해서 못 견딜 것 같아?"

세상에 존재하는 쾌락을 모두 경험하는 듯한 기분이다. 도현은 깨달았다. 아, 우리 누나를 사로잡는 법이 따로 있구나. 구질구질한 과거에서 오는 죄책감이 아닌 다른 방법이 있었어. 도현은 해답을 찾은 것처럼 속이 후련해졌다. 고양이는 호기심에 약하다, 새로운 것에 관심을 보인다. 처음엔 자신이 싫어하는 것을 두른 주인이 낯설어 경계를 할 테지만 결국 호기심에 하나씩 파헤치기 위해서라도 곁을 치덕거릴 게 분명하다.

"나? 팔찌 없는 릭시."

좋다, 내 옆에서 날 귀찮게 할 윤세아라니.

"미국에서 왔고."

지금 이 순간 네 머릿속에 가득 차 있는 건 바로 나.

"제임스 김이 내 관리자 맞아."

다른 누구도 아닌 바로 나라고.

"내가 너 없던 십 년 동안 어떤 존재가 됐는지 궁금해 미치겠지."

세아가 꾹 짓누르고 있던 입술을 살며시 열었다.

"그렇다면 말해 줄 거야?"

"아니."

세아의 눈초리가 흠칫 떨렸다. 실망으로 일그러질 법도 한데, 지고는 못사는 성격이라 금세 심지가 불타오른다. 꼭 파헤치리라 마음먹은 듯 꽉 움켜쥐는 주먹이 입에 넣고 씹어 먹고 싶을 정도로 사랑스럽다.

"네가 내 옆에서 알아내야지. 그냥 말해 주면 재미없잖아."

"……."

"왜, 비밀 많은 남자 별로야?"

그 말에 세아가 헛숨을 토했다.

"아니, 소름 끼치도록 좋아해."

도현의 눈초리가 만족스럽게 휘어졌다.

“나도 이제부터 조심해야겠다. 안 들키게.”

이런 식으로 세아를 자극할 수 있을 거란 생각은 하지 못했었다. 그럴 수밖에. 세아는 벡터를 증오했고 지금도 그 사실을 입증하는 위험천만한 일을 하고 있다. 이미 열다섯에 신고까지 당한 마당에, 도현은 그동안 자신의 초능력이 세아에게 혐오로 비칠까 조심했었다. 또 버려지고 싶진 않으니까.

“무슨 수를 써서라도 너에 관한 거, 전부 다 알아낼 거야.”

하지만 시간이 지나긴 했나 보다. 네가 이런 날 궁금해하고 받아들이려고 하고 또 알고 싶어 하다니. 시간에 견고해진 도현의 눈매가 부드럽게 번졌다. 나도 네가 하는 일이 뭔지 궁금하고 너 역시 내가 누군지 궁금할 테니 우린 서로에게 미칠 수 있어. 그걸로 충분해. 그것만으로도 널 떠나 있던 십 년.

“원하던 바야.”

하나도 안 아까워.

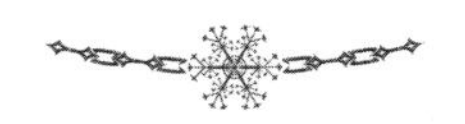

수영장에서 내려와 식사를 할 때, 세아에게 도현은 그저 사랑하는 대상이 아닌 앞에 놓인 음식처럼 군침 나는 존재

가 되어 있었다. 도현의 뒤에 생각보다 엄청난 인물이 숨어 있었고 그건 세아의 내면 안에 잠재되어 있던 '나인'의 본성을 자극하기에 충분했다.

하지만 도현은 세아의 궁금증이 증폭될 수 있도록 치밀해져만 갔다. 귀찮아서 커튼을 치거나 물건을 가져올 때 사용하던 염력은 그 이후론 볼 수조차 없었고 다른 초능력도 마찬가지였다. 팔찌도 차고 있지 않아 다른 누가 보기에 도현은 평범한 제로였다. 그에 걸맞게 제로처럼 행동하는 도현은 세아에게 쉽사리 빈틈을 보이지 않았다.

함께 있어서 즐거웠지만 서로를 바라보는 눈에선 섬광이 튀었다. 세아는 과할 정도로 도현에게 관여했고 하다못해 화장실을 갈 때에도 그 앞에서 알짱거릴 정도였다. 그러던 중 어쩔 수 없이 떨어져야만 하는 시간이 왔다.

"빨리 와야 돼."

"알았다니까."

오히려 그건 세아가 하고 싶은 말이었다. 작전을 나가는 발걸음이 차마 떨어지지 않는 건 처음이었다. 마중을 나가겠다며 엘리베이터에 함께 오른 도현이 묵묵히 떨어지는 새빨간 숫자만 보았다.

"안 가면 안 돼?"

세아는 입술을 꾹 깨물었다. 순간 나도 가기 싫다고 말할 뻔했다.

"보내기 싫다."

세아의 간섭을 무엇보다 기분 좋게 생각했던 도현에게 지금 이 상황은 소중한 인형을 타인에게 빼앗기는 기분이었다. 그것도 아주 질 나쁜 놈들한테. 세아가 도현을 올려다보며 어색하게 웃었다.

"빨리 올 테니까 조금만 있어."

"조심하고."

"친구 만나러 간다니까. 대체 뭘 조심하라는 거야."

"자동차든 남자든 전부 조심하라고."

세아는 피식 웃음을 터트렸다. 귀엽다는 듯이 도현의 엉덩이를 톡톡 치는 손길에도 도현의 표정은 좀처럼 펴지질 않았다. 사랑하는 여자가 목숨 건 일을 하러 나가겠다는데 그걸 배웅하는 어리석은 남자가 세상에 또 있을까. 도현은 속으로 자신을 수백 번, 수천 번이고 욕하면서도 한편으론 자신이 못 하게 막았을 때 세아에게서 오는 거부반응을 걱정했다. 너무 조이진 말아야지. 스트레스라도 받아 잠 못 들어 수면제를 입안으로 털어 넣는 세아만 상상하면 도현은 머리가 얼얼했다.

"9시 30분."

그렇다고 해서 도현이 세아를 완전히 방치하는 건 아니었다.

"그때까지 너 안 오면 내가 갈 거야."

"어딘 줄 알고 온대?"

"아무튼 그렇게 알아."

'팅' 하는 경쾌한 음성이 울리며 문이 활짝 열렸다. 앞장 선 세아가 도현이 따라 내리려는 걸 뒤돌아서 밀었다.

"엘리베이터 잡기 귀찮게 괜히 나오지 마. 호텔 앞에서 바로 택시 타고 움직일 거야."

"내가 너 귀찮아하는 거 봤어?"

고집스럽게 따라 내린 도현을 본 세아는 등 뒤로 닫히는 엘리베이터 문을 아쉽다는 듯이 쳐다봤다. 때마침 등 뒤로 캐리어를 끌고 지나가던 여자가 도현을 끈덕지게 바라보는 게 느껴졌다. 이래서 나오는 거 싫었는데. 세아는 냉큼 엘리베이터 버튼을 누른 채 도현을 그 앞으로 데려다가 놓았다.

"이제 진짜 갈 거니까 바로 엘리베이터 타고 방에 가 있어. 알았지?"

"……."

"다녀올게."

두 팔을 벌려 도현을 꼭 끌어안아 준 세아는 비타민이라도 한가득 먹은 것처럼 기분이 좋아졌다. 빨리 작전을 끝내고 오겠다고 마음먹은 세아가 큰 호흡과 함께 도현을 놓아주었다. 다녀올게. 세아는 인사하며 뒤돌았다. 자신에게서 멀어지는 뒷모습을 가만히 바라보던 도현의 눈빛이 점차 깊어지는 줄도 모른 채.

"……."

그때, 세아를 스쳐 지나가는 남자의 얼굴을 정면에서 목격한 도현의 미간이 점차 구겨졌다.

"웬일로 나와 계십니까."

검은색 정장을 번듯하게 차려입은 남자가 도현의 앞에 섰다.

"절 마중 나오신 건 아니실 테고, 방금 지나간 저 여자분 배웅 나오셨습니까?"

한쪽 주머니에 밀어 넣은 손을 빼며 예를 갖추는 모습이 군더더기 없다. 그 버릇과도 같은 행위를 보니 벌써부터 구역질이 밀려오기 시작한다.

"김…… 중오."

"오랜만입니다."

제임스 김의 또 다른 이름 김중오.

"아니, 며칠 안 됐는데 저만 그렇게 느끼는 거겠죠."

그는 마흔이라는 나이가 믿기 어려울 정도로 모든 면에서 완벽했다. 입고 있는 정장에선 늘 새것의 냄새가 풍겼고 웃는 얼굴에선 세월의 흔적인 주름조차 없었다. 그건 곧 의중을 읽기 어려운 남자라는 걸 의미했다. 그래서 도현은 중오가 싫었다. 사람이면서 사람답지 않은 냄새를 늘 풍기고 다니기 때문에.

"말도 없이 찾아와서 놀라셨나요?"

"갑자기 오긴 했네."

이런 중대한 일을 함구한 대상이라도 눈앞에 있었으면 화라도 낼 텐데, 건우가 보이질 않았다. 도현이 지내고 있는 호텔 방 안으로 들어와 꼼꼼히 주변을 둘러본 중오가 이내 소파로 가 앉았다.

"대충 건우에겐 얘기 전해 들었습니다. 옆집에 살던 누나와 한방을 쓰고 계시다고요."

세아의 관련된 얘기가 나오자 도현의 얼굴이 순식간에 어두워졌다.

"아까 나가던 분, 맞죠? 윤세아 씨. 도현 님과 같은 제품을 사용한 모양인지 지나가면서 맡은 냄새가 비슷하더군요."

남아 있는 물기 하나라도 놓치지 않을 심산으로 유독 욕실 안을 꼼꼼히 살폈던 중오가 입꼬리를 올리며 물었다.

"혹시 같이 씻기도 하셨습니까?"

"헛소리하지 마."

"그냥 해 본 소리입니다. 거리낌 없이 친한 누나라 보고받아서요."

도현의 얼굴이 거침없이 구겨졌다. 도현에게 세아는 제 심장과도 같아서 밖으로 꺼내게 되면 삽시간에 위험에 노출된다. 생명과 직결된 문제가 남들의 입에 오르내리는 건 그리 탐탁지 않다.

"표정 푸세요. 제가 언제 도현 님 나무란 적 있습니까.

뭘 하든 도현 님 자유지요."

너그러운 웃음을 내비쳤지만 세아에 대해서 곱게 넘어갈 인물이 아니었다. 건우와는 비교조차 될 수 없는 집념을 가진 남자였다. 자신의 옆에 머무는 모든 것에 예민하게 반응할 그를 너무나도 잘 알기에 도현은 오히려 태연하게 굴었다.

"그렇다면 눈빛부터 바꾸지그래? 아까부터 취조당하는 기분인데."

"제게 찔리는 일이라도 하셨나 봅니다?"

"……."

"제가 어떻게 도현 님을 범죄자처럼 취급하겠습니까. 잘 아시지 않나요?"

도현은 눈을 지그시 감았다. 역겨운 벌레가 발밑을 지나가는 기분.

"다리 아프게 그렇게 서 있지 마시고 와서 앉으세요."

세아와의 아늑했던 공간이 어느새 낯선 침입자로 인해 에덴과 멀어졌다.

"오늘은 저도 일정이 있습니다만 잠시나마 도현 님과 앉아서 대화 좀 나누고 싶습니다."

천천히 눈꺼풀을 밀어 올린 도현이 느릿하게 걸어와 중오의 맞은편으로 가 앉았다. 중오의 얼굴이 금세 밝아졌다.

"거 보세요. 이렇게 앉아 있으니 전처럼 좋지 않습니까.

지금 그 표정도 제겐 더할 나위 없이 반가운 환영인사처럼 보입니다만.”

“그딴 생각은 속으로 해. 괜히 지껄여서 내 기분 더럽게 하지 말고.”

살벌한 도현의 얼굴을 보며 중오가 웃었다.

“도현 님의 기분은 제게 몹시 중요하니, 그럼 본론만 말해 볼까요. 도현 님도 아시다시피 미국에 있는 본부는 일반적인 릭시는 발도 못 붙일 정도로 꽤 장벽이 높습니다. 좋게 말하자면 제아무리 희귀한 릭시라도 아무나 못 들어온다는 거고, 더 좋게 말하자면 들어오기만 하면 소위 말해 인생 폈다고 말할 수 있을 정도로 특별 대우를 받죠. 본부에서 체계적인 훈련을 받는 만큼 그 릭시에겐 초능력 개수가 더 발전될 가능성이 보인다는 거니까요.”

“…….”

“그런 곳을 도현 님은 고작 열다섯 살 때 최연소로 들어오셨고, 지금껏 없던 최고의 대우를 받으시면서 지내 왔습니다. 왜 그런지 혹시 이유를 아십니까?”

“이 말을 하는 이유가 대체 뭔데.”

“말씀해 보세요. 왜 그런지 아십니까?”

대화가 통하지 않는다고 느꼈는지 도현이 입술을 굳게 다물었다. 웃음과 함께 중오의 눈 밑이 도톰하게 올라갔다.

“바로 도현 님에게서 처음 발현된 초능력이 염력이었기

때문입니다."

일반적인 릭시라 하면 로우나 미드 티어에 속한 초능력부터 발현되는 것이 대부분인데, 도현은 그 시작이 떡잎부터 달랐다. 전 세계적으로 관리받고 있는 릭시 중에서도 하이 티어인 염력이 자발적으로 발현된 케이스가 없었다. 게다가 이미 발견 당시, 염력을 제외한 투시까지 발현된 상태인 건 본부에서 일하는 모든 관리자들을 열광케 했다. 그 가능성 많은 열다섯 소년이 릭시 명단에 등재됨과 동시에 곧바로 미국으로 오게 된 건 당연한 수순이었다.

아무런 훈련과 손도 거치지 않은 소년이 혼자서 두 개의 초능력이나 보유하고 있는 건 지금껏 없던 길을 개척할 수 있을 거란 희망과 더불어 많은 관리자들의 의지를 불태웠다. 사명감 또한 심어 주었다. 여기서 더 발전시킬 수 있겠구나, 어쩌면 지금껏 존재하지 않았던 릭시가 자신들의 손에서 탄생할 수 있겠구나.

릭시는 벡터들의 최대 초능력 개수인 5개를 뛰어넘을 열쇠나 다름없었고 그로 인한 시도와 연구는 이미 오래전부터 계속돼 왔다. 힘 있는 자들이 더한 힘을 원하는 것처럼 그들은 진화를 위해 초능력 숫자의 발전을 갈망했다. 릭시는 그 열망에 발돋움할 수 있는 계단 역할이었다.

"물론 도현 님은 저희의 기대보다 더 잘해 주셨습니다. 게다가 초능력 개수만큼 신체도 뛰어나고요."

도현을 향해 칭찬을 늘어놓던 중오의 목소리가 일순간 서늘해졌다.

"그런 당신을 놓치고 제가 얼마나 골치 아팠는 줄 아십니까."

도현이 한쪽 눈썹을 꿈틀대자 다시금 유해진 목소리가 공간에 퍼졌다.

"경위서 쓰느라 복귀가 늦어졌습니다. 제가 살면서 그런 걸 써 볼 거란 생각조차 못했었는데 역시나 도현 님은 예상 밖이군요. 그렇게 치밀하게 관리해 왔는데 거길 도망쳐 나오다니요. 그것도 제 초능력이 닿지 않는 한국으로."

중오는 타박하면서도 이토록 먼 거리를 순간이동으로 온 도현의 완성도에 감탄했다. 역시나 제가 만든 작품은 정말 경이롭단 생각을 하면서.

시선을 간결하게 내린 도현이 중오의 손목에 채워진 시계를 보았다. 그가 젊은 나이임에도 불구하고 높은 자리에 앉을 수 있었던 건 전부 시곗줄에 그어진 네 개의 선 덕분이었다. 추적에 탁월한 종류의 초능력을 가지고 있어 본부에 있던 릭시들 사이에선 한 번 물면 놓치지 않는 개로 불린다.

"누나 되시는 분을 만나기 위해서 뛰쳐나오신 거라면 제게 미리 말씀하시면 되었을 텐데요."

그런 자에게서 도망쳐 나온 도현도 대단했지만 도망치기

까지 십 년이나 걸린 것은 중오 역시 만만치 않다는 걸 의미했다.

“한 번도 보고 싶다 말씀하신 적 없으시면서 왜 이렇게까지 해서 여러 사람 피곤하게 합니까.”

도현은 피식 웃음을 터트렸다. 그걸 누구 좋으라고 말해, 어떤 짓을 할지 뻔히 보이는데. 만약 도현이 본부에 갇혀 있는 동안 시도 때도 없이 세아의 이름을 외쳐 댔다면 그는 세아를 좋은 먹잇감으로 인식해 무슨 수를 써서라도 제 손에 움켜쥐고 도현의 앞에서 저울질했을 거다. 한입 줄 테니, 이걸 하라고.

“그 흉터는 아직도 치료 안 하셨습니까? 며칠 전, 치료 벡터를 보낸 걸로 알고 있는데요.”

“신경 쓰지 말랬지.”

“볼 때마다 가슴이 아파서 그런 걸요. 화상 입힌 벡터, 잡아다가 죽이고 싶은 심정입니다.”

“…….”

“한데 치료도 싫다고 하시니 제 맘이 상할 수밖에요.”

도현의 고결한 육체에 오점이라 하면 바로 오른팔에 있는 화상 자국이었다. 솜씨 좋은 벡터를 데려다가 치료해 깨끗하게 지울 수도 있었지만 기를 쓰고 도현이 거부했었다. 마치 그것이 인식표인 것처럼. 되돌아왔을 때 달라진 얼굴을 보고 낯설어하면 보여 줘야 할 추억거리 정돈 남아 있어야 하니.

"하긴, 처음 팔찌를 채우려고 했을 때에도 혀를 깨물었던 도현 님 아닙니까."

도현의 거부는 늘 중오가 끔찍이 여기는 육체를 위협하면서 이뤄졌다. 그랬기에 허투루 손을 댈 수가 없었다. 간신히 얻게 된 귀중한 존재인데 만약 죽게 된다면 세상에서 가장 진귀한 보물을 잃는 거나 마찬가지였다. 도현의 눈빛이 일순간 더욱 차가워졌다.

"한국에 온 이유나 묻지그래. 그거 궁금해서 온 걸 텐데."

"고향을 그리워하는 건 당연하니까요. 생판 남인 여자를 가족으로 생각하며 대할 만큼 그 울타리를 그리워하는 거 같고요."

시계를 한 번 내려다본 중오가 이내 자리에서 일어서며 흐트러진 옷을 가다듬었다.

"도현 님이 어디에 있든 장소는 중요하지 않습니다. 제가 도현 님에 관련된 건 하나부터 열까지, 냄새나 체취, 사용하시는 물건 하나까지 모르는 것 없을 정도로 집착하는 건 잘 알지 않습니까."

관리자라는 직위답게 중오의 관심은 오직 도현에게 한정되어 있었고 호기심 또한 도현과 관련된 것들뿐이었다.

"그런 도현 님이 어딜 가든 전 찾아낼 거고 그런 제가 도현 님의 관리자인 이상, 아직 비공식적이긴 하지만 전 세계적으로 보호를 받는 거나 마찬가지입니다. 제 손길이 닿지 않는 곳은 없고, 제가 모르는 곳에 있는 도현 님도 없으니까요."

지겨운 음성이 귓가를 껄떡인다. 도현은 손으로 귓가를 만지작거렸다. 가볍게 옷을 털어 낸 중오가 웃으며 말했다.

"그 말은 즉, 이 세계가 도현 님 것이라는 거죠."

세계라. 도현은 관심 밖의 이야기를 듣는 것처럼 무미건조한 표정을 지었다. 아쉬운 입맛을 다신 중오가 몸을 돌렸다.

"이만 선약이 있어서 가 봐야겠습니다. 반가운 얼굴들이 모인 파티가 있거든요."

"……저녁 8시?"

"어떻게 아셨습니까?"

가만히 호텔 방 한구석을 응시하던 도현의 눈썹이 순식간에 구겨졌다. 그제야 사태의 심각성을 알았다. 나와 같은 향이라고 좋아했던 게 오히려 세아에겐 독이 되고야 만 것이다.

한 번 물면 놓치지 않는 개라는 별명은 뛰어난 후각 때문이다. 그런 그가 이곳에서 진동하고 있는 도현의 바디 워시 향을 모를 리 없다. 같은 제품을 사용한 세아의 냄새 또한 찾아낼 것이다. 그러곤 의문을 품겠지.

"최기석 의원 저택으로 갑니다. 지금이 8시니, 도착하면 한창 좋을 때겠군요.”

아, 도현 님과 똑같은 향을 사용하는 자가 이곳에 있구나.

“물론 초대받진 않았지만 제가 가면 얘기가 달라지겠죠.”

궁금한데, 어디 한번 찾아볼까.

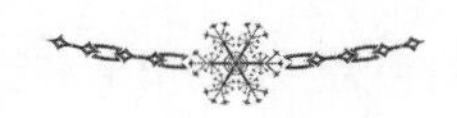

“아, 아.”

「잘 들린다고, 새끼야.」

“아—.”

「아오 씨. 대장, 얘 마이크 끄면 안 돼요?」

「집중하고. 거래자 들어간 지 10분 정도 지났으니 나인Nine 준비되면 말해.」

“네.”

“아아아아.”

“야, 한시우.”

“아.”

“제타Zeta?”

요원 명을 말하자, 입을 벌린 채 하수도관을 윙윙 울리는 제 음성을 듣던 시우가 말끔히 대답했다.

"응."

그런 시우가 귀여워 머리를 한 번 툭 친 세아가 거대한 드릴을 터널 가까이 부착한 후 손을 털었다. 그리고 리시버를 통해 말했다. 준비 완료.

"너 살은 빼고 왔어?"

원형의 좁은 터널에 맞춰 허리를 구부린 채 앉아 있던 시우가 반이나 접힌 다리를 움직이며 세아의 몸을 느릿하게 훑었다. 허드렛일을 할 작정으로 머리부터 발끝까지 갑갑한 방수복을 입은 세아가 투명한 보완경 너머로 시우를 노려본다.

"이게 말 쉽게 하네. 그게 빠지란다고 빠지냐?"

「맞아, 누나 그거 다 근육이라서.」

"선요한, 넌 입 다무시고."

"그럼 어떻게 도망쳐?"

"너 정말 나 업고 뛰려고?"

"응, 작전대로 안 되면."

말이라도 못하면. 짧게 웃음을 터트린 세아가 손잡이를 잡았다. 시우가 드릴을 발로 툭 건드렸다.

"너, 내가 업고 뛴다."

"나야말로 너 하나 살린다."

세아가 심호흡과 함께 물었다.

"누나 믿지?"

곁눈질로 세아를 본 시우가 이내 고개를 완전히 돌리며 물었다.

"뽀뽀할래?"

「왁! 쟤네 작전 중에 이상한 짓 해요!」

「집중.」

"진짠데."

"……."

"방금 하고 싶었어."

말이나 못하면. 피식 웃은 세아가 숨통을 조이는 후덥지근한 기운이 밀려오자 인상을 찡그렸다.

"방수복에 특수복에 쪄 죽겠으니까 빨리 시작하죠. 시간은?"

「8시 15분 넘어가요, 예쁜 누나.」

"시원하게 터트려 볼까?"

시우가 고개를 끄덕였다. 세아는 손잡이를 다시 한 번 강하게 말아 쥐었다.

"지상 폭죽 준비."

「신호 줘.」

"팡."

콰콰콰광! 거대한 파열음과 함께 땅이 흔들렸다.

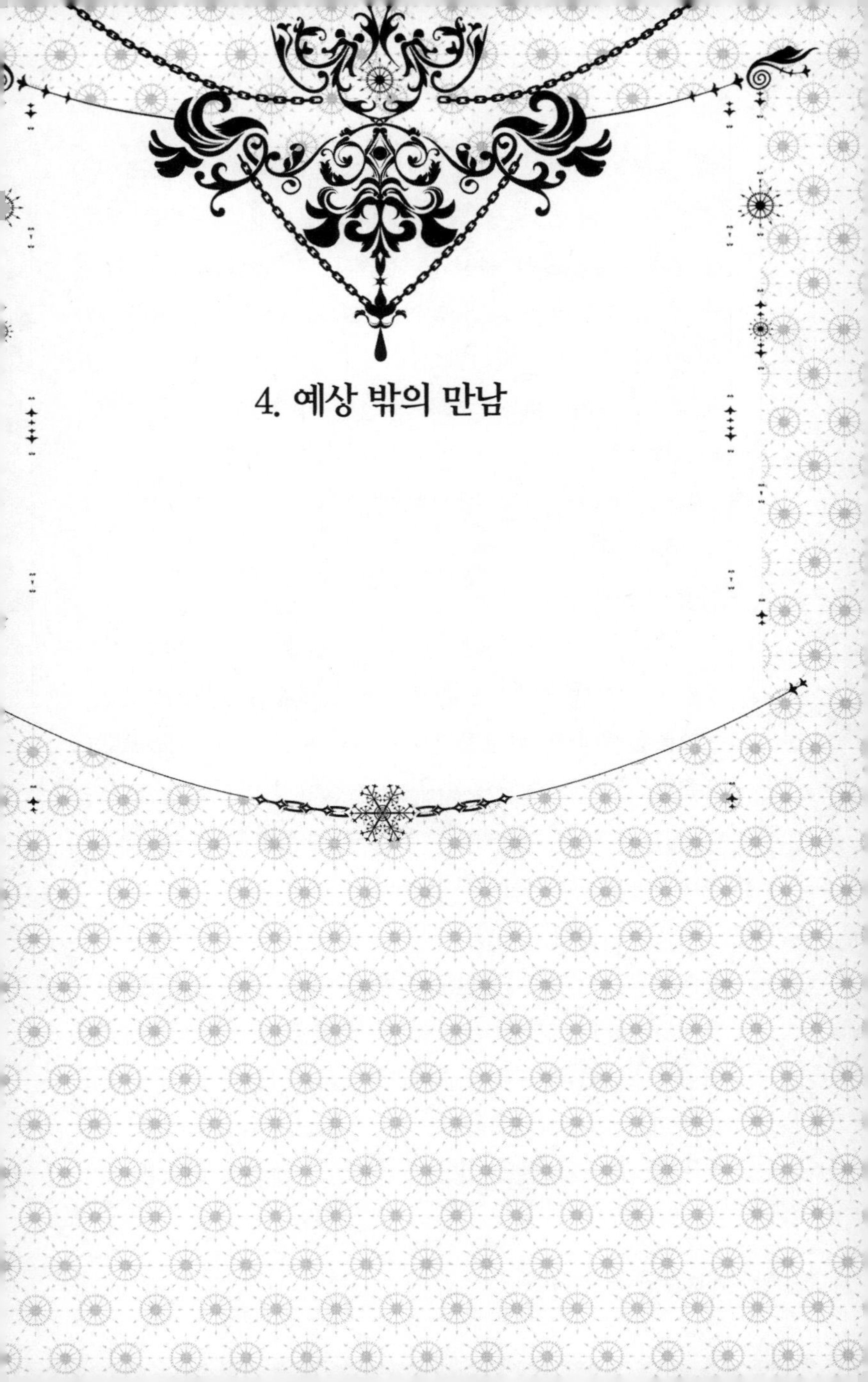

4. 예상 밖의 만남

4. 예상 밖의 만남

도현은 머리를 굴렸다. 중오에게 더 대화를 나누자며 시간을 끌어 볼 심산이었지만 그는 영악하게도 웃는 얼굴로 이 모든 게 도현을 위해서라고 말했다. 도현이 한국으로 왔으니 이 나라를 주무르고 있는 사람들부터 섭렵해야만 했고 오늘 파티엔 그런 자들이 한 트럭이다.

"일이 왜 이렇게 꼬여."

초대 명단에 이름이 없더라도 그는 미국의 릭시 관리국 본부장이란 입지만으로 충분히 환영받을 인사였다.

"하필 지금 나타나선."

신경질적으로 머리를 움켜쥔 도현은 그럼에도 가시지 않는 두통 속에서 오직 세아만을 생각했다. 단순히 저번처럼 쫓기는 걸 걱정할 게 아니라, 중오에게 발각되지 않는 걸 우선순위로 두어야만 한다.

"들키면."

만약 그곳에 몰래 잠입한 세아가 발각돼 잡히기라도 한다면, 그래서 도현이 빼내 주길 원한다면 기꺼이 중오는 세아를 풀어 주고 그에 연관된 시끄러운 일도 권력으로 잠재울 테지만 동시에 거래를 요구할 거다. 세상 모든 걸 품에 안겨 줄 것처럼 굴면서도 자신이 이루고자 하는 바를 달성하기 위해서라면 장사꾼으로 탈바꿈할 자였다.

"카메라는 없고."

도현은 망설임 없이 생각의 방향을 돌렸다. 지금 도현을 감시하는 물체는 없었지만 문 앞을 지키고 서 있는 가드가 훤히 보였다. 찰나면 되니 순간이동으로 저택에 가서 세아를 데려올까. 만약 세아를 찾다가 다른 누군가에게 들키기라도 한다면 자신의 비공식적인 위치가 발각될 가능성이 크다.

그럼 죽일까. 몇 명의 초능력자가 덤비든 개미 목숨 죽이듯 처리할 자신이 있지만 막상 그 모습을 세아가 본다고 생각하면 난폭한 성미도 한없이 나약해진다.

"날 무서워하면 안 되는데."

간신히 구미 당기는 존재가 되었는데, 무차별하게 벡터를 죽이는 모습을 본다면 신비감은 고사하고 아예 의욕이 사라질지도 모른다. 맛있게 익은 스테이크를 칼로 너무 난 도질해 놓으면 식욕이 뚝 떨어지는 것처럼.

"생각이 왜."

그렇게 된다면 세아와는 더욱 멀어지게 된다. 조금씩 좁혀 가야 할 관계가 확 당겨지게 된다면 그에 따른 부작용이 생기기 마련이다.

"생각이 왜 이렇게……."

내가 사랑하는 그녀는 제로이고.

"안 나."

나는 이제 괴물이 되었으니.

도현의 손가락 사이로 움켜쥔 머리카락이 느리게 빠져나왔다. 괴물은 그저 사랑하는 여자를 지키고 싶은 거다. 간소하고 소박한 바람이다.

"언제부터 머릴 굴렸다고."

그냥 가면 되는 것을. 나의 네가 위험한데 그보다 중요한 게 뭐가 있을까.

도현은 어제 제 휴대폰으로 정보를 들쑤셔 보았던 최기석의 저택을 떠올렸다. 무대가 넓으니 세아가 도망치기엔 무리가 없을 거라고 애써 자신을 위로했던 그 순간이 반대로 칼날이 되어 머리를 쑤셨다. 쓸데없이 넓어선 세아를 어떻게 찾지. 도현은 고민을 하다 이내 피식 웃음을 터트렸다.

"뭐가 문제야."

오감이 뛰어나다며 중오가 자랑처럼 떠들어 댔던 괴물의 놀라운 면모를 아낌없이 발휘할 좋은 기회다. 매번 훈련 삼아 수십 킬로미터 떨어진 곳에 둔 물건의 냄새를 추적해 찾으러 다녔던 도현은 마치 자신이 개가 된 듯한 기분을 느꼈지만 지금은 아니었다. 찾아야 할 대상이 세아라면 그 때 기록했던 시간 따윈 우습게 깰 거다. 원래 탐나는 물건일수록 괴물은 더욱 놀라운 집중력을 선보일 테니.

그때 얼마나 걸렸지. 20㎞ 떨어진 곳에 놓인 체취가 묻은 중오의 재킷을 찾아내는 데 40초를 주파했던가, 30초를 주파했던가…….

“실례하겠습니다. 잠시 일이 있어 나갔다 왔습니다.”

20초.

“윤세아 씨가 자리를 비웠으니 오실 때까진 평소 하던 대로 도현 님 옆에 있겠습니다.”

20초였던 거 같다. 도현의 얼굴이 건조하게 돌아갔다. 건우를 따라 빠르게 안으로 진입한 가드들은 호텔 방 곳곳을 누비며 제 위치로 가 섰다.

“아, 혹시나 해서 말씀드리는 거지만 중오 님께서 데려온 인원이 몇 명 추가되었습니다.”

검은 양복의 사내들이 전보다 더 많았다. 왼쪽 팔찌들의 색깔이 화려하다. 도현은 가만히 눈을 감았다. 미로는 더욱 복잡해졌고 벽은 높아졌으나.

"나 하나 감시하겠다고 수고들 많아."

보고 달려가야 할 목표물은 여전히 명확하다.

도현은 찝찝한 듯 팔을 손으로 문질렀다. 더위에 약한 연기를 하며 에어컨 바람은 쓸데없이 차가워 머리가 아프다는 말을 했다. 그러곤 발걸음이 향한 곳은 욕실이었다. 건우가 그 뒤를 따라오자 문을 닫으려 했던 도현이 인상을 찌푸렸다.

"씻을 거야."

"압니다만 문은 닫지 마십시오."

도현은 입꼬리를 밀어 올렸다. 고작 문 하나 닫는다고 이리도 무서운 얼굴을 하는 거 보면 지금 이곳에 투시를 보유한 벡터는 없단 거다.

"남자에게 몸 보여 주는 취미는 없는데."

"도현 님을 혼자 두지 말라는 중오 님 말씀이 있어서. 죄송하지만 따라 주셔야겠습니다."

"그래서 지금 나 씻는 걸 앞에서 보고 있겠다고?"

"뒤돌아서 있을 테니 문은 내버려 두십시오."

"그럼 이건 어때. 네가 만약 날 보게 된다면 눈이라도 파낼 테니까……."

도현은 느릿하게 바깥쪽으로 문을 밀었다.

"자신 있으면 그렇게 하고. 공평하지?"

살기로 가득 찬 목소리가 건우의 고막을 파고들었다. 저를 억누르는 무게감을 견뎌 내며 건우가 빼근하게 말했다.

"그러겠습니다."

건우가 등 돌리며 욕실 문 앞을 지키고 섰다. 도현은 그런 건우를 주시하며 욕조로 가 물을 틀었다. 콸콸거리며 맨바닥으로 추락하는 물줄기가 소음이 되어 주변으로 퍼졌다. 도현은 티셔츠를 잡아다가 목 위로 끌어올린 뒤 바닥에 떨궜다.

그 소리에 빳빳해진 건우의 목덜미에선 행위를 유추하려는 노력이 엿보인다. 뒤통수에도 눈이 달렸으면 하겠지만.

"말도 걸지 마."

그런 눈이라도 내가 못 잡아 뜯을까. 그러나 플랫이니 얕보면 안 된다. 보이지 않으니 오히려 귀는 더욱 곤두설 것이고 거기에 집중력까지 좋은 편에 속한다면 얘기가 달랐다.

"없는 듯이 있어. 나도 그럴 테니까."

도현은 소리 없이 옷을 주워 도로 입었다. 건우가 들을 수 있는 움직임이 아니었는지 여전히 그의 어깨는 딱딱하게 굳은 채였다. 조금씩 물이 차오르고 있는 욕조에 발을 넣었다. 찰박, 찰박. 위치를 재며 자리 잡고 앉았다. 욕조 턱 위로 팔을 올리고 한가로이 기댄 채 도현은 눈을 감았다.

"……."

물이 허리까지 차길 기다렸다. 순간이동을 행할 수 있는 딱 맞는 때를 위해. 너를 구하러 가기 위해서라면 얼마든지.

"슬슬 졸리려고 하네."

나는 기꺼이 가시밭길로 뛰어든다.

누나라는 위치는 세아에게 가끔씩 필요 이상의 희생을 감내하게 했다.

세아가 그렇게 자란 데엔 도현의 탓이 컸다. 한 살이든 두 살이든 자신보다 늦게 태어났다는 것 때문인지 세아는 도현을 처음부터 지켜 줘야 할 생명체라고 인식했다.

자그마한 얼굴은 마치 호빵 같았고 만지면 따스했다. 쥐면 꺼질까, 불면 날아갈까. 바닥에 누워 저를 향해 손을 꼼지락거리는 어린 도현을 신기하게 바라본 세아는 생각했다. 지켜 줘야지, 내가.

그런 도현이 자라 옹알이를 지나 완벽하지 않은 발음으로 간신히 소리 내어 엄마를 말했을 때, 그다음으로 아빠도 아닌 누나라고 말했을 때엔 세아의 자그마한 가슴 안에 품고 있던 연장자 정신이 비로소 화르륵 타올랐다. 제 뒤를 새끼 오리처럼 졸졸 따라다니는 도현에게 뭐든지 양보하고 뭐든 먼저 하게 해 주었다. 초등학교에 막 들어간 도현이 얻어맞고 왔을 때 세아는 때린 녀석을 지구 끝까지라도 쫓아가 혼꾸멍을 낼 기세로 덤벼들었다. 내가 지켜 줘야 해. 그 사명감이 비롯된 건 모두 도현의 탓이다.

“제타, 상황 보고해.”

시우와 즐겁게 하기로 했던 얼음 땡 놀이는 수포로 돌아갔다. 아예 재미를 못 본 건 아니었다. 서진이 가진 초능력 중 하나인 폭발 능력은 도심을 진동시킬 정도로 꽤 컸다. 덕분에 세아는 하수도 구멍을 뚫고 진입해 지진이라도 났나 싶어 당황한 가드들까지 신속하게 처리할 수 있었다.

시우가 달려오는 경비들을 멈췄고, 세아의 베레타는 정확히 그들의 심장을 조준했다. 추풍낙엽처럼 우수수 쏟아지는 경비를 지난 세아는 재빨리 닫히기 직전인 벙커 안으로 뛰어들어 마취 총으로 기석을 잠재우는 데까지 성공했다.

「나왔어.」

“무사해?”

「응.」

무사하다는 시우의 목소리를 들은 세아는 그제야 안도의 숨을 내쉬었다. 서진의 예상대로 거래가 이뤄지는 곳은 벙커 안이었고, 은밀한 거래였기에 단둘만이 있었다.

쓰러진 기석을 본 파란 눈의 외국인은 당황스런 기색을 감추지 못했다. 세아는 총구를 가져다 대며 웃었다. 뭘 그렇게 놀라시나, 곧 뒤따라서 잠들 텐데. 세아가 마취 총을 발사하자 벙커 바깥에서 몰려든 인원을 정지시킨 뒤 정리를 마친 시우가 안으로 들어왔다.

세아의 눈에 목표물인 만월이 보였다. 돌돌 말아서 사이즈에 맞게 준비해 온 화통에 무사히 넣은 것까진 좋았는데.

「나인, 지금 위치가 어디예요?」

"3층."

「아, 누나! 자꾸 위로 올라가면 어쩌자고요. 내가 1층으로 가랬죠?!」

"미친놈아, 1층에 벡터들 깔렸다고."

지금 쫓기는 건 들어온 구멍으로 시우를 먼저 보낸 뒤 따라가려던 찰나, 시우의 초능력을 목격한 가드 한 명이 쥐새끼처럼 숨어 있던 걸 너무나도 늦게 발견한 탓이다. 시우를 작전에 투입했을 때 꼭 지켜야 할 일 중 하나는 바로 하이 티어에 속하는 결박을 본 사람이 존재하면 안 된다는 것이다.

「내가 갈게, 다시.」

"됐어, 안전한 곳까지 쭉 빠져. 지금 작품 빼돌리는 게 더 중요하니까."

「너 업는다고 했지.」

"살 아직 못 뺐다고 했지."

누나라는 연장자 정신까지 발휘된 세아는 같이 움직이겠다는 시우에게 화통을 안겨 주고 먼저 보냈다. 목격자를 제거하기 위해 쫓아가는데 어찌나 부리나케 도망치는지, 간신히 따라붙은 끝에 무사히 처리할 수 있었다.

「암거래라 조용히 해결 볼 줄 알았는데, 지금 침입자 들어왔다고 홀에다가 홍보 때려서 누나 완전 쫓기고 있거든요?」

이로써 시우의 능력을 본 목격자는 존재하지 않았지만 추가로 지원 온 가드들이 입구를 막으면서 세아는 빠져나갈 구멍을 잃어 쫓기는 처지였다.

「나인, 옥상으로 와. 내가 백업할 테니까.」

"대장이 어떻게요?"

「일단 나와. 내 시야에 닿을 만한 곳으로. 그럼 나머진 내가 처리하지.」

세아는 고개를 끄덕이며 이 저택 외부 어딘가에서 잠복하며 지켜보고 있을 서진을 떠올렸다.

「누나, 엘리베이터 타지 마요. 거기 완전 초능력 명절 세트처럼 종류별로 한가득이니까.」

"어."

「총알은 얼마나 남았어요?」

"얼마 없어. 지금부터 전면전은 피하고 몰래 움직일 거야. 두 층만 더 올라가면 돼. CCTV는 제대로 껐지?"

「네, 그건 걱정 말아요. 누나 위치 지금 아무도 몰라.」

무슨 저택이 이렇게 넓어선. 꼼꼼하게 살폈던 저택 설계도가 끊임없이 쏟아져 나오는 가드들 때문에 무용지물이었다. 열심히 리시버를 제 음성으로 채우던 요한이 단발적인 숨을 토하며 낮게 말했다.

「누나, 비상사태.」

“또 왜.”

「……제임스 김.」

“뭐?”

「김중오요, 그때 누나가 말했던 애. 나한테 물어봤었잖아.」

세아는 인상을 찡그렸다. 그 사람이 대체 왜.

「지금 그 사람, 저택 안으로 들어갔어요.」

“미국에 있다고 그랬잖아.”

「그래요, 미국에 있었죠. 근데 왜 여기 왔지?」

「잘못 본 거 아닌가. 미국 릭시 본부장이 여길 어떻게 와.」

「아니에요. 제가 이 사람 얼굴 그때 똑똑히 봤다니까요? 나도 지금 안 믿겨서 카메라 확대까지 해 봤는데, 김중오 맞아요.」

세아의 입술이 작게 벌어졌다. 작전 중일 때만큼은 꼼꼼함을 자랑하는 데다가 한 번 본 얼굴은 쉽게 잊지 않는 요한이 잘못 볼 리 없다. 리시버를 통한 목소리들은 전혀 예상치 못한 갑작스런 상황에 분주했지만 세아는 너무나도 쉽게 정답에 도달할 수 있었다. 왜긴, 그가 관리하는 도현이 이곳 한국에 있기 때문이다.

「김중오라. 최대한 빨리 옥상으로 나와.」
“저도 그러고 싶어요.”
그 인물에 대해 알고 있는 건지 이처럼 진중해지는 서진의 목소린 꽤 오랜만이었다. 세아는 절로 온몸에 긴장이 감도는 걸 느꼈다. 근데 대체 왜. 그 사람의 등장과 도망이 무슨 연관이 있다고…….
「그 사람 초능력 세 개가 감지 계열이에요.」
오싹 소름이 돋았다. 계단을 찾던 세아는 순간 양쪽에서 들려오는 발소리에 재빨리 몸을 돌리며 바로 옆 발코니 문을 열고 나섰다.
“어이쿠.”
뒤를 보느라 앞을 제대로 보지 못했다. 아니, 그보다 안쪽에선 소리 하나 들리지 않았다. 그 누구도 없을 거라 생각했던 것과 달리 세아는 문을 열자마자 그곳에 있던 누군가와 부딪쳤다.
넘어질 뻔한 세아를 붙잡고 제 쪽으로 끌어당긴다. 달뜬 숨과 함께 남자의 품으로 안겨 들어간 세아가 반사적으로 밀어내며 고개를 들자 순간 온몸에 소름이 돋았다.
빨려 들어갈 것만 같은 눈동자. 그대로 흡수돼 사라질 것만 같은 느낌을 선사하는 얼굴은 각인돼 잊히지 않을 정도로 강렬했다. 내려다보며 생긴 그림자와 잘 어울리는 눈은 예리한 펜촉으로 섬세하게 그린 것처럼 정교했다. 높게 솟은 콧날은 그 누구도 제 몸에 머무는 것을 용납할 수 없는 건지 밤하늘 위에서 쏟아지는 달빛조차 밀어내고 있었다.

"아파?"

남자가 손에 들고 있던 와인을 여유롭게 마시며 낮은 목소리로 말했다.

"안아 줬으니 어디 깨지진 않았겠지."

맹수 같은 눈빛이 탐색을 하듯, 눈을 제외한 모든 것을 가린 세아의 검은 특수복을 훑으며 내려갔다. 매끈한 굴곡을 가진 몸을 유연한 시선으로 따라가던 남자의 눈가가 손에 들린 총을 보고선 재미있다는 듯이 휘어졌다.

잔에 담긴 붉은 와인을 입안으로 모조리 다 밀어 넣은 남자가 텅 빈 잔을 아래로 떨구며 물었다.

"숨겨 줄까?"

경계로 점철된 눈빛을 한 세아가 입술을 꾹 깨물었다.

"기다려 봐."

난간에 기댄 남자가 창문을 응시했다. 조금 전까지만 해도 하늘에 떠 있는 달을 와인 잔 안에 담고 감상하던 우아한 손이 단숨에 세아를 발코니 구석으로 밀었다. 얼떨결에 무성히 자라 있는 나무 화분 사이로 내몰려진 세아는 파릇한 잎사귀가 뺨에 닿는 것도 잊은 채 본능적으로 몸을 숙였다.

"아, 이현 님."

그와 동시에 문이 열리면서 들어온 가드가 남자를 보고선 놀란 얼굴로 재빨리 고개를 깊이 숙였다. 남자는 차가운 얼굴로 반쯤 몸을 돌리며 말했다.

"무슨 일이야."

"실례하겠습니다. 지금 최기석 회장님을 습격한 검은 복장을 한 여자를 찾고 있습니다."

"여긴 아무도 안 들어왔어."

조금만 늦었다면 들킬 뻔했다. 안도의 숨을 내쉰 세아는 상황을 살피기 위해 미간을 좁혔다. 앞머리를 부드럽게 쓸어 넘기는 남자의 손목을 본 세아의 눈동자가 크게 뒤흔들렸다. 소매가 올라가면서 드러난 왼쪽 손목에서 시선을 뗄 수가 없었다.

"근데 그 찾는 여자 어때?"

"예?"

"얼굴, 생긴 거 말이야."

서진과 마찬가지로 팔찌가 아닌, 시계.

"예뻐?"

웬만한 벡터가 아니라면 사지 못할 그 시계가 하나도 아닌 다섯 개나 남자의 손목에서 빛나고 있었다. 보통은 하나의 장치 위에다 선을 그어 자신의 능력 보유 개수를 표시하는 반면, 남자는 초능력 하나에 시계 하나씩 개수를 표시하고 있었다.

“왠지 예뻐서.”

천천히 손목을 내린 남자의 시선이 흘러와 세아에게로 닿는다. 희미하게 웃고 있는 입술 사이로 청각을 사로잡는 강렬한 목소리가 흘러나왔다.

“내 취향일 거 같아.”

유니벌이다.

“…….”

그렇다면 저 남자가 신이현인 건가. 요한이 중얼거렸던 말이 주마등처럼 스쳐 지나갔다. 물론 본부에서 이현에 관한 얘기를 들을 당시, 세아는 유니벌을 마주칠 거란 생각 같은 건 염두에 두지 않았었다.

유니벌이라고 하면 초대받은 인사들 한가운데에서도 당연 화제가 될 거고, 쏟아지는 열광적인 찬사를 들으며 내려다보는 시선에 자신의 입지를 피부 깊숙이 느껴야 할 터였다.

“아직 얼굴까진 확인되지 않았습니다.”

한데, 파티의 꽃이 돼 있어야 할 그가 1층도 아닌 3층 후미진 발코니로 나와 달을 조명 삼아 술을 홀짝이고 있을 줄 어느 누가 예상했을까.

“보면 말해 줘, 예쁜가.”

그리고 자신을 곁눈질로 바라보며 저딴 소리를 하고 앉아 있을 줄 누가 알았나. 이현의 눈이 자꾸 한쪽으로 닿는 게 이상할 법도 한데, 가드는 머리를 바닥과 가깝게 조아리느라 그의 시선이 어디로 향해 있는지 알 턱이 없었다. 이현은 수풀 사이로 비치는 세아의 눈동자를 보며 입안에 남아 있던 와인의 잔향이 고조되는 걸 느꼈다.

"술 없어?"

숨어 있는 게 꼭 사슴 같네.

"확 당기네."

몸은 들키지 않기 위해 잔뜩 웅크려 있는 주제에 눈빛은 헛소리하지 말고 어서 내보내라는 무언의 신호를 보내고 있었다. 그 은밀한 눈짓에 이현은 속이 뜨끈해지는 걸 느꼈다. 마치 사냥 직전에 달아오르는 짐승의 피처럼 혈관이 뻐근하다. 가드가 냉큼 달려나갈 것처럼 말했다.

"가져오겠습니다."

"됐어, 내가 가서 마시지."

제대로 보고 싶으니 방해물을 치워 볼까. 이현이 손짓 한 번으로 가드를 물렸다. 원래의 형태대로 문을 완벽히 닫고 나간 가드가 복도에서 바삐 뛰어다니는 경비들에게 주의를 줬다. 이곳에 지금 누가 있는지 알았으니 침입자를 찾아 헤매는 건장한 남자들의 발소리 따윈 들리지 않아야만 했다.

유리창 너머로 가드를 지켜보고 있던 이현은 주변으로 쥐새끼 하나 얼씬거리지 않게 돼서야 나무 쪽으로 고개를 완전히 돌렸다.

"나와."

기다렸다는 듯이 무릎을 편 세아가 나뭇가지를 짜증스럽게 움켜잡으며 나왔다. 제아무리 날씬한 체형을 가지고 있다고는 하나 먼지 쌓인 비좁은 구석에 내몰린 기분이 썩 좋지 않았나 보다.

"뭔데 이건?"

세아의 손에 들린 총구가 이현에게 향해 있었다. 이현은 정말 이해할 수 없다는 눈빛을 했다. 지금 혹시 저딴 걸로 날 죽일 수 있다고 생각하는 건 아닐 테고.

"……."

세아는 복면 안쪽으로 숨겨진 입술을 잘근 깨물었다. 이딴 걸로 초능력을 다섯 개나 보유하고 있는 유니벌을 죽일 수 있을 리 만무했다. 멀리서 저격해 쏘지 않는 이상, 제아무리 근접전에 자신 있는 체력을 가진 세아라도 이번만큼은 총을 들고 있는 게 전부였다.

"너 신이현이지."

"날 알아?"

올라간 입가가 흥미롭게 변한다.

"신기하네. 제로가 날 다 알고."

모르는 게 이상하지. 한국에서 20대인 유니벌은 신이현 딱 하나뿐이었다. 언론에도 얼굴을 잘 내비치지 않아 지금 마주 보고 있다는 게 생소했지만 팔찌와 주변을 이루고 있는 공기의 무게감이 그가 유니벌이라는 걸 입증하고 있었다.

그랬기에 세아는 함부로 움직일 수 없었다. 이현이 가지고 있는 초능력이 뭔지 아무것도 알지 못한다는 불안감은 제약을 주기에 충분했다. 까딱하다간 목숨이 날아갈 거다. 늘 부드럽게 움직여 주었던 근육이 뻑뻑해지는 걸 드러내지 않기 위해 세아가 눈을 부릅뜨자 이현의 눈매가 가늘어졌다.

"눈에 힘 빼. 나 너 안 죽여. 그럴 거면 숨겨 주지도 않았지."

"……."

"눈밖에 안 보이는데 그러고 있으니까 좀."

좀, 뭐?

"좀 안 예쁜데."

뭐라는 거야, 이 새끼가.

「누나, 지금 신이현이랑 마주쳤어요? 예? 왜 대답이 없어? 미치겠네, 대체 어디 있기에 카메라에도 안 잡혀요?!」

기계에 둘러싸여 전체적인 상황을 보는 역할인 요한이 리시버 안쪽으로 불안감을 호소했다. 유니벌과 대치 중에 있다고 말한다면 과연 어떤 반응이 돌아올까. 대답을 하지 못하고 마른침만 삼키자 성큼 다가선 이현이 세아의 귓가에 박혀 있는 리시버를 잡아 빼 제 귀에다 박았다.

"뭐하는……!"

"누나?"

세아를 애타게 찾는 요한의 음색을 들은 이현이 세아를 바라보며 매서운 눈가를 휘었다.

"누나, 나랑 놀아."

리시버를 뺀 이현이 그걸 가볍게 부서뜨렸다.

"나랑 있으면 좋아."

형태를 잃고 조각난 리시버가 손을 떠나 바닥으로 추락하자 검은 구두가 그 위를 짓밟았다.

"내가 가진 능력 중 하나가 고스트거든."

세아는 외부로 알려지지 않았던 이현의 초능력을 듣고선 눈을 크게 떴다. 시계의 끈 중에 하나가 시우와 같은 노란색이었다. 범위형인 고스트라고 한다면 자신의 존재를 비롯해 주변의 소리까지 제어할 수 있었다.

그래서 세아가 발코니로 들어올 때 이현의 존재를 감지하지 못한 것이다. 집 안 곳곳을 탐색하기에 혈안이 된 가드가 겁도 없이 문을 열고 들어온 것도 같은 맥락이었다.

"도망가게 도와줄까?"

"네가 날 왜."

"놀고 싶어서."

세아의 얼굴이 묘하게 일그러졌다. 지금 자신을 가지고 놀겠다는 건지 정말 살려서 보내 줄 생각인 건지 의중을 알 수 없었다. 하지만 둘 다 해당되는 게, 정말 세아를 죽일 생각이었다면 숨겨 주지도 않았을 테고 이렇게 마주 보고 서서 한가롭게 떠들고 있을 필요도 없었다. 이현은 아래로 향한 와인 잔을 난간 밑으로 떨어뜨리며 말했다.

"술도 없고 가지러 가긴 귀찮으니까 놀아 줄게."

세아의 사활이 걸린 탈출이 이현에겐 그저 시간 때우기용으로 쓸 만했는지 흥미로운 얼굴이었다. 세아는 삽시간에 기분이 구겨졌다.

"내가 네 장난감처럼 보이냐?"

"어디서 반말?"

"너도 반말하잖아."

"제로인데 나한테 그런 식으로 말해?"

"멍청한 건가. 네가 생각하는 제로라면 내가 여길 어떻게 들어왔겠어?"

비웃음 섞인 숨이 또 한 번 이현의 피를 뜨겁게 달궜다.

"어? 벡터 천지인 이곳에 어느 정신 나간 제로가 지하 뚫으면서까지 들어오겠냐고."

그래, 일리 있는 말이다. 이현이 알고 있는 최하위 계층인 제로라면 이런 곳엔 출입도 할 수 없을뿐더러, 목숨이 아깝지 않은 이상 발도 붙이지 않을 터였다. 한데 세아는 아니었다. 팔찌가 없는 제로인 건 확실한데 자신이 유니벌이라는 걸 알면서도 바득바득 대들었고 그건 얼굴을 가린 검은 특수복이 대신 이유를 말해 주고 있었다.

벡터의 힘에 저항하는 제로라. 게다가 나이 불문하고 초능력 보유 레벨에 따라 위치가 정해지는 사회에서 꼭대기 층의 포식자인 이현에게 감히 반말까지.

"이거 골 때리는 누나네."

가족을 제외한 이에게 처음 들어 보는 반말이 기분 나쁠 법도 한데 술이 들어가서 그런가, 꼭 물어뜯으면 죽게 생겨 가지고.

"나랑 놀자니까?"

자꾸 살살 건드리네, 겁도 없이.

"놀긴 뭘 놀아."

세아가 이현의 팔을 잡고 돌리며 순식간에 등허리에 총구를 밀착했다. 꾹 누르는 게 간지러워 반쯤 고개를 돌린 이현이 조소를 띤 채 말했다.

"이미 놀고 있잖아. 경찰과 도둑인데, 포지션이."

"입 다물고 걷기나 해."

"그래, 뭐 내가 도둑인가?"

"입 다물랬다."

"어디로 갈 건데."

"옥상."

"거기서 탈출은 어떻게 하려고."

"신경 꺼."

"경찰이 너무 무례한데."

"문이나 열어."

그 말에 얌전히 문을 연다. 내부는 조용했다. 아마 이현이 여기에 있다는 걸 알고 나서부터 최대한 빨리 안을 뒤지고선 사라진 게 분명했다. 이현을 방패 삼아 계단으로 향하던 세아는 이 유치한 놀음을 이용하기로 마음먹었다.

두 사람이 걷고 있음에도 고요한 복도에는 아무런 소리도 존재하지 않았다. 정말 고스트가 맞긴 한가 보네. 세아가 마른침을 삼키며 긴장을 늦추지 않자 얌전히 걷던 이현이 인상을 구겼다.

"이제 보니까 나 인질인데. 도둑은 너고."

"……."

"뭐 훔쳤어?"

"네가 알 바야?"

"정말 뭘 훔치긴 했나 보네."

오늘 파티를 주최한 최기석 회장은 진귀한 물건을 모으는 게 취미인 남자라, 그런 면에서 이 저택은 다른 이들이 보기엔 보물창고나 다름없었다.

"근데 잘못 왔어. 내가 듣기론 최기석 값나가는 건 외부에 있는 개인 금고에 보관하는 걸로 아는데."

그때였다. 계단 쪽에서 내려오는 발소리에 이현이 먼저 걸음을 멈췄고, 세아는 바로 옆에 놓인 문고리를 잡아 이현을 밀어 넣었다. 어둠이 짙게 내려앉은 공간은 게스트룸으로 사용되는지 침대와 옷장만 덩그러니 놓여 있었다.

숨을 죽인 세아는 문으로 귀를 가져다 댔다.

『한 번 더 수색해 봐. 제대로 찾지 않은 건 여기밖에 없으니까.』

"우리도 숨을까?"

낮게 흐르는 목소리에 세아가 귀를 떼자, 이현이 암흑 속에서 웃었다. 따라와.

세아를 데려간 곳은 앤틱한 옷장이었다. 성인 두 명이 몸을 겨우 욱여넣어야지만 간신히 문이 닫힐 정도였다. 세아가 올려다볼 정도로 키가 컸던 이현은 제 긴 다리가 감당 안 됐는지 세아의 허리를 감았고 세아는 꼼짝없이 그 품에 아기처럼 안긴 상태였다.

"옷장 열어 볼 거라고."

"내가 능력 써 줄게. 나 믿고 있어 봐."

"……."

세아는 한숨을 토했다. 어디 믿을 게 없어서 유니벌을. 게다가 벡터에게 쫓기는 처지에 한곳에 숨어 있는 게 맞긴 한 건지 의문이다.

시야가 가로막힌 세아는 청각을 곤두세우며 밖의 동태를 살피기에 여념 없는 데 반해, 이현은 다른 것에 정신이 쏠린 상태였다. 안 그래도 유니벌이라 다른 벡터들보다 오감이 예민한 신체를 가진 이현에게 있어 좁은 공간은 취약이다. 그러니까 후각적으로.

"향수 뭐 써?"
"조용히 해."
"샴푸 냄새야?"
"……."
대답할 가치조차 없다고 느껴졌는지 세아는 침묵으로 일관했다. 자신에게 어울리는 맥스 이상의 레벨인 여자들과 수도 없이 만나며 값비싼 향수로 치장된 냄새에 파묻혀 살아왔던 이현에게 제로가 가진 이름 모를 냄새는 산뜻하면서도 꽤 신선했다.
"무슨 여자 냄새가."
근데 그 정도가 조금 지나친 것 같기도 하다.
"이렇게 홀려."
정신을 못 차린다. 이것도 술 때문인가.
"돌겠다."
한숨 섞인 목소리가 공간에 퍼졌다. 인내하듯 고개를 들어 벽장에 머리를 기댄 이현은 와인으로 달랬던 입안이 근질거리는 걸 느꼈다. 그러다가 비식 웃음이 나 입술을 벌리자 세아가 눈썹을 구기며 물었다.
"왜 웃어? 술 취했어?"
"재미있어서."
"……."
"숨바꼭질하는 거 같아."

아직도 놀이 타령인가. 자신은 이렇게 초조해 죽겠는데 태연한 이현을 보며 세아는 한 대 쥐어박고 싶은 심정이었다.

"동화에도 이런 거 있지 않았나? 선녀와 나무꾼이던가…… 위기에 처한 사슴을 나무꾼이 풀숲으로 숨겨 주고."

"입 좀 다물어."

"아니다, 백설 공주인가. 왕비에게 명령을 받은 사냥꾼이 어서 도망치라고 살려 보내 주잖아."

일 절만 해라, 일 절만.

"넌 뭐가 좋아?"

"입 좀……!"

결국 참다못한 세아가 고개를 돌리자 이현이 그 턱을 손으로 잡고 제게로 고정했다. 세아의 눈동자가 순식간에 커졌다. 서로의 숨이 가진 온도가 느껴질 정도로 가까운 거리였다.

"사슴?"

나지막이 입술을 벌려 속삭일 때마다 피부를 데우는 숨결.

"아니면 백설 공주?"

그보다 더욱 깊이 침투하는 눈동자.

"난 백설이 쪽이 더 마음 가는데."

……네 마음은 어디로 가고 싶대? 작게 속삭인 이현이 검은 복면 때문인지 더욱 희게 느껴지는 세아를 보며 웃었다.

어이가 없는지 백설인 침묵을 유지하는 중이었다. 눈앞

에 멀뚱히 있으니 사냥꾼은 먹어도 되는 줄 알고 착각한다. 사실 사냥꾼은 후각과 미각이 유독 예민한 남자였다. 그러다 보니 매일 붙잡고 사는 게 술이었다. 맛있는 음식은 목 뒤로 넘어가면 그만인데 술은 넘어간 뒤에도 자꾸만 제가 가진 잔향으로 오랫동안 입안을 즐겁게 해 준다.

좋고 비싼 몸값을 자랑하는 술일수록 향은 깊고, 이름도 모를 샴푸 냄새는 진동을 하고. 그러니까 나는 지금 향은 좋은데 손에 술은 없고 백설이가 술 같고…….

"손 치워, 짜증 나니까."

세아가 손을 들어 턱을 잡고 있는 이현을 신경질적으로 밀어냈지만 움직이지 않았다. 아예 쳐 내릴 생각으로 손을 올리자 이현이 세아의 머리 뒤쪽으로 묶인 끈을 잡아당겼다. 스르륵 복면이 풀리는 느낌에 세아가 황급히 두 손을 뒤쪽으로 뻗자 이현이 웃었다.

"걸렸다."

이현은 세아의 입술로 다가갔다.

"대가리 치워."

이마 위로 차가운 무언가가 닿았다. 비스듬히 턱을 기울였던 이현은 인상을 구겼다.

"대가리?"

대답 대신 들고 있는 총으로 이마를 더욱 짓누른다.

"아, 머리."

간신히 이해를 한 이현이 천천히 고개를 뒤로 젖히자 총구가 멀어졌다. '쿵' 하고 또 한 번 벽장에 기댄 이현은 독기 찬 세아의 눈을 보며 이해하기 어렵단 얼굴을 했다.

"내가 알아듣는 말로 해."

"지금 배웠으니까 알겠네. 난 착하니까 응용해서 하나 더 말해 줄게. 네 대가리 함부로 내 앞에 들이대지 마. 쏴 버리고 싶으니까."

초능력 4개 보유자인 맥스를 건드려도 이런 취급은 받지 않았었다. 그녀들은 하나같이 순종적으로 이현에게 달라붙었으며 매 순간 이용해 먹어 주길 원했다. 그런 그녀들에게도 좀처럼 닿지 않았던 게 바로 이현의 입술인데, 세아는 고작 복면 위로 가져다 대려고 했단 이유만으로 살기를 뿜어 대고 있었다.

이현은 좁은 내부에서 진동하는 냄새가 슬슬 짜증 나기 시작했다.

"네 입술이 그렇게 비싸?"

"생각하는 꼬라지 하고는. 여자가 너한텐 가격표로 보이냐?"

"가격?"

솔직히 평소 이현이었더라면 한낱 제로에게 이러지도 않았다.

"부위 별로 사면 되나?"

시선도 안 줬을 거고 상대도 안 하고 말도 안 섞고. 근데 그걸 다 하고 있고.

"대답해, 얼만지. 제로니까 돈은 먹힐 거 아니야."

그러게 쓸데없이 후각을 자극해서 입맛을 돋우냐고, 왜. 술이라도 있었으면 진정되었을 미각이 곤두서 있다. 이현이 제일 끔찍하게 생각하는 것이다. 이젠 맛보지 않으면 안 될 거 같아 이현은 자세가 불편함에도 불구하고 뒷주머니로 손을 뻗었다.

계급 최하위 계층에 속한 제로가 사회에서 선택할 수 있는 직업은 한정적이고, 그러다 보니 가장 큰 성공은 바로 벡터를 스폰서로 두는 거였다. 초능력이 없는 그들은 젊고 탱탱할 때 제 몸을 바쳐 한평생을 뼈 빠지게 벌어도 못 만질 돈을 거머쥐는 것.

"총 구멍 뚫리기 싫으면 입 닥쳐."

근데 앤 그것도 싫다고 하고. 인내심이 바닥난 이현은 시선을 올려 자신의 이마에 또다시 달라붙은 총을 잡고 내렸다.

"세 발 남았네."

그걸 어떻게. 세아는 탄창에 들어가 있는 총알 수를 정확히 소리 내 말하는 이현을 보며 눈동자를 떨었다.

"제로인데 돈도 안 먹히고. 그럼 공평하게 게임 하나 하자."

"……."

"너 그거 다 쏘고도 내가 살아 있으면 장소와 어울리게 키스 한 번. 어때."

"……."

세아가 말이 없자 이현은 또 한 번 피가 끓는 걸 느꼈다.

"좋아, 대기만 할게. 맛만 봐."

세아의 손이 다가와 이현의 입을 덮었다. 이현의 눈썹이 구겨졌다. 네 손대는 거 말고. 세아의 손을 잡고 떼어 내자 방을 헤집는 묵직한 발소리가 들려왔다. 누군가가 방 안으로 들어온 것이다. 이것 때문에 자신의 입을 막았다는 걸 알게 된 이현은 발각될까 잔뜩 긴장해 있는 세아의 모습이 귀엽게 느껴졌다.

"나 고스트라니까. 말해도 어차피 밖에선 안 들려."

"내가 안 들린다고, 새끼야."

와, 새끼.

"너 입 걸다. 먹으면 무슨 맛날까."

적극적으로 몸을 붙여 오는 이현을 밀어낸 세아는 바깥으로 어떤 상황이 펼쳐지고 있을지 초조했다. 총알은 세 발이 전부였다. 발각됐을 때 이현이 저를 도와줄 거란 생각은 눈치 없이 허리에 감겨 오는 손을 보니 더더욱 들지 않았다.

차라리 세 발을 다 사용하고 나머진 몸으로 때려눕히는 게 더 현실적이었다. 그전에 초능력을 사용하는 게 문젠데 한두 명이면 재빠르게 제압해 보겠지만 다수일 땐 세아가 불리했다. 그리고 빌어먹게도 이 공간으로 들어선 발소리는 꽤 많았다.

그때였다. 코를 덮은 복면이 스르륵 아래로 흘러내리는 게 느껴졌다. 머리 안쪽으로 묶어 두었던 끈이 이현의 손에 의해 풀렸다는 걸 뒤늦게 인지한 세아가 고개를 확 돌렸다.

"뭐하는—!"

"얼굴 구경."

정확히 얼굴이라고 말하는 이현의 목소리에 숨이 멎었다. 베일 것만 같은 날카로운 눈매는 세아를 바라보고 있었다.

천이 거둬지며 보이지 않던 입술이 모습을 드러냈다. 자신의 얼굴이 발각됐다는 사실이 혼란스럽도록 일부러 더 지그시 바라보았다. 어차피 어두워서 잘 보이지도 않는데, 그러니까 백설아.

"너 또 속은 거야."

이현은 그대로 고개를 숙여 세아의 빨간 입술을 덮었다. 원래 목적이었던 곳으로.

놀라 허물어진 입술 사이로 침투한 혀가 순식간에 세아의 입안을 휘저었다. 전쟁이라도 난 것처럼 귀가 멍해졌다. 세아의 안을 파헤치는 움직임이 자아내는 거친 소리만이 고막에서 웅웅거렸다.

잔뜩 인상을 쓴 세아는 안간힘을 써 손으로 이현을 밀어냈지만 넓은 어깨는 미동조차 없다. 오히려 세아의 허리를 감은 팔을 꽉 조이면서 궁지로 몰아넣는다. 총을 움켜쥐고 있던 세아가 이현의 몸 아무 곳에나 대고 방아쇠를 당기자 이현이 그걸 잡고 위로 올렸다.

푸슉. 소음기가 달린 총이 발사되면서 작게 난 구멍 사이로 밝은 외부의 빛이 쏟아졌다. 이현은 천천히 속눈썹을 밀어 올렸다. 그 협소한 빛이 허락한 시야로 바라본 세아의 얼굴은 살결이 하얘 백설이란 단어가 썩 잘 어울렸다.

와인을 음미하듯, 이현이 자신의 입안을 한 번 혀로 훑었다. 한참 뒤에야 시음을 마친 입술이 나지막하게 벌어졌다.

"너 비싸게 굴 만하다."

입에 대었다가도 맞지 않으면 곧바로 뱉어 내는 이현의 까다로운 미뢰도 만족했는지 움찔대며 안달이 나 있었다.

"엄청 맛있네."

조금 전 키스가 만약 술이었더라면 당장에 모조리 다 사다가 집 안에 숨겨 놓고 저만 마시고 싶을 정도다. 입안에 남은 잔향이 날아가기라도 할까 입을 굳게 다문 이현이 다리를 뻗어 옷장 문을 밀었다.

"거 봐. 나랑 키스하는 동안 애들 다 갔잖아."

활짝 열린 문 너머엔 언제 그랬냐는 듯이 자욱한 어둠만이 깔려 있었다. 세아는 재빨리 이현이 풀어낸 복면을 집어 얼굴에 덧대었다. 금방이라도 가 버릴 것만 같아 이현은 취한 듯한 목소리로 물었다.

“놀이 다 끝났어?”

“개새끼야, 꺼져.”

침이라도 뱉고 싶은데, 차마 자신의 흔적을 남길 수 없어 세아는 구역질이 올라오는 걸 인내했다.

“입이 더 걸어졌네.”

세아가 문을 열고 밖으로 나서자 그 사이로 들어온 밝은 빛이 이현의 얼굴을 덮었다. 가늘게 눈을 뜬 이현이 손으로 느릿하게 입가를 문질렀다.

“난 너 때문에 더 까다로워졌는데.”

놓칠까 싶어 뒤늦게 정신을 차린 이현이 긴 다리를 움직여 복도로 나서자 창문이 활짝 열려 있었다. 바람에 휘날리는 커튼만이 세아가 계단을 포기하고 벽 타기를 선택했다는 걸 대신 말해 주고 있었다.

“방 다 뒤진 거 맞아?”

창문으로 다가선 이현의 양옆으로 여전히 세아를 찾기에 혈안이 된 가드들이 보였다. 이현이 눈썹을 구겼다.

“뭐가 이렇게 시끄러워.”

“아, 죄송합니다. 아직 침입자를 찾지 못해서…….”

“최기석 어디 있어?”

“네?”

"누가 들어왔든, 내가 있는 거 알면 조용히들 해야지."

열린 창문을 닫은 이현의 얼굴이 시리도록 차가웠다.

"내가 시끄러운 거 질색하는 거 잘 알면서, 손님 접대를 이런 식으로 하나?"

사냥꾼은 백설 공주가 무사히 도망칠 수 있도록 도와주기로 한다. 그것도 자신의 예민한 성격을 이용해서. 그 말에 가드들은 저마다 얼어붙은 것처럼 꼼짝도 할 수 없었다. 순식간에 분위기를 압도하는 위력은 고작 시선 하나로 이뤄지고 있었다.

나이와 상관없이 초능력 레벨에 따라 위치가 정해지는 사회에서, 이현의 불편한 표정은 그들의 숨통을 조이기 충분했다. 그들에게 이현의 불편한 얼굴은 좋지 않은 신호였다. 인사들이 모인 한가운데 자신의 입지를 세우고자 그동안 일한에게 간곡히 부탁하는 걸로도 모자라 대가를 지불하면서까지 그의 아들인 이현을 제집으로 초대한 기석이다. 한데 제일 중요한 손님이 지금 기분이 상했으니, 가드들 전체가 어찌할 바를 모르는 게 당연했다. 이현은 진절머리가 난다는 듯 그들을 훑으며 말했다.

"정원이고 저택이고 상관없이 가드들 전부 다 치워."

"……."

"여기서 신경 더 거슬리게 하면 나 그냥 가고."

"아, 아닙니다. 지금 당장 모두 물리겠습니다."

지금 몇백 억짜리 작품을 도난당한 게 문제가 아니었다. 일한이 제 아들을 애지중지한다는 소문이 파다한데 이현이 집으로 돌아가 무슨 말이라도 잘못 전했다간 그들의 사회적 위치가 매장당할 수도 있는 일이었다. 유니벌의 영향력은 그 정도였다. 마음만 먹었다면 누구든지 추락시킬 수 있는 자들.

"이현 님, 오랜만입니다."

이현은 소리가 난 쪽으로 고개를 돌렸다. 멀리서 걸어오는 남자의 간결한 구두 소리가 살벌했던 이곳 분위기를 더욱 아래로 깔아뭉갰다. 이현의 눈매가 가늘어졌다.

"21살 성인식 때 뵙고 처음인가요?"

"어, 오랜만."

가까이에 오고 나서야 누군지 알았다. 김중오. 한국에서 맥스 이상의 레벨을 가진 자라면 누구든 그의 손길을 한 번씩 빌렸단 말이 나올 만큼 권력의 중심에 서 있는 남자였다. 탐욕과 더불어 자신의 것을 자랑하기 좋아하는 맥스들에게 자신의 인맥에 끼워 넣고 싶을 만큼 미국 릭시 관리국 본부장이라는 위치는 정말 매력적이었다. 중오가 난처한 표정들 중 가장 사명감 넘치는 얼굴로 서 있는 가드를 향해 물었다.

"무슨 일이지."

그가 이현의 눈치를 보며 말했다.

"최기석 회장님의 물품을 갈취한 침입자가 있는데, 여기 3층만 제대로 수색하지 않아서……."

"여자인가?"

"네."

확실히 3층을 수색할 법도 한 게, 손님이라곤 모두 파티가 있는 1층 홀에 몰려 있음에도 불구하고 지나간 지 얼마 되지 않은 향기가 이곳에 유독 강했다. 중성적인 무난한 향이었음에도 중오가 여자라고 확신한 데에는 그 안에 미묘하게 섞여 있는 매혹적인 체향을 감지했기 때문이다.

"주변을 시끄럽게 하는 쥐새끼 한 마리가 들어온 모양이군요."

그리고 그 향이 도현에게서 맡았던 것과 비슷하다는 것도. 어떤 자일까. 중오는 도현과 연관되지 않았더라면 반응하지 않았을 제 후각이 집중되는 걸 느꼈다. 길게 호흡을 한 중오가 입가에 미소를 그린 채 이현을 바라보았다.

"난동을 부려 조용한 걸 좋아하는 이현 님의 심기를 건드린 것 같은데, 제가 직접 잡으러 가죠."

"어디 가지 말고 그냥 나와 대화나 나누는 게 어때."

이현이 부드럽게 웃었다.

"그게 너에게 더 이로울 텐데."

잠시 할 말을 잃은 중오가 이내 피식 웃었다.

"제법이십니다. 괜찮은 제안을 하실 줄도 아시고."

중오는 꽤 계산적인 사람이었기에 백 번 손 아프게 홀을 메우고 있는 인사들과 악수하는 것보다 이현과 단둘이 얘기하는 게 더 값어치 있다는 걸 알았다. 이현은 조금 전 자신이 닫았던 창문을 보고선 입안이 근질거려 턱을 만졌다.

“내려가지. 술이 땡겨.”

세아는 바깥으로 튀어나온 물고기처럼 숨을 헐떡거렸다. 벽 타기에 자신 있는 세아였지만 최기석은 지저분한 제 사생활과는 달리 건물 외관만큼은 깔끔함을 지향하는지 도무지 손으로 잡거나 발로 디딜 만한 게 창문이 있는 곳 말고는 없었다.

“하아…….”

밋밋한 외벽 위에서 버티고 서 있어야 했기에 온몸이 땀으로 엉망이었다. 리시버는 빌어먹을 유니벌 손에서 망가졌고, 요원들과 통신이 제대로 이뤄지지 않았기에 무조건 약속했던 옥상으로 가야만 했다. 온 힘을 다해 올라가던 세아는 4층의 창문턱을 밟고 고지를 올려다보았다. 조금만 손 뻗으면 된다. 할 수 있어.

"……!"

일순간 세아의 몸이 벽에서 떼어졌다. 무슨 일인지 파악하기도 전에 끌어올려진 몸은 그 어떤 장치도 없이 세아를 빠르게 위쪽으로 옮겨 놓았다. 등 뒤로 달빛이 쏟아지는 밤하늘이 펼쳐졌다. 세아는 넘실거리는 바람이 불어오는 옥상 한가운데에 서 있는 남자를 보며 믿을 수 없단 표정을 지었다.

"너라면 벽 탈 줄 알았어."

그가 팔을 뻗자 세아의 몸이 움직였다. 끼워 맞춰지듯이 다가온 세아의 허리를 꽉 조이며 끌어안는다.

"9시 30분은 아닌데."

세아는 도현의 얼굴을 보았다.

"데리러 왔어, 고양아."

밀착된 도현의 몸이 온통 젖어 있었다. 축축한 건 머리카락도 마찬가지였다. 마치 옷을 입은 채 샤워하다 나온 사람처럼. 갑자기 정신이 든 세아의 눈동자가 위태롭게 흔들렸다.

"네가 여긴 어떻게……."

도현은 그에 답하지 않고 어디 잘못된 곳이 없나 세아를 살폈다. 내가 거짓말을 한 걸 이미 알고 있던 걸까. 아니, 그보다 중요한 건 따로 있었다.

"너 미쳤어? 여기가 어디라고 와."

품에서 떨어져 도현을 올려다보는 세아의 경직된 얼굴이 차가웠다. 정말 내가 놀러 온 줄 알아? 이렇게 위험한 곳에 나 지금 쫓기는 중인데 너까지 이러다…….

"누나."

세아를 쓰다듬던 손이 멈추었다. 축축해 달라붙은 티셔츠 사이로 언뜻 비치는 근육이 호흡에 따라 큼지막하게 부풀었다. 세아는 어쩐지 긴장되었다.

너는 대체 무슨 생각을 하고 있는 걸까. 왜 이렇게 젖은 몸으로 내게 온 거야. 의구심을 더욱 증폭시킨 건 도현의 다음 행동이었다. 도현은 젖어 눅눅해진 티셔츠를 벗어 한 손에 들었다. 세아의 눈이 크게 벌어졌다. 뭐하는 짓인데?

"지금부터."

그 비밀을 말해 주겠다는 듯이 세아의 귓가로 다가선 젖은 입술이 축축하다.

"한 마디도 하지 마."

"……."

"……알겠어?"

입술이 토해 낸 열기는 거부할 수 없는 주인의 것이다. 세아는 고개조차 끄덕일 수 없었다. 그와 동시에 갑작스레 허리에 감기는 핏대 선 팔은 무슨 일이 있어도 놀라지 말라는 암시 같았다.

"숨 크게 들이마셔."

세아는 이유도 모른 채 배 아래까지 가득 숨을 채워 넣었다. 그 모습을 확인한 도현이 말했다.

"참아."

입술을 굳게 다물자 갑작스레 눈앞으로 섬광이 튀었다. 뇌리가 마비될 정도로 번쩍하는 새하얀 빛.

"……!"

초능력으로 순간이동한 세아가 맞닥뜨린 건, 다름 아닌 물이었다. 도현에게서 느껴졌던 뜨거운 열기와 비슷한 온도였다. 귀 안을 가득 메우는 물 때문인지 청각이 자유롭지 못했다. 수면을 꿰뚫는 거친 물소리가 진동으로 느껴졌다. 얼굴을 비롯해 몸 전체가 잠겨 있어 위로 올라가야 된다는 단편적인 욕구가 치솟았지만 그런 세아의 등을 더욱 아래로 누르는 힘은 도현의 것이다. 세아가 발버둥 치며 철퍽거리자, 뒤돌아 서 있던 건우가 인상을 찡그렸다.

"무슨 일 있으십니까?"

도현은 들키지 않기 위해 더 힘주어 세아를 눌렀다.

"없어."

뒤돌아 서 있던 건우의 눈가가 의미심장하게 구겨졌다. 꾸준히 차오르던 욕조가 갑자기 요동치며 물을 바깥으로 뱉어 낸 게 수상했다. 조용하던 도현이 이제 와 뒤척거릴 이유가 없었다.

그때 꼬르륵 하며 거대한 숨이 공기 방울로 올라와 터지는 소리가 들려왔다. 확신을 한 건우의 몸이 날렵하게 돌아섰다.

"뭐야."

욕조에 팔을 올리고 기대어 있는 도현의 모습은 의심했다는 것 자체가 결례일 정도로 평온했다. 머리카락을 타고 흐르는 물방울 하나가 한가로이 수면 위로 떨어졌다. 몸을 움직여 레버를 잠근 도현이 건우를 차갑게 바라보았다.

"뒤돌아보면 없앤다고 했을 텐데. 너 눈 여러 개야?"

욕조의 턱이 높은 데다가 거리가 있기에 다가오지 않는 이상 물 아래 잠긴 세아의 존재를 눈치채진 못할 것이다. 세아도 적응했는지 물속에서 얌전했다.

"고작 두 개뿐인데 간수 잘해야지."

덕분에 건우는 자신의 지금 행동이 얼마나 잘못되었는지 알게 되었다. 잡아먹을 것처럼 바라보는 도현의 시선은 포식자의 것이었으므로.

"결혼은 했어?"

친절히 앞날을 걱정해 주는 도현의 시선은 지금 당장 눈을 파내도 이상하지 않았다. 어떻게 요리를 해 볼까, 저 눈을 어떤 식으로 건드리는 게 좋을까 고심하던 도현은 목욕으로 좋아진 기분을 망치고 싶지 않단 식으로 머리를 쓸어 넘겼다. 이번 한 번만 봐주겠다는 식으로 욕조에 걸쳐진 손가락을 대충 바깥으로 까딱였다.

"나가."

도현이 그의 두 눈을 살려 두었으니 건우에겐 복종할 의무가 있었다. 뒷목이 서늘해지는 걸 경험한 건우는 순순히 문을 닫았다.

그와 동시에 도현의 여유롭던 표정이 사라졌다. 세아를 누르던 손이 재빨리 바깥으로 인도했다. 물에서 나왔음에도 여전히 숨을 참고 있는 세아를 보면서 대체 얼마나 고통과 인내에 익숙해져 있는지 도현은 궁금할 뿐이었다.

"……."

도현의 손이 조심스럽게 뒤로 가 세아의 얼굴을 가리고 있는 복면을 거뒀다. 내 고양이는 대체 그동안 얼마나 많이 험한 길을 들쑤시고 다녔는지, 그곳에서 살아남기 위해 터득한 행위가 이미 습관이 되어 있었다. 발바닥이 거뭇하게 딱딱해지는 것도 모르고.

"숨은 쉬어도 돼."

"……."

그와 비례해 주인 맘이 타들어 가는 것도 모르고. 세아는 태어나 처음 세상을 맞이하는 것처럼 가느다란 숨과 함께 눈꺼풀을 밀어 올렸다. 똑같이 젖어 있는 모습이 양수에서 나온 듯 동질감을 준다. 한가롭게 같이 샤워나 하고 싶지만 이곳은 지뢰밭이나 마찬가지였다.

그래서 이동했다. 안전한 곳으로.

건우의 시선도 차단됐으니 이동하는 걸 눈치 볼 필요가 없었다.

세아는 이제 놀라지도 않았다. 도현의 팔에서 벗어난 세아는 이곳이 자신의 집이라는 걸 알았다. 창밖은 고요한 열대야가 펼쳐져 있는 반면 둘은 마치 비라도 맞은 것처럼 홀딱 젖어 있었다. 세아는 헛숨을 토해 냈다. 바닥에 금세 생기는 물웅덩이가 조금 전 벌어진 일들이 꿈이 아니란 걸 증명했다.

"너 대체, 무슨 생각으로 나한테 온 거야."

세아는 젖은 몸 같은 건 안중에도 없는 듯 물기가 맺힌 매끈한 턱을 손등으로 짓눌렀다. 축축해진 머리가 걱정되었는지 도현이 손을 뻗자 세아가 쳐 냈다.

"아, 화났다."

"설명이라도 해, 왜 그런 건지. 너, 나 어디 가는지 알고 있었지? 왜 모르는 척했어?"

"누나, 시간 없어."

"왜 나 있는 데까지……!"

"시간 없다고."

"거기가 어디라고 와? 너 만약 들켰으면, 팔찌도 없는데……!"

도현이 잘못될까 무서웠다. 벡터들에게 초능력을 들켰더라면 어떻게 됐을까. 세아는 등골이 오싹했다. 세아를 지켜보던 도현의 눈썹이 매섭게 구겨졌다.

"내일 지구가 멸망한다 해도 잔소리할 누나네."

세아의 뒷머리를 감싸는 손길이 단단했다. 감미로운 감촉이 세아의 입가로 다가와 머물렀다.

"나라면 너를 구해."

나지막한 목소리에 세아의 머릿속은 어느 것 하나 온전한 게 없었다. 잠시 엉킨 혀가 젖은 몸보다 더 축축했다.

"오래 못 있어."

도현은 들고 있던 옷을 떨궜다. 물기를 가득 머금은 옷이 철퍽 하며 바닥으로 눌러붙는다. 그제야 정신을 차린 세아는 도현을 흔들리는 시야로 보았다. 사랑한단 이유만으로 모든 것이 해결되기엔 둘은 너무나도 다른 존재가 되어 있었다.

"누나 데리러 간 것도 그 남자 때문이야."

그리고 세아는 둘 사이를 침범해 가로막는 진범이 누군지 비교적 쉽게 알아챌 수 있었다. 리시버를 통해 요한이 믿기 어렵다는 듯이 말했던 남자. 왜 이곳에 있는 거냐며 당황하게 했던 인물이 이곳에 온 이유는 단순하다.

"김중오가 거기에 갔어. 누나랑 나랑 향이 비슷해서 들키면 문제가 되잖아."

바로 그가 관리하는 릭시가 하도현이니까.

"걔 앞에서 우리 관계도 최대한 숨겨야 해."

"왜?"

세아가 가느다란 숨결을 더해 물었다.

"나 때문에 네가 위험해져?"

그러자 도현이 옅게 웃었다.

"난 너라면 불이라도 뛰어들지."

무섭지 않나 보다. 자신이 다치는 것 따윈.

"네가 위험해."

나도 그래. 네가 위험한 것보다 차라리 내가 암흑을 걷는 게 낫고, 늪지대에 잠겨도 좋아. 유품처럼 반지를 목에 걸고 다녔던 내가 다시 돌아온 널 어떻게 내버려 둬.

"먼저 나한테 오지 마."

도현아, 나는…… 이제 네가 아니면 안 돼.

"내가 갈 때까지 기다려."

인사를 건네는 도현의 입안에서 움직이는 혀가 딱딱하다. 눈에 보일 정도로 현저히 늘어지는 음색은 이별을 최대한 늦추고 싶어 하는 모습이었다.

"제발 몸 조심하고."

그게 너무나도 사랑스러워 입을 맞춰 주었다. 두 손으로 얼굴을 잡으니 알아서 가까이 내려와 주는 도현 때문에 세아는 눈물이 날 것만 같았다. 당기만 하면 너그러이 벌어지는 공간과 그 안에서 세아를 맞이하러 나오는 혀가 부드럽다. 세아는 속눈썹을 깊이 내린 채 진하게 입을 맞췄다.

"……."

그리고 눈을 떴을 때 도현은 사라져 있었다. 허공에 놓인 손과 발밑에 고인 두 개의 웅덩이만 이곳에 존재했다.

"……조심하라는 말, 못해 줬는데."

너도 조심하라고, 무사하라고 얘기해 주지 못한 미련이 발아래에서 호수가 된다. 적막을 깨트리는 벨 소리가 집 안에 울려 퍼졌다. 혹시라도 도현이 아닐까 하는 마음에 세아는 탁자로 달려갔다. 수화기를 집어 들려는 순간 세아는 본능적으로 이 전화가 도현이 아님을 깨달았다. 까마득하게 잊고 있었다. 세아가 들었던 마지막 오더는 옥상으로 가라는 거였고 서진이 먼발치에서 그곳만 주시하고 있었다는 걸.

"……네, 대장."

「집 맞네.」

세아는 파르르 떨리는 눈을 감았다. 누구인지 알면서도 벨 소리를 무시하지 못한 채 수화기를 든 손가락이 미웠다.

「지금 당장 본부로 와.」

"……."

「그 남자는 떼 놓고 너만 와.」

너를 지켜 내지 못한 내가 또 원망스러웠다. 서진의 서늘한 목소리를 들으며 세아는 차마 대답할 수 없었다.

“듣기론 미국에서 뭐 대단한 일 하고 있다고 그러던데. 처음으로 네가 관리자로 나섰다고.”

“대단하긴요. 별거 아닙니다.”

서로의 안부를 묻던 대화가 홀에 도착하고 나서야 조금 깊어졌다. 내용은 오랜만에 만났다는 반가움보단 형식적인 거였다.

“그런 네가 한국엔 웬일이야?”

거기에 약간의 궁금증.

“일 때문에 왔습니다.”

“언제 돌아가?”

“아무래도 며칠간은 계속 머물 것 같습니다.”

“관리자가 그래도 돼?”

“믿을 만한 애들한테 맡기고 왔으니 괜찮습니다.”

중오가 묘한 웃음을 띠며 말했음에도 이현의 눈빛은 심드렁했다. 매사에 자신과 연관된 무언가가 아니면 귀찮아하는 성향을 가지고 있던 이현이 한쪽 눈썹을 구기며 느릿하게 말했다. 그래, 너도 일이 많겠지.

“바빠서…… 돈은 잘 버나?”

중오는 그만 크게 웃고야 말았다. 남 따윈 관심 없으면서 표면적으로 신경 써 주는 척 던진 물음이 신선했다. 이현이 또 한 번 건조하게 쳐다봤다.

"왜 웃어?"

"살면서 이런 식의 대화는 처음입니다. 돈이라, 제가 뭐 벌어 봤자 이현 님만 하겠습니까."

"난 내 돈은 아니고."

"회장님께서 물려주실 거 아닙니까."

"그런가. 나야 모르지."

"혼자 오셨습니까?"

"아니, 파트너 있어."

"아, 얼마 전에 약혼하셨다는 소식 들었습니다. 축하드립니다."

이현은 계속된 대화로 인한 갈증을 해소하기 위해 몸을 틀었다. 손을 뻗어 테이블에 비치된 술을 집어 들고 한 모금 마시자 인상이 구겨졌다. 맛이 왜 이래.

"왜 그러십니까?"

확 구겨진 이현의 표정을 보고 중오가 묻자, 괜찮다며 손을 들었다. 그러고선 고개를 돌려 새빨간 와인을 뱉었다. 흡사 그 모습이 피를 토해 내는 것처럼 보였다.

"괜찮으십니까?"

"신경 쓰지 마. 약혼, 그거 조용히 한 건데 벌써 댁 귀에까지 들어갔어?"

"그럼요. 유니벌인 이현 님의 약혼인데 이처럼 기쁜 일을 제가 모르는 건 말이 안 되죠. 제가 아무리 한국에 없다지만 그렇다고 해서 연락망이 사라지는 건 아닙니다."

"어련하겠어. 대한민국 정치계에 그쪽 손 안 빌린 곳이 없을 텐데. 우리 아버지도 네 단골이고."

"좋은 분이시죠."

"좋긴. 우리 아버진 내가 봐도 가끔 재수 없어."

홀을 돌아다니던 웨이터가 한걸음에 달려와 어쩔 줄 몰라 한다. 새하얀 바닥에 흩뿌려진 와인보다 이현의 안색을 살피기 바빴다. 중오가 포켓 안에 담겨 있던 행커치프를 꺼내 건네자 그걸 집어 든 이현이 입가에 묻은 와인을 닦으며 말했다.

"다른 거 가져와. 여기서 제일 비싼 거."

"네, 네, 알겠습니다."

뒤꽁무니 빠져라 황급히 사라지는 웨이터를 본 중오가 걱정스레 말했다.

"이럴 줄 알았으면 제가 좋은 와인이라도 선물로 가져올 걸 그랬습니다."

"그러네. 아무튼 김중오 대단하지. 미국 대통령도 네 말이라면 벌벌 기잖아."

"그런데도 이현 님은 저에게 반말을 하시고요."

"어려서부터 워낙 내려다보는 것만 해서. 불편해?"

"그럴 리가요. 오히려 정겹게 느껴져서 좋습니다. 이현 님 말씀대로 전 어딜 가든 이런 대접은 받지 못하거든요. 이현 님과 딱 한 명 빼고요."

"남자, 여자?"

"남자입니다."

"뭐야. 그럼 관심 없어."

"이런, 약혼까지 하신 분이 여자를 찾다니요. 결혼하시게 되면 전 세계 언론사에서 대서특필로 다룰 텐데 이제라도 사생활 관리하셔야죠."

"듣기만 해도 피곤한데."

이현이 들고 있던 행커치프를 한 번 털고선 중오의 포켓에 도로 밀어 넣었다. 거친 숨을 내쉰 웨이터가 아직 따지도 않은 와인을 가져와 이현의 앞에 섰다. 라벨에 적힌 와인 명과 빈티지를 확인한 이현이 고개를 한 번 끄덕이자 곧바로 입구가 열렸다. 잔에 담긴 와인의 향을 먼저 맡고 입에 밀어 넣은 이현이 또다시 그걸 뱉어 냈다.

"제대로 된 걸 가져와. 맛이 개 같잖아."

자신이 예민할 수밖에 없는 술을 가지고 장난을 친 것이라 생각한 이현의 목소리가 살벌하게 쏟아졌다. 웨이터가 벌벌 떨었다. 무슨 문제라도 있는 건 아닌가 싶어 술을 따라 마셔본 중오가 그 맛을 보고선 고개를 기울였다.

"제가 마시기엔 괜찮은데요."

"……내가 이상한가."

평소 이현이 좋아하는 와인임은 확실한데 맛은 그전과 확연히 달랐다. 안타깝게도 이현의 까다로운 입맛을 조금 전, 어떤 제로가 확실하게 망쳐 놨다.

"맛없어."

이토록 맛없는 와인은 처음이었다. 옷장 속에서 맛보았던 낯선 제로의 작고 아늑했던 입안에 비하면.

"뭐해요? 취한 건 아닐 테고, 술을 좋아하는 사람이 그걸 뱉다니 무슨 일 있어요?"

"거 봐. 피곤하다니까."

이현은 무슨 참견이냐는 식으로 옆으로 다가온 여자를 보았다. 술 마시길 포기한 건지 잔을 웨이터에게 건네줬다. 짜증스럽게 구겨진 미간을 애써 펴며 이현은 중오에게 그녀를 소개했다.

"인사해. 내 약혼녀."

"안녕하세요. 설예리입니다."

"처음 뵙겠습니다. 김중오라고 합니다."

"아버지께 그동안 말씀 많이 들었어요. 이런 자리에서 만나 뵙다니, 반가워요."

"그러셨나요. 안 그래도 내일쯤 설인우 씨와 만날 예정이었습니다."

그때였다. 황급히 제게로 다가오는 가드를 곁눈질로 본 중오가 웃었다.

"잠시 실례하겠습니다."

뒤돌아서 몇 걸음 가지 않은 중오가 목소리를 낮게 깔았다.

"무슨 일이야."

"그게, 도현 님께서 목욕 중이신데 너무 오래도록 안 나오고 계셔서 이상하다는 연락이 왔습니다."

"들어간 지 얼마나 됐지."

"이제 한 시간 되십니다."

훈련을 받으면서 제 몸에 닿는 게 무엇이든 거부반응을 보였던 도현이기에 생겨난 목욕 습관이었지만 오늘따라 그 시간이 길었다.

"장건우 말로는 평소엔 30분이면 나오셨다고 합니다. 게다가 지금은 문까지 닫고 계셔서 함부로 그걸 열기가……."

"손대지 말라고 해. 괜히 도현 님 신경 건드려서 좋을 것 없으니 내가 가는 게 더 빠르겠군."

"혹시 하도현이에요?"

뒤에서 다가온 예리가 놀란 얼굴로 물었다. 맥스투성이인 장소에서 도현의 이름을 꺼낸 게 실수라 인지한 중오가 입을 굳게 다물었다.

"그러니까 스물…… 다섯 살."

하지만 이상했다. 도현이라는 이름은 한국에서 흔한 편

이었고 오감이 발달한 맥스 중 그거 하나 누가 주워들었다고 해서 전혀 문제 될 것 없었다.

"오른팔에…… 커다란 화상 자국이 있고요."

기억을 더듬듯 느리게 말하는 거에 비해 신체적 특징은 정확했다. 도현을 아는 자라니. 중오는 도현의 신분을 숨기기 위해 여유로운 기색을 드러내며 물었다.

"도현이와 아는 관계십니까?"

"한국에 있는 거예요?"

"……제 질문에 먼저 답을 해 주셔야."

"같은 중학교 다녔어요."

예리의 눈동자가 순간 일렁였다.

"좋다고 제가 쫓아다녔고요."

"이것 봐."

무슨 일이 있나 싶어 다가선 이현이 웃으며 검지로 예리를 가리켰다.

"사생활은 내가 아니라 얘가 관리해야 돼."

순정에 파묻힌 약혼녀의 모습에도 질투는커녕 예리의 어깨를 한 번 두드린 이현이 덤덤하게 말했다.

"바람나면 말해. 파혼해 줄게."

사실 파혼에 대해 가장 예민하게 반응해야 할 건 이현이 아닌 예리였다. 그녀의 아버지가 몇 년의 노고 끝에 수많은 후보를 밀어내고 유니벌인 이현의 옆자리로 그녀를 넣었기 때문이다.

“입맛 버려서 기분이 별로니 난 이만 실례. 다음에 봐.”

중오에게만 인사를 건네는 이현에게선 약혼녀를 배려하는 마음 같은 건 없었다. 예리가 아니더라도 맥스 이상의 여자라면 누구든 이현의 옆에 섰을 것이다. 그리고 이현은 유니벌로 태어난 이상 정해진 순리대로 결혼하고 5개의 초능력을 가진 아이가 나올 때까지 고군분투하면 되었다.

“들어가세요. 제가 조만간 찾아뵙겠습니다.”

“어.”

사람들 사이를 지나 멀어지는 이현의 뒷모습을 보던 중오가 예리를 걱정해 물었다.

“안 따라가 보셔도 됩니까?”

“네.”

예리의 아버지가 지금 이 말을 들었더라면 아마 소스라치게 놀라며 기함했을 거다. 당장에 이현을 좇아가지 않고 무엇을 하는 거냐고 등을 떠밀었을 게 분명하지만 예리는 그보다 더 우선인 게 있었다.

“도현이 잘 지내고 있어요? 저도, 저도 가면 안 돼요?”

도현에 관해서라면 뭐든 알고 싶은 중오의 뇌리가 흥미롭게 반응했다.

“잘 지내고 있긴 한데…… 저와 함께 가시겠습니까?”

알아볼 필요가 있는 여자라고. 그 말에 예리의 얼굴이 열여섯 순정으로 물들었다.

예리는 인맥 따위에 관심도 없다는 듯 파티를 등지며 중오가 부른 차로 동행했다. 약혼자가 있는 여자가 중년의 남성과 뒷좌석에 나란히 앉아 있는 게 어색할 법도 한데, 그런 건 안중에도 없는 듯 예리는 중오를 향해 몸을 튼 채 연신 두근거리는 얼굴로 물었다.

"도현인 잘 자랐나요?"

"그럼요. 어딜 가도 눈에 띌 정도입니다."

"역시 그렇구나."

예리의 뺨이 온화하게 번졌다. 자그마한 한숨이 설렘을 담은 입술 사이로 흘러나왔다.

"한국에서 아무리 찾아봤는데도 없어서 소식을 들을 수 없었거든요. 도현이가 열다섯 살 때 본 게 마지막이라……."

"……."

"그런데 당신과 아는 거 보니 미국 쪽으로 넘어갔나 봐요. 그래서 정보가 없던 거였어요."

자신의 지난 노력이 빛을 보지 못했던 이유를 찾은 예리의 얼굴이 후련해졌다.

"내가 못 찾은 게 아니라 찾을 수가 없던 거였어."

"……."

"도현이 초능력 얼마나 발현됐어요? 만나서 팔찌 보면 알겠지만 그래도 미리 듣고 싶어요."

앞을 응시하고 있던 중오의 얼굴이 천천히 예리에게로 향했다.

"네? 몇 개예요?"

그걸 어떻게. 딱딱하게 굳어 있는 중오의 얼굴과 달리 예리가 해맑게 웃으며 말했다.

"하도현, 릭시잖아요."

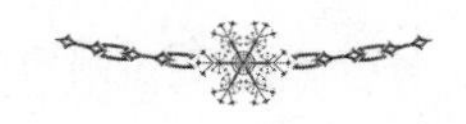

"걔 릭시지."

세아의 얼굴 위로 암담한 그림자가 내려앉았다. 그 표정에서 아니란 말이 제일 먼저 나올 것을 예상했는지 서진이 책상에 놓인 지 꽤 된 메모리를 들어 세아에게 증거처럼 내보였다.

"옆집 동생이라고 했었나. 확인해 보니 그건 맞더군."

"……."

"너 열여섯 살 때 화재가 났던 날, 정부 사람들에게 끌려갔던데 이래도 아니라고 할 건가."

이제 보니 카시스의 대장으로서 세아를 부른 게 아니었다. 서진은 지금 사방이 막혀 있는 골방에서 피의자를 가둬 놓고 심문하는 검사처럼 굴고 있었다.

"왜 대답이 없어. 할 말 없나."

자신이 한마디를 하면 두 마디 더 하는 세아를 잘 알고 있는 서진은 꿀 먹은 벙어리처럼 구는 태도에서 확신했다.

"너와 나 사이엔 비밀 같은 건 만들지 말았으면 하는데."

그 녀석은 릭시가 맞다. 옥상에서 사라지는 장면을 목격한 게 서진뿐만이 아니라 요한도 함께였으니까.

지원을 하기 위해 인근 야산 중턱에 머물러 있던 서진은 저택의 벽면을 타고 올라오는 세아에게서 눈을 떼지 않았었다. 혹시라도 떨어지진 않을까 걱정하면서 수도 없이 빽빽하게 놓인 창문을 열고 누구 하나 얼굴이라도 내민다면 그대로 터트려 버릴 심산이었다.

서진의 두 눈은 세아에게 꽂혀 있었으므로 옥상에 갑작스레 나타난 인물은 요한이 먼저 발견했다. 대장, 누가 나타났어요……. 무슨 소린가 싶어 인상을 구기자 요한이 비행 물체라도 목격한 듯 말까지 더듬었다. 뭐, 뭐지, 정말 갑자기 나타났어요…… 꼭 외계인처럼.

"말을 하라는 데도 안 하고."

그리고 벽에 아슬아슬하게 매달려 있던 세아가 공중으로 뜨더니 옥상까지 단번에 올라갔다.

"너는 정작 들어야 할 때 내 말은 안 들어서."

뒤늦게 서진도 발견할 수 있었다. 요한이 말한 외계인.

“꼭 나를 자극하려 들어.”

그 품에 얌전히 안겨 있는 세아의 모습까지도. 세아에게로 다가선 서진이 비스듬히 시선을 내리며 속삭였다.

“네 번째 손가락에 있던 반지, 그 녀석이 준 거잖아.”

모두 똑똑히 목격했다. 세아의 얇은 입술이 또 한 번 짓눌려졌다. 말을 하지 않겠다는 암묵적인 의사 표현이었지만 상황이 좋지 않았다.

“거짓말이라도 상대를 봐 가면서 해.”

서진이 만들어 낸 어둠이 일순간 세아의 얼굴을 덮었다.

“네가 이러면 내게 배신밖에 더 되나.”

나지막이 흘러나온 그 말이 세아의 심장을 아프게 찔렀다. 도현에게도 들었던 단어가 서진의 입에서도 나온 건 세아를 자괴감에 빠지게 했다. 둘 다 세아에겐 놓을 수 없는 소중한 존재였다. 그런 그들을 어김없이 배신하고야 마는 자신이 정상처럼 느껴지지 않았다.

“…….”

서진이 제일 잘하는 일은 침묵에 조바심내지 않고 자신에게로 상황이 유리하게 넘어오길 기다리는 것이다. 혼자 생각할 시간을 대상에게 준다는 건 머릿속에 수많은 벌레들을 키워 내는 것이고, 결국 피를 토하듯 흘러나온 대답은.

“……그럴 수밖에 없었어요.”

지배하기 좋은 모습의 윤세아. 서진의 내려앉은 입가가

그제야 올라갔다.

"솔직하게 말한다면 얘기가 달라지지."

"……."

"말해. 왜 팔찌가 없지?"

"그건 몰라요."

"숨기지 마."

"정말 모른다고요."

날카롭게 올라간 눈매는 더 이상 유약하지 않았다.

"십 년 만에 찾아온 동생이에요. 릭시인 것도 몰랐었다고요."

"그날 하도현이 끌려가던 곳에 네가 있었는데 몰랐다고."

"……제가요?"

"그래, 교복 입은 네가 건물 밖으로 나오고 얼마 지나지 않아 정부 쪽 사람들이 오더군."

세아는 시선을 내려 서진의 손에 들린 자그마한 메모리를 보았다. 도현의 목격이 맞은 셈이었다. 눈이 욱신거렸다. 세아는 흔들리는 눈동자의 초점을 맞추기 위해 애써 주먹을 꽉 움켜쥐었다.

"……어쨌든 팔찌는 저도 왜 그런지 몰라요."

"그럼 초능력은 몇 갠데."

"……."

"확인했을 거 아니야. 내가 본 것만 해도 두 갠데."

성인의 무게를 가진 세아를 부드럽게 끌어다 제 시선에 놓을 정도로 완성도 높은 염력과 저택에서 멀리 떨어진 세아의 집까지 혼자도 아니고 둘이서 함께 온 순간이동.

“그러고 보면 릭시 관리국 본부장인 김중오가 갑자기 한국에 나타난 것도 의아하지. 넌 얼마 전 선요한한테 그 이름을 물어본 모양이고.”

세아는 절대 도현이 맥스라는 걸 말하지 않았다. 입술이 부르터 찢어지는 한이 있더라도 이 사실만큼은 오롯이 제 안에 가둬 놓을 거란 심산으로 잇새를 맞물렸다.

“팔찌가 없다라…….”

팔짱을 낀 채 고요히 생각에 잠겨 있던 서진이 이내 고개를 들어 올렸다.

“몇 개인지 알아 봐서 나쁠 거 없지.”

이번엔 정말 대어다. 그리고 서진의 촉은 꽤 좋은 편이었다.

서진이 웃으며 손을 뻗어 아직 채 마르지 않은 세아의 머리카락을 귀 뒤로 넘겨 주었다. 평소였더라면 칭찬으로 받아들였을 그 손길이 거북스럽게 느껴졌다. 새하얗게 모습을 드러낸 귀가 서진의 엄지에 스쳤다. 허리를 숙인 서진이 매끄럽게 빠진 귓바퀴 안으로 숨을 불어넣었다.

“네가 낚싯대 역할을.”

그때 세아는 처음 알게 되었다. 소중한 것일수록 외부로 흘리면 안 되고…….

"해 줬으면 하는데."

안으로 숨겨야 한다는 걸. 세아가 억세게 짓눌러 피 맛이 감도는 입술을 천천히 움직였다.

"대체, 저한테 뭘 원하시는 건데요."

"반지까지 낄 정도로 서로 의미 있는 사이니 붙어 있는 건 억지로 시키지 않아도 알아서 잘할 테고."

"……."

"그럼 하나씩 보일 테지. 실수로든, 아니면 너한테 솔직하게 고백을 하든."

"저보고 스파이 짓을 하라는 건가요."

사랑하는 남자를 팔아넘기는 포주 같은 짓은 절대로 할 수 없었는지 주먹이 파들파들 떨려 왔다. 그걸 본 서진은 하도현이 세아의 마음속에 꽤 깊이 자리한 걸 알았다.

"우리가 벡터라고 다 죽이고 다니는 뒷골목 깡패를 흉내 내려고 이런 짓 하는 건 아니지 않나."

손톱에 무차별적으로 짓눌리고 있을 연약한 살점을 위해서라도 말아 쥔 손에 숨구멍이 트이게 해야만 했다.

"그쪽에서 문제 일으키지 않는 이상 굳이 움직일 필요도 없지. 지금껏 릭시 건드린 적은 더더욱 없고."

"……."

"만일의 상황을 대비한 정보 수집 정도로 생각해. 알아둬서 나쁠 건 없으니."

살며시 벌어진 손 틈으로 메모리를 밀어 넣은 서진이 세아의 머리를 한 번 쓸어 넘겨 주었다. 머리카락이 서진의 손에서 처연하게 흘렀다. 항상 내 시야에서 움직였던 너였기에 어느 것이 진실인지는 말하지 않아도 안다.

"사고 때문에 기억이 안 나는 거 같은데 확인해 봐."

하도현이 릭시임을 최근에야 알았다고 말하는 표정은 거짓이 아니었으므로.

"선요한에게 부탁해 필요한 부분만 편집해서 옮겨 놨으니, 방해 안 하도록 하지."

서진은 세아를 남겨 놓고 밖으로 나섰다. 문이 닫히자 세아는 참았던 숨을 내쉬며 서진의 책상으로 다가갔다.

동정하는 것도 아니고 기억하지 못하는 게 죄라면 당장 눈으로 확인해 보면 그만이었다. 세아는 더 이상 자신이 모르는 그 기억으로 인해 환자 취급을 받고 싶지 않았다.

"……."

비록 자신이 저지른 끔찍한 악행을 더는 부정할 수 없게 될지라도.

서진이 말한 대로 폴더에는 영상 파일이 딱 하나 존재했다. 재생시키자 세아는 가슴이 저릿했다. 낡은 영상 속에선 오래전 잿더미가 되어 버린 아파트가 반듯한 모습으로 담겨 있었다. 익숙한 정경. 늘 도현과 손을 잡은 채 오르고 내리던 계단을 영상 속 세아는 혼자 올라가고 있었다.

마른침을 삼켰다. 아파트로 올라간 자신의 모습을 마지막으로 특별할 것 없는 영상을 가만히 지켜보던 세아는 견디지 못하고 영상을 빠르게 앞으로 넘겼다.

곧 도망치듯 아파트 밖으로 나온 자신의 모습에서 숨을 한 번 참았다. 또 빠르게 넘긴 화면 속에는 검은 양복을 입은 다섯 명의 사내들이 안으로 들어갔고 나올 땐 도현이 함께였다.

"……정말 내가 한 거였어."

작게 벌어진 입술 사이로 비탄이 쏟아졌다. 낯선 사내들에게 붙잡혀 끌려가는 도현의 모습이 가슴을 욱신거리게 했다. 눈이 뜨거워져 손으로 잠시 덮자 곧 축축해졌다. 내가…… 도현이를 신고한 게 맞아. 뛰쳐나온 세아의 귓가엔 휴대폰이 자리 잡고 있었으니까.

"……휴대…… 폰."

천천히 손이 떼어졌다. 바짝 의자를 앞으로 당기며 지나간 영상을 뒤로 넘기는 손가락이 매섭고 빨랐다. 영상 속 교복을 입은 세아의 걸음이 이제 보니 낡고 오래된 계단엔 익숙지 않은 듯 한 번 넘어질 뻔했다. 뒤돌아서 신경질적으로 그걸 바라보는데 여전히 귓가에 머물러 있는 휴대폰은…… 검은색.

"……."

세아가 중학교 시절 사용했던 휴대폰은 분명 하얀색이었

다. 도현과 같은…… 하얀색.

"내 휴대폰이…… 아닌데."

세아의 것과 달랐다. 화면 속 그녀는 검은색 휴대폰을 든 채 열심히 입을 움직이는 중이었다. 그것도 행복한 듯 웃는 얼굴로.

"도현아."

도현이 천천히 눈꺼풀을 밀어 올렸다. 기분이 좋지 않았던 터라 차마 처음 듣는 여자의 음성에 고개를 움직이는 배려까진 해 줄 수 없었다. 눈동자를 굴려 소리가 난 쪽으로 옮기자 함께 들어온 중오가 입술을 열었다.

"파티에 갔다가 도현이 널 만나고 싶어 하는 분이 있어 함께 왔다."

도현은 피식 웃음을 터트렸다. 신분을 숨기기 위해 자신에게 반말을 하는 중오가 가소롭게 느껴졌기 때문이다.

"인사라도 나눌 겸 같이 왔는데 일어나서 보는 게 어떻겠니."

다정하게 말한답시고 하는 소리가 전부 같잖게 들려왔

다. 조용히 있고 싶어 그 어떤 소리도 안 들리게 하라고 엄포를 놓은 게 불과 십 분 전이었다. 덕분에 가드들은 제대로 숨조차 맘 편히 내쉴 수 없었다. 그 안에서 마치 혼자 있는 것처럼 눈을 감고 앉아 있던 도현은 머릿속에 오직 세아만을 그렸다. 마지막으로 마주했던 어여쁜 얼굴과 애틋하게 나눴던 키스의 감각을 전부 되새기며 곱씹는 중이었는데.

"뭔 헛소리를 하는지 모르겠는데. 혹시 저녁을 이상한 걸 먹었나?"

감히 그걸 방해해.

"좋은 말 할 때 그냥 가지그래."

경고처럼 내뱉은 도현의 목소리가 얼음장처럼 차가웠다. 안 봐도 뻔했다. 어디 이상한 여자 하나 데려와서 도현에게 들이밀며 꼬리라도 치게 할 심산인 거다. 물론 아무나는 아니었다. 유니벌에서 맥스까지, 딱 도현의 수준에 맞게 여자는 그 레벨이어야만 했다.

"안녕, 도현아."

참다못한 여자의 음성이 또 한 번 튀어나왔다. 중오는 도현이 선을 그으면 넘어오지 않는 절제를 아는 남자였다. 그에 비해 달아오른 여자는 그 경계를 모른 채 거침없이 도현의 영역으로 다가왔다.

"너무 오랜만이라 네가 기억할지 모르겠는데, 나 예리

야. 설예리. 너랑 같은 중학교 다닌…… 너 열다섯 살 때 마지막으로 봤는데.”

겁도 없이 다가온 걸로도 모자라 너무나도 쉽게 꺼내 든 십 년의 시간이 도현의 심기를 건드렸다. 그 시간은 도현에게 오직 세아로 이뤄진 거라 다른 이의 입에서 흘러나오면 기분만 더러워졌다.

“누구?”

소파에 깊이 묻혀 있던 허리를 움직이자 예리의 얼굴이 크게 흔들렸다.

“…….”

도현은 너무나도 아름다운 남자로 성장해 있었다. 온실 속의 화초처럼 항상 최고인 것만 주변에 두고 살아온 예리에게 난생처음으로 첫사랑이라는 속 뜨거운 감정을 일깨워 준 존재다웠다. 자신이 원한다면 모든 걸 손에 쥘 수 있을 거라 자만하며 살아왔던 열여섯 예리에게 가지지 못하는 것도 있다는 걸 일깨워 준 남자.

“네가 누구라고?”

도현은 한눈에 반한다는 게 무엇인지 실감하게 해 준 남자였다. 참으로 우스꽝스러운 일이라고 그간 생각해 왔던 현상이 자신에게도 펼쳐질 줄 몰랐던 예리는 등교하던 차 안에서 스치듯 보았던 도현의 모습을 아직도 선명하게 기억하고 있었다.

"설예리, 지운 중학교 3학년."

초록빛 무성한 나무들 사이로 그보다 청량한 바람과도 같은 네가 지나갔었다. 걸음에 맞춰 잘게 흔들리는 청색 재킷과 그 안에 자리 잡은 반듯한 넥타이, 꼼꼼하게 잠긴 단추와 선이 굵은 손목에 가지런히 매듭지어진 소매가 너무나도 쉽게 예리의 마음을 움직였다.

"기억 안 나? 내가 열여섯 살 때 너 좋아한다고 고백했었잖아."

아무런 흠집 없이 고고하게 자라온 자존심 같은 게 다 무슨 소용이냐며 구질구질한 제로의 건물로 처음 들어섰을 때, 신발이 더럽혀지는 건 아닌가 걱정하면서 찾아간 네 교실에서 넌 그저 굳게 입술을 다문 채 날 내려다볼 뿐이었다.

"네 번이나 고백했었는데 넌 계속 거절했었고."

"아, 내 팔에 화상."

예리의 눈동자가 희미하게 흔들렸다. 자신의 속을 태우는 걸로도 모자라 밤에 잠도 못 들게 했던 인물은 자신을 그저 화상 자국으로만 기억하고 있었다.

"너 좋다던 애가 나한테 화상 입혔었지."

"그건 사고였어. 내가 그러라고 한 게 아니라, 걔가 멋대로……!"

"그래서?"

자리에서 일어난 도현이 느릿하게 걸어와 예리의 앞에

섰다. 여전히 내려다보는 그의 시선은 아득했다.

"그래서."

사계절 속 오직 가을만 존재하게 하는 남자. 도현을 볼 때면 예리는 낙엽이 되어 우수수 떨어진다. 그렇게 내 마음만 들썩이게 하고.

"여기 누가 들어오래."

그저 넌 바람이라 지나갈 뿐인데.

"김중오 씨, 그만 데리고 나가시죠. 이제부터 잘 거라서요."

고개를 돌린 도현이 침대를 향해 걸었다. 다른 여자와 마주 보고 얘기를 하는 것보다 침대에서 하다 만 세아의 생각을 이어 나가는 게 더 유익하단 결론을 내린 뒤였다.

도현이 사라지는 걸 지켜본 모두가 자연스럽게 덩그러니 남은 예리의 눈치를 보았다.

"나가서 얘기하시죠."

"……."

예리는 몹시 충격을 받은 얼굴이었다. 어른이 되었지만 여전히 짝사랑하는 마음은 열여섯 형태 그대로였는지 움직이지도 못했다. 반갑다는 말은 나오지 않을지언정, 이처럼 홀대받을 줄은 꿈에도 몰랐다. 과거와 똑같이 도현은 예리의 가슴에 지워지지 않을 붉은 생채기를 남겼다.

중오는 여자를 잘 아는 남자였다. 단둘이 침대가 놓인 방 안으로 데려가면 흑심을 품은 것처럼 보일 수 있었기에 호텔 라운지 바 한편의 조용한 룸을 선택했다. 울진 않았지만 속은 벌겋게 데였을 거라 생각했기에 차가운 물을 건네주었고 예리는 그걸 여러 차례 나누어 전부 비워 냈다.

"괜찮으십니까?"

"그럼요."

중오는 신사적인 미소를 띠었다. 성에가 낀 표면을 만지작거리는 손가락이 어여뻤다. 손에 물 한 방울 묻히지 않고 자란 티가 곳곳에서 느껴졌다. 모든 맥스의 부모들은 죽지 않고 20살을 넘긴 자식에게 과도한 애정을 쏟아 냈고 예리 역시 그런 대접을 받으며 자라온 여자였다. 한데 한낱 제로에게 몇 번이고 거절당하는 마음이 얼마나 비참하고 참혹할까. 아니, 제로가 아니라 이젠 릭시지.

"도현이에 관해 어디까지 아십니까."

차 안에서 말했던 대로라면 예리는 이미 도현이 릭시라는 걸 알고 있었다. 신고를 받자마자 데려왔기에 그걸 아는 건 고작 가족이 다였다. 그마저도 화재로 인해 죽고. 그렇다면 예리는 학교 다닐 때 이미 도현이 릭시라는 걸 알았던 게 된다. 예리는 유리 표면을 엄지로 문지르며 허탈하게 웃었다.

"무슨 질문이 그래요?"

"……."

"하도현을 어디까지 아느냐니. 마치 엄청난 비밀이라도 있는 것처럼 말씀하시네요."

차에서 순진하게 웃던 열여섯 살 예리는 아까 그 호텔 방 안에서 죽은 듯했다.

"그래 봤자 릭시 아니에요?"

서늘한 목소리가 맥스라는 입지를 톡톡히 느낄 수 있을 정도로 도도했다. 중오는 같은 맥스로서 이제야 말이 좀 통할 것 같단 생각이 들었다.

"이제부터 조금 더 편히 얘기하도록 해 볼까요."

도현을 향해 지고지순한 사랑을 고백하는 아까 그 모습은 솔직히 말해 우스웠다.

"도현이가 제로에서 릭시가 된 게 열네 살, 정부로 넘어온 게 열다섯 살인데 설예리 씬 이중에 어느 부분에 속합니까?"

"굳이 시작점을 찾자면 열다섯이요. 제가 3학년 됐을 때, 등교하다가 도현이를 처음 보고 쫓아다녔던 거니까요. 그러다가 뭐, 릭시인 것도 알게 되고."

"……."

"나 참, 쫓아다녔단다……. 어찌 된 게 그때나 지금이나 전 달라진 게 없네요."

쫄랑쫄랑 도현의 이름 하나만 듣고 꼬리 흔들며 이곳으로 온 제 모습이 생각나 예리는 새된 웃음을 터트렸다.

"어떻게…… 그렇게 자란 걸까요."

예리의 인생에서 첫 패배를 안겨 준 남자는 스물다섯 살이 된 지금 가지지 못하면 안달 날 것만 같은 형태로 완성돼 있었다.

"그동안 여자 여럿 울리고 다녔겠네요."

초록의 푸름을 간직하고 있던 소년은 자라나 무성한 검은 숲이 되었고 예리는 그 안에 꼼짝없이 갇히고 싶었다. 지배당하고 싶은 기분 역시 지금의 도현을 보며 처음 느껴 보았다. 그건 다른 여자들도 마찬가지였을 거다.

"혹시 도현이 지금 만나는 여자 있나요?"

"만약 있다면 어쩔 생각이십니까?"

"글쎄요……."

예리가 붉은 립스틱 자국이 선명한 컵을 바라보았다.

"말씀만 해 주시면……."

지독히도 아찔했던 그 눈빛을 떠올리자 군침이 돈다. 아직도 온몸을 뜨겁게 달궜던 감각이 선명하다.

"잡아다가 없애 버릴까도 생각 중이긴 한데."

빠르게 뛰는 심장 박동을 잡아먹고 되살아난 소유욕이다. 예리는 컵을 꽉 움켜쥐었다. 나는 왜 널 가지지 못해?

"그렇다면 도현이 옆에 누가 없어야겠군요."

내가 가지지 못한 건 지금까지 없었는데. 부족함 없이 받은 부모님의 애정과 맥스라는 사회적 위치는 움켜쥐지 않으면 만족할 수 없는 이기심을 양성했다.

"애매하게 말고 알고 있는 걸 말씀해 주세요. 누구 있어요?"

예리는 도현을 다시 만나게 된 이상 더는 놓치고 싶지 않아졌다. 네 발목을 붙잡을 수만 있다면 덫이란 덫은 모조리 깔아 두고 싶다. 벗어나려 발버둥 칠수록 더욱 죄어 오는 날카로운 송곳니에 너의 청아한 살점이 으깨지고 붉은 피가 흘러나와도 너를 가질 수 있다면야 그 무엇이 아름답지 않을 수 있을까.

실패를 반복하고 싶은 사람은 없다. 한 번 겪어 봤으니 두 번은 맛보고 싶지 않은 패배다. 어릴 적 눈물 흘리는 게 전부였던 예리는 이제 악독한 생각을 할 수 있는 나이가 되었다.

결의에 찬 표정이 일품이라 생각하며 중오가 입을 열었다.

"한 명 있긴 한데. 뭐, 도현이는 그저 누나라고 말하지만 제가 보기엔 아닌 것 같아서요."

"누군데요?"

"윤세아 씨라고 혹시 아십니까?"

"아, 윤세아."

예리가 설핏 웃음을 터트렸다.

"오랜만에 듣는 이름이네요. 걔 아직도 도현이 옆에 붙어 있어요?"

"사실 도현이가 한국에 온 이유가 그분 때문이라."

가지런히 다듬어진 눈썹이 날카롭게 치켜 올라갔다. 중오는 모르는 척 능청스럽게 말을 이었다.

“그러고 보니 같은 학교라 아시겠군요.”

“잘 알다마다요. 도현이가 제 고백을 무시했던 것도 걔 때문이었으니까요.”

“…….”

“근데 아직도 옆에 있는 건 어쩐지 좀 열 받네요. 그래도 릭시인 거 알면 좀 떨어질 거 같아서 신고할 때 좋았었는데…….”

이번에는 중오의 눈썹이 들썩였다.

“그게 무슨 말입니까? 도현이 발견 당시, 신고는 윤세아 씨가 한 걸로 알고 있는데요.”

“아, 그거. 윤세아가 아니라 제가 한 거예요.”

예리의 입꼬리가 부드럽게 올라갔다.

“제가 가지고 있는 초능력 중 하나가 카피거든요.”

중오는 심장이 빠르게 뛰는 걸 느꼈다. 이거, 생각보다.

“똑같이 복제하는 건 일도 아니죠.”

좋은 카드다.

“아.”

“일어나셨습니까?”

"잔 거 아니야."

이현은 저택 앞에서 대기하고 있던 차에 올라탄 뒤 눈을 감은 채 말이 없었다. 기사는 출발하라는 명령이 떨어지지 않았기에 한참을 움직이지 않은 채 있었다. 이현이 머리를 손으로 짚으며 말했다. 집으로 가.

"머리 아파."

또 한 번 인상을 썼다. 그제야 기사가 넌지시 말을 건넸다.

"술을 많이 드셨습니까?"

"아니, 술이 맛이 없어서. 그래서 기분이 별로."

고요히 뚝뚝 끊어서 말하는 이현의 낮은 목소리에 귀 기울이며 출발을 한다. 그러셨군요, 맛이 없었나요, 기분이 안 좋으시군요. 적당히 어르면서 친절히 말한다. 이현은 그 음색이 나쁘지 않아 편히 등을 기댔다. 창가로 시선을 던졌다.

"천천히 가 봐."

기사는 속도를 적당히 조율한다. 미련 없이 나왔음에도 이현의 시선은 뭔가 놓고 온 물건이라도 있는 듯 저택을 바라보고 있었다. 혹시라도 백설이를 찾을 수 있을까 싶어 썩어빠질 정도로 많은 창문을 전부 다 훑어보아도 그중 단 하나를 열고 사라진 늘씬한 몸만은 절대로 보이지 않았다.

별로 매력적인 옷도 아닌데. 푹 파인 드레스로 제 피부를 헤프게 보여 주던 고귀하신 집안의 맥스들과는 다르게 살

한 점 보이지 않도록 꽁꽁 싸맨 그림자 같은 옷이 머릿속을 떠나질 않는다. 그래서 안 잊히나. 보여 주는 건 쥐똥만큼도 없는데 딱 하나 제게 허락된 눈이 너무나도 맑고 크고 꼭 호수처럼 깊어서. 당장 뛰어들고 싶게끔…….

"요즘은 이상한 옷으로도 꼬드기나."

"네?"

"아니다."

이현은 창문에 두었던 시선을 무심히 떼어 냈다. 무사히 도망친 건가. 그걸 기뻐해야 하나, 슬퍼해야 하나 이현은 알 수가 없었다. 만약 눈에 보였더라면 당장에라도 차를 멈추고 태워 줬을 텐데. 물론 얌전히 탈 여자는 절대로 아니었지만.

"벌써 오느냐."

"네."

"왜, 더 놀다 오지 않고."

이현은 대답 대신 가벼운 웃음을 흘리며 계단으로 걸어갔다. 일한의 옆에 서 있던 메이드가 재빨리 무언가를 챙겨 들고 바짝 뒤로 붙는다. 이현은 그녀가 들고 있는 샴페인을 보고선 어깨 너머로 손을 한 번 털었다.

"됐어, 안 마셔."

마저 계단을 밟는데도 그 개수가 짜증 날 정도로 많다. 등산을 하는 기분으로 올랐다. 왜 이렇게 무기력한 건지.

간신히 계단을 밟고 올라온 이현은 커다란 한숨을 내쉬며 방으로 들어섰다.

기석의 저택이 동네 놀이터에 불과하게 느껴질 만큼 이현이 사는 집은 웅장했다. 깔끔한 것을 추구하는 안주인 때문에 집 안 곳곳엔 늘 제 맡은 역할에 충실히 임하는 메이드가 바삐 움직였지만 그들마저도 함부로 발붙일 수 없는 곳이 2층이었다.

"……."

이현의 초능력이 목격돼 외부로 유출되는 것을 막기 위함이었다. 유니벌의 초능력 종류는 정부에서도 기록조차 안 해 놓을 정도로 비밀스러운 것이다. 그러다 보니 이현이 생활하는 2층엔 개미 한 마리도 존재할 수 없었다. 단, 그의 가족을 제외하고. 노크 소리에 샤워할 생각으로 셔츠의 단추를 풀고 있던 이현의 손이 멈추었다.

"들어오세요."

"파티는 어땠느냐?"

문을 연 일한의 미간이 좁아졌다.

"기분이 안 좋은 거 같구나. 안 그래도 최기석한테 각별히 신경 쓰라고 말했건만."

"왜 그렇게 생각하시는데요."

"조금 전 네가 술을 거부하지 않았느냐."

짧게 혀를 차며 말하는 모습이 방을 나서면 곧바로 전화를 걸 기세였다. 애도 아니고 다 큰 성인에게 일일이 상태를 묻는 건 이상했지만 초능력 보유 개수를 견뎌 내며 죽지 않고 성인으로 자라 준 아들에 대한 애정은 당연한 거였다. 이현이 샴페인을 떠올리며 말했다.

"그거 선물 온 게 아니라 아버지가 준비한 거였어?"

"그럼. 오늘 종일 받았을 때 네 얼굴이 어떨지 궁금해 기다렸는데."

"가져오라고 하세요."

"됐다. 마시고 싶을 때 마셔라. 기분 안 좋을 때 마시면 그것도 독이다."

독……. 가만히 그 단어를 곱씹던 이현이 손가락을 움직여 단추를 푸는 데 전념했다.

평소 물처럼 술을 달고 사는 이현을 위해 세계에서 제일 간다는 술들을 사들이는 게 일한의 취미였다. 그걸 받았을 때 돌아오는 이현의 웃는 얼굴이 보답인 셈이다. 그런 아들이 술을 거부하다니. 분명 파티에서 불미스러운 일이 있었을 거라 확신한 일한이 어디 한번 말해 보라는 식의 눈빛을 했다.

"딱히 좋았던 것도 없고, 싫은 것도 없고."

셔츠의 마지막 단추까지 도달한 손이 우뚝 멈추었다.

"아, 좋았던 게 있긴 했다."

그에 일한의 주름진 얼굴이 한결 환해졌다. 이현은 눈보단 몸이 기억하는 '백설'을 떠올렸다. 다리가 어떤 식으로 그 작은 몸에 얽히고설켜 있었는지 아직 생생했다. 또 꼭꼭 숨겨져 있던 그 입술도. 이현의 입꼬리가 느슨하게 올라갔다.

"파티 괜찮았어요."

술보다 더 맛있는 게 생긴 건 좀 곤란하지만 말이다. 너는 지금쯤 뭘 하고 있을까. 벌처럼 날아와 나비처럼 수풀에 앉았던 너. 빠져 죽을 것만 같던 네 눈동자.

"샤워 좀 할게요."

나는 그 안에 잠겨 날개가 젖는 줄도 모르고…….

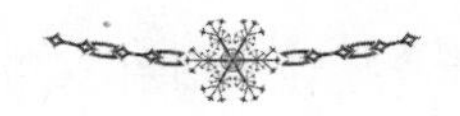

비가 왔다. 기괴한 먹구름이 순식간에 도심을 뒤덮으며 무서운 소리와 함께 빗줄기를 쏟아 내고 있었다. 서진이 세아를 위해 남겨 놓고 간 긴 장대 우산은 여전히 테이블에 놓인 채였다.

"휴대폰을 왜 꺼둔 거야."

세아는 답답하다는 듯이 입술을 잘근 씹었다. 몇 번째 똑같이 반복되는 친절한 여성의 음성에 시달리다 밖으로 나오고 나서야 비가 쏟아지는 걸 알았다. 정신없이 나온 결과였다. 맨몸으로 뛰어드는 건 미친 짓이라 생각될 정도로 바닥에 총알처럼 박히는 빗줄기가 꽤 살벌했다.

하지만 세아는 망설임 없이 바깥으로 발걸음 했다. 날씨가 궂은 탓인지 택시를 잡으려 팔을 뻗었지만 좀처럼 잡히질 않았다. 한참 뒤에야 노란 택시 하나가 다가와 섰다. 세아가 올라타자 기사가 흠칫 어깨를 떨었다가 이내 찝찝한 얼굴을 했다.

"아니, 아가씨가 뭘 이렇게 비를 쫄딱 맞았어…… 시트 다 젖겠네."

"죄송해요, 돈 더 드릴테니 밀라 호텔로 최대한 빨리 가주세요."

그 말에 세아를 노려보던 기사의 눈이 한결 가벼워진다. 한가로이 틀어 놓은 라디오의 소리가 묻힐 정도로 창문을 두드리는 빗소리가 점차 거세졌다. 그 분위기에 세아 역시 고조됐다.

그건 내가 아니었다. 내가…… 신고한 게 아니야.

세아는 화면 속 그녀가 아파트 입구에 들어서면서 주변을 두리번거렸던 것과 어수룩하게 계단을 밟는 걸 떠올렸다. 뛰쳐나왔을 때에도 턱이 높았던 아파트 계단이 익숙하지 않았는지 넘어질 뻔도 했다. 그걸 죽일 듯이 노려보면서도 절대로 귓가에서 떼지 않던 휴대폰은.

"검은색……."

내가 아니었어. 세아는 영상을 담은 USB 메모리를 꼭 움켜쥐며 휴대폰으로 다시 도현에게 전화를 걸었다. 여전히 꺼진 채였다. 되풀이되는 여자의 음성이 미로에 갇힌 듯한 느낌을 주었다.

도현을 만나야 한다. 지금 당장 말하지 않는다면 몸이 견디지 못할 것만 같았다. 우리가 떨어져 지낸 십 년 사이 네 가슴속에 빼곡히 자리하고 있는 원망과 오해와 상처, 그리고 잘못된 기억들……. 세아는 그것을 모두 돌려놓고 싶었다.

환하게 빛나고 있는 호텔을 확인하고선 바지 뒷주머니에서 축축이 젖은 돈을 꺼냈다. 기사의 낯빛이 또 한 번 어둑해졌다. 세아는 죄송하다는 말과 함께 돈을 건네고선 차문을 열고 내렸다.

"아, 죄송합니다."

"……."

정신없이 호텔 입구로 들어가 엘리베이터로 향하던 중 한 여자와 어깨를 부딪치고 말았다. 세아가 곧바로 사과를 건넸음에도 여자는 자신의 옷이 조금 젖어든 게 마음에 들지 않은지 거세게 노려보았다. 그러다 반가운 얼굴이라도 본 양 매섭게 벌어진 입술이 천천히 고운 호선을 그리며 올라간다.

"이거 윤세아 씨 아닙니까."

부딪친 여자의 어깨를 손으로 한 번 감싸 쥐었다 놓은 남자가 세아를 아는 척했다.

"누구……."

"도현이 관리자인 김중오라고 합니다."

세아는 놀란 표정을 재빨리 감춰야만 했다. 김중오. 요한에게 얘기만 들었지, 실제로 만나는 건 처음이었기에 세아는 빳빳이 선 고개를 한 번 숙였다가 들었다. 그에 비해 세아를 본 중오는 벅찬 웃음을 숨기지 못했다.

"도현이를 만나러 온 겁니까?"

마치 찾아갈 수고를 덜었다는 듯이. 세아가 고개를 끄덕였다.

"네, 지금 방에 있죠?"

"네, 한데 침대에 누운 지 좀 된지라 지금쯤이면 아마 자고 있을 겁니다. 급한 일이 있으신 거 같은데 죄송하지만 내일로 미루셔야겠습니다."

"아니요, 잠깐이면 돼요."

"내일 오시죠. 잠들기 힘든 애라 한 번 깨면 다시 잘 못 자거든요."

"아주 잠깐이면 됩니다. 할 말이 있어요."

"죄송하지만 안 됩니다. 내일 일어나면 연락하라고 전하겠습니다."

"그 방 안에 제 물건이 있어요. 꼭 필요한 거라……."

"윤세아 씨."

차가운 음색이 일렁이던 세아의 눈동자를 움켜쥐었다.

"내일 오시죠."

절대로 양보할 수 없다는 듯이 선을 긋는 목소리였다. 세아의 시선이 천천히 중오의 왼쪽 손목에 채워진 팔찌로 내려갔다. 제로인 세아가 맥스인 중오에게 존댓말을 듣는 건 모두 도현 하나 때문이다. 그와 동시에 몇 시간 전, 도현이 세아를 품에 안고 했던 말들이 생각났다.

"그나저나 체향이…… 독특하군요. 비에 젖어서 그런가, 다른 사람들보다 강한 게……."

"지금 뭐하시는 거죠?"

세아가 허리를 숙여 자신의 목덜미 근처로 다가온 중오를 보며 재빨리 뒷걸음치자 중오가 허리를 곧게 펴며 웃었다.

"아, 이거 실례했습니다."

김중오가…… 거기에 갔어. 누나랑 나랑 향이 비슷하니까 들키면 문제가 되잖아.

"제가 다른 벡터보다 후각이 예민해서."

세아는 오싹 소름이 돋았다. 지금 세아의 몸엔 집에서 사용하던 바디워시 향이 흐르고 있었지만 중오가 독특하다고 말한 건 그게 아니었다. 체향이라니. 대체 일반 벡터들보다 후각 세포를 얼마나 더 가지고 있어 이리도 민감한 것인지. 세아는 중오가 무섭게 느껴졌다. 그건 도현이 했던 말 때문이기도 했다.

"제가 반드시 내일 아침, 도현이 일어나면 윤세아 씨가 찾는다고 말해 드리겠습니다."

중오에게로 향해 있던 세아의 눈꺼풀이 미세하게 떨렸다.

"고작 하루입니다."

나 때문에 네가 위험해져?

"그사이에 무슨 일이라도 있을까요."

네가 위험해.

세아는 오들오들 떨었다. 비에 젖어서 오한이 도는 걸까, 감기가 들려는 걸까. 기분이 좋지 않았다. 중오는 지금 도현을 만나게 할 생각이 추호도 없었고, 이곳에서 더 고집부렸다간 의심만 살 뿐이었다. 대책 없이 찾아온 곳에서 호랑이를 만난 기분이라 세아는 손에 들린 USB 메모리를 꼭 움켜쥐었다.

"알았어요. 그럼 내일 오도록 하죠. 도현이에게 제가 왔었다고 꼭 좀 전해 주시고요."

"네, 알겠습니다. 우산이 없으신 거 같은데 사람을 시켜 모셔다드리도록 하겠습니다."

"아니요, 괜찮습니다."

이 이상으로 중오의 앞에서 자신에 관한 걸 흘리면 안 된다. 세아의 뇌가 그리 명령하고 있었다. 바로 눈앞에서 엘리베이터를 두고 돌아선 세아는 최대한 평범하게 걸으려

노력했다.

두꺼운 유리문을 밀며 밖으로 나온 세아는 공기를 크게 들이마셨다. 비가 미친 듯이 쏟아져 내리고 있었다. 아깐 정신없이 폭우 속을 달려왔지만 머리가 냉정해지니 차마 이 거친 풍경을 뚫고 지나갈 용기가 나질 않았다.

"비가 오지 않나."

그때였다. 세아의 눈앞에 커다란 우산 하나가 펼쳐지며 안전한 어둠 안으로 끌어들였다.

물 한 방울 묻지 않은 슈트와 눅눅한 공기 안에서도 청렴한 자태를 뽐내고 있는 셔츠를 따라 올라가던 세아의 시선이 얼굴에서 멈추었다. 서진이 손잡이를 움켜쥔 채 세아를 내려다보았다. 그 순간 세아의 손끝에 맺혀 있던 물방울 하나가 '톡' 하고 떨어졌다.

"넌 또 다 젖었을 테고."

일렁이는 눈동자. 뭐가 어떻게 젖는지 생각조차 하지 못하고…….

"……님."

"……."

"도현 님."

도현은 천천히 눈꺼풀을 밀어 올린 채 움직이지 않았다. 열다섯 이후 편히 잠들 수 없어 눈감고 있는 시간이 수면인 셈인데, 그런 면에서 자신을 부르는 목소리는 정말 겁이 없는 게 확실했다. 일어나서 훈계라도 해 줘야 하나 싶어 고민하던 사이 문을 연 이유가 흘러나왔다.

"주무시는 도중에 죄송하지만 윤세아 씨가 찾아왔는데요. 짐 때문인 거 같습니다."

"……."

"돌아가라고 할까요?"

도현의 몸이 재빨리 일어섰다.

"누가 와?"

탁자에 놓인 무드 등을 켜고 침대에서 내려오자 흠뻑 젖은 세아가 천천히 걸어 들어왔다.

"……누나."

일렁이는 시야 너머로 환영처럼 서 있는 건 분명 세아가 맞았다.

오지 말라고 했는데 왜 왔냐는 질문은 불필요했다. 방 한편에 놓인 캐리어라는 핑계를 앞세우며 발걸음 한 세아가 사랑스러웠다. 그것도 온통 젖은 모양새로. 그제야 도현은 관심 밖이던 비의 존재를 깨달을 수 있었다.

"우산은. 왜 젖었어?"

"그게……."

애처롭게도 물기가 떨어지는 머리카락을 쓸어 넘기는 손이 새하얗게 질려 있었다. 얼마나 떤 것일까. 도현은 욕실로 가 커다란 수건부터 챙겨 들고선 세아의 머리를 덮어 주었다. 물 한 방울이라도 남겨 두지 않을 거란 심산으로 헤집는데 티셔츠가 젖어 흰 살결에 달라붙어 있었다. 희끗 비치는 속옷을 본 도현이 재빨리 수건을 내려 어깨에 걸쳐 주었다. 이제 막 들어온 건우가 도현을 주시했다.

"김중오는."

"관리자님께선 아까 설예리 씨와 나가셔서 좀 늦으시는 모양입니다. 아버지인 설인우 씨와 친분이 있어 서로 말씀 나누실 것도 있으신 거 같더군요."

"알았으니까 나가."

"짐을 가지러 오셨다고 하니, 제가 직접 옮겨드리겠습니다."

"눈치도 없어? 말리고 보내야 할 거 아니야. 나가라고."

기어코 날카로운 목소리를 듣고 나서야 건우가 바깥으로 나섰다. 완벽하게 내린 어둠 속을 유유히 밝히고 서 있는 주황빛 조명이 아스라이 번지며 둘을 감쌌다. 여전히 도현의 시선은 파들파들 떨고 있는 세아의 어깨로 내려가 있었다.

"왜 말도 안 들어."

속이 상했는지 커다란 숨과 함께 두 팔을 뻗은 도현이 세아를 꽉 끌어안았다.

“안 듣는 거 원래 알지만 그래도 이렇게 젖어서 오면 어떡해.”

작정한 게 틀림없다.

“들어오는 거 보고 안아 주고 싶어서 미칠 뻔했잖아.”

도현의 눈과 몸을 화끈거리게 할 심산이 아니고서야 이런 몰골로 나타날 리 없다. 세아의 몸에 들러붙은 물기를 데워 주고 싶은 욕망이 지금 이 순간 맹렬하게 일어났다.

“사람 정신을 계속 이렇게 헤집어 놓으면 어쩌자고.”

꼭 물에 빠진 것처럼 축축이 젖어선…… 안아 달라고 주인 앞에 나타난 고양이처럼 굴면 대체 나보고 어떻게 견디라고.

“참지 않아도 되는데.”

“……조용히 해. 지금 너 안고 싶은 거 이겨 내고 있으니까.”

“뭘 이겨 내?”

“조용히 해.”

힘든 표정을 짓는 도현의 허리를 끌어안은 세아가 웃었다. 아니, 예리가 웃었다.

호텔로 찾아온 세아가 예리와 어깨를 부딪친 건 신이 돕는다고밖에 생각되질 않았다. 카피는 사진이나 영상을 보고도 가능하지만 완성도 높은 복제가 되려면 직접 마주치는 게 좋았다. 팔찌가 없는 외형이나 고유의 향, 그 대상

자체를 고스란히 베끼려면. 그 결과, 오직 세아에게만 반응하는 도현의 오감은 지금 이 순간에도 생생히 살아 숨쉬고 있었다.

"씻고 왔어? 내 향기 안 난다."

자신의 머리카락을 파고드는 도현의 손길을 만끽하며 예리는 숨이 막히는 걸 느꼈다. 이렇게 달콤한 포옹이 세상에 또 어디 있을까. 도현의 품에 안기는 감각을 난생처음 맛본 예리는 달콤한 약물에 중독된 것처럼 몸이 나른해졌다. 몽롱해진 정신은 그날의 풍경을 그린다.

십 년 전, 이런 도현을 보고 싶어 뙤약볕 아래에 서서 윤세아를 기다렸었다. 그 제로 여자의 모든 걸 베껴 너의 집으로 찾아가기 위해서. 그리고 십 년이 지난 지금은 어떤 한 남자의 염원을 이루기 위해. 예리는 중오가 말했던 매력적인 제안을 떠올렸다.

"……도현아."

이렇게 합시다.

"나 너한테 할 말 있는데."

카피를 하면 윤세아가 둘이 되는 거니 도현이가 나중에라도 눈치를 챌 거 아닙니까. 그러니 설예리 씨가 먼저 두 명이 있다고 얘기하면서.

"날 따라 하는 벡터가 있어."

진짜 윤세아를 가짜로 만드세요.

"그게 무슨 말이야."

도현이 살며시 인상을 구겼다가 이내 등을 조심스럽게 쓸어내렸다. 예리는 오히려 그 손길에 정신 나간 것처럼 몸을 떨었다.

"너 왜 이렇게 떨어. 추워?"

"내가 봤어, 나랑 똑같은 애. 난…… 나 아니야, 그거."

"뭘 봤는데."

"나랑 똑같은 애가 있는 거 봤다고."

"누가."

완벽히 속일 생각은 하지 말고, 그냥 잠시 혼돈만 주는 겁니다.

"누가 감히 널 따라 해. 내게 죽고 싶지 않은 이상."

윤세아가 둘이라는 사실만으로도 몹시 어지러울 테니까요.

"응? 누가 그래."

짙어진 도현의 눈동자를 마주하며 예리는 온몸이 전율하는 걸 느꼈다. 예리의 발언으로 인해 혼란이 밀려왔지만 그럼에도 자신의 여자를 진정시키는 걸 우선으로 두는 행동에서 예리는 당장에라도 도현에게 입을 맞추고 싶어 안이 근질였다.

"무서워, 네가…… 나 아닌 가짜한테 정신 팔려서 마음까지 줄까 봐."

"누나."

“싫어, 네가 혹시라도 나랑 똑같은 여자랑 마주쳐서 나인 줄 착각하고 그러면……!”

“윤세아.”

커다란 손이 예리의 얼굴을 감싸며 들어 올렸다.

“무서워하지 마.”

“어떻게 그래. 내가 정말 봤다고.”

“알았으니까.”

묵직하게 흐르는 숨이 벌어진 입술 사이로 흘러나왔다.

“알아볼 테니까 떨지 마.”

“싫어, 걔가 네 옆에서 나인 척하면 난…….”

“숨 쉬고.”

조심스럽게 예리의 얼굴을 엄지로 쓰다듬으며 말한다. 심장까지 어우르는 손길이다. 세아를 가짜로 만드는 도중 쏟아진 질투가 아직 한참 더 나올 수 있었지만 도현의 목소리는 예리를 지배하는 힘이 있었다. 예리가 그제야 까무룩하게 잊고 있던 숨을 토해 내자 도현이 눈을 맞추며 말했다.

“들이마시고.”

“…….”

“내뱉고.”

마치 처음 숨을 배우는 아이처럼 예리는 도현의 말에 귀를 기울이며 색색 숨을 쉬었다.

"잘하네. 한 번만 더 해."

올라간 입꼬리 사이로 흩어지는 칭찬이 나긋했다. 그 명령에 따라 숨을 고르는 게 이리도 감미로운 일인 줄 꿈에도 몰랐다. 더욱 예쁨을 받고 싶은 마음에 크게 호흡하자 도현의 눈동자가 진해지며 예리에게로 가까이 다가왔다. 허공으로 무의미하게 번지던 숨결이 도현의 얼굴에 닿아 부서졌다.

"한 번 더."

그렇게 접근해서 설예리 씨가 알아내야 할 건 윤세아가 하도현에게 어떤 의미인가입니다.

"숨 마시고."

예컨대, 키스로 알 수 있겠군요.

"이번엔 뱉지 마."

누나와 동생 사이에 키스는 하지 않거든요.

"으읍……."

예리의 입술 위로 도현의 입술이 맞물렸다. 우리는 그렇게, 누가 누구로 인해 젖는지 생각하지 못하고…….

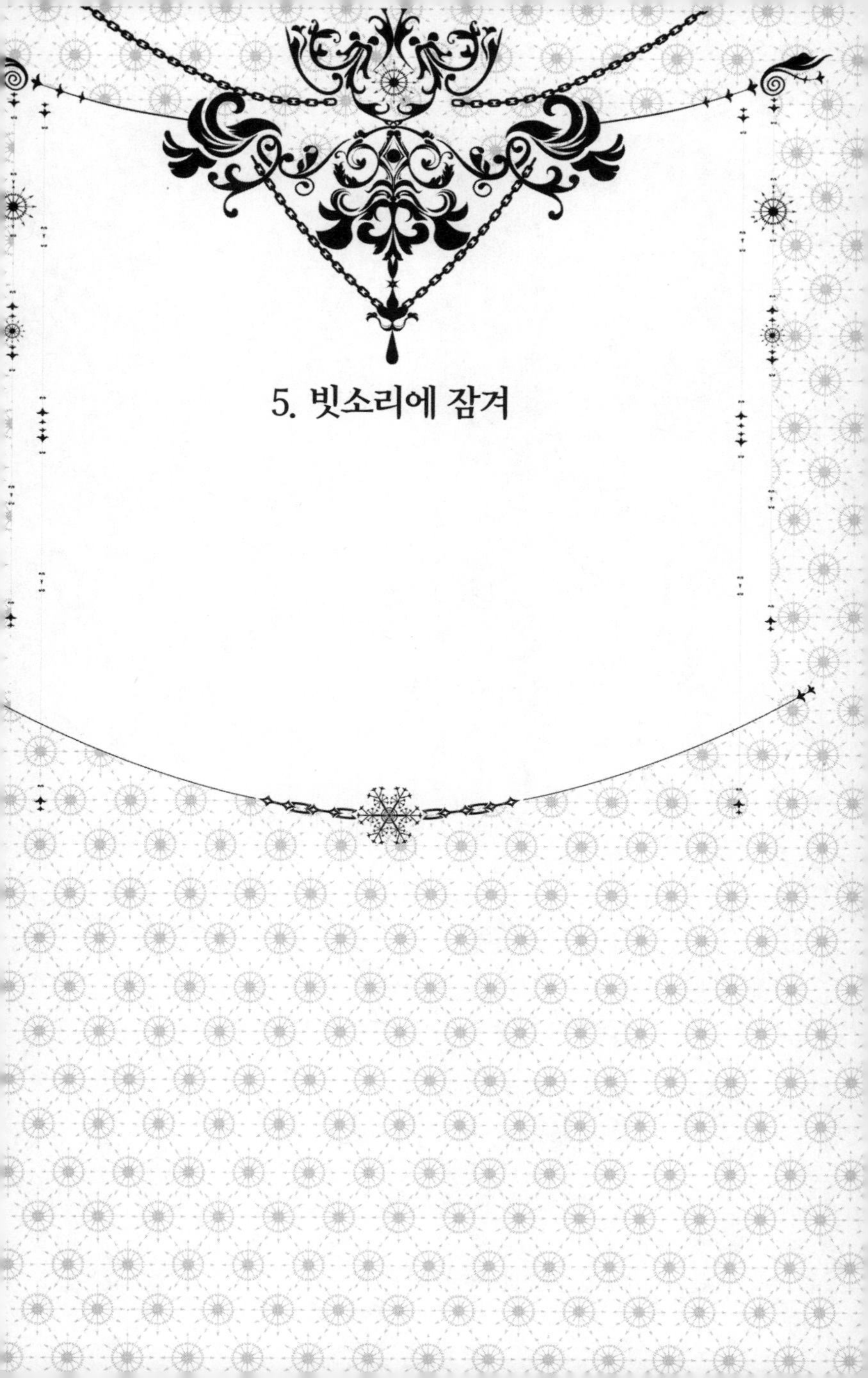

5. 빗소리에 잠겨

5. 빗소리에 잠겨

예견된 일이었다. 침대에서 일어나지 못한 채 멀뚱히 천장만 바라보고 있는 건. 불 같은 열기의 출처가 시끄럽게 세아의 귓가를 파고들었다. 창을 톡톡 두드리는 빗줄기는 여전히 어제의 기세를 이어 나가고 있었다.

삶을 팍팍하게 살아선지 눈 뜨자마자 가장 먼저 안도한 건 오늘까지가 휴가였단 사실이었다. 그다음은 자연스레 도현에게로 흘렀다. 손을 더듬어 휴대폰부터 켰지만 도현에겐 그 어떤 연락도 오지 않은 상태였다. 세아는 작게 한숨을 내쉬었다. 늦잠을 자 오전 11시에 가까워지는 시간이었지만 이미 일어나 있을 도현에겐 연락 하나 없었다.

"일어났어?"

애처롭게 내려간 눈초리가 소리 난 쪽으로 황급히 기울

었다. 세아가 뒤척이자 기다렸다는 듯이 걸어오는 모습은 마치 오래전부터 이곳에 머물러 있던 사람처럼 위화감이 없었다.

"너 언제 왔어?"

"새벽 5시."

너무나도 이른 시간에 놀란 얼굴과 달리 아무것도 오지 않은 휴대폰 하나에 실망했던 마음이 순식간에 편해진다.

글자뿐일 문자 메시지와 그저 귓가에 스며드는 것이 전부인 목소리를 뒤로한 채 도현이 달려와 주는 것을 택했기 때문이다.

베갯잇을 적신 땀방울과 그곳이 제집인 것처럼 들러붙은 가느다란 머리카락을 쓸어 넘겨 주는 손길이 새벽녘에 머문 바람처럼 차갑다.

"뭐하러 그렇게나 빨리 왔어."

"해가 너 보기 전에 내가 먼저 보려고."

어제부터 계속 비가 와 먹구름만 가득한데 이상한 핑계를 대는구나 생각하면서도 세아는 가슴이 뛰었다.

"왔으면 깨우지."

"너무 곤히 자고 있어서 깨우기 싫더라."

혹시나 움직이는 소리라도 듣고 깰까 순간이동으로 집을 찾은 도현은 도착한 지점에 주저앉아 먼발치에서 잠든 세아를 지켜봤었다. 세아는 그것이 편히 자라는 배려였다는 걸 눈치챌 수 있었다. 남자의 품이 안락하게 느껴지기엔 줄곧 경계하며 살아온 삶인 터라 안아 주면 놀라 깰 게 분명했다. 침대에 앉아 세아를 내려다보는 표정이 걱정으로 물들어 있다.

"깃 봐."

타박하듯 내뱉는 목소리가 냉정했지만 맺힌 땀방울을 거둬 내는 손길은 다정하다. 마치 세아가 아플 거라 미리 예견이라도 한 듯.

"비 맞으니까 감기 걸렸잖아."

세아는 도현의 손길로 인해 노곤했던 감각이 확 곤두서는 걸 느꼈다. 어제 차마 하지 못했던 말들이 목 안에서 앞다투어 경쟁했다. 세아는 몸을 반쯤 일으켰다. 현기증에 이마를 짚은 세아가 낮은 목소리로 물었다.

"밖에 그 사람 있어?"

"누구. 관리자?"

"응."

그중 가장 먼저 튀어나온 건 어제 자신을 막아섰던 중오에 대해서였다.

"아니, 걔가 가진 초능력은 비 오는 날엔 거의 죽음이라 호텔에 두고 왔어. 다른 애들은 내가 다 치웠고."

세아는 주변에 감시하는 자가 없다는 걸 알고선 안도했다.

"어제 너 만나러 갔다가……."

"알아."
"할 얘기가 있어서 간 건데."
"응."
"못 만나고 가서."
"못 만나?"
열기로 뚝뚝 끊어지던 세아의 말을 가만히 듣고 있던 도현의 표정이 삽시간에 어두워졌다.
"응, 너 잔다고 해서…… 그냥 돌아갔는데."
도현의 얼굴 위로 한기가 돌았다. 무더운 방 안의 공기가 겁이나 도망치는 게 느껴졌다. 바깥의 빗줄기는 어제보다 가늘어졌는데 도현만이 어젯밤, 거센 폭우를 만난 듯한 모습이었다.
"……너 어제 나 안 보고 돌아갔어?"
"응, 한 번 깨면 다시 잘 못 잔다고 해서……."
안 그래도 세아를 따라 한 벡터를 찾아볼 생각이었다. 필사적으로 도현의 품에 안겨 하는 말이 온통 무섭다는 것이었기에 무엇이 널 두렵게 했을까 분노가 치밀었지만 달래는 것이 더 우선이었다. 그래서 숨을 섞고 입술을 맞대고 네가 무서워하는 그것들, 내가 전부 없애 주겠다며 사랑한단 고백을 몇 번이고 속삭여 주었는데.
"네가 온 게 아니라고."
그건 누구였을까 하는 의심과 더불어 도현의 머릿속을

강하게 꿰뚫는 생각은.

"……."

이쪽은 진짜일까. 세아를 내려다보는 도현의 눈매가 이윽고 가늘어졌다.

"그거 나 아니야."

아니면 어제 찾아온 네가 진짜일까.

"너 신고한 거, 나 아니었어."

그럼 지금의 넌 대체 누군데.

"사고 나기 전, 아파트 CCTV 확인해 봤어."

세아가 탁자 위에 놓인 작은 물체를 집어 도현에게 내밀었다. 어제 그토록 매섭게 쏟아지던 빗속에서도 무사할 정도로 세아가 소중하게 꼭 움켜쥐고 있던 USB 메모리였다.

"휴대폰이 달라. 검은색이야. 내 건 하얀색이었잖아."

오해의 실마리를 풀 수 있는 열쇠라고 생각했던 것과 달리 그걸 내려다보는 도현의 눈동자가 혼란으로 뒤덮였다.

"확인해 봐. 그때 네가 본 거 나 아니니까."

화면 속 그녀의 휴대폰은 저지른 짓만큼이나 흑심이 훤히 보이는 검은색이었고 세아는 지금도 변함없이 도현을 향해 순백한 모습 그대로였다. 너를 사랑하고, 너만이 전부란 것에 단 한 점의 부끄러움조차 없던 새하얀색. 나는 한결같았는데 너만이 그걸 보지 못했다고 생각하니 바싹 마른 입술이 타들어 가는 것만 같았다.

"그날 신고한 게 윤세아, 네가 아니었다고."

세아가 했던 말을 그대로 되새기는 것뿐인데도 도현의 눈동자가 그날의 절망을 맛본 듯 휘몰아쳤다. 도무지 안 믿겨 다시 한 번 물었다.

"너 어제, 정말 안 왔어?"

호텔 방을 찾아온 세아는 도현이 기억하는 모습 그대로였다. 너의 얼굴, 너의 향기, 너의 살결, 나와 마찬가지로 아무것도 없는 빈 손목. 네가 아니었더라면 거부반응이 일어났을 시야엔 오직 너만이 건재했다. 내가 모르는 윤세아는 없어. 그럴 리 없다.

"어제 누가 널 찾아왔어?"

정말 둘이 아닌 이상, 그걸 똑같이 베낀 벡터가 있지 않은 이상.

"왔었구나."

도현은 아무런 말도 하지 못하고 표정만 딱딱하게 굳혔다. 열다섯 살, 방 안에서 세아와 마주쳤을 때와 마찬가지로.

"나랑 똑같은 애 만났지, 너."

무너질 것만 같은 도현의 위태로움이 세아에게 전해졌다. 답을 종용하기 위해 움직이던 몸이 크게 한 번 휘청였다. 도현이 반사적으로 그런 세아를 부축했지만 매몰차게 내리쳤다. 도현의 표정이 어둠으로 떨어졌다. 결국 찢어지고만 세아의 입술에선 피가 선명했다.

"만났냐고 물었잖아."

"누워서 얘기해. 열나잖아."

"나 걱정할 시간에 빨리 말이나 해."

색색, 힘겹게 숨을 몰아쉴 때마다 들썩이는 가슴이 불안하다. 이러다 문제라도 날 것만 같아 도현은 솔직하게 고백했다.

"어제 찾아온 네가, 내게 널 따라 하는 벡터가 있다고 했어."

만약 가짜였다면 왜 그런 얘길 찾아와 했는지 의문이다. 세아를 따라 한 건 그쪽이면서 왜 그걸 굳이 도현에게 드러내려고 했을까. 어김없이 세아를 바라보는 도현의 눈동자가 크게 파도친다. 그렇다면 이쪽이…… 가짜.

"나 안 갔었다고."

"그럼 네가 진짜라고."

세아는 기분이 이상했다. 버젓이 널 사랑하는 내가 앞에 있는데.

"진짜 맞아?"

그런 소리를 하고 있다니.

"그걸 왜 나한테 물어. 너 정신 나갔어?"

세아가 억세게 입술을 깨무는 만큼 도현은 불안했다. 자신에게 각인된 세아의 흔적으로 구분하는 게 아닌 그저 말 한마디에 진짜와 가짜를 구별하는 모습이 한없이 무능력하게 느껴졌다. 다른 것도 아니라 윤세아다. 내가 모르는 것 하나 없는 윤세아.

머리가 끊어질 듯 지끈거린다. 사랑하는 여자 하나 구별하지 못하다니 이게 말이 되기나 할까. 내 세상은 오직 넌데, 그럴 리 없는데, 내가 모르는 윤세아는 없는데…….

"지금 날 보고, 진짜?"

그런 네가 둘이야.

"너 어제 걔 만나서 무슨 짓 했는데 지금 날 가짜라고 생각해?"

"……."

"무슨 짓 했냐고. 잤니? 그랬어?!"

"윤세아."

"그랬냐고!"

"안 했어."

세아가 걱정하는 일은 없었지만 그런다고 해결될 일은 아니었다. 울부짖는 세아를 보며 도현은 아무런 말도 할 수 없었다. 차라리 벙어리라도 되면 속이 편할 것 같았다. 만약 이쪽이 진짜라면 어제 사랑한다 속삭이며 입술을 덧대었던 자신의 혀를 잘라 내고 싶은 욕구에 허덕이게 될 것이므로.

"너 전에 나한테 그랬었지."

그와 더불어.

"내가 너 안 사랑했었다고."

내가 그간 너에게 했던 모든 말들이 상처였음을 알게 되는 것이니. 끌어안아 주고 어여쁘다 여겨도 모자를 너에게 나는 내 팔과 마찬가지로 지우지 못할 화염을 수도 없이 보기 싫은 흉터로 남긴 것임을.

"넌…… 대체 나의 어딜 보고 사랑한 거니?"

내가 너를 태웠니, 윤세아.

"아니라고 했는데도 믿지도 않고, 설령 기억을 잃었다 해도 널 사랑한 날 계속 부정하고! 얘기해 봐, 네가 사랑했던 난 대체 어떤 여자였는데? 릭시라는 걸 알았으니 신고하는 그런 여자였어?"

거칠게 숨을 뱉던 세아의 눈동자가 원망으로 가득 찬다. 카피를 가진 벡터라면 얼마든지 세아의 모든 걸 그대로 똑같이 따라 할 수 있었을 것이다. 도둑질도 한 번이 어렵지 두 번은 어렵지 않다고, 이미 십 년 전에 둘을 갈라지게 하는 단맛을 보았으니 지금 똑같이 도현을 찾아갔을 거란 생각은 거의 확신에 가까웠다.

아마 도현에게 사랑을 품은 여자 중 하나가 범인일 거다. 중학교 때 도현이 유일하게 제 옆을 내준 세아를 부러워하며 그 자리를 탐내 할 사람은 열 명도 더 되었다. 하지만 자신을 흉내 내면서까지 도현을 차지하려고 했던 벡터가 누구인지 색출하기엔 세아는 지금 머리가 온전치 못했다.

"나 혼자만 너 믿고 네가 전부였고 너밖에 없었니?"

"……."

"내가 그렇게 너에게 믿음을 못 줬어?"

그러니 끊어질 듯 토해지는 숨결 사이로 으스러진 글자를 하나씩 뱉을 뿐이다.

"모습은 같았어도 마음까지 어떻게 같아."

네가 착각할 수밖에 없는 모습을 한 여자에게 나를 대하는 것처럼 똑같이 했을 거란 생각만 하면 속이 역류하는 것 같으면서도…….

"내가 아무리 벡터를 증오했다고 한들, 네가 릭시란 걸 알았다고 해서 신고할 여잔 아니란 걸 왜 너만 몰라!"

왜 사랑하는 내 마음을 보지 못한 것일까. 그게 가장 아팠다.

"날 따라 하는 벡터가 있을 거란 생각, 놀란 마음에 못했다고 백 번 생각할 수 있는데 왜 지금 또 흔들리는데……. 넌 날 아직도 그렇게 모르겠니?"

나는 나를 불같이 사로잡는 열기 속에서도 널 향한 마음이 흔들린 적 없는데 너는 왜 자꾸만 붉어지고 열병에 시달리다 흐트러지고 마는 것일까. 내가 널 뜨겁게 했니, 네가 나에게 데었니, 속을 뒤집어 놓았니?

"아…… 아니다."

그래서 그게 나였어?

"네가 알던 나는 충분히 배신할 만했나 보다."

나는 아무것도 하지 않았는데 왜 너 혼자 수도 없이 많은 지난밤을 홀로 괴로워했을까.

어지러이 일그러지는 시야를 닫았다. 그동안 우리의 믿음이 얕았다는 것과 네가 좋아했던 게 나의 껍데기일 뿐이라면, 그걸 언제든지 따라 할 수 있는 인물이 또다시 나타난 이상 세아는 마음을 달리 먹어야만 했다.

"우리 그만하자."

네가 평소 생각했던 충분히 배신할 만한 여자.

"그만 만나."

그에 걸맞은 짓을 해 보려고, 이제.

"뭘 그만해?"

흔들리던 도현의 눈동자가 일순간 짙은 어둠으로 잠식되며 일그러졌다. 세아는 힘없이 도현을 바라보았다. 봐 봐, 지금도 널 사랑하는 내가 절대로 할 수 없는 말을 해도 넌 내 마음을 알지 못하고 그저 겉으로 보여지는 것들에 흔들리잖아.

"누구 마음대로 그만해."

자신의 손목을 꽉 움켜잡은 도현의 손에는 절대로 놓지 않을 거란 아집이 응집돼 있었다. 평소 사랑하는 누나라면, 자신을 사랑하는 윤세아라면 잡으면 잡는 대로 붙잡혀 있다는 걸 충분히 알기에 나오는 행동이다. 그래서 세아는 온 힘을 다해 뿌리쳤다.

“못 들었어? 그만하자고.”

떼어 내려고 하면 할수록 들러붙는 습성을 세아는 너무나도 잘 알고 있었다. 내가 잔인해질수록 넌 더욱 절박해진다는 것도. 역시 세아를 놓친 도현의 눈동자에 집념이 서린다.

“가.”

“누나.”

“머리 아프니까 너 가라고. 보기 싫어.”

“윤세아.”

“내 이름도 부르지 마. 듣기 싫어.”

“얼굴이고 뭐고, 모든 게 너랑 전부 똑같았다고!”

“그래서 그게 나였냐고!”

도현의 눈동자가 일렁였다. 세아가 입술을 씹으며 강하게 말했다.

“나는 너 찾아온 날, 네 팔에 있는 화상 자국 같은 건 안 보였어. 자란 얼굴, 비슷한 사람도 많았겠지. 근데도 내가 하도현이라는 걸 확신했던 건 내 치마 길이 걱정하던 네 습관 하나 때문이야. 알아?”

열네 살 도현이 알고 있던 세아는 하루에도 몇 번씩 초능력과 벡터에 대해 얘기하던 여자였다.

“근데 넌 뭐야?”

그래서 도현은 이제 세아가 말하지 않아도 그녀가 얼마

나 벡터를 싫어하는지 알았다.

"나 사고로 기억 못하는 여자 취급하면서 신고한 게 나라고 우긴 넌 대체 뭐니?"

도현의 눈가가 점차 일그러졌다. 그래서 익숙해졌을 뿐이다. 그렇게 얻은 결론이었다.

"대체 날 뭐라고 생각했던 건데."

내가 아무리 사랑해도, 사랑한다고 말해도 누나는 제로인 하도현을 사랑하지 릭시인 하도현은 싫어할 거란 사실. 겁이 나 묻지도 못했다, 말하지 못했다. 그가 한 일이라곤 입을 겹겹이 잠가 죽은 듯이 사는 것이다.

"무슨, 우리 암호라도 만들까? 서로 보고 진짜인지 아닌지 구분하기 위해 얼굴 보고 암호나 얘기할까? 그래서 뭐가 달라지는데. 다른 한쪽이 암호를 알면, 넌 또 그걸로 나랑 착각할래?"

도현에겐 세아밖에 없었다. 세아만 있었다. 휴대폰, 그게 뭐 어쨌다고. 색이라곤 기억나질 않는다. 내 시야엔 너 말고는 아무것도 없어. 세아를 제외한 건 전부 회색빛일 뿐인데, 사랑받지 못한다고 생각하면 도현의 세상은 암흑이 되었다.

"너 지금 나랑 장난하니?"

사랑받지 못하면 난 죽어.

"아니야, 그런 거…… 아니라고."

열네 살 도현이 짊어지기 어려웠던 무게. 스물다섯 살이 된 지금도 마찬가지.

"내가 잘못했어, 누나……. 못 알아본 내가 잘못했으니까 그만하잔 소리 하지 마. 나 네가 전부야. 너 없으면 나 죽어. 죽는 거 보고 싶어서 이래, 네가?"

제발, 부디 간곡히 바라건대.

"죽일 거 아니면 그런 말…… 제발…… 그 소리만 하지 마."

나는 죽고 싶지 않아…… 누나.

"헤어져."

도현의 얼굴 위로 절박함이 드리운다. 세아가 거친 숨을 토하며 도현의 검은 머리를 내려다보았다.

"너랑 더는 못 해."

"왜 못 하는데……."

목이 멘 도현이 그대로 세아의 무릎 위로 무너졌다. 세아는 그 모습을 묵묵히 지켜보았다.

"어차피 네가 좋아한 건 내 껍데기일 뿐이잖아. 어제 만난 윤세아한테 가서 잘해 봐."

"그렇게 얘기하지 마."

도현은 숨 쉬는 법을 잊은 것처럼 괴로워했다.

"그런 거 아니야. 네가 전부라고 말했잖아."

꾸역꾸역 글자를 눌러 담아 말한다. 그 안에 얼마나 많은 의미가 담겨 있는지 알면서도 세아는 모른 척했다. 손길한 번 줄 법도 한데 그러지 않고 차갑게 대하는 내가 넌 지금 악마처럼 느껴지겠지. 피도 눈물도 없다, 매정하다 그리 생각하겠지만.

"……내가 잘못했어. 뭐든 다 할게."

악마같이 굴어도 너는 나를 놓지 못해. 아무리 잔인하게 굴어도 오히려 거기에 굴복하며 매달리는 것밖에 하지 못할 걸 잘 안다. 달라붙어 떨어질 생각 같은 건 못하는 걸 알았으면, 이제라도 내 품에 안겨 네가 느끼는 감정 하나부터 열까지 똑똑히 기억해. 네 심장을 날카롭게 그어 냈던 말, 발밑을 기꺼이 기게 했던 애절함, 아니라고 울부짖어 부르튼 가슴.

지금 네 눈에서 떨어지는 거, 박혀 사라지지 않는 응어리, 네 머릿속에 가득 찬 나.

"내가 다 잘못했으니까…… 헤어지자고 하지 마."

너를 울게 하는 오직 그것만이 진짜이니.

"빨리……."

아이가 어미를 찾아가듯 더듬거리는 손가락이 세아의 옷을 꽉 움켜잡는다.

"빨리…… 안 그러겠다고 대답이라도 해, 윤세아."

새하얀 허벅지 위로 주변의 공기보다 뜨거운 여름 빗물이 내려앉는다. 눅눅하게 젖어 들어간다. 도현의 넓은 어깨가 파도처럼 넘실거려 당장에라도 손을 들어 어루만져 주고 싶지만 이럴수록 매정해져야 한다.

"울지 말고 가라고."

도현이 세아의 허리를 끌어안으며 어린아이처럼 고개를 저었다.

"못 가…… 안 가."

이미 눈물로 얼룩진 살결 위로 뜨거운 열기가 비벼진다. 세아는 바늘처럼 찌르는 열병에 눈꺼풀을 내려 감았다. 지독한 감기다. 어지러워 혼절할 듯하다.

몸이 더워 열이 나는 것일 뿐인데, 비틀거리는 세아를 본 도현은 자신이 계속 붙잡고 있어 병이 더 악화된다고 착각할 만했다. 안 된다고, 그러지 말라고 울며 놓지 않고 집요하게 끌어안고만 있어 안 그래도 연약한 몸에 열을 더한 꼴이다.

결국 마지못해 팔을 풀어 주자 땀으로 얼룩진 세아가 기다렸다는 듯이 침대에 누웠다. 이불도 제대로 덮지 않은 채 벽으로 돌아누운 몸이 작게 앓는 소리를 냈다. 너 가. 그 말은 듣지도 못했다는 듯이 도현은 일어나 휴대폰을 뒤적였다.

"어딜 전화해."

반사적으로 고개를 돌린 세아의 눈초리가 도현을 질책하듯 뾰족했다. 이미 도현이 무슨 짓을 하려는지 다 아는 눈치다. 도현은 곧 죽을 것만 같은 사람처럼 지친 얼굴을 했다.

"언제까지 그러고 있을 건데……. 열 계속 오르고 있잖아."

"전화 걸지 마."

"너 아픈 거 못 봐주겠어."

"그러니까 누가 보고 있으래? 가라고."

세아를 바라보던 도현이 이번엔 먼저 고개를 돌렸다. 여전히 휴대폰을 손에 움켜쥔 채였다.

"치료 계열 벡터 부르면 금방이야."

"네가 부르는 게 아니라 김중오가 데려오는 거겠지."

"……그래서."

도현이 귓가에 대고 있던 휴대폰을 살짝 떼어 냈다. 다시 바라보는 눈빛이 아까완 달리 지독하리만치 어두웠다.

"그게 뭐 어떻다고. 네가 나으면 된 거잖아."

"내가 왜 그렇게까지 해서 나아야 하는데? 왜, 당장 네가 보기 힘들어서?"

"……."

"보기 싫으면 가면 되잖아, 왜 안가? 아, 설마 못 받은 게 있어서 안 가는 거니?"

그 말에 도현의 눈썹이 꿈틀댔다. 세아가 지친 몸을 일으켜 왼손에 끼워진 반지를 빼자 도현의 눈동자가 순식간에 암흑으로 변했다.

"다시 껴."

괴수가 튀어나올 듯 거친 목소리였다.

“제발 그러지 마.”

뒤따르는 건 앞으로 벌어질 일을 예견한 듯 부탁하는 애절한 음성이다. 그것이 마지막 경고인지도 모르고. 공간에 드리운 어둠을 위태롭게 끌어안은 도현을 보며 세아는 반지를 던졌다.

“가져가.”

팅, 팅. 세아의 손을 떠난 링이 바닥에 튕겼고 그와 동시에 도현의 심장도 아래로 꺼졌다. 뇌리가 흔들렸고, 창밖에선 뇌우가 쳤다.

“원래 네 거였잖아.”

정처 없이 구르던 링은 이윽고 도현의 발치에 닿았다. 천천히 고개를 숙인 도현은 그걸 가만히 내려다보았다.

“……나랑 얘기하기 싫어?”

주인을 떠난 반지는 색을 잃어 서늘한 시체와도 같았다.

“그래서 이러는 거야?”

마치 너에게서 떨어지면 죽어 버리는 나처럼. 반지를 주워 든 도현은 세아의 손에 맞지 않아 억울했던 열다섯 살 때 모습이 어른거려 목이 막혔다.

“십 년 전에 너 사랑한다고 준 거야. 알아?”

“알아.”

“알면, 그때부터 너 하나만 바라보고 살았다는 걸 아는 애가 나한테 다시 돌려주는 짓은 어디서 배웠는데?”

“그게 이제 와 의미 있어? 그때도 날 따라 하는 벡터가 있었다면 넌 그거 하나 구분 못하고 가짜한테 반지 주며 고백했겠지.”

“…….”

“…….”

“……제발, 누나.”

도현은 눈이 욱신거려 흐트러지는 시야를 찢어 내고 싶었다. 진짜와 가짜를 구분하지 못한 벌이다. 하지만 이거 하나 네 손에 다시 끼워 주겠다고 견디며 버텨 왔던 십 년이다.

“진짜랑 가짜도 구분 못하는 네가 준 반지, 내가 끼고 있을 이유 없어.”

그 마음에 가짜는 없고 오직 윤세아만 있었다.

“확실하게 내가 누군지 알게 되면 그때 다시 오든가.”

돌아왔을 때 서랍 한편에 버려 둔 것이 아니라 목에 걸려 있어 줄곧 네 살 냄새에 파묻혀 있었을 거란 생각 하나로 아쉬웠던 마음을 고이 접었던 나였다. 그건 곧 내 심장이었고 사랑이었고 나를 살게 한 이유였는데…….

“윤세아.”

“…….”

“나 봐.”

서늘한 목소리에 겁을 먹은 것인지, 그것도 아니면 눈도 마주치지 못할 짓을 저지른 걸 알고 있는지 세아의 시선은 바닥 그 어딘가에 닿아 있었다.

"반지도 줬으니까 됐지. 이제 가."

"나 좀 봐 줘."

"……."

"말할 때 봐."

"……자고 일어났을 때 너 없었으면 좋겠어."

세아가 고개를 돌리자 도현의 얼굴 위로 거대한 지진이 일어난다.

"몇 번을 말하게 하는 건지."

손이 나가고 돌아서는 턱을 잡은 건 순식간이었다.

"이게 네가 원하는 거야?"

세아는 밀려오는 통증에 저도 모르게 입술 사이로 가느다란 신음을 토했다.

"대화도 싫고 눈도 안 마주치고 사람 말려 죽이는 게 네가 바라는 거야?"

일그러진 눈꺼풀 사이로 예리하게 빚어진 눈매와 그를 빼곡하게 채운 어둠이 들이닥친다. 세아는 처음 마주하는 도현의 모습에 눈동자를 떨었다. 올라가는 입꼬리가 심장에 깊이 박힌다.

"왜 말이 없어."

한 가지 간과한 사실이 있었다. 세아가 되려 했던 악마.

"귀먹은 거 아니잖아?"

이미 십 년 사이 소년은 악마를 곁에 두고 성장했다. 집착은 완성형이었다. 다만 그걸 겉으로 드러내지 않아 몰랐을 뿐. 세아는 웃고 있는 도현을 보며 소름 끼치는 감각을 떨쳐 내기 위해 밀었지만 그럴수록 손아귀엔 힘만 더 들어갔다. 마치 발버둥 치면 칠수록 살을 옥죄는 덫처럼.

"할 말 있으면 보고 얘기해."

"윽……."

"방금 뭐라고 했더라…… 반지를 가져가라고."

거대한 번개가 한 번 쳤다. 무수히 쏟아지는 빗줄기가 창문 틈새로 스며들어 세아의 귓가를 두드렸다. 어이없다는 듯이 벌어진 입술, 그곳에서 비보다 차가운 음색이 쏟아진다.

"네 거야. 이미 오래전부터 난 네 거였는데."

세아는 점차 온몸이 젖어드는 기분을 느꼈다.

"던진다고 그게 사라져?"

움직임이 계속될수록 알게 된 사실은 너는 죽어도 나를 놓아주지 않을 거고.

"그런 게 아니지. 내가 지금 여기 있잖아, 윤세아."

나는 영원히 너를 벗어나지 못할 것 같아. 세아의 눈동자가 뒤흔들렸다. 내리치는 번개가 둘을 감쌌다.

"너 다 안다고 했지. 이게 어떤 의미였는지."

그걸 또 감미롭게 바라보는 도현이다. 도현의 손아귀에

붙잡힌 세아는 초능력이 없는 인간이었고, 먼지만도 못한 제로였으며 자신에게 미쳐 있는 하도현을 잘못 건드린 애처로운 여자였다. 진짜 윤세아가 무엇인지 똑똑히 알려 주려던 게 오히려 독이 된 것이다.

"그럼 내가 무슨 짓 할지도 알겠네."

도현이 순식간에 세아를 몰아붙이며 침대 아래로 깔았다. 움직이지 못하게 골반에 내려앉아 짓누르는 몸짓이 육중하다. 내려다보는 시선은 밑바닥인 제로를 제압하며 군림하는 릭시 그 자체라 세아는 소름이 돋았다. 그 밑에서 가느다란 숨을 토해 내는 모습은 그저 위대한 힘 앞에 목숨을 잃을 한낱 제로의 처지였지만 늘 그래 왔듯 굴복하긴커녕 발길질하며 벗어나려 애쓴다.

"비켜!"

"손 내놔."

"하도현, 너……!"

"이리 줘, 손."

우악스럽게 밀쳐 대는 손을 허공에서 가볍게 낚아챈 도현이 자신에게서 도망치려 했던 손가락을 꽉 붙잡았다. 손톱을 세워 파고드는데도 아프기보단 나를 할퀴고 상처 내는 게 너뿐이란 사실에 감동한다. 그래서 입부터 맞춰 주었다. 텅 비어 있는 네 번째 손가락이 가슴에 구멍을 내고 허한 바람이 들어차면서 느끼는 건 역시 그곳엔 내가 있어야 돼.

“거 봐, 버려도 다시 끼우면 들어가잖아.”

한 치의 오차도 없이 들어가는 반지를 보며 도현의 시야가 일렁였다. 손에 꼭 맞는 날, 내 신부 해.

“……이렇게 잘 맞는데 네가 날 두고 어떻게 헤어져.”

나지막한 음성과 더불어 간결하게 내려온 시선이 서늘하다.

“내가 싫다고 했어?”

내 지독한 성정, 네가 알게 되면 넌 진저리칠 테고 무서워할 거라 모르게 하려 기를 쓰고 착한 동생으로 남으려고 했는데……. 반지를 다시 끼워 넣은 도현의 얼굴엔 어둠이 드리웠다.

“그럼 이제부터 이건 족쇄야.”

넌 기어코 넘지 말아야 할 선을 건너.

“넌 날 죽어도 못 벗어나.”

내 안에 잠재되어 있던 집착을 깨웠다.

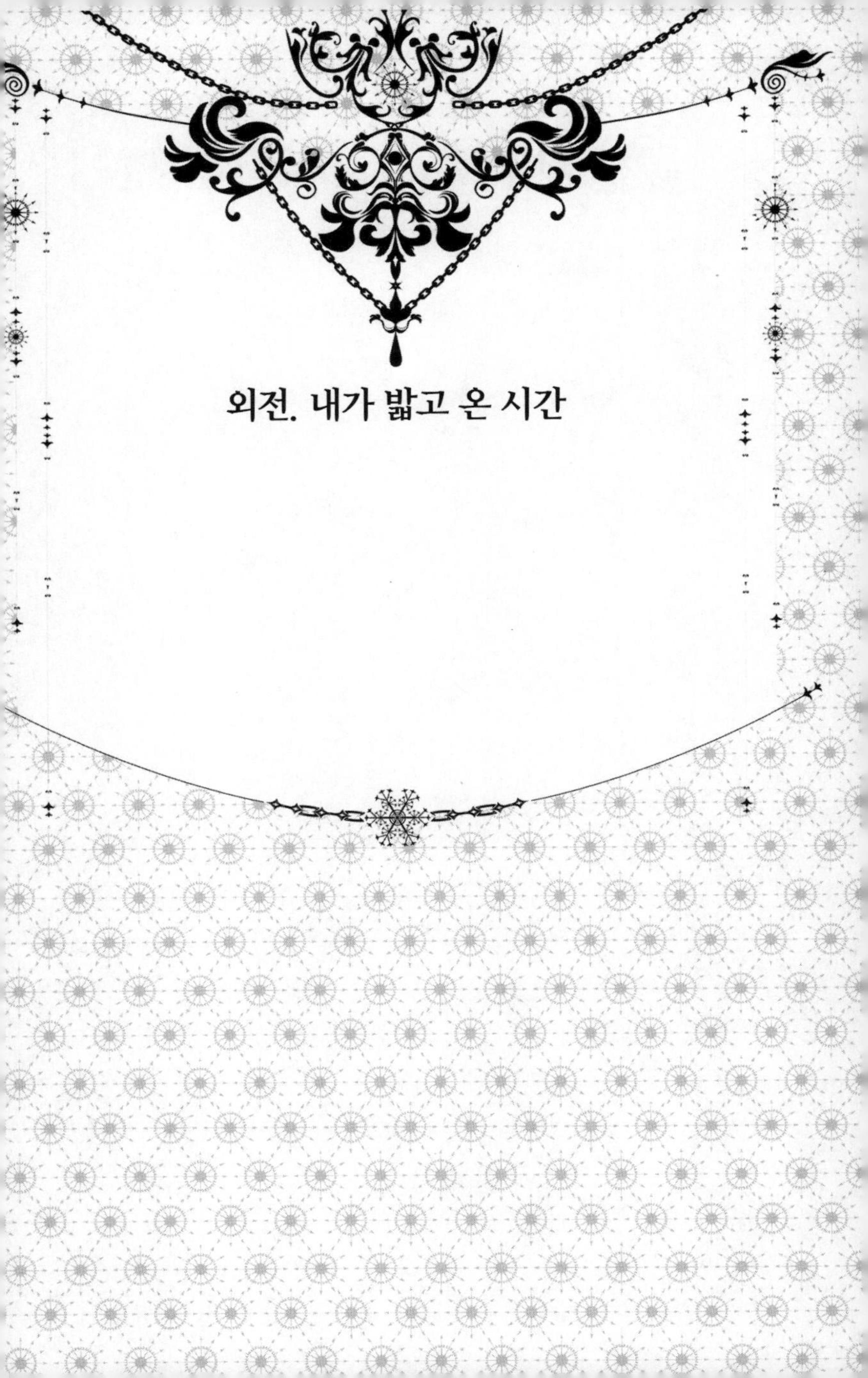

외전. 내가 밟고 온 시간

외전. 내가 밟고 온 시간

각기 다른 나라에서 온 자들을 배려하기 위해 뷔페식으로 차려진 식당엔 온갖 냄새가 뒤엉켜 있었다. 피부색이 다른 것처럼 음식의 색도 제각각이었다. 누구는 쌀과 국을, 누구는 빵과 스프를 선택했다. 강요가 없는 공간이었지만 서열은 자연스럽게 나뉘었다. 초능력이 우세한 자들은 먼저 식사를 했고 그러지 못한 열등생들은 늦게 접시를 들었다.

훈련이 고될지언정 이대로 죽을 순 없다는 심정으로 이곳에 있는 릭시들은 1시간 남짓 되는 식사 시간을 충분히 이용했다. 먹어야 산다. 그 점은 모두가 공감하는 바였다.

"That's him, who became Rixie with psychokinesis.
재잖아. 염력으로 릭시가 된."

하지만 욕심껏 가져온 음식은 입으로 들어가지 못했다.

"What brings him to cafeteria today? 오늘은 웬일로 식당에 왔네?"

모두의 시선이 제일 꼴찌로 식당에 들어선 동양인에게 쏠렸다. 최상급의 치료 벡터들이 하루에도 몇 번이고 301호를 들락날락한다는 소문은 본부에 상주하는 릭시들 사이에 파다했다. 팔찌를 안 차려고 자해를 했다더라, 죽으려고 했다더라. 밥은 안 먹고 어떻게 하면 생을 마감할 수 있는지 궁리하는 사람처럼 매일 발악해 댄 덕분에 제로에서 릭시가 된 자들의 예민한 청각은 밤마다 곤혹스러웠다. 그건 릭시들에게 이상하게 보일 수밖에 없었다. 멸시받던 제로에서 초능력 발현 가능성이 무궁무진한 릭시가 된 이상 복권에 당첨된 거나 마찬가지인데 자살이라니. 밝은 앞날을 기대하며 이곳으로 온 자들에게 팔찌가 없는 동양인의 오른쪽 손목은 정말 이해할 수 없는 부분이었다.

"Where did he come from? 어디에서 온 애라고 했더라."

"Korea, I guess. 한국."

"Where's that? 거기가 어딘데?"

"Whatever. 알게 뭐야?"

한국은 그들 대부분이 알지 못할 정도로 작은 땅덩어리를 가진 나라였다. 그랬기에 새로 들어온 신입생을 바라보는 시선은 불만과 열등감이 공존했다. 어디에 처박혀 있는지 알지도 못하는 그 작은 나라에서 다름 아닌 하이 티어인 염력을 보유한 릭시가 탄생했다는 점과 첫 번째 초능력으로 염력이 발현된 릭시는 이제껏 처음이라는 게 그 이유였다. 또한 열다섯 나이로 최연소 릭시가 된 인물이라는 점은 이곳에 있는 다른 릭시들에게 불만스런 훈장이었다.

"What's his name, Dough-Hyun?이름이 뭐라고 했더라, 도현?"

"Dough? that's weird.Dough? 이상해."

테이블에 앉은 자들이 킬킬대며 웃어 댔다. 우월함을 깎아내리는 데에 비난은 최적의 무기였다. 도현은 들고 있던 트레이를 테이블에 내려놓았다. 아무도 앉지 않는 구석진 자리였다. 가져온 건 고작 식기의 반도 안 될 적은 양의 밥과 맑은 국이 전부였다. 숟가락을 든 도현은 가만히 있었다. 종교가 있는 사람들이 가끔씩 식탁에 앉아 오늘도 일용할 양식을 주셔서 감사하다며 기도하는 듯한 모양새였다. 눈 밑이 퀭한 도현을 멀리서 본 마크가 킬킬댔다. 맙소사, 예수는 유대인이라고. 아시아인이면 석가모니나 공자를 믿어야 하는 거 아닌가? 기분 나쁠 법한 인종 차별이 가감 없이 흘러나왔다. 하지만 누구도 그런 발언을 할 때 쫄거나 겁내지 않았다.

"He is such a dumb anyway.어차피 벙어리잖아."

이곳에서 도현의 목소리를 들은 자들은 한 명도 없었다. 수화를 구사하거나 '어, 어'거리며 언어가 되지 못한 울부짖음을 들은 사람도 없었지만 어느새 도현은 이곳에서 벙어리로 불렸다. 그 점은 비난을 하려고 맘먹은 자들에게 아주 좋은 먹잇감이었다.

"It doesn't really matter that he has psychokinesis, He can't even say a word. 염력이 있으면 뭐해, 말도 못하는데."

소문에 의하면 릭시 본부에 들어오기 전부터 염력과 더불어 투시 또한 보유하고 있어 많은 관리자들의 기대를 한 몸에 받고 있다고 했다. 훈련도 거치지 않았는데 벌써 제너럴이라니. 이곳에서 3년, 혹은 6년 동안 갇혀 훈련하던 릭시들 대부분이 제너럴이었다. 그들의 질투 어린 시샘은 도현을 문제아로 만들었다.

"As he can't even talk, is it possible that he might have damaged his tongue when he got two abilities at once? 말 못하는 것도 갑자기 능력이 두 개나 발현되면서 생긴 장애가 아닐까?"

"Might be. Don't you agree that he seems retarded? 그럴지도. 가만 보면 지능도 좀 부족한 거 같지 않아?"

정상正常을 벗어난 존재는 비인격체로 전락했다. 저들이 물어뜯으면 헐벗겨지는, 팔다리가 있을지언정 없다고 말하면 바닥을 기어 다니는 존재로 치부되는 것처럼. 도현은 차분히 숟가락을 들어 몇 알 되지도 않는 밥을 펐다.

"Creepy, I would have reported that kind of black sheep right away. 소름 끼쳐, 나 같아도 저런 골칫덩어리는 당장 신고하겠어."

마크가 조롱으로 비죽거리며 자리에서 일어섰다. 순간

'쐐액' 하는 날카로운 소리가 마크에게로 날아들었다. 반사적으로 트레이를 세워 막자 잔해만 묻은 접시들이 요란한 소리를 내며 바닥으로 떨어졌다. 트레이를 꽉 움켜쥔 채 시선을 떨군 마크는 제 신발이 음식물로 더럽혀진 걸 보고선 인상을 구겼다.

"What the…… AARGH!뭐야…… 악!"

순식간에 벌어진 일이었다. 쇠꼬챙이가 플라스틱으로 된 트레이를 피해 사선으로 날아와 마크의 이마에 박혔다. 피로 범벅돼 고통을 호소하는 마크에게로 요원들이 다가왔고 주변은 금세 난장판이 되었다. 어떻게 된 일이냐고 웅성거리는 음성과 장대한 요원들의 몸에 둘러싸인 마크는 파들파들 떨리는 눈을 가늘게 떴다.

"……."

구석진 자리에 앉아 있는 도현의 손에 숟가락이 없었다.

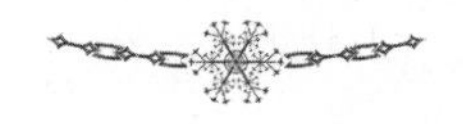

"What is going on?무슨 일이라고?"

"Do-Hyun Ha used a power at the cafeteria on one thirty p.m. today.하도현이 오늘 낮 1시 30분경에 식당에서 초능력을 사용

했다고 합니다."

중오는 예상한 결과였다는 듯 고개를 주억거렸다. 난폭한 야수에게 사회성을 길러 준다는 이유로 식당에 밀어 넣었을 때부터 예견된 일이었다. 사회로 나가기 전, 초능력이 발현된 제로들을 훈련시키는 기관인 릭시 본부에서는 모두가 귀중한 존재지만 도현은 그중에서도 특별했다. 중오의 눈에 도현을 제외한 모든 릭시들은 자그마한 햇병아리에 불과했다. 병아리들이 삐악삐악 울어 댄 것이 혹여 심기를 건드리진 않았을까. 복도를 걸어가면서도 중오는 날카로운 이빨을 가진 도현을 걱정했다.

"We increased closed-circuit television cameras and supernatural power jamming signals at the cafeteria. 식당에 초능력 규제 전파와 카메라 수를 더 늘렸습니다."

"And anything else? 다른 점은?"

"We cured the injured person and We detained Do-Hyun Ha in his room. 부상자는 치료했고, 현재 하도현은 방에 구금되어 있습니다."

잠시 자리를 비운 사이 벌어진 일은 요점만 간략하게 정리되어 중오의 귀로 전달되었다.

"He is keep pushing the mark skyward in here. Though he beat the record when he came in. 들어올 때부

터 기록을 깨더니, 이곳에서도 계속 신기록을 세우는군."

릭시들이 한데 모일 수 있는 유일한 공간인 식당에서 초능력이 사용된 건 역사상 처음 있는 일이었다. 대부분 서로가 0.5%의 귀중한 존재라는 개념이 박혀 있는 데다가 제로였던 자들에게서 발현되는 동족애까지 더해져 특별한 규제는 필요 없었다. 하지만 도현으로 인해 부상자가 탄생한 이상 그 암묵적인 규칙은 깨질 수밖에 없었다.

"Put more cameras at his room. 하도현 방에도 카메라 더 늘려."

부상자가 더 나올까 걱정한다기보다 도현의 안위 때문이다.

"He is the one whom we can't never gonna miss. 절대로 놓치면 안 되는 분이니까."

마크의 증언에 따르면 날아오는 무언가를 감지하고 트레이로 막았지만 그걸 피해 숟가락 윗부분이 이마에 꽂혔다고 했다. 마치 트레이 뒤에 숨어 있는 마크의 얼굴 따윈 훤히 보인단 듯이 말이다. 본부로 데려온 이후, 훈련은 고사하고 생명을 끊으려는 행위를 막으려 애먹던 와중에 이보다 놀라운 소식은 또 없었다.

"How come he combined the psychokinesis and X-ray vision. 투시와 염력을 혼합시키다니."

투시로 물체를 꿰뚫어 보고 염력으로 목표한 이마에다가 숟가락을 날린 것은 놀라운 응용력이었다. 중오는 감탄하며 어느새 도착한 도현의 문 앞에 섰다. 다른 방들에 비해 보안이 철저한 외관만 봐도 이곳에서 도현이 얼마나 특별 취급을 받는지 알 수 있었다. 중오는 패스워드와 지문, 안구 인지 시스템을 통과하고 나서야 안에 들어갈 수 있었다.

엄청난 쾌거를 이룬 자라고 생각되지 않을 정도로 도현은 정적인 모습으로 침대에 앉아 있었다. 따사로운 햇살이 창문을 파고들어 도현의 몸을 감쌌다. 꼭 물을 마시지 않아 시들어 버리기 직전의 식물처럼 도현은 늘 건조하게 저 좁다란 창문만 보았다. 그 옆에 선 통역 벡터가 열심히 한국말로 도현에게 정겹게 말을 건네고 있었다.

"Stop talking and get out. I would talk to him.그만하고 나가게나. 내가 얘기하지."

중오의 손짓 한 번에 혼자 떠들어 대느라 지친 입을 꾹 다문 벡터가 방을 나섰다.

"직접 한국말로 대화하는 게 더 좋지 않습니까?"

온전히 둘만 있는 공간 속에서 중오는 의자를 끌어다가 도현의 앞에 앉았다.

"오늘 있었던 일을 혼내고자 온 것이 아닙니다. 오히려 칭찬해 드리려고 온 거죠."

"……."

"두 가지 초능력을 응용해 공격에 사용하시다니, 아주 잘하셨습니다."

왜 마크를 공격했는가는 중오에게 궁금하지 않은 부분

이었다. 칭찬을 쏟아 냈지만 도현은 여전히 그를 바라보지 않은 채였다. 그러는 사이에도 중오의 예리한 눈이 도현의 몸 곳곳을 살폈다.

"오늘은 상처를 내지 않으신 모양입니다."

말끔한 겉모습을 보니 흡족한 미소가 지어졌다. 릭시 본부에서도 유능한 인재로 분리돼 직급이 꽤 높은 중오였지만 그에게도 예외는 없었다. 도현은 상대 불문하고 누구에게도 입을 열지 않았다. 무슨 생각을 하는지, 어떤 걸 원하는지 말하지 않았기에 모든 것이 수수께끼인 소년이었다. 같은 한국인이라는 점을 이용해 이곳에 왔을 때부터 도현을 전담하게 된 중오는 오늘도 둘 사이에 진척이 있길 바라는 마음으로 서류 가방을 열었다.

"신고가 접수되던 날, 도현 님께서 댁에서 나오신 다음 아파트에 화재가 일어난 건 아십니까?"

건조하던 눈꺼풀 위로 큰 지진이 일어났다. 가방에서 종이를 꺼낸 중오가 도현에게 내밀었다.

"여기, 생존자와 희생자 명단입니다."

삶과 죽음이 나뉜 종이는 깃털처럼 가벼웠고 새하얀 국화처럼 단정했다.

"궁금해하실 것 같아서 준비했는데 한번 보시죠."

도현을 주시하는 본부 사람들이 이 종이를 본다면 기함을 할 터였다. 귀중한 인재가 하루가 멀다 하고 자결을 일

삼는 것도 속상한데 제 부모가 사고로 고인이 되었다는 건 도현의 건조한 삶에 불을 지르는 행위였다. 하지만 중오의 생각은 정반대였다. 제로였던 자이기에 부모와 남다른 유대감이 있을 테지만 그들이 세상을 떠난 뒤 혼자 남겨진 도현은 기댈 곳이 필요할 게 분명했다. 부모처럼 돌봐 주면 저를 아버지라고 생각하지 않을까. 그런 우스운 생각마저도 절실하기에 중오는 실낱같은 희망을 건네었다.

그걸 움켜잡는 도현의 손이 처음으로 생기 있었다. 살아 있다고 느껴질 만한 모습이 얼굴과 행동 곳곳에서 만연했다. 일그러진 눈썹과 종이를 빠르게 넘기는 손은 날렵했고 열심히 무언가를 찾는 눈동자가 바쁜 일상처럼 지나갔다. 낯선 그 모습을 넋 놓고 지켜보던 중오가 입을 떼었다.

"불을 소유한 플랫의 소행이라더군요."

"……."

"안타까운 일이지만 어쩌겠습니까. 양친께서 그리되실 줄 알고 집 안에 계셨던 건 아닐 텐데. 사고라는 건 참 예기치 못한 순간에 들이닥쳐서 모든 걸 휩쓸고 지나가죠."

"……살아 있어?"

중오의 눈썹이 꿈틀거렸다. 처음으로 들어 본 도현의 목소리는 갈라진 쇳소리를 내었지만 참으로 청아했다. 아니, 잠시만. 중오가 알기론 도현의 부모님은 불길에 휩쓸려 뼈만 남은 채 발견된 터라 희생자 명단에 들어가 있었다.

"누가요?"

"……."

도현의 손끝이 가리킨 곳엔 여자로 추정되는 이름이 있었다.

"윤세아라. 적힌 호수를 보니 도현 님 옆집에 사는 분이시네요. 생존자 명단에 분류된 걸로 보아 아마 병원으로 이송되어 치료를 받고 있을 겁니다."

"……."

이름을 짓누른 도현의 손가락이 희미하게 떨렸다. 눈매를 좁힌 중오가 조심스럽게 물었다.

"더 자세히 알아 봐 드릴까요?"

"……."

종이에서 도현의 손이 살짝 떨어졌다. 윤세아란 이름이 움푹 파여 구겨진 채였다.

"편히 말씀하셔도 됩니다. 도현 님의 관리자로 명받은 터라, 원하시는 거나 하고 싶으신 게 있다면 언제든 제가 발 벗고 나설 겁니다."

"……."

"앞으로 도현 님의 모든 걸 옆에서 보좌해 드릴 겁니다. 그러니 말씀만 하세요."

수분이 제대로 공급되지 않아 퍼석하게 마른 입술이 미약하게 벌어졌다. 평소 물조차 제대로 마시지 않은 도현의 목소리는 중오에게 꽤 색다른 느낌이었다. 오직 중오의 귀에만 그렇게 들렸겠지만.

"어떻게 살아?"

도현이 제게 처음 한 부탁은 정말 소소했기에, 중오는 얼마든지 그 부탁을 들어줄 수 있었다. 그리고 반대로 물었다.

"앞으로 도현 님께서는 어떻게 살고 싶으십니까?"

세상에서 가장 어려운 숙제를 받은 것처럼 도현의 눈동자 안으로 혼란이 드리웠다. 그 색이 점차 짙어지더니 이윽고 도현이 말했다.

"네가 알아오는 것에 따라 달라질 거 같은데."

달이 고요한 밤이다.

매일 찾아오던 악몽이 오늘은 조용했다. 차라리 죽는 게 나을 정도로 괴롭히더니만 그 어떤 소리도 모습도 보이질 않는 풍경이 드리우니 이젠 좀 살아 보라는 배려처럼 느껴져 우스웠다.

하루하루 숨이 끊기길 기도하며 살던 도현의 방엔 새하얀 매트리스가 전부였다. 다른 이들에겐 편의를 제공하는 가구들이 도현에겐 흉기로 사용되다 보니 하나둘씩 빠지던 것이 이젠 천 쪼가리만 남아 있었다. 이마저도 목을 매달까 싶어 창문에 달려 있던 창살도 제거되었다.

"……."

불투명한 눈동자가 파란빛을 머금어 바다처럼 일렁였다. 달빛이 적신 방 안에서 입으로 호흡하던 도현은 벽으로 머리를 기대었다. 그동안 정이라도 든 건지, 도현은 학습된 사람처럼 저를 옭아매던 악몽을 직접 찾아갔다.

—거기 경찰서죠? 제로인데 초능력을 쓰는 사람이 있어서 연락드렸는데요.

자신을 신고하던 세아의 목소리가 시도 때도 없이 반복돼 도현의 고막을 끔찍하게 핥았다. 듣고 싶지 않아 손톱을 세워 긁는 행위는 늘 피를 보고 나서야 끝났다. 사방이 막힌 벽은 도화지였고, 악몽은 그걸 빌미 삼아 세아를 그려냈다. 핸드폰을 작고 동그란 귓바퀴에 가져다 대고 작은 목소리로 신고하는 모습은 언제 봐도 끔찍했다. 눈을 파내도 다음 날엔 정상으로 치료된 눈에선 또 똑같은 환각이 펼쳐졌다. 지긋지긋한 반복 속에 도현이 택한 것은 늘 죽음이었다. 그것만이 세아를 지울 수 있는 유일한 길이었다.

자신을 괴롭히는 잔상에서 탈출하는 건 생각보다 어려웠다. 숨통이 끊기도록 혀를 깨물거나 자맥질하는 혈관을 끊어 버려도 눈뜨면 언제나 삶은 이어지고 있었다. 이곳으로 온 이상 도현은 쉽게 죽을 수 없는 비극에 처했다. 세상과 단절된 땅과 공간은 도현에게 무엇도 허락하지 않았다. 하지만 신기하게도 저 멀리서 편지는 날아들었다.

—말씀하신 소식 가져왔습니다.

그걸 듣고 안도했나, 분노했나. 편지를 기다렸지만 막상 온전하단 소식을 듣게 된 도현은 제 감정이 어떤지 눈치 챌 수 없었다. 확실히 지금 자신이 제정신이 아니라는 것은 알았다. 부모님의 갑작스러운 부고는 눈물만 고요히 떨어뜨리고 사라졌지, 괴롭거나 암담한 생각은 들지 않았다. 도현은 호흡만 할 뿐 이곳에 온 순간부터 죽어 있는 거나 마찬가지였다. 그래서 부모님과 영원히 만나지 못한단 사실과 이젠 닿을 수 없단 것이 그리 슬프지 않았다. 슬픔과 원망은 '앞으로' 보지 못한단 사실과 부합할 때나 일어나는 감정이었다. 도현에게 내일 같은 건 없었다. 오늘이 며칠인지, 계절이 어떤지조차 말라비틀어진 시체처럼 전부 무감각했다.

하지만 처음으로 감정이라는 게 생겼다.

—크게 다친 건 아니라 곧바로 퇴원했다더군요.

그녀가 살아 있단 이유 때문이다.

—현재 친척인 고모의 집에서 생활하고 있다고 합니다.

중오가 전한 세아의 소식은 아주 평범했다. 안치되지 못한 채 희생자들과 함께 뒤섞여 강 어딘가에 뿌려진 부모님에 비해 그녀는 사지 멀쩡하게 살아 있었다. 한데도 도현은 심장이 뛰는 걸 느꼈다. 살아 있어? 엘리베이터를 기다리던 세아의 모습이 떠올랐다. 당연히 도망쳤으니까 살아 있겠지. 투시로 세아가 엘리베이터에 오른 것을 목격했던 도현은 악몽만 되새기던 자신의 뇌가 이제야 제구실을 해 나가는 걸 느꼈다.

병원에 있었다는 건 불이 난 아파트로 다시 돌아왔다는 걸 의미했다. 거기에 날 향한 걱정도 조금은 있었을까? 희생자 명단에 세아의 부모님도 함께 오른 것을 보자 일순간 회전하던 뇌가 암전된다. 나 때문이 아니겠지……. 네가 신고했으니 거기서 사라져야 맞는 법이니까.

그다음으로 슬픔과 원망이 차례대로 휘몰아쳤다. 부모님의 죽음으로도 울리지 못한 가슴이 세아가 살아 있단 소식에 안도하며 울었다. 동시에 미웠다. 신고하지 말라고 붙잡았던 손을 억지로 떼어 내며 뒤돌아선 네가, 알았다며 대답한 것과 달리 자신이 본 것을 낱낱이 고하던 네가. 나를 괴물처럼 바라보던 네 눈동자, 도망치려 멀어지던 발소리. 하지만 기막히게도 도현이 하는 원망은 사랑을 바탕으로 이뤄졌다.

어떻게 늘 예쁘다 말해 주었던 손으로 나를 신고할 수 있을까. 내 손을 잡고 제 온기를 수줍게 알리던 손이 어떻게.

—걔들 다 없어지면 좋을 텐데.

너의 입을 몇 번이고 잡아 뜯고 싶다가도.

—차라리 따로 격리돼서 지냈으면 좋겠어.

입 맞추고 싶던 도현은 점차 올바른 판단이 사라지는 걸 느꼈다. 너의 말대로 사방이 갇힌 이곳에서 격리된 채 죽어 버리는 게 나을까, 기를 쓰고 살아야 하는 게 맞을까. 너는 내가 죽었길 바랄까? 그렇다면 내가 살아서 돌아간다면 어떤 표정을 지을까, 어떤 말을 할까. 의문을 피워 내던 도현의 머릿속은 너무나도 자연스럽게 세아의 환영을 그려 냈다.

어떻게 살아온 거야? 난 너 죽은 줄 알았는데. 놀란 동공 안으로 도현을 가득 담은 세아는 그때와 마찬가지로 두려움을 먼저 내비쳤다. 거기에 반가움은 없었다. 귀신을 본 것처럼 새하얗게 질린 얼굴이 도현을 반겼다. 암담하고 참혹한 생각은 더 깊은 바닥으로 뿌리내렸다.

그래, 너는 내가 죽길 바라겠지. 그렇게 사랑한다 말하고 속삭였던 시간이 길었음에도 릭시라 나를 밀어냈던 너인데, 까마득하게 날 지운 채 살겠지. 너의 일상은 평범할 텐데 나 혼자 이곳에서 죽어 가겠지.

어느덧 밤이 지고 해가 뜨자 자잘한 먼지들이 무중력 상태인 것처럼 도현의 주변으로 부유했다. 창문은 꽉 막혀 있었고 빠져나갈 구멍은 없는데도 자유롭게 날았다.

“일어나셨습니까?”

문이 열리자 중오가 이른 아침임에도 반듯한 모양새로 들어섰다. 잠시나마 열린 문 너머로 먼지들이 순식간에 빨려 들어갔다. 몽롱하던 도현의 눈동자 위로 섬광이 스치고 지나갔다.

"아침을 드셔야 하는데, 식당이 싫으시다면 안으로 따로……."

"훈련."

"……네?"

"훈련하고 싶어."

그렇다면 귀신을 본 듯한 네 표정이라도 봐야 했다. 너는 내가 죽었길 바라겠지만 아직 살아 있어. 평생 너와 떨어진 채 살길 바라겠지만 나는 이곳을 나갈 것이다. 그러기 위해선 훈련밖에 없었다. 초능력 발현이 어느 정도 멈추게 되면 사회로 돌려보낸다는 얘기를 들었던 게 어렴풋이 기억났다. 중오의 안색이 순식간에 밝아졌다.

"정말이십니까?"

"……."

"좋습니다. 혹시 배우고 싶은 초능력이라도 있습니까?"

"……불."

도현이 선택한 건 자신의 팔에 화상 자국을 남긴 초능력이었다.

"불이라, 처음부터 꽤 힘든 초능력을 선택하셨군요. 각오는 되셨습니까?"

도현은 아무것도 모른 채 처음으로 중오의 말에 고개를 끄덕였다.

릭시는 초능력이 자발적으로 발현되기도 하지만 대부분 본부에서 훈련을 통해 개척해 나가는 식이었다. 벡터와 마찬가지인 신체 조건과 호르몬을 가지게 된 이상 언제든 초능력이 생길 수 있는 발판이 마련돼 있다지만 태어날 때부터 초능력 개수와 종류를 타고나는 벡터와는 그 시작점부터가 달랐다. 벡터처럼 선천적으로 정해진 것이 아닌 후천적으로 초능력이 발현되는 터라 숫자에 얽매이지 않는 대신 얻고자 하는 초능력의 성질을 먼저 몸으로 받아들여야만 했다.

도현이 아침을 먹고 향한 곳은 색색의 선이 수십 개나 연결된 어느 유리관 앞이었다. 늘 웃음을 유지하던 중오의 표정이 진중한 실험을 앞둔 사람처럼 어두웠다. 죽겠다 발악하지 않았는데도 치료 벡터가 도현의 옆을 함께했다. 중오가 안내하는 대로 열린 유리관 안으로 재갈을 문 채 들어간 도현은 제 몸 위로 덮인 두꺼운 막을 가만히 보았다. 닫힌 유리관 위로 여러 겹의 잠금 장치가 덧대어지자 산소가 부족한 기분이 들었다.

유리관 너머로 중오가 입을 움직이는 게 보였다. 너무나도 두꺼운 막이라 목소리가 도현에게 전달되지 않았다. 그걸 가만히 지켜보던 도현의 눈가가 살며시 일그러졌다.

『많이 아프실 겁니다.』

바닥에서 뜨거운 기운이 느껴졌다. 뒤이어 치솟은 불길이 도현을 집어삼킨 건 순식간이었다.

"으으으윽!"

도현은 눈 깜짝할 사이에 안구를 비롯해 몸 전체가 타는 듯한 고통을 느꼈다. 머리부터 발밑까지 강제로 살가죽을 잡아 벗겨 내는 것만 같았다. 실제로도 그랬다. 1초가 1년 같았던 시간이 지나자 유리관 안은 연기로 자욱했다.

"윽……."

입에 물었던 재갈은 이미 살가죽과 함께 재가 되었다. 숨을 간신히 터트린 도현은 과열된 냄비처럼 자신의 몸에서 김이 피어오르는 것을 인지했다. 그리고 내려다본 몸은 새빨간 피가 진드기처럼 엉킨 모양이었다. 어떤 게 혈관이고, 어떤 게 근육인지 훤히 보였다. 피부는 단 한 점도 남지 못하고 열기로 인해 녹아 헐벗겨져 유리관 문이 열리자 시베리아 한복판에 놓인 것처럼 추웠다.

"어서 치료하게나."

정신을 놓기에 충분한 고통은 치료 벡터의 '복구' 능력으로 인해 빠르게 소멸됐다. 도현의 몸 위로 점차 피부가 생겨났고 한 줌도 남지 않았던 머리카락 역시 자연스럽게 자라났다. 이미 타 버린 옷은 어찌할 방도가 없었지만 나체라는 것에 수치심은 들지 않았다.

"허억, 헉……."

난생처음 맛본 통각이었다. 그 찰나에 저승의 문턱을 경험한 도현은 제정신일 수가 없었다. 세포가 계속 고통을 되새김질했고 뇌는 그걸 선명하게 기억해 다시 보여 주었다. 부들부들 공포에 떠는 도현을 꼼꼼하게 점검하던 치료 벡터가 말했다.

"원래 상태대로 전부 회복되었고 모든 수치가 정상입니다. 이 상처도 치료할까요?"

오른쪽 팔에 남아 있는 화상 자국은 도현의 모습을 그대로 돌려놨다는 걸 증명하는 지표였다. 보기에 흉측할 정도로 큰 상처라, 안 그래도 평소 도현에게 어울리지 않는다 생각하던 중오는 고개를 끄덕였다. 치료 벡터가 흉터 부위로 손을 대자 도현이 그걸 꽉 잡았다.

"하지 마."

"네?"

"하지 마요……."

도현의 동공은 텅 빈 상태였다. 고통을 기억하는 뇌가 계속해서 그를 곱씹느라 정신이 나가 있을 텐데, 그런 와중에도 도현은 필사적으로 흉터를 지켜 냈다. 중오는 흥미로운 듯 도현을 내려다보았다.

"왜 그런지 이유를 물어봐도 되겠습니까?"

"……."

고문이나 마찬가지인 훈련을 거친 상태라 물어보면 무의식중에라도 대답하는 게 맞았지만 도현은 거친 숨만 토해 냈다. 자신의 흉터를 왼손으로 감싼 채 하지 말란 의사 표현만 명확히 드러냈다. 화상 자국 위를 덮은 손이 꽉 움켜쥐자 마치 붕대처럼 죄여 왔다.

—거 봐, 괜찮긴 뭐가 괜찮다고. 얼마나 심하게 다쳤으면 붕대를 석고처럼 감아 놨어?

그 순간 도현의 뇌리로 달콤한 목소리가 젖어 들었다.

—자, 호.

걱정으로 물든 세아의 얼굴을 떠올리자 화끈거리던 고통이 점차 휘발되는 걸 느꼈다.

—나아라, 다 나아라.

이상한 주문과 여린 숨결이 닿는 것만 같아 도현의 손이 희미하게 흔들렸다. 도현은 천천히 고개를 떨구었다. 눈안에 고이는 액체가 어떤 감정인지 분간할 수 없었다. 그저 눈 쌓인 풍경처럼 시야가 뿌옜다.

—어디 봐. 어딜 어떻게 다쳤어?

그리웠다. 제가 다친 것처럼 열을 내던 세아가 신기루처럼 어른거렸다. 팔을 움켜잡은 도현의 손이 흉측하게 변했다. 미워하는 게 당연하다. 나를 먼저 밀어냈던 너다. 배신했던 게 너라고. 그리고 든 생각은 도현이 생각해도 혐오스러웠다.

“얼마나…….”

비록 네가 신고한 나라도…… 내가 정말 밉고, 싫고, 꼴도 보기 싫다 하더라도.

“얼마나 더 해야 초능력이 생겨요?”

내 전부를 태워 버리면 다시 만난 날 불쌍히 여겨 주지 않을까.

찰나의 고통이라지만 몸은 전부 기억하는 법이다. 이로 인해 겁에 질려 초기 훈련을 거부하는 릭시들이 대부분이지만 도현은 정반대였다. 고통을 주면 그보다 더한 고통으로 스스로 들어갔다. 불을 터득하려 훈련하는 릭시들은 하루에 두 번만 유리관에 들어가면 기절하는 게 대부분인데, 최연소로 이곳에 들어온 도현은 열다섯 살 나이가 믿기지 않게 맨정신에 그를 견뎌 냈다.

“발현은 초능력과 연관된 호르몬인 펠다민이 불을 받아들여야지만 가능합니다. 펠다민과 불의 성질이 결합되어야지 비로소 초능력을 사용할 수 있게 되는 것이죠.”

중오가 한 말이 도현에겐 더 자주 훈련을 받아야 한단 지시처럼 들린 게 분명하다. 그렇지 않고서야 하루에 세 번, 그다음 날은 다섯 번, 그 다음다음은 아홉 번, 비약적으로 훈련 횟수가 늘어날 리 없었다. 중오는 놀라움을 금치 못했다. 이젠 아예 고통은 안중에도 없는지 새까맣게 탄 기괴한 모습으로 걸어 나와 치료를 받는 지경에 이르렀다. 고문이나 다름없는 초기 훈련 과정엔 정신과 치료도 함께 병행되는데, 상황이 이러다 보니 도현은 다른 릭시들보다 그 시간이 더 많이 부여됐다. 그때마다 도현이 하는 말은 뻔했다.

—괜찮아요.

—견딜 만해요.

—어려운 건 없어요.

모두가 정신 이상 증세까지 보이며 두려워하는 훈련을 도현은 고작 몇 마디로 정리했다.

—그럼 이전에 이보다 더한 고통을 느낀 적 있습니까?

전문의는 도현이 무언가를 안에 숨기고 있다고 확신했다. 그가 한 질문에 도현의 심드렁한 눈빛이 예리해졌다.

—……상담하기 싫은데요.

이쯤 되니 본부에서 생활하는 모든 자들에게 도현은 관심의 대상이자 관찰하고 싶은 존재였다. 첫 능력으로 염력이 발현된 릭시로서 그 가능성을 높이 사 위엄을 논하는 자도 있었고 도현이 릭시가 된 건 세상을 놀라게 할 전조

라며 떠들어 대는 자들도 있었다. 중오는 도현이 양파 같았다. 이제 놀랄 것도 없다고 생각하면 또 다른 면을 보여줘 새로운 충격을 안겨 주었다.

"벌써 다 외우셨습니까?"

그건 바로 도현의 지능이었다. 보통은 이 주에 걸쳐 읽는 두꺼운 책을 한 시간 만에 모두 읽은 것도 놀라운데 테스트를 해 보면 전부 정답만 말했다. 투시로 훔쳐보는 건 아닐까 싶었지만 시험지를 건네자마자 빠르게 움직이는 손은 그것이 착각이라는 걸 증명했다. 괴물 같은 흡수력과 빠른 판단력, 그리고 영특한 두뇌는 릭시로서 갖춰야 할 이론을 한 달 만에 모두 주파했다.

고통도 두려워하지 않는 담력은 가감 없이 다른 훈련도 병행할 것을 요구했다. 이쯤 되니 도현에게 팔찌를 채우는 것은 급한 일이 아니었다. 도현의 존재감이 특출 날수록 그를 보호해야 한다는 신념도 강해졌다. 본부에 들어오자마자 자해를 했던 터라, 도현이 원할 때까진 팔찌를 채우지 않았고 오른팔의 흉터도 마찬가지였다. 이미 여러 훈련으로 고통에 둔감한 도현이다. 제 목숨을 끊는 것에 한 치의 망설임도 없을 거란 생각은 뭐든 도현이 원하는 대로 해 주게 되었다.

"배우고 싶은 초능력이 뭐라고 하셨죠?"

"바람, 큐브."

"그리고 또 없습니까?"

도현은 바람 한 점 불지 않는 네모난 방 안에서 창문을 가만히 응시했다.

"순간이동."

도현이 원하는 초능력대로 스케줄을 짜던 중오가 나지막이 물었다.

"나머지는 제가 원하는 대로 맞춰도 되겠습니까?"

"좋을 대로 해."

"알겠습니다. 이제 훈련하실 시간입니다."

훈련이 없는 시간에 도현은 재미없는 방에서 생활했다. 팔찌를 채우지 않다 보니 다른 릭시들과의 접촉도 제한되었다. 사회로 나간 자들이 도현의 팔찌 유무에 대해 얘기하는 것이 곤란했기 때문이다. 특별히 혼자만 사용할 수 있는 훈련장이 만들어졌고 도현은 암묵적으로 릭시 본부에서 비밀리에 키우는 릭시가 되어 있었다.

중오는 그 무엇도 두려워하지 않은 채 훈련에 임하는 도현을 보며 머릿속에 오직 초능력을 얻기 위한 열망만 있을 거라 생각했다. 사실 도현의 뇌엔 세아만 가득했다. 온종일을 세아만 생각하며 지냈다. 화염에 살가죽이 녹아 사라져도 세아를 떠올렸고, 몸 안의 수분을 말리는 듯한 바람을 맞으면서도 세아를 생각했다. 네모난 방 안에 갇혀 큐브만 손으로 돌릴 때엔 그야말로 세아의 세상이었다.

세아는 도현의 일상 그 자체였다. 잠드는 시간을 앗아 갔고 도현의 눈 밑은 점차 그림자가 터 잡았다. 곁에 없기에 맡을 수조차 없는 세아의 체향이 상상으로나마 도현의 곁을 맴돌았고 홀로 침대에 누워 있을 땐 밋밋한 시트에서 세아의 살 냄새를 떠올렸다. 잠들면 생각할 시간도 사라지는 거니, 도현은 수면조차 편히 취하지 못했다.

1분 1초가 무의미하게 흘러간 적 없다. 도현의 삶이 끊기지 않도록 유지하는 건 다름 아닌 세아였다. 그녀를 생각하면 타오르는 분노와 원망을 양분 삼아 증오가 자라났지만 항상 머리 꼭대기에선 그리움이란 꽃이 피었다.

하루에도 몇 번이고 정신과 몸이 따로 분리되었다. 보고 싶은데 미웠고, 사랑하는데 원망스러웠다. 변심과 변덕을 반복했다. 생물조차 살 수 없는 쌩한 찬바람이 불다가도 열병에 시달려 앓았다. 세아를 향한 이중적인 잣대로 인해 도현은 시간이 갈수록 피폐해졌다. 양 갈래 길을 억지로 걸어가던 도현에게 드디어 한 길을 택할 계기가 생겼다.

오늘도 어김없이 훈련을 받기 위해 걸음 한 도현은 저를 담당하던 치료 벡터가 다른 이로 교체된 걸 알았다. 남자였던 지난번과 달리 이번엔 여자였다. 곱상한 외모는 도현에게 별다른 감흥을 주지 못했지만 시선을 앗아 간 게 있었다.

"반지."

"예?"

차마 빠져나오지 못한 티셔츠의 라운드가 목에서 멈추었다. 도현의 얼굴이 오묘했기에 그녀가 당혹스러워 반문했다.

"무슨……."

"반지가…… 예쁘네요."

"아."

도현이 마저 교차한 두 팔을 이용해 옷을 벗자 그녀는 반지가 끼워진 왼손을 감싸며 수줍게 웃었다.

"청혼받았거든요. 내년 5월에 결혼하기로 했어요."

"……."

결혼이란 단어를 감미롭게 속삭이는 그녀 위로 잔상이 겹쳐졌다.

"지금이 몇 월이죠?"

"12월이요."

도현은 이를 악물었다. 더운 계절만 존재하는 땅에서 눈 내리는 풍경은 볼 수가 없었지만 12월이란 숫자가 도현의 가슴에 눈보라를 일으켰다. 발그레 뺨을 붉히는 그녀의 얼굴은 반지를 끼워 주던 순간의 세아와 비슷했다.

"무슨 얘길 그렇게 재미있게 하십니까?"

뒤늦게 들어온 중오로 인해 대화는 거기서 단절됐다. 훈련이 시작되었지만 도현은 집중할 수가 없었다. 새하얀 눈이 도현의 몸에 차분히 쌓여만 갔고 세아가 그 위로 발자국을 남기며 어지러이 돌아다녔다.

느지막한 새벽, 도현은 그 누구도 깨어 있지 않은 시간에 숨죽여 울었다. 심장이 이러다 터지는 건 아닐까 두려워했던 그날의 자신이 떠올랐기 때문이다. 반지를 언제 주는 게 좋을까 일주일 내내 고민하다 네 얼굴만 보면 말문이 막혀 쉽사리 꺼내지 못했던 고백, 이런 식이라면 평생을 못 줄지 모른단 불안감, 부러 뻔뻔하게 구는 용기를 빌려 숨겼던 두려움, 네가 거절하면 어떡하나, 입을 맞춘 후에도 네 눈만 보며 초조해하던 시간…….

—어서 자라서 내 신부 해.

얌전히 끄덕이던 네 고갯짓에 휩쓸려 엉망이 되었던 순간. 그때부터 너는 날 제어하는 유일한 사람이었다. 내 전부를 바칠 모든 것이다.

오리가 태어나 처음 본 것을 어미라고 생각하는 것처럼 도현은 그때부터 세아만 따라다녔다. 그녀를 통해 감정을 배웠다. 세아가 웃으면 기뻤고, 울면 슬펐고, 화내면 아팠다. 나는 네가 아파서 이젠 고통에 무감각해지는 지경에 이르렀다. 그런 자신을 두고서 다른 남자와 만나 행복한 시간을 보낼 세아의 얼굴이 그려지자 도현은 온몸의 수분이 다 빨려 나가는 듯한 기분이 들었다. 제가 건네주었던 반지를 끼워 주고 옆에 설, 자신이 만끽했던 모든 기분을 똑같이 느끼게 될 타인이 증오스러웠다. 공유하고 싶지 않았다. 빼앗기면 안 되었다. 하지만 도현은 이곳에 갇혀 있었고 움켜쥐면 잡히는 거라곤 퍼석하게 마른 새하얀 시트가 전부였다. 도현은 그곳에 얼굴을 묻고 울었다. 그 언젠가 세아가 입게 될 웨딩드레스를 부여잡고 안 된다 외쳤다. 조금만 기다려 달라고, 곧 갈 테니 기다려 달라 시트를 부여잡고 애원했다.

한참을 애걸하던 도현은 침대에 누운 채 벽을 응시했다. 눈을 감고서 천천히 호흡하자 그 어느 때보다 평온한 기분이 밀려왔다.

—걔들 다 없어지면 좋을 텐데.

응, 알아.

—차라리 따로 격리돼서 지냈으면 좋겠어.

응, 세아야.

—거기 경찰서죠?

이젠 전부 상관없어.

—제로인데 초능력을 쓰는 사람이 있어서 연락드렸는데요.

미워할수록 커지는 사랑은 비정상적이었지만 타협점은 있었다.

—도현아.

악마가 속삭였다. 도현은 희미하게 눈을 뜬 채 웃었다.

"……나도 사랑해."

둘을 분리하지 않고 원망까지 사랑하면 되었다. 이불로

얼굴을 파묻은 도현이 괴로운 듯 작게 속삭였다.

"내가 졌어."

그래도 사랑인 걸 어떡하니.

그날 이후 도현은 비약적으로 성장했다. 분노인지 사랑인지 분간하지 못하던 생각이 하나로 정리되자 세아만 갈망하는 저 자신에만 집중하면 되었다. 한시라도 빨리 세아를 만나러 가기 위한 노력은 염원하던 초능력 발현으로까지 이어졌다.

그 결과 도현은 불을 습득하고, 차례대로 바람과 순간이동을 터득했다. 기존에 있던 염력과 투시까지 합쳐져 벌써 초능력 다섯 개의 릭시가 세계 최초로 탄생한 것이다. 릭시 본부는 뜻밖의 쾌거에 몸 둘 바를 몰랐다. 최초의 릭시, 그 영광을 가장 먼저 움켜쥔 건 관리자인 중오였다. 기뻐할 새도 없이 다른 초능력의 발현 훈련을 잠시 멈춘 중오는 공격형 위주로 도현을 단련했다.

"오늘도 하지 않는다면 강제로 움직이게 하겠습니다."

하지만 전혀 예상치 못한 부분에서 걸림돌이 등장했다.

공격형이라 하면 살상이 가능한 초능력이니 생명을 가진 것을 대상으로 그 파괴력을 실험하는 게 맞았다. 도현은 이미 유니벌이었고 많은 이들이 그의 존재를 축복할 테지만 반대로 그동안 없던 존재를 시기하는 자들 또한 존재할 터였다. 자신의 몸을 보호하기 위해서라도 도현은 상대를 제압하는 훈련을 거쳐야만 했다.

"안 하실 겁니까?"

도현의 앞에 있는 상대는 초능력 한 개를 보유한 내추럴이었다. 초능력 싸움에서 부상은 존재하지 않는다. 죽이지 못하면 반대로 내가 당하고 오직 강한 자만 살아남는 약육강식의 법칙만 존재할 뿐이다. 도현은 앞에 서 있는 어린 양을 제압할 만한 포식자임에도 불구하고 생명이라 쉬이 그를 헤치지 못했다.

"어차피 치료 벡터가 상처를 치료할 겁니다. 진짜 죽이라는 것도 아닌데 왜 주저하십니까?"

본래 벡터로 태어난 중오는 도현의 나약한 생각을 꾸짖었다. 제로였던 습성을 전부 버리지 못한 게 분명했다. 본디 동정심은 약자인 제로만이 느끼는 감정이었고 도현의 눈동자에는 여전히 갈등이 남아 있었다.

"초능력을 사용하기 싫습니까?"

중오가 짧게 한숨을 내쉬며 소매를 팔꿈치까지 걷어붙였다.

"똑바로 보세요."

"크억!"

훤히 드러난 팔목이 내추럴인 남자의 왼쪽 가슴을 관통한 건 순식간이었다.

"근접전일 땐 심장을 노려 움켜잡습니다."

"크윽……."

"내추럴인 자와 맥스인 저의 신체 조건이 다르니, 근접전에서도 레벨이 높은 자가 우세합니다."

살갗이 뚫린 남자는 헐떡거리고 있었다. 갈비뼈가 여러 대 부서진 거로도 모자라 피가 분수처럼 쏟아졌다. 중오의 팔뚝이 미세하게 위아래로 펄떡이는 걸 보니 심장은 그의 손아귀에 있을 게 뻔했다. 평소 표정에 변화가 없던 도현의 눈썹이 작게 일그러졌다. 고개를 반대로 돌리는 행위를 중오가 막았다.

"똑바로 안 보시면 정말 죽입니다."

"……."

"심장이 멈추면 치료도 소용없다는 걸 아셔야지요."

반대쪽으로 돌아갔던 도현의 턱 끝이 어쩔 수 없이 앞으로 향했다. 고통의 꼭대기까지 올라가 보았던 도현인 터라 그가 지금 얼마나 괴로울지 알았다. 간신히 숨만 헐떡이던 자의 눈이 희미하게 뒤집히는 게 보였다. 중오는 제 새하얀 셔츠 위로 피가 튄 걸 보며 혀를 찼다.

"근접전의 단점은 옷이 더러워진다는 점이죠."

"……."

"신사적인 방법으로 초능력을 사용합니다. 편리하고 손쉽고, 또 빠르죠."

"넌 내가 살인자가 되길 원해?"

"살인이라뇨?"

중오의 얼굴 위로 놀라움이 번졌다.

"레벨이 낮은 자가 죽는 건 당연합니다."

도현이 이해할 수 없는 논리였다.

"생명을 끊는 권한이야말로 높은 레벨을 가진 자에게 허락된 권리죠."

역겨운 사회였다.

"도현 님의 탓이 아닙니다. 약한 자가 잘못된 것이죠."

벡터들 모두가 이런 생각으로 사회를 살아가기에 하루에도 몇 번이고 제로가 희생당하고 공포에 질린 채 벡터에게 고개를 조아리는 것이다. 하지만 도현은 누군가의 죽음을 밟고 높은 곳으로 올라서고 싶은 마음은 추호도 없었다.

"영원히 이곳에서 지내시고 싶으시다면 마음대로 하십시오. 공격형 초능력을 사용하지 못하는 도현 님을 사회에 내놓을 생각 없으니까요."

하지만 도현에겐 선택의 권한이 없었다. 그는 이미 레벨부터가 모두를 내려다볼 위치였고 왕관은 그에게 살생을 강요했다. 더는 제로가 아니니 인간적인 면을 전부 버리라고 속삭였다.

"……."

그것이 세아를 만날 수 있는 길이었다. 도현의 입이 어렵사리 열렸다.

"……치료 먼저 해."

"하실 생각이십니까?"

"죽이는 건 안 해. 공격만 할 거야."

"진작 그러시지요."

중오가 움켜쥐고 있던 심장을 터트렸다. 도현의 얼굴에서 핏기가 사라졌다.

"뭐하는……."

조금 전까지만 해도 살아 있던 자가 도현의 눈앞에서 생명을 꺼트리며 바닥으로 쓰러졌다. 자신이 고통스러웠던 것과는 전혀 다른 충격이었다.

"죽이지, 말라고 하지……."

"어떻게 살려 둡니까? 지금처럼 갈등하는 사이, 이 자가 초능력을 사용했다면 반대로 도현 님께서 죽었습니다."

"……왜, 네가."

"그러니 앞으로 주저하시면 안 됩니다."

중오가 손수건을 꺼내 팔뚝에 흥건한 피를 문질렀다. 등을 돌린 도현은 속을 전부 게워 냈다. 비릿한 피 냄새가 지독히도 코를 찔러 왔다. 세아만으로도 버거운 머릿속에 죄책감이 자리 잡았다. 자신이 공격하지 않아 무고한 사람이 죽었다. 정신이 온전할 수 없을 만도 했다. 도현은 고작 열여덟 살이었다.

훈련도 마다한 채 일주일을 방 안에서 지냈다. 극단적인 훈련이 남긴 후유증은 색색의 약을 강제로 먹게 했고 식욕이 돌아오지 않아 링거까지 맞게 했다. 그 순간에도 악마는 열심히 속삭였다. 이러고 있을 시간이 어디 있어? 세아를 만나야 하잖아. 보고 싶지 않아? 넌 이제 제로가 아니라고. 죽여도 돼. 그 방법밖에 없어. 안 그럼 네가 죽어.

"후읍……."

미치기 직전의 상황까지 도달했다. 누군가를 다치게 하면서까지 올라서고 싶지 않은 위치지만 세아는 아니었다. 무슨 일이 있어도, 제 목숨을 걸어서라도 만나야 할 여자였다.

도현은 결국 죄책감을 등지고 칼을 갈았다. 자신을 찔렀다. 사람에게 초능력을 사용해 상처 입혔을 때, 왜 이렇게까지 살아야 하나 던진 질문엔 세아가 답이 되었다. 세아를 만나야만 했다. 반복된 과정을 통해 생각보다 인간은 쉽게 다친다는 걸 알았다. 인간성, 윤리를 버리고 원래의 저 자신과 멀어질수록 악마와 가까워졌다. 하나둘씩 전부 버리다 못해 텅 빈 상태가 되었을 땐 수도 없이 봐 온 터라

피를 마주하는 일에 무감각했다. 슬프거나 괴롭지도 않았다. 이제 막 회복을 마친 벡터를 향해 먼저 공격하란 자비를 베풀 정도였다.

도현은 생각했던 것보다 자신이 꽤 악독하다는 걸 느꼈다. 사람답지 않은 모습이었지만 세아와 떨어지고 난 뒤 한 번도 살아 있다 느낀 적 없는데 지금이라고 다를까.

힘으로 안 되는 것이 없으니 모든 게 건조해졌고 그런 나를 감동시키는 건 오직 윤세아, 너였다. 내 안에서 꾸준히 살아 숨 쉬며 심장을 뛰게 하는 너만이 유일하게 나를 가끔 울게 했고 애타 울부짖게 했다.

그리고 널 향한 나의 집약은 비로소 스물다섯 살이 되었을 때 빛을 보았다. 순간이동의 숙련도가 최상급으로 오르자마자 지난 십 년간 모아 두었던 정보를 토대로 본부에서 탈출했다. 팔찌가 없었기에 관제탑에서도 위치를 잡지 못했다.

한국으로 순간이동하기까지 그리 어렵지 않았다. 거기서 너를 찾는 일은 더 쉬웠다. 지난 십 년간 뇌는 온갖 사물에도 너의 체향을 덧대었기에 기억하는 향을 후각으로 추적하면 그만이었다. 모든 것이 낯설었다. 한국은 떠나 있던 사이 높은 건물들이 많아졌고 사람들의 옷차림이 유행을 몇 번이고 넘어선 듯 보였다. 내가 너와 헤어졌을 땐 겨울이었는데, 지금은 매미가 우렁차게 울어 대는 무더운 계절이 되어 있었다.

열대야가 펼쳐진 풍경에 창문은 없었다. 나는 더 이상 갇혀 있지 않았고 자유로운 걸음이 멈춰 선 곳은 어느 낡은 빌라 앞이었다. 주황색 조명들이 듬성듬성 서 있는 쓸쓸한 풍경 속에서 너를 기다렸다.

하지만 십 년이 흐른 뒤였다. 이곳에 오기까지 많은 시간이 걸렸기에 달라진 널 알아볼 수 있을까 의구심이 들었다. 반대로 너는 날 알아볼 수 있을까. 스물여섯 살의 넌 징그럽게 자란 내 키를 올려다보는 고개가 낯설 텐데 내 이름은 기억이나 할까.

첫인사는 무엇이 좋을까. 내가 누군진 알겠어? 왜 나를 밀어냈어? 왜 신고했어. 어떤 말이 좋을지 고민했지만 길게 늘어선 그림자를 보니 아무런 생각도 들지 않았다. 멀리서도 진동하는 냄새, 허리춤에서 살랑이는 머릿결이 더운 열기 속을 헤엄쳤다. 짧은 치마 밑으로 또각거리는 하이힐 소리가 점차 가까워졌다. 너는 정말 아름답게 성장했다. 성인이 된 너를 상상하던 내가 또 한 번 패배한 순간이었다. 가로등이 위태로운 내 심장처럼 깜빡였다. 숨이 멎자 불이 꺼졌다. 그러자 너는 더욱 빨리 내게로 가까워졌다.

긴 속눈썹을 얌전히 내린 채 내 옆을 스치자 첫인사를 줄곧 고심하던 입술이 힘없이 벌어졌다.

"저기요."

안녕.

"……더 예뻐졌네."

안녕? 윤세아.

내가 하고 싶은 첫마디는 돌아서는 네 모습에 안으로 집어삼켜졌다.

정말 보고 싶었어.

—다음 권에 계속—

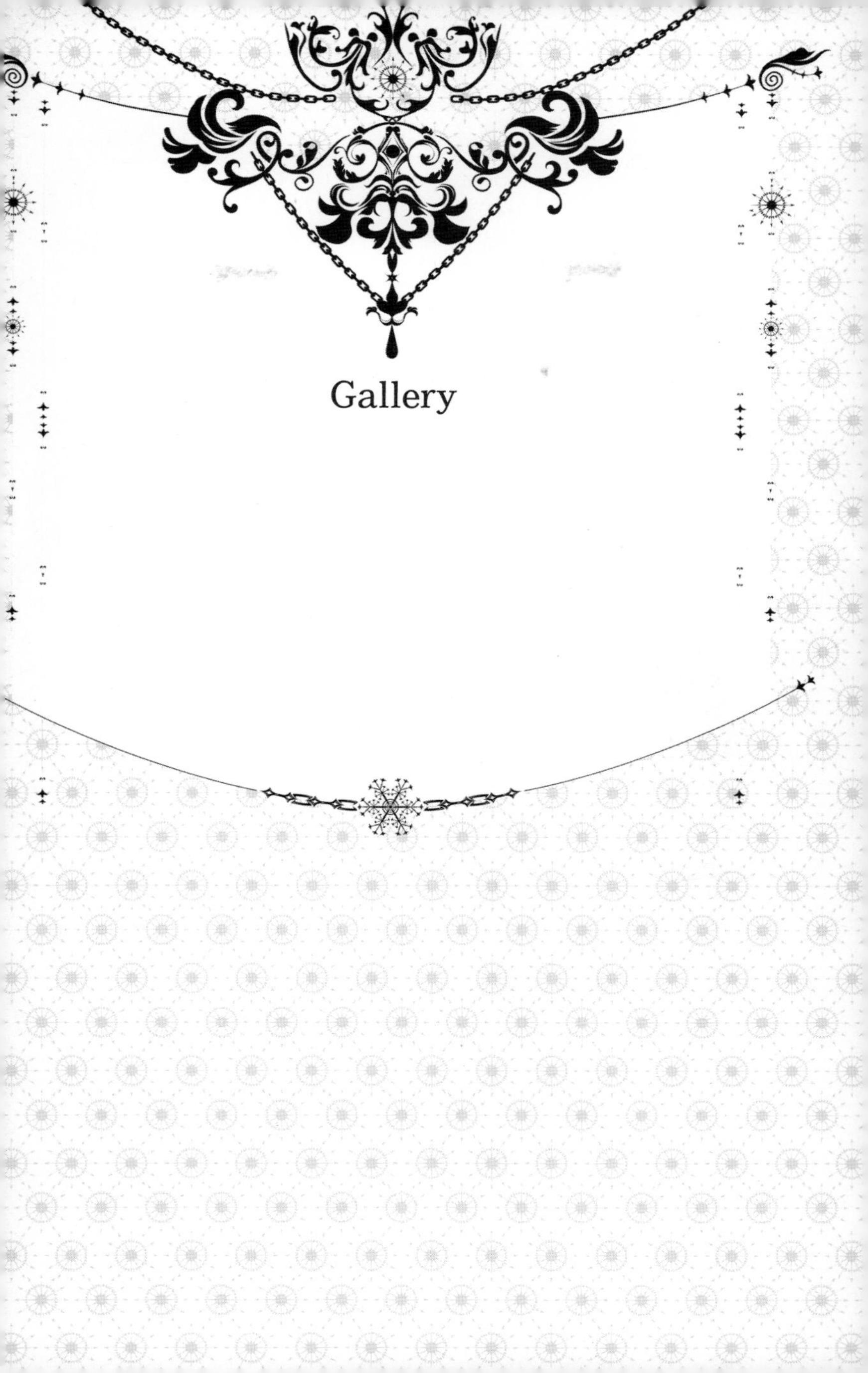

Gallery

"나 없어도 끼고 다니지. 결혼한 사람처럼."
체인에서 반지를 뺀 도현이 세아의 왼손을 잡고선
네 번째 손가락으로 밀어 넣었다.
"기다리니까 남편 오잖아."
나지막이 쏟아지는 목소리가 손가락 위를 훑고 지나갔다.
정말 딱 맞네. 작게 속삭이며 기특하다는 듯이 반지 위로 입술을 부딪친다.
젖어드는 숨결보다 더 뜨거운 눈빛이 지그시 세아를 주시한다.

"이상해서 묻는 겁니다. 세아는 집에 남자 안 들이거든요."

"그쪽은 남자 아닙니까?"

"전 예외입니다만."

"예외?"

"다 큰 여자 집 비밀번호를 알고 있다는 게 무슨 의미인지 모르진 않을 거 같고."

"그럼 내가 괜히 이런 말 하겠어? 옆에 있어 달란 소릴 어떻게 하겠냐고."

너는……. 도현이 힘없이 입술을 벌리며 나지막하게 말했다.

"그렇다면 내 대답도 들어야지."

정말 대단한 여자야, 윤세아.

도현은 자리에서 일어나 세아의 턱을 잡고선 입술을 집어삼켰다.

너로 인해 재만 남은 날 다시 불타게 만들고.

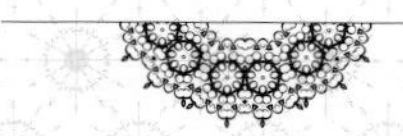

악마라고 불러다오에서
안테가 좋아하는 인물은
주한과 시원이고 노바는 유현이다.
그렇다.
둘다 주인공인 이나와 현신이는
별로다.
안테가 말하길,
주인공은 독자님들
을 받으니
우리는 서브나 사랑
그리자 노바가 서브고
중요치 않고
유현
그러니 안테
을 타
역시 하나만
는 노바
진국이구나 했
CALL US DEVILS
Graphic Nove
CALL
DEVI
Story AN
Art NOV

지금도 변함없이 질투가 난다.

세아는 움직이지 못하게 억압하는 긴 손가락을 느낄 책과

반쯤 내려간 속눈썹의 진중함을 맛보고 있을 글자가 얄미워졌다.

그 시선을 제게로 향하게 하고 싶다.

왜 나를 안 보니.

"……."

보라고 앞에 앉았으면서, 나 보려고 찾아왔으면서 한가롭게 책이나 보고 있어, 왜.

"왜?"

"그래, 맞아. 그렇게 보일 만해.
난 누나랑 손도 잡고 껴안기도 하고
네 말대로 이런 식으로 찾아와서 한 침대에 같이 누워 있기도 하니까.
근데, 그게 뭐?"
날카로운 눈빛에 건우의 입술이 순식간에 무거워졌다.
"계속 그럴 건데?"

너에게로 중독 1

1판 1쇄 발행 2016년 6월 27일
1판 5쇄 발행 2021년 11월 15일

지은이 안테
펴낸이 신현호
편집장 예숙영
편집 박상희
편집디자인 한방울
영업 · 관리 김민원 조인희
물류 이순우 박찬수

펴낸곳 ㈜디앤씨미디어
출판등록 2002년 5월 1일 제117-90-51792호
주소 서울시 구로구 디지털로 26길 111 JnK디지털타워 503호
대표전화 (02)333-2513 팩스 (02)333-2514
전자우편 dncbooks@dncmedia.co.kr
디앤씨북스 블로그 http://blog.naver.com/dncbooks

ISBN 979-11-264-3384-1 (04810)
ISBN 979-11-264-3383-4 (세트)